rororo

Hölle, ALL INCLUSIVE

ro
ro
ro

«Ein gedruckter Urlaub, extrem erholsam, übermütig, intelligent, komisch, spannend, libidinös anregend und voll auf den Gong. Herrlich ... ich will eine Zugabe!» (MICHAEL GANTENBERG)

Mark Werner, geboren 1969, studierte Germanistik und Geschichte und arbeitete als Zeitungsreporter und Fernsehredakteur, bevor er als Headwriter in einer internationalen Produktionsfirma Filme und Serien entwickelte und Drehbücher für TV-Erfolge wie *Mein Leben & Ich*, *Ritas Welt*, *Alles Atze* und *Nikola* schrieb. Er wurde für seine Arbeiten mehrfach ausgezeichnet, unter anderem mit dem Deutschen Fernsehpreis. Mark Werner lebt und arbeitet im Bergischen Land bei Köln. *Hölle, all inclusive* ist sein erster Roman.

Mark Werner

Hölle, all inclusive

Roman

Rowohlt Taschenbuch Verlag

Hölle, ALL INCLUSIVE

Originalausgabe
Veröffentlicht im Rowohlt Taschenbuch Verlag,
Reinbek bei Hamburg, Juni 2009

Umschlaggestaltung any.way, Barbara Hanke/Cordula Schmidt
(Abbildung: Emiko Aumann, Image Source/Getty Images)
Innengestaltung Daniel Sauthoff
Satz Foundry Wilson PostScript (InDesign) bei
Pinkuin Satz und Datentechnik, Berlin
Druck und Bindung CPI – Clausen & Bosse, Leck
Printed in Germany
ISBN 978 3 499 24987 7

Inhalt

Hölle,
ALL
INCLUSIVE

Prolog

Das splitternackte Mädchen war höchstens zwölf Jahre alt, hatte pummelige Arme und einen arroganten Zug um die Mundwinkel. Es ging leicht in die Knie und nahm die bedrohliche Haltung eines Karatekas ein.

«Das ist der Punkt.» Die Kleine deutete auf das Becken ihres jüngeren, ebenso nackten Bruders. «Da laufen die Knochen zusammen. Die sind nur mit ein bisschen Gelee verbunden.»

Sie fuchtelte mit den Händen und nahm Augenmaß. «Das haut man kaputt – und Ende.» Sie drehte sich in der Hüfte Richtung Bruder, schob dabei einen Handballen ruckartig vor und bremste ihn auf einem Punkt unterhalb seines Bauchnabels ab.

«Zack!»

«Woher weißt du das?», fragte der Junge.

Dasselbe hatte sich Kretsche gerade gefragt. Er lag wenige Schritte von den beiden entfernt im Sand und konnte sehr gut nachvollziehen, warum der Junge seine Hände vor dem Bauch verschränkt hielt. Traue niemals älteren Schwestern!

Lauwarmes Meerwasser umspülte die Füße der Kinder, der Wind zauste ihre Haare und hinterließ wellenförmige Reliefmuster auf den Dünen im Hintergrund. Die Strandlandschaft Gran Canarias war tatsächlich ein Naturwunder, da hatten die Reisekataloge endlich mal nicht gelogen, nicht mal retuschiert. Die Nachmittagssonne tauchte die Küste in ein warmes Goldgelb. Die Geschwister straften die Behauptung Lügen, Rothaarige würden von der Sonne kaum braun. Ihre Haut war dunkel, nur an Schultern und Rücken von einer hellen Kruste aus Salz und Sand überzogen. Das Mädchen verschränkte nun die Arme, dass der Speck unter den Achseln Falten warf.

«*Galileo*, Pro7.»

Ihr Bruder stürzte sich unvermittelt auf sie und nahm sie in den Schwitzkasten.

«*Smackdown*, DSF!»

«Papa!», kreischte das Mädchen.

Ein ebenfalls splitternackter, im Gegensatz zu den Kindern aber krebsrot verbrannter Mann stapfte durch den Sand auf die beiden zu.

«Ruben, lass das, aber sofort! Und du prowezier nich immer deinen Bruder!» Er trennte die beiden und zerrte sie zum Strandlager der Familie zurück. Dabei kamen die drei an Kretsche vorbei, der im Sand an seinem Rucksack lehnte und sie unverhohlen anstarrte. Kretsche vergaß manchmal, dass er nicht unsichtbar war. Besonders wenn er einen Kater hatte und sich vor ihm Szenen abspielten wie diese: zwölfjährige Mädchen, die kurz davor waren, tödliche Schläge am eigenen Bruder auszuprobieren – tödliche Schläge aus einer Wissenschaftsshow! Vielleicht sollte er doch darüber nachdenken, ob sein Job beim Fernsehen das Richtige war.

«Gibt's irgendwas zu glotzen?» Der nackte Krebs starrte bedrohlich auf ihn herab. Seine Augen bohrten sich in Kretsches Shorts.

«Äh, nee …», stammelte Kretsche.

«Ist auch besser so», zischte der Krebs. Er zog seine Kinder weiter zu einer Insel aus Strandmatten, in deren Mitte sich die rothaarige und wiederum tiefbraune Krebsgattin aufsetzte und die Sonnenbrille in die Haare schob. Ihre plattgelegene Frisur klebte am Kopf wie eine Badekappe.

«Ist das wieder ein Spanner, Jens?» Sie verschränkte die Arme vor ihren Brüsten.

Einige der in Hörweite liegenden Nudisten hoben die Köpfe. Kretsche hielt den Atem an. Aber zum Glück winkte Jens, der Krebs, nur unwirsch ab. Kretsche schnappte sich seinen Rucksack. Wahrscheinlich war es besser, zur nächsten Bar zu wandern und einen *Café con leche* zu trinken. Und definitiv war es besser, den Job zu wechseln. Er klopfte den Sand vom Rucksack, schlüpfte in seine alten Lederlatschen. Die Sohlen glühten, seine Schultern auch. Von wegen, Schwarzhaarige bekämen keinen Sonnenbrand! Dabei hatte Tante Zilly ihn immer «den kleinen Italiener» genannt. Abgesehen von den Haaren und den braunen Augen hatte Kretsche natürlich nichts von einem typischen Italiener: Statt eines römischen Zinkens zierte eine amerikanische Stupsnase sein schmales Gesicht, die Ohren muteten wegen ihrer Tulpenform holländisch an, seine Statur war die eines Schweizers, irgendwie neutral, und der leichte Bauchansatz, der würde noch zu einem richtig deutschen Prachtexemplar heranreifen, wenn er nicht endlich wieder mit Sport anfing. Aber mit einer festen Freundin und Fußballkumpels, die ihren Sport zunehmend in *Premiere*-Kneipen ausübten, fehlte einfach der Anreiz. Außerdem war er zu selten an Orten, an denen sein Bäuchlein auffiel. Orten wie diesem.

Kretsche ignorierte seine verbrannten Schultern genauso wie die feindseligen Blicke eines Dutzends FKKler und schlenderte am Meeressaum Richtung Promenade davon.

«Spanner!», rief ihm das Mädchen der Krebsfamilie hinterher.

«Wo?», rief Kretsche zurück.

Ruben warf eine Handvoll feuchten Sand, der auf Kretsches Arm klatschte.

Und Kretsche fragte sich wie schon unzählige Male in den

vergangenen zwei Tagen: Wo bin ich hier bloß reingeraten? Er wischte sich den Dreck vom Arm und ging scheinbar ungerührt weiter. Hoffentlich hatte die Kamera im präparierten Rucksack keinen Sand abbekommen. Gut, dass keiner die Öffnung für die Linse bemerkt hatte. Das Gelee zwischen seinen Beckenknochen verkrampfte sich. Konnte aber auch Einbildung sein.

1. Irgendwas mit Medien

Deutschland im Juli. Es regnete. Wie auch schon den Monat davor. Jeder hätte für eine einzige Stunde Sonnenschein gemordet. Vor allem, wenn er den Arbeitstag in einer Umgebung verbringen musste, die mit dem Wort «trist» umfassend, treffend und auch farblich perfekt beschrieben war.

Die Büros von *Primus TV* befanden sich zum Leidwesen aller Angestellten nicht in der Stadtmitte von Köln, sondern im Industriegebiet der angrenzenden wie aufstrebenden Kleinstadt Hürth, genauer gesagt: in Hürth-Kalscheuren. Kal-scheu-ren! Da sah man die qualmenden Schornsteine, Verladebahnhöfe und Schlachthöfe doch schon vor sich. Oder Fernsehstudios. Das Einzige, was die vielen hundert Menschen in den Hürther Studiobauten mit ihrem Quartier versöhnte, waren die Sonnenuntergänge. Rötere, facettenreichere und romantischere gab es nur am zugekoksten Ruhrgebietshimmel. Die Hürther Sonnenuntergänge waren ausnahmslos phantastisch – so man denn ein Bürofenster Richtung Westen hatte. Alle anderen mussten mit ihren Kaffeetassen rechtzeitig zu den glücklicher platzierten Kollegen hinüberwandern. Aber sie konnten sich mit dem Gedanken trösten, dass es diesen Kollegen während der übrigen acht bis zweiundzwanzig Arbeitsstunden nicht besserging: Sie alle waren gefangen in einer riesigen TV-Fabrik am Rande der bewohnten Welt.

Primus TV produzierte im Auftrag der wichtigsten Privatsender Film- und Fernsehbeiträge. Ob Spielshows, Magazin- und

Nachrichtensendungen, Serien oder abendfüllende Spielfilme, für jedes Genre gab es eine Abteilung. Kretsche gehörte zu den «Magazinern».

«Team-Meeting!», brüllte Lothar über den Flur. Sein übergroßer Adamsapfel hüpfte dabei aus dem Hemdkragen wie ein Tennisball über die Netzkante. Lothar Grebe war seit fünf Jahren Assistent der Geschäftsführung und hatte es verlernt, Ansagen in Zimmerlautstärke zu machen. Zu oft hatte er die Erfahrung gemacht, dass die Kollegen die Dringlichkeit unterschätzten und zu spät kamen. Und wer bekam den Anschiss ...?

«Übers Intranet geht so was leiser.» Carola kam mit einem schicken Lederfilofax unterm Arm aus ihrem Büro gestöckelt.

Lothar verschanzte sich wieder hinter seinem Monitor. Durch die geöffnete Vorzimmertür hatte er alle, die zum Konfi gingen, im Blickfeld. «Und ich weiß auch, wer die Erste ist, die Mails aus dem Chefbüro ignoriert.»

«Nur wenn sie von dir kommen», murmelte Carola.

«Das hab ich gehört.» Lothar hasste Carola.

«Solltest du auch.»

Carola hatte die Beine, die Brüste, die glänzend brünette Perfektfrisur und die makellose Haut, um so etwas zu sagen. Frauen wie Carola waren von klein auf daran gewöhnt, dass man ihnen alles verzieh. Als Mädchen waren sie zu süß und als erwachsene Frauen zu scharf, um wirklich Probleme zu bekommen. Das Erste, was sie beherrschten, war ein kokettes Lächeln, das Männer jeden Alters entwaffnete. Und dann stachen sie mit der Schnelligkeit eines Skorpions ein zweites Mal zu. Frauen wie Carola waren giftspritzende, tödliche und herrlich anzuschauende Monster.

«Bitch», zischte Lothar. Er hatte eine Schwäche für amerikanisches Soap-Vokabular.

«Meine Güte, wie die Mädchen!» Kretsche balancierte eine

randvolle Kaffeetasse aus Carolas Redakteursbüro. Er saß dort an einem winzigen, ins Eck eingepassten Schreibtisch, der gerade mal Platz für ein Telefon, ein Laptop und ein Quäntchen Zweifel an der Berufswahl bot. Fürs Fernsehen zu arbeiten bedeutete, sich täglich aufs Neue schwermütige Gedanken über den Sinn des Lebens zu machen. Es sei denn, man war zwanzig, kannte Tageszeitungen nur aus den Erzählungen des Großvaters und wollte «unbedingt irgendwas mit Medien» machen.

Die Zwergenschreibtische waren den Redaktionsassistenten vorbehalten. Wobei es auch eine Redaktionsassistentin mit normalem Arbeitsplatz gab. Deren zuständiger Redakteur war gerade fünfzig geworden, hatte sämtliche Profilneurosen hinter sich und achtete aufs Büroklima. Carola dagegen war Mitte dreißig und auf dem Höhepunkt ihres Ehrgeizes. Sie hielt Ellbogen für Werkzeuge, ihre Stutenbissigkeit für kühlen Charme und ihren Verstand ebenso wie ihren Körper für Ausnahmeerscheinungen. Alle anderen Frauen bei *Primus TV* hassten sie. Die Männer eigentlich auch, sie ließen sich nur von Carolas Sexappeal blenden. Ausgenommen Lothar.

Aber der benahm sich ja auch wie eine Frau, dachte Kretsche, als er den Konfi betrat.

Einmal täglich trafen sich alle Abteilungen am runden Tisch, der nicht rund war, sondern oval, dafür aber groß. Ein raumfüllender schwarzpolierter Koloss. Ansonsten war der Konferenzraum ebenso wie die Flure und Büros von beinahe farbloser Eleganz: die Möbel eine schlichte Mischung aus Chrom und Leder, das Weiß der Wände exakt einmal pro Wand von den Pastelltönen eines Kunstdrucks gebrochen. Offenbar hatte der Künstler beim Mischen dieser Langeweile-Farben unter Beruhigungsmitteln gestanden; vielleicht hatte er sich auch einfach in den Eimer erbrochen und Grundierung eingerührt.

Im Konfi verriet nichts, um welche Art von Geschäften es sich handelte, die hier besprochen, beschlossen oder beendet wurden. Nur im Kreativflur, dort, wo die Redakteure und Autoren untergebracht waren, hingen drei Filmplakate zwischen den Bildern: *Star Wars* IV–VI. Die Spende zweier Praktikanten, deren Namen sich niemand gemerkt hatte. Mittlerweile machten sie bei RTL «irgendwas mit Medien».

Ein hagerer Mann, dessen Rücken gleich mehrere Fragezeichen formte, stakste hinter Kretsche in den Raum. Seine grauen Haare hatte er mit einem Gummiband zum Pferdeschwanz gebunden.: «Morgen ... zusammen ...», tröpfelte es dünn aus seinem schmallippigen Mund.

Carola drehte sich zu Kretsche um und klopfte auf den Stuhl neben sich. Als wäre der Stuhl ein Bett, in das er hüpfen solle. Oder ein Körbchen. Er schluckte seinen Widerwillen hinunter, tief hinab in die Regionen, wo er zu einem prächtigen Magengeschwür heranreifen konnte, und «machte Platz». Gegenüber zog Lars, ebenfalls Redaktionsassistent, eine Schnute, wie Frauen sie machen, wenn sie ein Hündchen oder ein Baby besonders süß finden. Andere Kollegen, die das bemerkten, schmunzelten. Aber im Grunde hatten alle Mitleid mit Kretsche. Ihnen war völlig klar, dass er das einzig Richtige tat, wenn er die Klappe hielt und Carolas Fiffi spielte.

Mindestens ein halbes Jahr standen Redaktionsassistenten unter der Fuchtel ihres zuständigen Redakteurs. Erst danach durfte das Hündchen kleine Schritte in die Selbständigkeit unternehmen. An sich kein schlechtes System, nur hingen Lernmöglichkeiten und Lebensfreude des Assistenten stark vom Redakteur ab. Kretsche hatte Glück und Pech zugleich. Carola galt als eine der besten Reporterinnen der Branche – und sie galt als gefährlich. Sie war eine arrogante, selbstgefällige Tussi, aber sie war auch ein Schlüssel. *Sein* Schlüssel! Ein

Schlüssel in hautengem schwarzem Rock, Designer-Blazer und hochhackigen Pumps, der ihm die Tür zu seinem Erfolg aufschließen würde. Nur deswegen erwiderte er Carolas kumpelhaftes Grinsen, als der Zopfmann mit rheumatischem Ächzen auf seinen Stuhl sank.

Alle Kollegen rückten die Notizblöcke zurecht, knipsten eifrig mit den Kugelschreibern, und die Redaktionskonferenz begann.

Kretsche hatte den Job bei *Primus TV* ohne Beziehungen oder Schmiergelder bekommen. Andreas Kreschinski hatte diese Qualitätsbastion des Privatfernsehens völlig im Alleingang erobert. Gut, hinter ihm lagen elf Semester Uni, abends und an den Wochenenden Kabeltragen in TV-Studios, Lokalzeitungsartikel schreiben und Reportagen drehen fürs Stadtfernsehen. Alles mit dem Ziel vor Augen, Deutschlands nächster Peter Scholl-Latour zu werden, und zwar bitte schön in der *Tagesschau*. Was Kretsche nach all der Plackerei noch benötigte, waren die geeignete Firma und ein engagierter Karrierehelfer. Carola Langenscheit war die personifizierte Karriere. Natürlich hatte sie alles andere im Kopf als Kretsches berufliche Zukunft, aber da der sich für schlauer hielt als seine Vorgesetzte, sah er darin kein Problem. Carola saß im Zug nach ganz oben, und Kretsche sicherte sich einen Platz in der Lokomotive.

Er ließ seinen Blick über die abendliche Runde der *Primus TV*-Mitarbeiter schweifen (auf den Einladungen zur Weihnachtsparty auch *Primaten* genannt – eine seltene Selbstironie der Kegelbrüder aus dem Marketing). Chefredakteur und Geschäftsführer Rüdiger Goldmann saß mit Zopf und gekrümmtem Rücken am einen Kopfende des Tisches, der Firmenjurist Ekkehard von Eberswalde ihm gegenüber. Alle anderen verteilten sich auf die Längsseiten. Die meisten Männer trugen, wie Kretsche selbst, die Achtziger-Jahre-Kombi Jeans/Hemd/Turnschuhe. Die Frauen legten die in Kreativberufen übliche Vielfalt an den Tag: Ihre Palette reichte von Minirock mit Knallengtop bis zum Businessanzug oder einer barbierosa Trainingsjacke (Ilka vom Marketing, optisch ebenfalls eine Primatin, aber nicht im Kegelclub). In der Tischmitte standen Wasserflaschen und ein Kaffeespender. Um diese Uhrzeit und angesichts der Regenschleier, die über die Fensterfront wischten, wäre den meisten ein Bier lieber gewesen.

In der Redaktionskonferenz wurde üblicherweise zunächst die Marktlage analysiert – was machte die Konkurrenz, welcher Fernsehsender vergab welche Aufträge, wo lohnte es sich, Angebote zu erstellen? Anschließend berichteten die Redakteure von ihren laufenden Projekten, stellten neue vor oder bekamen von der Chefredaktion Themen zugeteilt. Es sei denn, sie waren Redaktionsassistenten wie Kretsche. Die gehörten zu den Weder-noch-Leuten im Konferenzraum: Weder durften sie den Mund aufmachen, noch interessierte irgendjemanden ihre Meinung.

Bei schlechter Auftragslage herrschte in der Runde die gedrückte Stimmung einer Schulklasse vor den großen Zeugnissen. Wenn die Auftragslage gut war, ebenfalls. Das lag an Rüdiger, der seine Depression wie ein aufdringliches Aftershave verströmte. Niemand wusste genau, was mit ihm los war, aber er hatte Rückenprobleme und kam deswegen immer häufiger zu spät ins Büro. Es schien, als gäbe es eine Korrelation zwischen seiner wachsenden Blässe, der Krümmung seines Rückens und der Häufigkeit seiner Verspätungen.

«Also, was haben wir denn?» Rüdiger räusperte sich. «Die neue Gesichts-OP von der Ferres ... FDP-Kohle auf Kiez versteckt ... Kind verschluckt Kanarienvogel ... Mhm, pfeift's jetzt ‹La Paloma›, oder was? ... Sonst?» Rüdiger blätterte in seinen

Unterlagen. «Sender? Neuigkeiten? Ah ja, Pro7 entlässt alle Fiction-Redakteure ... Prima ... RTL sucht Ersatz für den *Millionär* ... Hm, mal wieder ... Sat.1 plant neues Profil ... Hatten die denn jemals eins? ...»

Während Rüdiger lustlos seine Themenliste herunterleierte, starrte Kretsche noch lustloser aus dem Fenster auf die verregneten Hürther Schornsteine und Containerwüsten. An seinem ersten Tag bei *Primus TV* hatte er alles spannend gefunden, sogar die Aussicht. Sogar Rüdigers Konferenzen und Lothars Tratschgeschichten.

«In der Sekunde, in der du glaubst, Carola mag dich oder ihr könntet vielleicht sogar Freunde werden, in dieser Sekunde bist du bereits tot», hatte Lothar ihm zum Einstand erklärt. Ganz vertraulich natürlich, in der säuerlich nach Milch müffelnden Kaffeeküche. Kretsche musste vorher schwören, nicht ein Wort über die Begegnung in dem schmalen Kabuff mit Spüle und Putzmittelschrank zu verlieren.

«So sei es, Klekih-petra», sagte Kretsche und hob feierlich die Hand.

Lothar strich sich verwirrt eine blondierte Haarsträhne aus der Stirn.

«Der weiße Vater», half Kretsche ihm auf die Sprünge.

Nichts.

«Winnetou I?»

Lothar verdrehte die Augen wie eine amerikanische Serienschauspielerin. «Erzähl's einfach nicht weiter, okay?»

Selbst augenrollend sah Lothar noch gut aus. Ein bisschen zu viel Solariumsbräune vielleicht, aber dennoch gut. Das musste sogar Kretsche als eindeutig und mit Leib und Seele Frauen zugewandter Mann zugeben. Unbegreiflich, dass Lothar nicht schwul war. Er sah besser aus als der Durchschnittshetero und hatte sämtliche Allüren, die das Klischee Schwulen zusprach.

Er spreizte zum Beispiel beim Trinken den kleinen Finger ab, auch beim geselligen Dosenbiersaufen. Diese Kollegenabende verließ er regelmäßig als Einziger im aufrechten Gang. Außerdem war Lothar seit drei Jahren mit einer entzückenden Bankkauffrau verheiratet. Die beiden erwarteten in einem Monat ihr erstes Kind. Und den kurzen Rock oder die tief ausgeschnittene Bluse einer Kollegin wusste er durchaus zu schätzen.

«Olaf Prinz ...» Lothar warf einen Blick auf den Flur und schloss dann lautlos die Küchentür. «Olaf Prinz war unser Chefredakteur, bevor Rüdiger kam. Der hat Carola in die Firma geholt. Vorher war sie bei RTL in der Unterhaltung. Olaf hatte wegen einer Reality mit ihr zu tun und sich piffpaff verknallt. Und sie hat –»

Lothar brach ab. Die Tür wurde zaghaft aufgeschoben. Die winzige Marion aus der Buchhaltung kam rein.

«Stör ich?»

«Ist eine Tanne grün?», fragte Lothar finster.

«In der Regel schon», piepste Marion, «aber es gibt auch Blauta...» Lothar hielt ihr demonstrativ die Tür auf. Ohne ein weiteres Wort huschte sie wieder hinaus. Lothar schloss die Tür, als sei nichts gewesen. Welche Macht der Chefsekretär in dieser Firma besaß, hatte Kretsche schon öfters beobachten können (weshalb man ihn unter keinen Umständen «Sekretär» nennen durfte, er war «Assistent der Geschäftsführung»). Lothar hob die Brauen:

«Dafür hat die Schlampe mit Olaf gevögelt.»

So viel hatte sich Kretsche denken können. «Und?»

«Und Olaf ist verheiratet und hat drei Kinder!»

«Oh.»

«Eben – oh! Carola hat ihm dann ordentlich Feuer unterm Hintern gemacht.»

«Damit er sich von seiner Frau trennt.»

«Quatsch, damit er auf ihre Vertragsbedingungen eingeht.» Lothars Stimme senkte sich trotz geschlossener Tür zu einem Flüstern. «Ich sag dir, in Carolas Vertrag sind mehr Sonderklauseln als normale Absätze. Das ist eine Art Freifahrtschein; die kann hier abziehen, was sie will. Die verhandelt sogar ohne Rüdiger mit den Sendern. Carola ist unantastbar.»

«Wieso eigentlich Rüdiger? Was ist aus Olaf geworden?»

Lothar kräuselte die Lippen. «Total verknallt. Der konnte die Finger nicht bei sich lassen.»

«Und da hat sie ihn ...?» Kretsche mochte es kaum glauben, aber Lothar nickte.

«Entweder freiwilliger Abflug und Diskretion oder Anzeige wegen Vergewaltigung.»

Kretsche pfiff durch die Zähne.

«Was für 'ne Sau!»

«Jetzt hat er's, der Gute!» Lothar klopfte ihm auf die Schulter. «Sieh einfach zu, dass du das halbe Jahr überstehst, und wechsle dann zu Markus oder Stefan! Und noch was ...»

«Ich weiß, lass sie nie nass werden, setze sie nie dem Sonnenlicht aus und füttere sie nicht nach Mitternacht!»

Lothar schaute Kretsche wieder wie ein kaputtes Auto an.

«Gremlins.»

Nichts.

«Vergiss es!»

Offenbar bedeutete die Tatsache, beim Fernsehen zu arbeiten, nicht automatisch, dass man sich unter Filmfans befand. Doch ehe Kretsche sich darüber weiter Gedanken machen konnte, flog die Tür auf. Carola steckte den Kopf herein.

«Oh, eine kleine Verschwörung?»

Lothar lief puterrot an.

«Quatsch. Kaffeedurst.» Er drückte sich an ihr vorbei und flüchtete.

Carola legte den Arm um Kretsches Schulter und deutete auf die Kaffeemaschine mit dem gelben Post-it: *Defekt!*

«Ohne Kaffee?»

«Deswegen ja der Durst.»

Kretsche griff nach der Türklinke, aber Carolas eiserner Griff hielt ihn zurück.

«Heute ist dein zweiter Tag, stimmt's?»

«Stimmt.»

«Und morgen dein erster als mein Redaktionsassi.»

«Stimmt auch.»

«Wenn ein zweiter folgen soll, lass künftig die Türen auf, wenn du mit Kollegen lästerst!»

«Wir haben gar nicht ...», stammelte Kretsche.

«Ab morgen bist du mein Sklave. Und Sklaven haben keine Geheimnisse, geschweige denn geschlossene Türen. Angekommen?!»

Kretsche war sprachlos. In diesem Moment lockerte Carola den Griff um seine Schulter. Unvermittelt schlug sie einen Plauderton an.

«Kleiner Scherz. Aber weißt du, wir beide müssen doch zusammenhalten. Wir sind jetzt ein Team für die nächsten sechs Monate. Mit allem Drum und Dran.»

Sie lächelte ihn mit einem kumpelhaften Augenaufschlag an. Kumpelhaft und irgendwie ... süß.

Ihm fiel ein, was Lothar erzählt hatte. Vorsicht! Die spielt nur das kleine Mädchen.

Er nickte und ging betont entspannt aus der Küche.

«Kretsche!»

Er fuhr herum. Carola hielt ihm eine kleine grüne Flasche hin.

«Probier mal! Multivitaminsaft, superlecker.» Sie deutete auf ein Regal, auf dessen oberstem Brett eine ganze Palette dieser

Fläschchen stand. «Aus meinem Privatvorrat. Darfst dich ruhig bedienen.»

Er nahm den Saft. Carola schob sich an ihm vorbei. Dichter als notwendig, ihre Bluse knisterte an seinem Arm. Eine Fliegenfalle, dachte Kretsche. Eine verdammte fleischfressende Fliegenfalle!

Weiß Gott, er hatte den Ärger, den ihm diese Frau verursachen würde, schon damals gerochen.

Nach der Konferenz schloss Kretsche im Kollegen-Gewusel hektisch zur davoneilenden Carola auf.

«Carola, ich –» Ihm schossen unvermittelt Tränen in die Augen.

In Höhe der Toiletten roch es streng nach Desinfektionsmitteln. Die Putzfrau verschwand soeben mit ihrem klappernden Wagen im Aufzug. Kretsche atmete nur durch den Mund. Das war gar nicht so einfach, wenn man stinksauer war. Stinksauer und nicht bereit, länger die Klappe zu halten.

«Alle anderen kriegen geile Themen wie Drogenkartelle aufm Kiez oder Politiker mit Schwarzgeldkonten, und ich soll eine beschissene Urlaubsreportage machen?»

«Nicht machen, Schätzchen. Vorbereiten. Der Macher bin ich.»

Carola hatte die Gabe, unvermittelt von Topjournalistin auf Kindergärtnerin umzuschalten. Das wirkte umso arroganter und brachte Kretsche schier zur Weißglut. Er hatte englische und deutsche Literatur studiert, sein Examen mit eins Komma zwei absolviert, er hatte jahrelang in sämtlichen Bereichen des Berufsfelds «Journalismus» gearbeitet, außerdem wissenschaftliche Aufsätze veröffentlicht und eine Doktorandenstelle angeboten bekommen. Carola dagegen hatte ihr Englischstudium nach vier Semestern abgebrochen (eine Info von Lothar, topsecret). Dass er mehr auf dem Kasten hatte als diese blöde Kuh, war wohl klar. Aber sie war trotzdem seine Vorgesetzte. Und sie hatte den journalistischen Killerinstinkt, eine lässige Schreibe und ein Ausnahmetalent zum Klüngeln. Kretsche konnte eine Menge von ihr lernen. Aus diesem Grund riss er sich normalerweise zusammen. Normalerweise.

«Gran Canaria ist die Hölle, Carola!»

«Und schon haben wir einen Titel: *Urlaubshölle Gran Canaria.*» Carola warf ihren Filofax auf den Schreibtisch und schaltete den Rechner ein.

«Ganz toll. Aber ich –»

Sie schleuderte Kretsche eine mit Papieren vollgestopfte Klarsichthülle auf den Tisch. «Ticket, Hotelvoucher und so weiter. Alles gebucht wie für einen Durchschnittstouri. Benimm dich auch so!»

«Sag mal, was denkst –!»

«Ich komme in einer Woche nach zum Drehen. Waschzettel habe ich dir reingelegt, Themenliste, welche Interviewpartner ich brauche, was für Motive, bla, bla, bla, weißt ja. Der Flug geht um fünf – und wenn ich fünf Uhr sage, meine ich nicht siebzehn Uhr.»

Er starrte auf die Unterlagen, dann wieder auf Carola. Sie beantwortete bereits eine E-Mail. Die hatte vielleicht Nerven.

«Du konntest doch gar nicht wissen, ob Rüdiger das Thema überhaupt will!»

«Schätzchen, ich will es, das reicht doch!»

Sein Blick fiel auf das himmelblaue *NeuTour*-Logo in der Klarsichthülle. Sofort kochte die Wut wieder in ihm hoch. *NeuTour* war das Synonym für Pauschalreisen, Holzklasse, billiger ging's nicht.

«Ich soll mit denen fliegen? Ich mache nie solche Urlaube.

Das … das ist Scheiße! Carola, ernsthaft, so billige Urlaubsdokus mit Sangria saufenden Prolltouris laufen jeden Abend auf irgend 'nem Kanal. Am Ende ziehen sich alle gegenseitig die Hosen runter und kotzen auf den Strand. Das ist doch unter deinem Niveau.»

«Stimmt.»

«Wie, stimmt?»

«Diese Dokus sind unter meinem Niveau. *Du* musst dir dein Niveau noch erarbeiten. Du fliegst hin und machst die Vorrecherche.»

«Vorrecherche», schnaubte Kretsche. «Und wo? Diskotheken und Strandbars?»

«Und Clubs und Hotels und verschwiegene Buchten – einfach überall, wo man Spaß hat, säuft und Sex macht. Ich hab schon ein paar Locations rausgesucht. Und wenn ich nachkomme, will ich einen Drehplan, mit dem ich eine Reportage mache, die besser ist als alle, die du bisher gesehen hast. Ganz einfach.»

Sie klickte auf *senden* und lehnte sich in ihrem Lederdrehstuhl zurück. Dabei lockerte sie die Rückenmuskulatur, indem sie die Arme im Nacken verschränkte und das Kreuz durchbog. Kretsche zwang sich, nicht hinzusehen. Carola wusste genau, was einem Mann bei dieser Pose durch den Kopf schoss.

«Klar, ich mach wieder die Drecksarbeit», murmelte er.

Carolas Hand donnerte auf die Schreibtischplatte.

«Jetzt geh mir nicht auf die Nerven! Drecksarbeit, das ist dein Job. Du bist Assi, du willst hier was werden, und ich geb dir die Chance dazu. Jammer nicht rum wie so ein kleines Mädchen beim Gummitwingo – pack lieber deinen Koffer!»

«Twist», sagte Kretsche.

«Was?»

«Es heißt Gummitwist.» Er griff ungestüm nach den Reiseunterlagen. «Und die hier», er näherte sich ihrem Schreibtisch, «die kannst du –»

«Sag's lieber nicht!», zischte Carola. «Es tät dir in einer Minute so was von leid.»

Kretsche hielt inne, weil er wusste, wie recht sie hatte. Er warf die Unterlagen auf den Sessel in ihrer kleinen Besprechungsecke und stürmte aus dem Büro.

«Guten Flug!», rief ihm Carola hinterher.

***

Kretsches erster Studentenjob war eine Anstellung als Fahrradkurier gewesen. Nach zwei Wochen war er geflogen. Er hatte dem von Bluthochdruck geplagten Disponenten Herrn Dinger erklärt, die Verspätungen lägen an dessen Routenplanung und nicht an Kretsches mangelnder Kondition. Der erklärte wiederum Kretsche, eigentlich würde er ihm lieber das Maul stopfen, als sich so eine Studentenscheiße anzuhören.

Hätte dieser Herr Dinger Kretsche nun über die Kölner Ringe flitzen sehen, er hätte ihn auf Knien angebettelt, wieder für ihn zu fahren. Kretsche keuchte so laut, dass die Passanten sich schon nach ihm umdrehten, wenn er noch eine ganze Straßenecke entfernt war. Sein Herz hämmerte wild gegen den dünnen Pulli; seine Beine waren stählerne Pleuel, die Pedale seines Trekkingbikes verwischten zu einer grauen, sirrenden Scheibe; Schweiß troff in Bächen seinen Rücken und die Schläfen hinab. Kretsche war stinksauer, und zwischen ihm und dem einzigen Trost, den er sich für diesen Tag versprach, lag noch exakt eine Ampelkreuzung.

In seiner Zweizimmerwohnung wartete die Frau, an deren Brust er sich seit sieben Jahren ausweinen durfte: Jola. Die würde sich erst mal die ganze Geschichte anhören und ihm dann bestätigen, dass er alles richtig gemacht hatte und man sich nichts gefallen lassen durfte von dieser Gucci-Schlampe!

Er verlangsamte sein Tempo erst kurz vor der Haustür. Ein Großteil seiner Wut war schon beim bloßen Gedanken an seine Freundin verraucht. Jola war eben immer für ihn da.

Wahrscheinlich hätte Kretsche dem Blumenladen im Erdgeschoss noch einen Besuch abgestattet, wenn er geahnt hätte, dass seine Freundin sich ausgerechnet für diesen Abend vorgenommen hatte, diesen Zustand radikal zu ändern.

2. Die No-Bruce-Niederlage

Jola kam ihm aus dem Bad entgegen, angezogen, aber mit noch feuchten Haaren. Er sah es ihr sofort an. Bevor sie es aussprach, wusste er, was sie sagen würde.

«Wir müssen reden.»

Als es in ihrer Beziehung diesen Satz noch nicht gegeben hatte, war Jola Seineinundalles – in einem einzigen Wort. Sie lachten über dieselben Witze, hatten zur selben Zeit Lust auf Currywurst mit Fritten, lasen sich abends gegenseitig vor, fanden jeden Zentimeter des anderen sexuell erregend. Sie liebten sich so oft und heftig, als bekämen sie Geld dafür, konnten aber auch nächtelang über den Sinn des Lebens oder die Probleme beim 1. FC Köln reden (wobei Kretsche zugegebenermaßen der aktivere Gesprächsteilnehmer war). Es war alles wie bei Schmalzgesicht Ryan O'Neal und Ali MacGraw in *Love Story*. Und als sich das später auf ottonormal eingepegelt hatte, waren sie immer noch verliebt.

Kretsche stand jeden Morgen mit Jola im Bad und konnte sein Glück kaum fassen: Dieser sich leicht im Rhythmus des Zähneputzens wiegende, wundervolle Po gehörte ihm, er durfte mit seinen Händen jederzeit ihre weichen Brüste umfassen, er konnte sein Gesicht in roten, nach Honigshampoo duftenden Haaren vergraben, und Jolas Lippen waren ein in Samt eingeschlagenes Geschenk, das er, nur ER, küssen durfte.

Bei aller Schwärmerei war ihm völlig klar, dass Jola kein Topmodel war. Seine besten Kumpels Motte und Tanti hatten sie anfangs sogar eine «gefährliche Emanze» genannt – und zwar eine «mit rasierten Beinen, also die ganz gefährliche Sorte». Das war, kurz bevor Jola und Kretsche ein Paar wurden. Kretsche aber sah über ihre eine Spur zu muskulösen Beine hinweg, ihren Hang zu grellen Farben und uralten Wildlederjacken, ihre Segelöhrchen, die zum Vorschein kamen, wenn sie einen Pferdeschwanz trug, und auch alles andere, was eine *Germany's next Topmodel*-Jury bemängelt und als Ausschlusskriterium gesehen hätte. Ihre sanften Grübchen beim Lachen, das Blitzen ihrer Augen und die immer kalten Füße, die nachts unter Verrenkungen seine wärmenden Kniekehlen aufsuchten, wogen jeden Makel auf. Das nannte man wohl Liebe.

Mit den Jahren war allerdings etwas Irritierendes zu diesem soliden Grundgefühl hinzugekommen. Was das genau war, konnte Kretsche nicht ausmachen. Aber es hatte diese Sätze in ihre Beziehung gebracht. Sätze wie:

«Wir müssen reden.»

Sein Magen rumorte, sein Rücken versteifte, sein Nacken begann zu jucken. Nicht wegen dieses Satzes, er konnte mit diesem Satz umgehen. Der Mann Andreas Kreschinski war tatsächlich in der Lage, ein Beziehungsgespräch zu führen, auch wenn der Zeitgeist, Frauenzeitschriften und dämliche Weiberromane tausendmal das Gegenteil beschworen. Manchmal fing er sogar von sich aus ein Beziehungsgespräch an. Macht ein Mann das freiwillig, bringt das so viele Bonuspunkte, dass die Frau sich einen gewaltigen Highscore erarbeiten muss, bevor sie selbst wieder eins anfängt. Und warum? Weil ihr das diese dämlichen Frauenzeitschriften einredeten. Seit seiner Zeit in einer gemischten WG, während der er ausgiebig Gelegenheit hatte, von der *Freundin* über die *Petra* bis hin zur *Cosmopolitan* die ganze Bandbreite des *Sex & the City*-Schwachsinns zu erforschen, hielt Kretsche Frauenzeitschriften für eine der größten Erfindungen des Druckgewerbes.

In all diesen Blättern waren Männer grenzdebile Halbaffen und Frauen eine Mischung aus Versorgerin und Verführerin. Ihnen wurde beigebracht, wie man das Mann bekocht, das Mann mit kurzen Röcken und knappen Dessous paarungsbereit macht und das Mann in schlechten Ehejahren wieder von der Beziehung überzeugt, indem man «auch mal über den Schatten springt» und ihm «zur *Sportschau* ein Bier an die Couch bringt». All das hatte Kretsche in diesen Zeitschriften gelesen. Statt sich zu wundern, warum angeblich so moderne Frauen auf diesen Quatsch reinfielen, hatte er Jola zu ihrem zweiten Jahrestag ein Abo geschenkt.

Diesmal war alles anders. Schlimmer. Deswegen reagierte Kretsche sofort psychosomatisch. Jola hatte zwar gerade geduscht, aber ihre Augen waren ganz sicher nicht vom Shampoo gerötet. Sie hatte geweint. Und sie wollte offensichtlich ausgehen. Warum sonst hatte sie diesen eleganten Fummel an?

«Willst du noch weg?»

«Mit Dietmar.»

Er stöhnte laut. Zu laut, zu abfällig. MÖÖÖP-MÖÖP! Fehler!

«Klar. Und deshalb müssen wir jetzt ganz schnell reden, damit –»

«Schsch! Er ist in der Küche», zischte Jola wütend. Sie huschte zurück ins Bad.

Kretsche gab sich keine Mühe, leiser zu reden. «Wo auch sonst. Ich denk, der Typ ist Pilot! Warum fliegt er dann nie? Der sitzt immer nur bei uns in der Küche, wenn ich gerne mal einen Abend nur mit dir hätte.»

Jola funkelte ihn an. «Womit wir auch gleich beim Thema wären.»

Sie zerrte ihn ins Bad und kickte die Tür mit dem Absatz zu. Kretsche versuchte, die Situation mit einem verspäteten Begrüßungskuss zu entschärfen, aber Jola drehte sich weg, und seine Lippen landeten auf dem Kosmetikspiegel. Die Heftigkeit, mit der sie ihre Haare trocken rubbelte, erstickte alle Hoffnung auf Frieden. Um Zeit zu gewinnen, klaubte er ein paar alte Unterhosen vom Boden auf und stopfte sie ordnungsgemäß in die Wäschebox. Was hatte er für einen Fehler gemacht? Er hatte weder Geburtstag noch Jahrestag noch irgendeine wichtige Verabredung vergessen. Und ihr Uni-Job ging seines Wissens erst in einem Monat los. Ihr Uni-Job. O Gott, das war es:

Er hatte den Umschlag nicht eingeworfen.

Jola schmiss ihr Handtuch in die Badewanne. Zum Glück konnten Handtücher nicht knallen. «In den letzten Wochen, nee, Monaten habe ich dir von nix anderem erzählt. Du wusstest genau, wie wichtig das ist. Und du latschst einfach raus. Und warum? Weil du dich bloß für dich selbst interessierst. Ist dir scheißegal, ob ich den Job kriege oder nicht.»

«Jola, tut mir echt leid, ich ...»

«Ist ja okay, dass du mich monatelang nicht gefragt hast, ob ich mein Examen überhaupt packe. Dass dich nicht interessiert, ob ich danach einen Job kriege. Und dass es dir am Arsch vorbeigeht, wenn mein Prof mir eine Stelle an der Uni anbietet. Ich rechne ja gar nicht mehr damit, dass aus dir noch so was wie ein aufmerksamer Mann wird. Aber dass du mich jetzt auch noch aktiv sabotierst!»

«Ich hab doch nur den Umschlag vergessen.»

«Nur?»

Warum musste sie aus seinen Sätzen immer einzelne Wörter rauspicken und auf eine Art und Weise betonen, dass er sich schäbig und schmutzig vorkam?

«Ich hab interne Konkurrenz, Kretsche. Jobst wartet nur

drauf, dass ich 'nen Fehler mache. Der Umschlag war eine offizielle Bewerbung, ohne diese offizielle Bewerbung gibt es keine inoffizielle Bevorzugung, ohne den Umschlag also keine Stelle bei Professor Kern. Und der Umschlag muss bis –»

«Morgen früh in der Uni vorliegen. Ich weiß doch. Hör zu, ich bring ihn jetzt hin. Persönlich, direkt zur Sekretärin und –»

«Da ist keiner mehr. Außerdem waren wir schon da. Zum Glück hat Dietmar ein schnelles Auto.»

Sie wusste ganz gut, wie sie ihm wehtun konnte.

«Ach, stehen wir neuerdings auf schnelle Autos?»

Und er hatte ein ausgeprägtes Talent zur Eskalation.

Jola schimpfte, Jola schluchzte, Jola fluchte – endlose zehn Minuten, aber wenigstens gedämpft. Dietmar saß ja in der Küche. Aber trotz Lautstärkefilter flogen Kretsche die Vorwürfe wie Fleischerbeile um die Ohren:

Sieben Jahre lang hat sie ihn jobben, studieren und feiern lassen, die Wohnung geputzt, sogar als sie noch gar nicht mit darin gewohnt hat und obwohl er im Gegenzug *nie* daran gedacht hat, auch mal in ihrer Winzbude den Spüllappen in die Hand zu nehmen. Nicht einmal, wenn sie vorher *stundenlang* für ihn gekocht hat. Außerdem hat sie seinen Bankrott verhindert, den Freundeskreis aufrechterhalten – und damit meint sie nicht Motte und Tanti und diesen Dings, den mit den Asi-Bartstoppeln, denn das sind alles keine Freunde, das sind *Altlasten* aus dem Sandkasten, die jeder normale Mensch irgendwann *entsorgt* oder beim Therapeuten auf der Couch lässt. Sie hat die Geburtstagsgeschenke für Familienfeiern besorgt – *seiner* Familie wohlgemerkt – und sie hat ...

(hier holte Jola, wie ihm schien, zum ersten Mal richtig Luft)

... dabei selbst auch noch studiert. Bislang hat er ihr *nicht ein einziges Mal* eine Massage verpasst, wenn sie sich den Rücken krumm gelernt hat. Im Gegenteil, er hat doch tatsächlich verlangt, von *ihr* massiert zu werden, nachdem er vom Bolzen mit seinen Idioten zurückkam. Und nachdem *sie* fünf Stunden lang Genetikphilosophie gepaukt hatte.

Kretsche versuchte, die Lücke zu nutzen. «Wie, Idioten? Ich dachte, du magst meine Freunde?»

Aber Jola wischte den lächerlichen Versuch mit einer Hand weg. Nach all dem Rückenfreihalten und Nie-an-sich-Denken wollte sie jetzt mehr. Mehr Zeit, mehr Spaß ...

«Und endlich mal wieder zu zweit ins Kino gehen!» Sie stand vor ihm, die Bürste wie einen Dirigentenstab in der Hand, der ihm den Einsatz geben sollte.

Kretsche brauchte jetzt nur ja zu sagen. Einfach nur ja. Aber er konnte nicht widerstehen. «Wozu ist denn dann Dietmar noch nütze?»

Es gibt Fehler und es gibt tödliche Fehler.

Jola hielt ihm die Bürste unter die Nase. «Ich hab die Schnauze voll, Kretsche. So kann unsere Beziehung nicht weitergehen!»

Endlich ein Satz, mit dem jeder erfahrene Mann umgehen konnte. Zweiundsiebzigtausend Liebesfilme hatten die angemessene Reaktion vorgeführt und sie den meisten Männern in Fleisch und Blut übergehen lassen, so auch Kretsche: Einsicht zeigen.

«Hm», machte er und senkte betroffen den Kopf.

Natürlich glaubte er in diesem Moment, das Schlimmste hinter sich zu haben. Immerhin war der Umschlag abgegeben, die Uni-Chose gerettet. In Gedanken blätterte Kretsche bereits in der Fernsehzeitung und öffnete sich ein Bierchen. Doch etwas trieb ihn, das Beziehungsgesprächs-Spiel noch mit einer eleganten Volte zu seinen Gunsten zu entscheiden. Auch wenn zweiundsiebzigtausend Liebesfilme lehrten, dass es besser war, betroffen zu nicken und die Schnauze zu halten.

«Ich dachte ja auch, heute hätten wir mal einen Abend für uns gehabt. Wirklich mal ins Kino gehen. Oder einfach nur zusammen sein und so. Schick doch einfach den Schleimer nach Hause und –»

«Du dachtest? DU dachtest?!» Jola warf die Haare in den Nacken und kam bedrohlich näher. Dabei ging das eigentlich kaum noch auf vier Quadratmetern.

Wenn Jola diesen Ton anschlug, zerbröselten Diamanten zu winzigen Kohlestoffpartikeln, und Kretsches Rückgrat verkrampfte, bis jeder Wirbel einzeln um Gnade flehte. Ihm dämmerte, dass er bisher nur die Ouvertüre erlebt hatte. Und das Finale würde grausam sein.

* * *

Der Kriegsschauplatz hatte sich in einem großen Bogen um die Küche herum durchs Wohnzimmer auf den Balkon verlagert. Das war wegen Kretsches und Jolas Angewohnheit, bei Streitigkeiten jeden verfügbaren Quadratmeter zu bespielen. Meist landeten sie am Ende im Schlafzimmer und versöhnten sich. Diese Option war heute Abend unwahrscheinlich. Nicht nur wegen Dietmar, so gerne Kretsche ihm den Schwarzen Peter zugeschoben hätte. Diesmal war alles anders, existenzieller. Jola hatte geweint, sie hatte Kleinigkeiten ausgegraben, die mindestens drei Jahre zurücklagen, und nicht mal vor Klischeevorwürfen zurückgeschreckt.

«Du bringst nie Blumen mit. Und wir haben den Laden sogar im Haus!»

Er hatte gekontert, dass sie nicht mehr in den fünfziger Jahren lebten, aber das hatte sie mit links ausgehebelt: «Schade, da haben Männer noch Verantwortung übernommen.» Jola hatte seine Liebesfähigkeit in Frage gestellt: Ob er wohl jemals einen anderen Menschen als sich selbst glücklich machen könne. Und wolle.

Das war alles verdammt tiefgreifend und gefährlich, ein emotionaler Dschungelkrieg mit Minen, Napalm und Schüssen aus dem Hinterhalt. Und in der demilitarisierten Zone des Balkontürrahmens lehnte Dietmar und lächelte.

Das Lächeln war das Präsenteste an Dietmar. Es war mit einem sanften Schwung in sein Gesicht gegraben. Kretsche konnte sich nur an wenige Situationen erinnern, in denen Dietmar nicht diese überlegene Miene aufgesetzt hatte. Eine davon hatte mit einem Fußballspiel und einem schmerzhaften Volleyschuss in die Eier zu tun. Aber das war erstens Motte gewesen und zweitens verdient. Dietmar Wayne war einer dieser Typen, die auf Anhieb von allen Männern einer Partygesellschaft gehasst werden. Denn jedem war sofort klar, auf solche Spackos stehen alle Frauen.

Er war Pilot, nein, zum Glück nur Kopilot. Und er hieß tatsächlich Wayne. Sein Vater war ein hohes Tier bei der Army, er schaukelte seine Orden auf einem Büroposten irgendwo in der Eifel. Ein Mann, der zu dämlich war, seinen Sohn Bruce zu taufen, hatte Tanti gelästert. Bruce Wayne, Bruce Willis, das hatte Klang und Format. Dietmar, das war sicher die Wahl seiner Mutter gewesen. Alles an Dietmar hätte die Wahl seiner Mutter sein können: das in blonden Wellen an den Denkerkopf geschmiegte Haar, die breiten Schultern, die glänzenden Lederslipper und dieser Grundverständnisblick in den Dackelaugen.

Dietmar war der perfekte Mann, Schwiegersohn und Freund in Personalunion. Ob er auch einen hochbekam, bezweifelten Motte und Tanti. Kretsche nicht. Warum sollte Dietmar «No Bruce» Wayne so beharrlich und ausschließlich die Gegenwart von Frauen suchen, wenn er nicht auch zum Schuss kommen wollte? Schwul war er nicht, sosehr die Jungs sich das wünschten. Dietmar hatte sich seit seiner Trennung von einer schrecklich lauten Liliane so ziemlich an jedem Rockzipfel ihres Freundeskreises ausgeheult (wer zum Teufel hatte ihn eigentlich jemals angeschleppt?) und war bei der herzensguten Jola hängengeblieben. Sie mochte seine verständnisvolle Art, sein Talent, zuzuhören und im richtigen Moment den passenden Rat zu geben, seine Sprach- und Kulturkenntnisse, seine guten Manieren und dass er so anders war als Kretsche und seine Jungs.

«Und seine beschissene Angeberei?», hatte Kretsche Jola nach einer Party gefragt. Er lag betrunken und bewegungsunfähig auf dem Bett.

«Tut mir leid, dass er den Beruf ausübt, von dem ihr als Jüngelchen immer geträumt habt», hatte Jola geantwortet und ihm dabei die Jeans ausgezogen.

Er hatte entgegnet, kein Junge wolle nur Kopilot werden, schon gar nicht in einem verkackten Urlaubsflieger von *Air Alemannia*. Aber das war sinnlos. Dietmar hatte es in den vergangenen Monaten unzweifelhaft zu einer Art «beste Freundin» von Jola gebracht. Kretsche konnte damit leben. Im Vergleich mit Jolas Freundin Dani war Dietmar das geringere Übel. Es gab allerdings Momente, in denen Dietmar Wayne störte, und zwar gewaltig. Momente wie dieser.

«Entschuldigung, aber wir streiten hier gerade!», raunzte Kretsche.

Dietmar löste seine beneidenswert muskulöse Schulter vom Rahmen der Balkontür. «Ich find's gut, dass ihr euch aussprecht, aber ich find's gar nicht gut, wie aggressiv du Jola gegenüber bist.» Er blickte Jola besorgt an. «Alles klar bei dir?»

«Ist schon okay. Lass mal!», antwortete Jola. Ihr Brustkorb hob und senkte sich heftig vor Wut. Die rote Mähne glänzte von dem Besserbürstbar-Spray, das sie immer vor dem Föhnen auftrug.

Kretsche war fassungslos. «Verpiss dich, Dietmar, okay? Verpiss dich!»

Jola wirbelte herum. «Hör auf rumzustänkern! Dietmar bleibt.»

Und Dietmar blieb. Er lehnte sich wieder wie ein Bodyguard an den Türrahmen. Ein Meter neunzig schrägstehende Arschloch-Autorität. Fehlte nur noch seine dämliche Pilotenkappe.

Würziger Rauch stieg Kretsche in die Nase. Eschbach, der Mieter aus der Wohnung unter ihnen, qualmte eine seiner fetten Zigarren auf dem Balkon. Das machte er mit Vorliebe, wenn Jola und Kretsche auf dem Balkon saßen und quatschten oder Freunde zu Besuch hatten. Kretsche überlegte, ob er Jola ins Schlafzimmer schleppen sollte. Nicht nur wegen Dietmar. Er gönnte auch Eschbach nicht, dass er seine Niederlage mit anhörte. Dass es eine Niederlage werden würde, daran hegte Kretsche längst keinen Zweifel mehr. Es ging nur noch um Schadensbegrenzung.

«Weißt du, vielleicht lässt du es einfach mal zu, drüber nachzudenken», sagte Jola. «Du nimmst alles als gegeben hin, und das wird immer schlimmer. Aber wir sind zwei –»

«Drei», warf Kretsche mit Seitenblick auf Dietmar ein. Es war wie ein Zwang, eine Krankheit: Er konnte keine Chance zum Klugscheißern ungenutzt liegenlassen, selbst wenn ihm gar nicht danach war, sie zu benutzen.

«Du bist ein scheiß Arschloch.»

«Beschissenes Arschloch. Scheiß ist ein Substantiv.»

Jola knallte ihm eine. Dietmar grinste. Kretsche konnte sich nicht mehr beherrschen; er machte einen Satz auf Dietmar zu.

«Raus! Raus hier, du Penner!»

Dietmar wich zurück. Kretsche setzte nach, Jola erwischte ihn am Hemd, sie landeten beide auf dem Wohnzimmerboden. Jola rappelte sich als Erste wieder auf.

«Ist wohl besser, du gehst jetzt!»

«Ich? Ich wohne hier.»

«So benimmst du dich aber nicht.»

«Ach, nein?» Er stand auf. «Muss ich auch nicht. Ich weiß trotzdem, dass ich hier wohne. Das ist mein Sofa, da ist mein Tisch, und da drinnen steht mein Bett, okay, dein Kleiderschrank, aber neben meinem Spiegel und –»

«Halt den Mund!» Jola schubste ihn von sich. «Halt den Mund!»

Sie begann zu weinen. Dietmar hatte sich fluchtbereit in den Flur zurückgezogen, das Lächeln war ihm ausnahmsweise vergangen. Ebenso wie Kretsche war ihm klar, hier würden gleich entscheidende Sätze fallen.

«Ich hab so die Schnauze voll von dir, weißt du das?» In Jolas Augen schwammen Tränen.

Kretsches Herz krampfte sich zusammen. Er hielt es nicht aus, wenn Jola weinte. Das schmerzte. Sie war nämlich keine dieser typischen weiblichen Heulsusen. Sie weinte nie. Nur wenn es echt hart auf hart ging oder körperlich wehtat. So wie jetzt.

«Warum bist du so?» Sie wischte eine Träne von der Wange.

«Wie?»

«So gemein.»

«Ich wollte nicht gemein sein, ehrlich nicht», sagte Kretsche sanft. Sein Blick fiel auf Dietmar. «Herrgott, kann der nicht endlich abhauen?»

«Kretsche!» Jola stampfte auf.

«Ja, was? Oder hast du was mit ihm?» Er wusste selbst nicht, warum er Dietmar die Genugtuung gab, diese Frage vor ihm zu stellen. Und er wusste, dass diese Frage nicht deeskalierend sein würde.

«Warum nicht, Dietmar hat wenigstens Zeit für mich.»

Jolas Satz hing bleischwer in der Luft. Kretsche fühlte sich wie auf einer riesigen Schiffsschaukel, auf dem höchsten Punkt, kurz bevor sie in die Tiefe donnerte.

«Aha», krächzte er. «Und was kommt jetzt noch? Vögelt ihr seit 'nem halben Jahr hinter meinem Rücken?»

Die zweite Ohrfeige an diesem Abend tat wirklich weh. Jola hatte exakt dieselbe Stelle wie beim ersten Mal getroffen. Der eigentliche Hammer aber folgte, der K.-o.-Schlag, die Massenvernichtungswaffe.

«Wir vögeln ständig. Und bei ihm habe ich sogar einen Orgasmus. Das ist übrigens noch lange nicht der einzige Unterschied zu dir!»

Kretsche blickte sie an, ihren bis in die letzte Faser gespannten Körper, ihre blitzenden grünen Augen, er sah die Brüste, die sich unter dem hautengen Top abzeichneten, den Po, den er als sein Eigentum betrachtet hatte, bemerkte die vollen rotgeschminkten Lippen, röter noch als sonst – und all das hatte *Dietmar* gehabt? Er musste würgen. Nicht metaphorisch. In echt.

«Das hat doch alles keinen Sinn.» Jola stieß ihn beiseite und verschwand schluchzend im Flur.

Auch Dietmar war verschwunden. Aber Dietmar war egal. Und sieben Jahre eine Lüge.

Die Wohnungstür knallte. Kretsche brauchte weniger als fünf Minuten, um seinen schwarzen Samsonite-Koffer zu packen, Geld und Papiere in seine Taschen zu stopfen und die Wohnung ebenfalls zu verlassen.

Unten im Hausflur stolperte er im Halbdunkel über eine Mülltonne. Er las die weißgepinselte Aufschrift *Eschbach, 1. OG* und trat die Tonne mit Schmackes aus dem Weg. Joghurtbecher und leere Milchtüten spritzten mit Zigarrenstumpen, Asche und Gemüseresten über den Boden. Der feine Herr Eschbach trennte also keinen Müll, die Sau. Kretsche schloss sein Fahrrad auf, schnallte den Koffer auf den Gepäckträger und schob es über matschige Bananenschalen auf die Straße.

Ein sanfter Hauch Abendluft kühlte seine brennende Wange. Wie hatte es Bruce Willis im Meisterwerk *The Last Boy Scout* so treffend gesagt? «Das Wasser ist nass, der Himmel ist blau, und Frauen haben Geheimnisse.» Kretsche ließ die Haustür hinter sich zufallen und fuhr, ohne sich noch einmal umzusehen, zur Redaktion.

* * *

«Wenn ich dich nich kennen würd –»

«Dann hätte ich jetzt einen Teleskopschlagstock zwischen den Zähnen und beide Arme gebrochen. Komm, mach auf, Tolga!»

Kretsche riss sich zusammen, um dem Wachmann nicht an den Hals zu springen. Aber daran hätte ihn zweifellos die zentimeterdicke Tür aus Sicherheitsglas gehindert, die den Eingangsbereich des *Primus TV*-Stockwerks vom Treppenhaus abschirmte. Nur mittels einer Chipkarte kam man in die Büroflure. Kretsche hatte sich einiges in die Taschen gestopft, das rote Schlüsselband mit der Karte nicht. Tolga, der gerade die erste Runde seiner Nachtschicht drehte, hatte ein Stockwerk höher sein Fluchen gehört und ihn kurz darauf mit dem Strahl seiner *Maglite* zu Tode erschreckt.

Kretsche hielt die Hände schützend vors Gesicht. «Jetzt nimm die verkackte Taschenlampe runter! Ich bin gleich blind.»

Tolga hatte die Stablampe wie ein amerikanischer Streifenpolizist genau auf seine Augen gerichtet. Er knipste die Lampe aus und schaltete die Deckenfluter an. Der Türke mit dem Albatroskreuz und der Rückenaufschrift *SecuWatch* auf seiner schwarzen Goretex-Jacke grinste breit.

«Was is los, Alter? Willste arbeiten oder klauen, oder was?!»

«Wäre echt geil, wenn ich dir das drinnen erklären könnte.»

Tolga öffnete, drückte ihm aber die Taschenlampe auf die Brust.

«Also, arbeiten oder klauen?»

«Klauen, du Arschloch!»

Tolga grinste. «Gut, sonst hätte ich die Klapse angerufen.» Er trat beiseite. «Selber Arschloch.»

Kretsche klopfte ihm dankbar auf die Schulter und eilte über den blauen, mit Kaffeeflecken übersäten Flurteppich zu seinem Büro. Carolas Büro. Scheißegal. Wie so vieles.

JOLA UND DIETMAR, JOLA UND DIETMAR!

Er schüttelte den Kopf. Nicht dran denken!

JOLA UND ...

Kretsche wollte die Bürotür aufreißen, doch sie war verschlossen.

«Verfluchte Scheiße!»

«Ey, willste dich selber beklauen, oder was?» Tolga war geräuschlos dazugetreten und hielt seine Karte vor das graue Kästchen neben dem Türrahmen. Es piepste, und die Tür war offen. «Bist du 'n Penner, oder was?»

«Nee, hab nur was vergessen.» Kretsche durchwühlte bereits seinen Schreibtisch. Halt, da hatte er sie gar nicht hingelegt. Er wandte sich zur Besprechungsecke und tatsächlich, da lagen die Reiseunterlagen immer noch. Er biss sich auf die Lippe. Carola war also felsenfest davon ausgegangen, er würde zurückkehren.

«Ey, Mann, bist du unentspannt. Ärger mit deiner Alten?»

Kretsche zuckte verräterisch.

Tolga grinste. «Alles klar.»

Klar! Nichts war klar.

Kretsche blätterte rasch durch die Unterlagen.

Er hatte soeben die Frau verloren, mit der er eigentlich den Rest seines Lebens verbringen wollte.

SIE WILL'S WOHL LIEBER MIT JEMAND ANDEREM.

«Scheiße!»

«Ruhig, ey! Keine Braut is wert, dass 'n Mann sich so stresst.» Tolga schob einen Kaugummi in den Mund.

«Was weißt du denn schon», fuhr Kretsche ihn an.

Tolga zuckte mit den Achseln und begutachtete Fotos, Faxe, Notizen und anderen Krimskrams, der mit Reißzwecken an die Bürowände gepinnt war.

Bei dem ist bestimmt alles töfte zu Hause, dachte Kretsche. Tolga war einer von diesen Typen, die immer guten Sex hatten. Dem war es einfach scheißegal, wenn seine Frau keinen Orgasmus hatte.

SEINER FRAU BESTIMMT AUCH. DIE HOLT IHN SICH JEDENFALLS NICHT WOANDERS.

Nein, sonst würde Tolga sie einfach umbringen. Alle Beteiligten.

Kretsche starrte wütend auf die Reisepapiere in seiner Hand. Er war kurz davor, sie zu Sägemehl zu zerdrücken. Konzentration! Was brauchte er für seinen Job aus dem Büro? Sein Blick fiel auf die Akkuschale auf Carolas Schreibtisch.

«F*u*ck!» Kretsche fluchte «fuck» mit u, nicht «fack».

«Was sachste?» Tolga drehte sich zu ihm um. Er hatte seine glatten schwarzen Haare sorgfältig mit gespreizten Fingern nach hinten gestriegelt und dabei ein Foto von Carola studiert. Neben ihr stand Günther Jauch. Sie hatte Kretsche nicht verraten, ob sie und Jauch mal Kollegen gewesen waren oder ob Carola sich nur fürs Foto an ihn rangeschmissen hatte. Tolga war so etwas völlig egal. Er interessierte sich mehr für Carolas Sommerkleid, dem in Dekolletéhöhe ein Knopf fehlte. Kretsche vermutete, dass Carola das Ding eigenhändig abgeschnitten hatte.

«Ich habe mein Handy zu Hause vergessen.»

«Könnt ihr Fernsehtypen nicht mal eine Stunde ohne Handy leben? Ey, mein Vater, der hat in seinem ganzen Leben noch nie 'n Handy gehabt, Alter. Und meine Mutter kennt nich mal das Wort.»

«Hier geht's aber nicht um eine Stunde. Ich komm nicht mehr nach Hause.»

«Ach, so viel Ärger!»

«Ja, so viel Ärger!» Kretsche riss eine Schublade auf, nahm einen kleinen Schlüssel heraus. Damit öffnete er einen Metallschrank in Carolas Ecke. Tolga beobachtete die Aktion aufmerksam.

Im Schrank befand sich ein Alukoffer mit einer *SONY*-HD-Kamera. Sie war nagelneu und handlich. Jeder Laie konnte perfekt und in Fernsehqualität mit ihr drehen. Carola verwendete sie für Interviews, bei denen sie aus Gründen der Intimität keinen Kameramann dabeihaben wollte. Oder für versteckte Aufnahmen. Dafür gab es eigens einen schwarzen, präparierten Rucksack mit einer versteckten Öffnung für Linse und Mikrophon.

Tolga pfiff durch die Zähne. «Sexy. Das Maschinchen ist mir noch nie aufgefallen.»

«Heißt das, du machst hier nachts Inventarlisten?» Kretsche stopfte Kamera und Zubehör kurzerhand in den Rucksack.

«Was mach ich?» Tolga ging neben ihm in die Hocke.

«Vergiss es.»

Kretsche schloss den Rucksack. Der ganze Kram gehörte zwar der Firma, aber er hatte vor, im Dauerdienst zu sein. Da musste Carola eben mal verzichten.

«Und was krieg ich?» Tolga hielt grinsend die Hand auf.

«Wie?» Kretsche sah ihn irritiert an.

«Ja, Meister, du klaust Kameras, und ich steh daneben und geh leer aus?»

«Das ist jetzt nicht dein Ernst.»

«Nee.» Tolga boxte ihn auf den Bizeps. «Penner!»

«Scheiße, aua!»

«Mädchen! Heul doch!»

«Küsst du mir dann die Tränen weg?»

Tolga erhob sich. «Willst du mich verarschen?»

Kretsche schob den leeren Alukoffer wieder in den Schrank. «Nee, ich will hier schließlich noch lebend rauskommen.»

Tolga strahlte stolz. «Hast Schiss vor mir, was?» Er rubbelte ihm mit den Fingerknöcheln über den Kopf. «Musste nicht, Alter! Ich kenn dich doch.»

«Schön, dass du's endlich einsiehst.» Kretsche schnappte sich den Rucksack und wandte sich zum Gehen. «Ich muss los. Tschüs!»

«Ah, in die Stadt, besaufen.»

«Nee. Gran Canaria, arbeiten. Und dann besaufen.»

3. Fluss ist länger als See

Um vier Uhr morgens steht niemand gerne auf. Schon gar nicht, um einen Flieger zu erwischen, den man zwölf Stunden vorher gar nicht erwischen wollte. Und der einen nicht an einen wunderbaren Urlaubsort fliegt, sondern an einen Rund-um-die-Uhr-Arbeitsplatz. Erst recht aber nicht, wenn man frisch verlassen, stinksauer und todmüde ist, weil man die Nacht auf kaum gepolsterten Hartschalensitzen liegen musste.

Kretsches Nacken fühlte sich an wie ein tiefgefrorenes, aber dennoch schmerzempfindliches Rindersteak. Ein Rucksack war kein super Kopfkissenersatz, auch wenn einem das Wohlstandshippies an den Hauptbahnhöfen dieser Welt so verkaufen wollten. Zu allem Ungemach kam, dass *NeuTour*-Kunden doch tatsächlich mit *Air Alemannia* flogen, Dietmars verschissener Fluggesellschaft. Wenigstens konnte Kretsche sicher sein, dass auf dem Kopilotenplatz ein anderer Idiot sitzen würde. Streber-Dietmar trank nie vor einem Dienst. Und Jola hatte verdammt nach Trinken ausgesehen.

Kretsche musste gähnen, bis ihm Tränen in die Augen schossen. Er wischte sie mit dem Jackenärmel weg und bemerkte, dass die Bedienung im 24-Stunden-Café gewechselt hatte. Die Neue war ausgesprochen hübsch. Ein gutes Zeichen, denn um 4:15 Uhr hatte er beschlossen, jede halbwegs attraktive Frau als potenzielle Nachfolgerin von Jola anzusehen. Allerdings war der Wartebereich nicht gerade von gutaussehenden Frauen überlaufen.

Eine ondulierte Dame gegenüber trug passend zur gasflammenfarbenen Haartönung eine blaue Teleskopkrücke. Ihr Mann holte alle zehn Minuten Kaffee für sie. Er selbst trank Dosenbier. Daneben saßen zwei Lichtblicke, brünette Mädchen im Abiturientinnenalter; sie hatten die Köpfe jeweils an die Schulter der Freundin gelehnt und versuchten zu schlafen. Partyluder, dachte Kretsche, glaubte es aber selbst nicht. Sein Blick wanderte die Reihen der lesenden, dösenden oder erschreckend munter plappernden Reisenden entlang. Ganz außen in der gegenüberliegenden Sitzreihe las eine Wanderoma mit einem Gesicht wie braunes Vulkangestein in Karohemd und Trekkingstiefeln den neuen *Stern*. Kretsche selbst war zu müde zum Lesen. Er wechselte von der linken auf die rechte Pobacke, zählte im Stillen die Knochen, die nicht wehtaten. Zweieinhalb, maximal.

Vor den noch geschlossenen Shops schubberte ein Mann in grauen Latzhosen mit einem Bohnerwagen hin und her. Ein Fensterputzer quietschte zärtlich mit einem Gummiwischer über die Glasfront zum Rollfeld. Der ganze Flughafen glänzte in der Morgendämmerung wie ein frischgebadetes Swarowski-Kristall-Baby.

«Hör ma!», quakte eine muntere Stimme in sein Ohr. Ein bärtiger Mann in ausgeblichenen Jeans und Armyjacke blinzelte ihm freundlich zu. Er roch nach Schweiß, Urin und Knoblauch. Eine Mischung, die ganz im Einklang mit seinem Erscheinungsbild war: Nick Nolte als Penner in *Zoff in Beverly Hills*. Wobei der das Ausdünstungsnapalm nur gespielt hatte.

«Meinen Sie mich?»

«Verreiste?»

«Ich? Äh, ja klar.»

«Ich auch.»

«Schön.»

«Hab aber kein Kleingeld.» Das Nick-Nolte-Double schnalzte bedauernd mit der Zunge.

«Nicht schön.»

«Kannste mir aushelfen?»

«Wie viel kostet das Ticket denn?»

Nick Nolte verzog keine Miene. «Komiker?»

«Nee. Du?»

«Hör ma, Freundchen», Nick Nolte verschränkte die Arme. «Ich frag hier ganz freundlich ...» Er hob die Stimme. «Ganz freundlich. Das kann ja wohl jeder hier bestätigen. Oder?» Die letzten Worte hatte er so laut gesprochen, dass alle Umsitzenden zu ihnen herübersahen.

«Hey, ist ja gut», sagte Kretsche ruhig.

«Ach, jetzt kann er auf einmal!» Nick Nolte wies mit weit ausholender Armbewegung auf Kretsche. «Er kann jetzt auf einmal! Hört, hört!»

Nun sah auch der letzte Wartende zu ihnen rüber. Kretsche hatte keinen Nerv, sich auf das Peinlichkeitsspiel einzulassen, zumal es ihm völlig wurscht war. Er seufzte demonstrativ.

«Ich hab 'nen Euro klein, wenn Ihnen das –»

«'n Euro!», heulte Nick Nolte laut auf. «Er hat 'nen Euro klein. Ja, da schau aber mal einer an!»

Die Umsitzenden starrten betreten in ihre Reiselektüren. So was konnte schlimm enden.

«NÜLLE!»

Ein Flughafenpolizist winkte Nick Nolte, der in Wahrheit also Nülle hieß, zu sich.

«Du hast Verbot! Ab!»

«Und der Typ hat 'nen Euro.» Nülle schlurfte zum Ausgang. Er machte eine wegwerfende Handbewegung. «Und jetzt? Kommt er auch nicht weit mit, der Spacko!»

Nülle verschwand, der Polizist trottete kopfschüttelnd hinter ihm her. Die Umsitzenden warfen verstohlene Blicke auf Kretsche. Ein Euro, da kam er wirklich nicht weit mit.

Kretsche lächelte eine Brünette mit Erzieherinnenbrille und Outdoorjacke an. «Jetzt sind wir wenigstens alle wach, was?»

Sie runzelte die Stirn und versteckte sich hinter einem Jack-Wolfskin-Katalog. Kretsche fiel auf, dass er einer der wenigen Fluggäste in völlig normaler Straßenkleidung war. Wieso hüllte sich der deutsche Tourist pünktlich zum Urlaubsantritt in sogenannte *Funktionskleidung*? Okay, weil sie bequem war. Das war seine Jeans aber auch. Warum musste alles außerdem unbedingt atmungsaktiv und wasserdicht sein? Neben ihm nahm ein bonbonroter Nicki-Anzug Platz. Stimmt, so was gab es auch noch: Frauen, die solche Wohlfühlanzüge nur zum Fliegen kauften. Was trugen die bei einer Zugreise – weichgespülte Frotteekleider? Zum Glück war Jola anders, sie trug im Urlaub dieselben Klamotten wie daheim, und die standen ihr einfach klasse.

Bevor die Trauer ihn übermannte, verdrängte er schnell das Bild von Jola, wie sie mit ihm einen Strand entlangschlenderte. Sein Blick fiel auf einen Mittelscheitelträger, der in der *Vanity Fair* blätterte. Auf dem Cover Heidi Klum. Seine Frau daneben las in einem Utta-Danella-Schmöker. Was las wohl Heidi Klum im Urlaub? Und was trug sie beim Fliegen? Und würde sie vielleicht auch auf Gran Canaria sein?

Es knirschte in der Lautsprecheranlage. Kretsche stand erleichtert auf. Lange hätte diese dämliche Ablenkungsstrategie gegen Liebeskummer nicht mehr gewirkt.

«Das Boarding für Flug AA 2317 von Köln nach Las Palmas verschiebt sich leider um etwa 15 Minuten. Wir bitten um Ihr Verständnis.»

Ein Großteil derer, die sich gerade erhoben hatten, setzte sich wieder. Auf Kretsches alten Sitzplatz sank ein schlaksiger Typ, der sofort seine drei Mitreisenden heranwinkte und auf die benachbarten freien Plätze wies. Kretsche lehnte sich an eine Säule. Die Frau mit der Outdoorjacke war am Counter stehen geblieben. Ebenso die Blaue Krücke; dabei durfte sie als Gehbehinderte das Flugzeug sowieso als Erste betreten. Ihr Mann musterte mit hochgeschobener Brille das Etikett seiner Bierdose. Kretsche studierte verstohlen den Schlaks und seine Freunde. Es waren zwei Paare aus dem Katalog für Doku-Soap-Redakteure:

Auf diesem Bild sehen Sie das Modell «Jung-Asi/Sportiv», männlich und weiblich, in perfekt aufeinander abgestimmten Trainingsanzügen und mit verschiedenen Dialekten buchbar (vorzugsweise für Gerichts- und Schuldenberatungsshows). Sie haben – im Gegensatz zum Modell «Jung-Asi/Goldkette» (Katalogseite 12), das seine Weltsicht je nach Wirtschaftslage ändert – unverrückbare Lebensansichten und Grundsätze, die sie gerne lautstark kundtun. Für die Vorabendschiene können wir Ihnen unser ebenfalls sehr gern genommenes Modell «Jung-Asi/Familia» anbieten (Katalogseite 13–14). Hier ist entweder SIE schwanger zu erwerben und ER flüchtig oder aber beide zusammenlebend in Kombination mit einem vierjährigen Schwererziehbaren.

Die vier trugen paarweise identische Trainingsanzüge von adidas, die Frauen dazu jeweils rosa Sneakers, die Jungs knöchelhohe Basketballstiefel. Gefärbte Haare oder Strähnchen hatten alle vier, die Jungs zudem noch beide gebrochene Nasenbeine. Alle waren Anfang zwanzig und kamen unüberhörbar aus dem Ruhrgebiet.

Die kräftige Braunhaarige hatte es sich gerade auf dem Schoß ihres Eins-neunzig-Stechers bequem gemacht und stupste ihre blonde Sporty-Spice-Freundin:

«Samma, Gran Canaria ... Wat gibbet denn da so an Wasser?»

«Ja, wie? Meer, Fluss, See – wat meinste?»

«So wat, genau!» Die Braunhaarige dachte kurz nach und biss sich dabei ein Stück Nagelhaut ab. Ihr Freund beobachtete sie, ohne dass seine Miene verriet, ob er das nun erregend oder abstoßend fand.

«Und Fluss is größer als See, ne?», fragte sie schließlich.

«Länger», sagte der Schlaks.

Sporty Spice nickte.

Es knirschte erneut in den Lautsprechern. Kretsche flüchtete zum Counter. Das Boarding begann.

***

Warum sah jede Stadt beim Landeanflug aus wie ein Slum oder eine riesige und völlig unwirtschaftliche Ansammlung von Autowerkstätten? Kretsche starrte aus dem Fenster der Boeing. Um ihn herum saßen 185 Passagiere, mit denen er auf einer Höhe von maximal 12 500 Metern bei einer Reisegeschwindigkeit von 840 Stundenkilometern geflogen war. So stand es zumindest auf der Klappkarte aus der Sitztasche. Nachdem er diese wichtigen Informationen verdaut hatte, war er sofort eingeschlafen. Er hatte die ebenso langweilige wie sinnlose Katastropheneinweisung verpasst (ob die Stewardessen, diese hübschen, jungen Dinger, in einem echten Notfall wohl ebenso geziert nach den aus der Kabinendecke fallenden Sauerstoffmasken griffen? Bestimmt verfielen sie eher in Hysterie. Und wer kontrollierte dann die Anschnallgurte, half schreienden Müttern, ihren Babys die Masken überzustreifen, und blies nach der Notwasserung die Rettungsinseln auf, die sowieso nicht für alle Platz boten?), er hatte den Start verpennt, den Spielfilm, das Essen und seine Sitznachbarin. Außer dem verpassten Essen bedauerte er nichts. Ein wenig Schlaf nachholen war das Beste, was er nach dieser Nacht tun konnte.

DIE NACHT, IN DER SICH JOLA VON DIR GETRENNT UND FÜR DIETMAR ENTSCHIEDEN HAT!

Verdammt, da war es schon wieder, das Kopfkarussell. Außerdem hatte *er* sich getrennt. Der, der geht, trennt sich. Ganz klar.

SIEBEN JAHRE KEIN ORGASMUS ... UND MIT DIETMAR IMMER!

Gar nicht dran denken, wegschieben, sacken lassen, nein, nicht sacken lassen, wegwerfen, drauftreten, vergessen! Dieser verdammte Pilotenpimmel! Dieser Kopilotenpimmel! Schönes Wetter draußen, stramme Beine die Stewardess. Ja, ich bin angeschnallt, hier, ist nur mein Hemd über der Schnalle. Die Rückenlehne? Ja, klar, die Rückenlehne. Mach ich auch, solange ich nicht dran denken muss ...

SIEBEN JAHRE!

Kretsche stellte seine Rückenlehne gerade und konzentrierte sich auf den Ausblick. Das Flugzeug schmiegte sich in einer engen Kurve an eine Wolke, die plötzlich verschwand. Durch das kleine Fenster war nun nichts als das Kobaltblau des Himmels zu sehen, hie und da von dürren, weißen Fetzen durchsetzt. Hinter seiner Stirn pochte es. Er kniff die Nasenflügel zusammen, pustete und glich den Druck aus. In der nächsten Sekunde kippte der Pilot das Flugzeug zur anderen Seite, und in den Fensterluken erschienen endlose flaschengrüne Wellenberge mit weißen Gischtkämmen. Kretsche schloss die Augen. Sein Magen machte sich bemerkbar. Keine Luftkrankheit, eher ein Müdigkeitswürgen, das ihm nicht fremd war. Er brauchte mindestens sieben Stunden Schlaf, sonst hatte er bis nach dem Frühstück dieses flaue Unwohlsein. Und in der vergangenen

Nacht hatte er keine sieben Stunden Schlaf bekommen. Ganz bestimmt nicht.

«Entschuldigung, darf ich?»

Eine feuchte Hand legte sich auf seine. Kretsche zuckte zusammen. Die Hand zog sich sofort zurück.

«Entschuldigung, ich wollte nicht ...»

Die ältere Dame in Wanderhosen auf dem Sitz neben ihm lächelte schüchtern.

«Flugangst. Start und Landung sind die Hölle für mich.»

«Ach so. Ich war gerade nur ...» Er machte eine vage Handbewegung. «Machen Sie ruhig. Ich kann's auch gebrauchen.»

«Danke.» Sie atmete durch, und ihre Finger schlossen sich krampfartig um seine Hand auf der Armlehne. Dabei verzog sich ihr Vulkangesteingesicht besorgt. Die Maschine sackte durch, und Kretsche legte seine freie Hand wie beim alten Kinderspiel auf den Handrücken seiner Nachbarin. Am liebsten hätte er sich genauso festgekrallt wie sie. Ihm fiel ein, dass er sie morgens schon gesehen hatte, im Wartebereich des Köln-Bonner Flughafens. Mit ihren schweren Lederstiefeln, der Karobluse, den beigen Camel-Hosen und den grauen, mit einem schmalen Tuch gebändigten Haaren hatte er sie in die Urlaubergruppe «Wanderrentner» gesteckt – die am weitesten verbreitete Kategorie neben «Partygängern», «Bräunungsfetischisten», «Poolliegern» und «Alleinreisenden Dauersingles». Wobei sie auch in letztere Rubrik gepasst hätte. Er linste nach ihrer rechten Hand auf der anderen Armlehne. Kein Ehering. Wie er vermutet hatte. Kaum war er 24 Stunden Single, schon schmissen sich die Weiber an ihn ran.

«Sie sind belästigt worden, nicht?», fragte sie.

«Wie bitte?»

«Der Stadtstreicher heute Morgen. Im Flughafen.»

«Ach ja, richtig. Halb so wild.»

Sie nickte. «So ein Flug ist schlimmer. Wenn der ins Auge geht, dann macht man sie nicht mehr auf.»

«Sie sagen es.»

«Aber dann, nach dem Flug – ich kann's kaum erwarten.» Sie bemühte sich, das fauchende Geräusch zu übertönen, das die Maschine im Landeanflug machte. Ein sehr beunruhigendes Geräusch.

«Geht mir genauso. Auf den Flug könnte man verzichten, aber dann ...» O Gott, er verzapfte denselben Unsinn. Klar, er hatte mittlerweile genauso viel Panik. Auf Reisen mit Jola war er gelassener gewesen.

Er meinte zu fühlen, wie die Nase des Flugzeugs sich neigte. Das Fauchen wurde lauter. Sehr beunruhigend. Die Maschine wurde durchgeschüttelt, als rüttele der unglaubliche Hulk persönlich an den Tragflächen.

«Wenigstens ging das Einchecken schnell. Ich halte mich nicht gern an Flughäfen oder Bahnhöfen auf. Zu viele Menschen.» Die Wanderoma brüllte in sein Ohr.

Das Fauchen brach unvermittelt ab. Sehr beunruhigend. Die ersten Flughafengebäude rasten am Unterrand der Fenster vorbei.

«Als ob's was umsonst gäbe», sagte Kretsche und starrte hinaus. Bei Start und Landung starrte er immer aus dem Fenster, das brachte Glück. Seitdem er sich das einmal eingeredet hatte, musste er diese Regel bei jedem Flug beachten. Alles andere hätte bedeutet, mit seinem Leben zu spielen. Da fiel ihm siedend heiß ein: Diesmal hatte er den Start verpennt! Seine Hand krallte sich in die Fingerfalten der Wanderoma. Sie hatte raue Spülhände. Egal.

«Wann mussten Sie denn heute raus?», fragte die Wanderoma gequetscht. Sie war sicher froh, einen würdigen Panik-Partner gefunden zu haben.

«Gar nicht, ich war schon da», antwortete Kretsche. Ihm fiel auf, wie mysteriös das klang. Aber erklären wollte er es auch nicht. Die Nacht am Kölner Flughafen wollte er schnellstens vergessen. Die sieben Jahre auch.

***

Der *Aeropuerto de Gran Canaria* verbreitete das Flair einer Tube Sonnencreme, er roch nach Urlaub, und Kretsche sah viel verbranntes Fleisch, während er auf seinen Samsonite wartete. Die meisten Koffer auf dem Gepäckband waren mit bunten Gurten gekennzeichnet – blaue, rote, regenbogenfarbene, mit Werbeaufschriften, mit Fußballvereinslogos, aus Leder, reißfestem Polypropylen oder Gummi. Weniger, um ein Aufspringen zu verhindern, wenn sie brutal verladen wurden. Nein, so erkannte man sein Gepäck besser wieder und konnte am Band Gelassenheit walten lassen. Was niemand tat. Der deutsche Urlauber drängelt sich lieber um Plätze in der ersten Reihe oder rammt seinen leeren Gepäckwagen in fremde Sandalenfersen, wenn er es nur in die zweite geschafft hat.

Kretsche schulterte den Kamerarucksack und blieb gelassen hinten stehen. Er fand Koffergurte spießig; seinen Samsonite erkannte er auch ohne so ein Ding wieder. Seit einer Kanadareise hatte das gute Stück nämlich eine Schramme an der Längsseite.

Neben dem Band betrachtete ein Paar die Reklamekästen eines edlen Wellnesshotels an der Costa Meloneras. Der Mann trug ein durchfallfarbenes T-Shirt mit der Aufschrift *The Legend*. In seinem Gesicht prangte ein Schnauzer, schwarz und buschig wie ein Handfeger. Die Frau von *The Legend* war drei Köpfe kleiner als er, ihre dünnen blonden Haare fielen wie kalte Spaghetti auf die Schultern. Sie war in das Bild eines

Marmorpools vor Panoramafenstern mit Küstenblick versunken.

«Hammer, oder? Ist das der Hammer, oder was?»

«Jou», brummte ihr Mann.

«Wär schon schön, einmal in so 'nem Hotel.»

«Jou.»

«Boah, einmal in so 'nem Hotel, oder?»

Keine Reaktion. Sie seufzte noch einmal vernehmlich.

«Schon schön.»

Ein Brummen.

«Einmal in so 'nem Hotel ...»

«Ja, und? Da zahlst du dann das Doppelte für wie wir – und das Wetter ist auch nicht schöner!»

Ein schwarzer Samsonite flutschte durch die Wand aus Gummilappen aufs Band. Kretsche schob sich, halbgare Entschuldigungen murmelnd, durch die Wartenden und griff danach.

«Ey!», grölte jemand in sein Ohr. Der Eins-neunzig-Schlaks drängte ihn beiseite. «Dat is meiner!»

«Oh», machte Kretsche und ließ sich zurück in die zweite Reihe fallen. Dabei trat er der Frau mit der blauen Krücke auf den Fuß. «Tut mir leid!»

«Was?»

Sie hatte anscheinend nichts bemerkt. Vielleicht war ihr Fuß auch taub oder aus Plastik.

«Schon gut. Vertan.»

Kretsche schaltete unauffällig die Kamera im Rucksack an. Warum die Reportage nicht gleich da beginnen, wo in jedem Urlaub die ersten Stresshormone ausgeschüttet werden? Wie beim Schlachtvieh während des Transports.

Bevor er seinen Schwenk über die unruhige Touristenherde beenden konnte, schlingerte bereits der nächste schwarze Samsonite-Koffer aufs Band. Kretsche erkannte sofort die

Schramme. Er schulterte den Rucksack wieder und trat näher. Ein weiterer schwarzer Samsonite rutschte durch die Gummilappen, mit einer ganz ähnlichen Macke. Kretsches Hand erstarrte in der Luft.

«Ich läster nie wieder über Koffergürtel», murmelte er.

«Was is mit meinem Koffergürtel?», fragte der Mann der Blauen Krücke, während er neben Kretsche einen Trolley mit giftgrünem Band herunterwuchtete.

«Nichts. Schöne Farbe.»

Kretsche versuchte, an dem Mann vorbei nach dem hinteren Samsonite zu angeln. Aber eine fluchende Spanierin stieß ihn beiseite, um an ihr in Plastikfolie eingeschweißtes Schminkköfferchen zu kommen. Er strauchelte.

«Jetzt mal ruhig, Jungchen.» Ein vorgebräunter Riesenbrustkasten mit Bürstenhaarschnitt tippte ihm auf die Schulter. «Drängeln is nich, klar?»

«Ich bin gestolpert.»

«Ich stolper auch gleich!»

«Entspannen Sie sich mal! Der Urlaub hat angefangen», rief eine schrille Frauenstimme hinter ihm. Alle Umstehenden sahen Kretsche missbilligend an.

«Hallo? Ich bin gestolpert!»

«Hui, jetzt wird er aggressiv!» Der Riesenbrustkasten verzog spöttisch den Mund.

«Asi!», tönte es aus der Menge.

Ein schwarzer Samsonite mit Schramme an der richtigen Stelle glitt aufs Band. Niemand griff danach.

«Dürfte ich jetzt bitte mal ...»

«Nein.» Der Riesenbrustkasten verschränkte die Arme. «Hinten anstellen.»

«Aber ...»

«Hinten anstellen!»

Ein dürrer Asthmatiker in Bermudashorts klatschte Beifall. Zwei Frauen mit Mundwinkelfalten applaudierten ebenfalls. Die weiter entfernt wartenden Touristen reckten die Hälse. Mit einem Mal riss Kretsche die Augen auf und wies mit dem Finger auf einen Touristik-Schalter.

«Ach, du heilige Scheiße!»

Der Riesenbrustkasten und alle, die seinen entsetzten Ausruf gehört hatten, wirbelten herum. Sofort stürzte Kretsche sich auf seinen Koffer und zerrte ihn vom Band. Dabei knallte er eine Kante des Samsonites ans Schienbein des blonden Hünen, der wütend aufheulte.

«'tschuldigung, keine Absicht! Schönen Urlaub!» Kretsche flüchtete zum Ausgang.

«Man sieht sich, du Penner!», brüllte der Riesenbrustkasten ihm hinterher.

Womit er recht behalten sollte.

* * *

Sylvester Stallone war längst nicht Bruce Willis, aber auch er hatte ein paar Meisterwerke abgeliefert. *First Blood*, also *Rambo I*, nahm einen ganz besonderen Platz in Kretsches Herz ein. Den Roman von David Morrell hatte er bereits vor dem Film gelesen. Und der John Rambo, den er sich dabei ausgemalt hatte, war nur halb so gut wie der, den Stallone dann auf die Leinwände dieser Welt brachte. So was passierte verdammt selten bei Büchern, die Kretsche gefielen. Zu *Rocky I* hatte das alte Schlaganfallgesicht sogar das Drehbuch selbst geschrieben. Der Typ war genauso schlau wie verbeult, und das wollte was heißen. Trotzdem liebte Kretsche Willis einen Tacken mehr. Das lag an *Die Hard I* und am Film aller Filme, *The Last Boy Scout*. Mit Motte und Tanti konnte er komplette Gespräche führen, bei denen sie ausschließlich Willis-Zitate benutzten:

«Wie fett ist sie?»

«So fett, dass ich sie in Mehl rollen musste, um die feuchte Stelle zu finden.»

«Und wenn du sie vögeln willst ...»

«... Klopf ihr auf die Schenkel und folge den Wellenbergen.»

«Jungs, ihr seid echt Arschlöcher.»

«Hey, er ist Arschloch. Ich bin Furzgesicht.»

Jola schien das anfangs alles lustig zu finden; sie mochte auch Motte und Tanti auf Anhieb. Eine Grundvoraussetzung für jede Beziehung: Liebe die besten Freunde deines Mannes! Später trug sie an gemeinsamen Abenden allerdings immer ein schiefes gefrorenes Grinsen im Gesicht, eine Art Lachklammer. Er und die Jungs hatten sich wieder öfter alleine zu Videoabenden getroffen.

EBEN, DU IDIOT! SO HAT ES ANGEFANGEN.

Nein, nein, Schuld hatte jemand ganz anderes! Kretsche fiel plötzlich der Traum ein, den er im Flugzeug gehabt hatte:

Er stand mit Jola und Dietmar in ihrer Küche – gemeinsam mit Sylvester Stallone im weißen Feinrippunterhemd. Aus Stallones muskelbepackten Armen drückten sich Anabolika-Adern wie fette Regenwürmer hervor. Er guckte schüchtern und ein wenig verloren in die Runde. Dietmar quatschte ihn natürlich sofort blöd von der Seite an:

«Kennst du die Homepage mit den coolen Chuck-Norris-Sprüchen? Gott sprach: *Es werde Licht!* Chuck Norris sprach: *Sag bitte!* Oder: Sylvester Stallone isst Honig – Chuck Norris kaut Bienen.»

Sly versuchte sein Gesicht zu wahren, machte dadurch aber alles nur schlimmer: «In meinem Forum haben Fans aber auch ein paar lustige Sprüche geschrieben. *Rambo is stark* und so.»

Kretsche wusste im Nachhinein nicht mehr, ob Stallone englisch gesprochen hatte oder traumsynchronisiert war. Aber er wusste noch, dass er wahnsinniges Mitleid mit ihm gehabt hatte. Auch Jolas Blick verriet Missfallen an Dietmars unsensiblem Vorstoß. Der drückte nun seine Hand mit gespreizten Fingern an die Küchenwand.

«Los, wer hat die breiteren Pranken!»

Sly legte schüchtern seine Hand auf Dietmars. Sie war nur halb so groß, da halfen auch die fetten Adern nicht weiter. Dietmar gluckste vor Vergnügen.

Kretsche hätte Sly am liebsten in den Arm genommen. Der Mann war am Boden zerstört. Jola hielt sich raus. Natürlich. Bei ihrem Dietmar hielt die feine Dame sich raus. Stallone machte sich beschämt an der Kaffeemaschine zu schaffen, die Kretsche aus seiner letzten Studenten-WG hatte mitgehen lassen (im Traum wie in Wirklichkeit). Eine Krupps, die sensationellen Kaffee machte, wenn man mit ihr umzugehen wusste. Woher aber sollte Sylvester Stallone das wissen? Er fummelte ungeschickt am Schwenkfilter. Kretsches Herz zerfloss vor Mitleid mit diesem scheiternden Helden. Sein Bedürfnis, ihn zu trösten, wurde immer größer. Dietmar mit seinen beschissenen Chuck-Norris-Sprüchen!

«Hey, Sly!», sagte Kretsche.

Sly drehte sich um, in der Linken eine Filtertüte, in der Rechten eine Kaffeedose. Er zog die Schultern hoch, als rechne er mit einem regelwidrigen Schlag.

«Warum hat Sylvester Stallone Probleme beim Kaffeekochen?»

Sly zögerte, zuckte schließlich mit den Achseln.

«Weil das Wasser Angst hat, aus dem Hahn zu kommen!»

In Sylvester Stallones Gesicht ging eine Sonne auf. Er strahlte Kretsche so dankbar an, dass dieser sofort aufwachte.

Er war sich später nicht sicher, ob der Spruch wirklich so gut war. Oder ob er ihn unbewusst aus einer Chuck-Norris-Sprüche-Sammlung im Internet abgespeichert hatte. Es wunderte ihn nicht, dass er Sylvester Stallone in seine Küche träumte. Vielmehr verblüffte ihn, wie der es so lange mit Dietmar in einem Raum ausgehalten hatte, selbst im Traum. Warum hatten Sly und er Dietmar nicht nach Strich und Faden verprügelt? Okay, Jola war dabei. Was hatte der Traum also zu bedeuten? Vielleicht einfach nur, dass Dietmar Wayne auch im Schlaf ein Arschloch war.

Mit solchen Gedanken vertrieb sich Kretsche die Zeit, während der klimatisierte Iveco-Bus seines Reiseunternehmens alle All-inclusive-Schäfchen zu ihren Hotels oder Apartmentanlagen kutschierte. Das *Hispañola Star Hotel* war offenbar eines der letzten Ziele, die der schnauzbärtige Busfahrer ansteuerte.

Kretsche saß auf dem Platz schräg hinter dem Fahrer. Er warf einen Blick in den hinteren Teil des *Canarybus 308*. Ein weißhaariges Ehepaar, ein Tarnklamottenpärchen mit heftig brüllendem Säugling und drei Jeansjacken mit verspiegelten Sonnenbrillen und Fußballtrikots. Ganz hinten saß noch ein Walrossschnauzer mit zauseligen Haaren. Er hatte einen schwarzbezopften Wollpulli in seine Röhrenjeans gestopft, so wie man es zuletzt 1985 getragen hatte. In den ländlichen Gebieten der Bundesrepublik. Im Winter.

Der strahlend weiße Bus überholte einen knatternden Laster aus dem frühen zwanzigsten Jahrhundert und wechselte wieder auf die rechte Spur. Das Kruzifix, das an einer Kette an der Frontscheibe baumelte, schwang wild hin und her. Der Fahrer tippte kurz daran, und es beruhigte sich. Diese Bewegung machte er sicher Dutzende Male am Tag, völlig instinktiv. Kretsche schaute aus dem Fenster. Felshänge und Geröllebenen, ein langweiliges Landschaftsfoto mit Rotstich. Dazwischen grünes Gestrüpp, gelegentlich eine zerzauste Palme und alle paar Kilometer traurige Örtchen, eins abschreckender als das andere. Ansammlungen von hässlichen, hellen Gebäuden, die genauso aussahen wie aus der Luft: nach Autowerkstätten und Gemischtwarenläden, in denen Waren aus der Dritten Welt angeboten wurden, deren Verfallsdatum abgekratzt war. Er hoffte sehr, dass wenigstens in direkter Meereslage idyllischere Häuser standen. Von der Flughafenautobahn aus konnte er jedenfalls nur riesige Hotelklötze ausmachen.

Das Ausfahrtsschild «Playa del Inglés» flog am Fenster vorbei. Es konnte nicht mehr weit sein. Kretsche tastete nach der Armbanduhr in seiner Hosentasche. Er hatte sie ausgezogen, weil das Leder unangenehm am Handgelenk klebte. In der Sekunde, da er sie aus der Tasche zog, knallte es ohrenbetäubend.

Alle schraken zusammen, eine Frau schrie. Der Fahrer trat panisch auf die Bremse, brachte den Bus schlingernd auf dem Randstreifen der Ausfahrt zum Stehen.

Aus dem Motorraum quoll dichter, schwarzer Rauch. Kretsche starrte auf die Uhr in seiner Hand, als habe er damit eine Bombe gezündet.

Die Luft war bullenheiß und staubtrocken. Man hatte das Gefühl, sich beim Einatmen den Rachen zu verbrennen. Es roch nach Abgasen. Die Urlauber standen dicht zusammengedrängt im schrumpfenden Schatten zweier Palmen an einer Leitplanke. Nach Sex und Spaß auf Gran Canaria sah das alles nicht aus. Das weißhaarige Ehepaar verteilte kleine Wasserflaschen aus einer Lidl-Tüte. Die Jeansjacken winkten ab, überließen ihr Wasser dem Tarnklamottenpärchen. Das Baby schlief in einem Korb hinter der Leitplanke und gab keinen Mucks von sich. Glück im Unglück. Der Walrossschnauzer ignorierte die angebotene Flasche. Seine Lippen bewegten sich, als bete er still, dass die haarscharf am Bus vorbeirasenden, hupenden Autos sie nicht erfassten.

Der Busfahrer war bis zu den Ellbogen mit einem Mix aus Öl, Benzin und Straßendreck eingesaut. Fluchend knallte er die Klappe des Motorraums zu, wischte die Hände an einem winzigen Taschentuch ab und warf sein Werkzeug in den Notfallkoffer zurück. Für die Flecken im Hemd würde seine Frau ihn vierteilen. Er winkte seine Gäste wortlos und finster blickend zurück in den Bus.

Da er weder Deutsch noch Englisch sprach, dagegen keiner der Fahrgäste Spanisch, wusste niemand, was eigentlich kaputtgegangen war. Es war auch allen egal, jeder wollte nur noch in sein Hotel. Kretsche war der Einzige, der den Bus gut gelaunt bestieg. Ihm hatte die Panne nämlich eine gewisse Klarheit verschafft.

Während er mit der Digicam im präparierten Rucksack den schwitzenden Fahrer und die jammernden Touristen gefilmt hatte, waren die Gefühlsverwirrungen der vergangenen Nacht zurückgekehrt. Wie übermächtig sein Drang gewesen war, aus der Wohnung zu flüchten, weg von Jola, weg von allem. Wie er auf der Bank im Flughafen gehofft hatte, der Job auf Gran Canaria würde helfen, zu vergessen, abzuschalten, nicht über die Katastrophe nachzudenken, diese Erdspalte, die sich unter ihm aufgetan, diese Flutwelle, die ihn weggeschleudert, diese Lawine, die ihn mit sich fortgerissen hatte: Jola.

Nun, viele Stunden später, begriff er, dass es nicht um Ablenkung ging, es ging um viel mehr. Er musste einen Strich ziehen und etwas Neues beginnen! Etwas Großes, Einzigartiges. Etwas, das die Erinnerung an die Liebe verblassen ließ! Etwas Erfolgreiches!

Während sich die Türen des Reisebusses zischend schlossen,

schwor Kretsche stumm, aber inbrünstig einen heiligen Eid auf die Kamera in seinem Schoß: Andreas Kreschinski, du hast das verschissenste Thema von allen bekommen, aber du machst es! Komplett und allein, nicht nur die Recherche – das ganze Ding! Aber nicht so wie geplant. Du machst es besser. Du machst es zum Besten, was das Privatfernsehen je erlebt hat, zu einem journalistischen Meisterstück!

Es gab unzählige Artikel, Fotos, Filme, sogar die Zweitverwertung durch Sketche, Comedyfilme und Theatersatiren war bereits abgeschlossen. Jede Platitude zur Platitude war gesagt, in jeder erdenklichen Form. Das Thema war durch. Aber er, er würde einen besonderen Dreh finden, einen Kretsche-Dreh. Und alles im Kasten haben, *bevor* Carola landete. Sie hatte keine Chance. Er würde Rüdiger den Beitrag unter seinem Namen anbieten, und wenn der sich querstellte, damit schnurstracks zu einer Agentur gehen.

Diese Reportage würde ihm den direkten Weg zur *Tagesschau* ebnen! Oder wenigstens zu *Stern TV*.

4. Hengste mit Seidenschirmchen

Nachdem der Bus die anderen Urlauber bei einem Hotel der LIDU-Kette abgeladen hatte, war Kretsche tatsächlich der letzte Fahrgast. Der Busfahrer musterte ihn im Rückspiegel, als sei Kretsche am Unglück und an seinen Überstunden schuld. Um sich abzureagieren, bretterte er durch eine schmale Seitenstraße, dass der Rollsplitt gegen die Hauswände prasselte. Vor den messingverzierten Automatiktüren des *Hispañola Star Hotels* legte er eine Vollbremsung hin, die sich gewaschen hatte. Kretsche nahm ihm die rasante Fahrweise nicht übel. Auch nicht, dass er anschließend Kretsches Koffer aus dem Gepäckfach riss und achtlos auf den Boden fallen ließ. Der Mann hatte eine Menge durchgemacht und sich Kretsches Bewunderung verdient.

Kaum hatten sich nämlich die Türen des reparierten Busses wieder geschlossen, waren sie von einem Motorradpolizisten gestoppt worden. Dem wilden Gestikulieren des Busfahrers nach zu urteilen, glaubte der Polizist ihm nicht, dass er wegen eines Motorschadens in der Autobahnausfahrt parkte. Der strenge Ordnungshüter befahl dem Fahrer, sich mit geschlossenen Augen an die Nasenspitze zu fassen. Die Hand schon am Alko-Tester, ließ der Polizist sich von der gelungenen Vorführung überzeugen, nickte brummig und fuhr weiter. Der Fahrer erklomm daraufhin seinen Sitz und schmiss verächtlich blickend sechs leere Bierdosen aus dem Fenster.

Das *Hispañola Star Hotel* in Playa del Inglés war ein schneeweißer, rechteckiger Klotz mit balkonbestückten Fensterreihen auf sieben Stockwerken und damit exakt so hoch wie die benachbarten, allerdings viel moderneren Rundbauten einer Konkurrenzkette. Vielleicht eine Auflage, nachdem der kanarischen Mörtelmafia alle höheren Gebäude eingestürzt waren. Das Hotel gehörte zu Kretsches Überraschung der gehobenen Vierkommafünf-Sterne-Kategorie an. Er war davon ausgegangen, dass Carola ihn mitten in die übelste Pauschalhölle schicken würde. Aber allen Sternen zum Trotz – wer wusste schon, was ihn hier erwartete?

Laut Katalog war das *Hispañola Star* ruhig und zentral gelegen, zehn Minuten vom Strand entfernt und seit seiner Erbauung «zu einem Lieblingshotel unserer deutschen Kunden avanciert». Am meisten verblüffte Kretsche nicht die Dreistigkeit, dass angesichts einer vierspurigen Straße direkt hinter der Mauer des Hotelgeländes das Wort «ruhig» Verwendung fand, er wunderte sich noch mehr über «avanciert». Die meisten Gäste, die ihm seit Betreten des Hotels begegnet waren, wirkten im Umgang mit französischen Lehnwörtern eher unerfahren. Aber immerhin hatten die alle ein Zimmer. Das musste er sich erst erarbeiten. Und sein Empfang war alles andere als «freundlich und unkompliziert», wie es ebenfalls im *NeuTour*-Katalog geheißen hatte.

«Sind Sie sicher Gaste hier?»

Diese Frage hätte Kretsche erheblich verunsichern müssen, aber noch überwog die Freude, endlich im Hotel angekommen zu sein.

«Sicher. Kreschinski, Andreas.»

Der Mann hackte auf die Tastatur seines Computers ein, als zerquetsche er Ameisen auf den Buchstaben. Er schüttelte den Kopf.

«Oder schauen Sie mal unter *Primus TV*. Ist meine Firma. Also nicht meine Firma, sondern die ... egal. *Primus*, also P-R-I-M-U-»

«Nix. Kreschinski is not booking und Primos also nix. Alle ausgebucht.»

«But here is ...» Kretsche tippte auf den Hotelvoucher. «Gucken Sie, steht alles drauf!»

Der spanische Rezeptionist warf einen höflichen Blick auf den Voucher. Ein gedrungener Mann in Tenniskleidung schob sich an Kretsche vorbei. «Doktor Klöhmke. Ich habe den Tennisplatz reserviert.»

Er pochte auf die Theke. Der Rezeptionist nickte dienstbeflissen und wühlte in einer Kiste mit Schlüsseln.

«Äh, eigentlich werde ich hier gerade bedient.»

Dr. Klöhmke reagierte nicht einmal mit einem Wimpernzucken auf Kretsches zaghaften Einwand. Der Hotelmensch suchte in diversen Schubladen nach dem Tennisplatzschlüssel.

«Entschuldigung?» Kretsche tippte Klöhmke auf die Schulter. Der wandte ihm unwirsch den Kopf zu.

«Immer mit der Ruhe! Sie sind ja gleich dran.»

«Falsch, ich bin bereits dran.»

Dr. Klöhmke drehte sich um. Sein Gesicht verriet Unmut. Er war um die fünfzig und verkörperte mit seinen nach hinten gegelten Haaren, eckiger Goldrandbrille, Siegelring und einem Chronometer von der Größe eines antiken Reiseweckers am Handgelenk den abgewichsten Topmanager, wie er im Buche stand. So einer sanierte multinationale Unternehmen, indem er die Belegschaft halbierte und statt Gehältern Essensmarken auszahlte. Nachdem er die Kantinencrew entlassen hatte.

«Was ist denn bitte Ihr Problem, junger Mann?»

Sein eisiger Tonfall ließ den Rezeptionisten die Schubladen noch hektischer aufreißen.

«Höflichkeit. Und das ist nicht *mein* Problem, wenn ich das mal so deutlich sagen darf.»

«Señor! Der Ssslüssel!»

«Besten Dank.» Klöhmke schnappte sich den Schlüssel und zog mit federnden Schritten von dannen. Er hinterließ bei Kretsche das Gefühl, ihr Wortwechsel hätte nie stattgefunden, nein, Kretsche hätte nie stattgefunden. Das war ja wohl unerhört!

«Man sieht sich immer zweimal im Leben!»

Dr. Klöhmke blieb stehen und kam zurück. Kretsche schluckte. Vielleicht liquidierte der Mann nicht nur Firmen.

«Was haben Sie gesagt?»

«Äh, dass man sich immer zweimal im Leben sieht.»

«Stimmt. Beten Sie, dass es sich dabei nicht um ein Bewerbungsgespräch handelt, junger Mann!» Federnden Schrittes entfernte er sich in Richtung der Tennisplätze.

«Suche Sie Arbeit?», fragte der Rezeptionist stirnrunzelnd.

«Nein, ich suche mein Zimmer, Señor!» Kretsche atmete tief durch.

Der Rezeptionist schob den Voucher über die Theke.

«*NeuTour* iste vorbei. Alle Gaste da.» Er wies triumphierend auf den Computermonitor vor sich.

Kretsche blickte ihn konsterniert an. Musste denn wirklich alles genauso beschissen weitergehen? In der verspiegelten Wand hinter der Rezeption bemerkte er sein Gesicht. Es wirkte erschöpft und aschfahl. Daran änderte auch das goldene Licht nichts, das aus Tropfenlampen mit Siebziger-Jahre-Charme über die marmorne Empfangstheke floss. Der Rezeptionist tippte auf seine Uhr.

«Check-in noon!»

«Ja, Mittag, ich weiß. Aber wir hatten eine Buspanne.»

Der Mann blickte an Kretsche vorbei.

«Wir?»

«Ich. Also, es war ein ganzer Bus, aber die mussten alle in andere Hotels.»

«Sie vielleichte auch?»

«Nein, *Hispañola Star*, da steht's doch.»

«Stimmt. Aber alles ausgebucht. Zu spät.»

«Ja, wie? Wenn der Bus von Ihrem Reiseunternehmen Verspätung hat, geben Sie die Zimmer weg, oder was?»

Der Rezeptionist lächelte freundlich. «Pardon me, Sir. My German ...»

«The Bus of your travel agency was delayed. That's not my fault. You can't give away my room.»

«Lo siento mucho, meine Englisch ...»

«Ja, und Chinesisch können wir beide nicht. Mann, das kann doch alles nicht wahr sein!» Kretsche war kurz davor, sich in das Klischee des deutschen Touristen zu verwandeln: nörgelnd, besserwisserisch und laut nach dem Geschäftsführer verlangend.

«Okay, nochmal ganz von vorne», setzte er an. Im selben Augenblick legte sich eine Hand auf den Voucher.

«Entschuldigung.»

Hinter Kretsche war ein weiterer Hotelangestellter aufgetaucht, er trug die gleiche *Hispañola*-Uniform wie der Mann am Empfang: schwarze Hose, blaues Hemd mit schwarzer Fliege, darüber ein kanariengelbes Kellnerjackett. Die Uniformen sollten wohl fröhliche Urlaubsstimmung vermitteln. Kretsche erinnerte die Kombi allerdings eher an Schnellimbiss-Angestellte.

Auf dem Namensschild des Mannes stand «Raúl»; ein Name wie für einen feurigen Latino mit Glutaugen und breiten Schultern. Davon war dieser Raúl, der nun mit gekräuselter Stirn den Hotelgutschein studierte, weit entfernt. Er ging Kretsche bis zur Brust, was bedeutete, er war maximal eins siebzig groß. Was auf den ersten Blick zierlich wirkte, entpuppte sich bei genauerem Hinsehen als die drahtige Statur eines Jockeys. Zwischen den Schultern saß ein viel zu großer Kopf mit schütterem schwarzem Haar. Die riesige Hakennase verlieh seinem Gesicht etwas Französisches, ebenso sein fliehendes Kinn. Schläfrige Lider über schwarzen Knopfaugen vervollständigten den Eindruck, man habe einen wuseligen Pariser vor sich. Dabei erfuhr Kretsche später, dass Französisch die einzige Touristensprache war, die Raúl Pájaro nicht fließend beherrschte. Im Gegensatz zum Englischen oder Deutschen.

«Okay, wenn Sie eine Viertelstunde auf einem Bein stehen und dabei *Sag mir quando, sag mir wann* singen, kann ich vielleicht was für Sie tun. Und das Ganze kostet natürlich zweihundert Euro Sonderbuchungsentgelt extra.»

Kretsche öffnete den Mund. Das war einfach absurd. Aber dieses Männchen verzog keine Miene.

«Das ist jetzt ein Scherz, oder?»

«Wieso? Mögen Sie das Lied nicht?»

«Was? Also, ich ...»

«Hey, Señor, natürlich war das ein Scherz. Mein Kollege hier hat einfach zwei Buchungstage durcheinandergebracht.» Er drehte sich zum Rezeptionisten um und überschüttete ihn mit einem Schwall Spanisch, wobei der arme Mann mit jedem Wort kleiner wurde. Das Ganze endete damit, dass Kretsche eine Codekarte für seine Zimmertür in die Hand gedrückt bekam. Der Mann namens Raúl klopfte ihm lässig auf die Schulter, bevor er so schnell verschwand, wie er gekommen war.

Der Rezeptionist nickte dienstbeflissen und wünschte Kretsche «eine wundersssöne Aufenthalte in die ’otel». Auf dem

Weg zum Aufzug stolperte er über einen Koffer, aber da er sich dabei nichts brach, nahm er es als positives Zeichen. Es ging aufwärts.

***

Schon das Foyer war ungefähr so stilsicher und zurückhaltend eingerichtet gewesen wie einer von Saddam Husseins Bagdader Palästen. Darum war Kretsche beim Betreten seines Zimmers auf vieles gefasst. Nur nicht auf den Anblick der Nachttischlampen. Sie fielen ihm erst gar nicht auf, da er sofort vom grellen Farbenspiel gefangen genommen wurde, das Bettwäsche, Wandteppiche und Vorhänge vor seinen Augen entfesselten. Sie waren perfekt aufeinander abgestimmt – in brutal pinkfarbenen Streifen verschiedener Helligkeitsstufen. Als hätten sich IKEA-Innenausstatter nach der Betriebsfeier mit zehn Gläschen *Renat Brännvin* zu viel in der Blutbahn mal so richtig austoben dürfen.

«Ach, du dicke Scheiße!»

Kretsche warf sein Gepäck auf das Bett mit dem Farbmassaker und suchte die Fernbedienung für den Fernseher. In einem Hotel knipste er sich immer erst durch alle verfügbaren Kanäle. Eine wichtige Tradition. Man wusste sofort, ob Fußball übertragen wurde, und konnte bei Vorhandensein eines Pornokanals oft zwanzig oder dreißig Sekunden reinschnuppern, bevor man aufgefordert wurde, die Zimmernummer einzutippen. Bei mehreren Sexkanälen konnte man mit ein bisschen Übung rhythmisch hin und her zappen, ohne dass der Bildschirm dunkel wurde. Die Fernbedienung lag in den meisten Hotels auf dem Fernseher. Hier lag sie neben der Nachttischlampe.

«Meine Fresse!» Kretsche konnte es gar nicht fassen. «Was ist das denn?»

Auf den Nachttischen standen weiße Pferdeköpfe aus Porzellan. Als hätte ein kompetenter Hunne sie mit seinem Schwert von zwei römischen Reiterstandbildern abgetrennt. Kretsche musste angesichts ihres Standorts neben dem Bett unwillkürlich an *Der Pate* denken. Die Szene, in der Hollywoodboss Jack Woltz in einer Pfütze Blut neben dem Kopf seines Lieblingspferds aufwacht. Er hatte das berühmte Angebot, das man nicht ablehnen kann, abgelehnt. Hier fehlte das Blut, dafür gab es mindestens ebenso schockierende Lampenaufsätze. Zwischen die etwas zu kurz geratenen Ohren der beiden – wiehernd geköpften – Pferde war jeweils ein Loch gebohrt worden, in das eine Halterung für die Birnenfassung und ein stoffbespannter Lampenschirm gesteckt worden war. «Geschmacklos» war gar kein Ausdruck. Das mussten Brüder sein, und sie hatten Namen verdient. Westernnamen.

«Du musst Wyatt sein.» Kretsche grüßte das Pferd auf der anderen Seite des Bettes. Dann tätschelte er dem Kopf auf seiner Seite die Nüstern. «Und du Virgil oder Morgan? Virgil. Okay, meine Lieben, wehe, ihr schnarcht!»

Es war jetzt sicher zu heiß, um den Strand zu erkunden. Was sagte der Magen? Er tastete über seinen Bauch. Alles weich und entspannt. Okay, ein paar kritische Fettpölsterchen. Jedenfalls zu früh, um essen zu gehen. Kretsche warf sich auf die Schockstreifen der Tagesdecke. Er trug immer noch seine Reiseklamotten und verspürte nicht die geringste Lust, den Koffer auszupacken. Er schaltete mit der Fernbedienung den Fernseher ein. Es machte *tschouk*. Ein Sound wie ein Blasrohrschuss. Kretsche schaltete von TV Canaria blitzschnell auf TVE La Primera, dann – *tschouk* – auf TVE Internacional – *tschouk* – RTL – *tschouk* – Rai Uno – *tschouk* – Pro7 – *tschouk* – ein Sender ohne Logo – *tschouk* – TV Canaria – *tschouk* – wieder zurück auf den Sender ohne Logo. Waren das die Simpsons gewesen? Nein, nur eine billige Kinderzeichentrickserie. *tschouk* – TV Canaria – *tschouk* – TVE La Primera. Das war's, kein Pornokanal, kein Sportkanal, kein Hollywood-Blockbuster-Channel. Er konnte kein Spanisch, er konnte kein Italienisch, blieben also RTL oder Pro7. Am Abend vor dem Dietmar-Abend hatte er mit Jola *TV Total* geschaut. *Tschouk* – schwarze Mattscheibe. Er schwang sich aus dem Bett. Sein Job war, Fernsehen zu machen und nicht zu gucken. Zeit für einen ersten Erkundungsgang.

Das Leben als Undercover-Durchschnittstourist ging sich gar nicht so übel an. Besonders nicht anderthalb Sterne über Holzklasse. Kretsches Hotel war trotz aller Innenausstattungsverbrechen perfekt auf die Bedürfnisse seiner Gäste abgestimmt. Das sollten eigentlich alle Hotels sein, aber man fände nicht Hunderte von Internetseiten und -foren, in denen sich enttäuschte und geplagte Urlauber austauschen, oder Rechtsberatungsseiten, die sich darauf spezialisiert haben, Hotels zu verklagen, wenn alle Hotels dieses Planeten so perfekt auf die Wünsche des Gastes eingingen wie das *Hispañola Star Hotel.* Es gab einen Kinderbereich, es gab einen Zockerbereich, es gab einen Poolbereich, es gab einen Shopbereich, es gab behagliche Nischen für Trinker, offene Fläz-Zonen für Kaffeetrinker, einen Pianospieler für Spontantänzer, es gab Sportplätze und es gab ... Animateure. Kretsche wäre fast auf der Stelle wieder zurück in den Aufzug gehüpft, als ihm in der Empfangshalle ein braungebrannter Schwede – jedenfalls war er so blond und so lautstark fröhlich wie ein Schwede – auf das empfindliche Rückgrat schlug.

«Hola! Hombre, que tal?»

«Was? Ich ... Yo ...» Kretsche lächelte den Hünen in blauer Sporthose und ärmellosem gelbem Shirt hilflos an.

«Ah, ooch aus Deutschland, wa?» Okay, kein Schwede,

eher Berliner. «Ja, schade, werden wa nicht viel voneinander haben.»

Gott sei Dank, dachte Kretsche. «Wieso?»

«Meine Zeit is abgelaufen, ab morgen bin ick in ’ner anderen Filiale. Aber meine Nachfolgerin ...» Er zog ein Augenlid nach unten. «Hammer! Hab leider keine Nacht mehr mit ihr wegen der Kack-Bühnenshow heute Abend.»

«Bühnenshow?»

«Phili heißt se. Erkennste sofort. Kiekste einfach hier», er deutete auf sein sonnenölverschmiertes Namensschild, auf dem Kretsche gerade noch «Derick» entziffern konnte. «Machste sowieso. Vaschtehste?»

Er näherte sich Kretsches Ohr. Sehr nah.

«Machen alle. Phili is die ungekrönte Miss Titten des Jahrhunderts. Voll die Glocken!» Er hielt Kretsche eine imaginäre Frauenbrust hin und zeigte dabei auf sein Namensschild. Es folgte unter dröhnendem Lachen ein Schlag auf Kretsches Schulter. Unangenehm, aber der aufs Rückgrat war schlimmer gewesen.

«Mann, wir zwei beeden hätten Spaß jehabt. Aber mach’s Beste draus, Keule!»

Bevor er erneut zuschlagen konnte, wich Kretsche schnell einen Schritt zurück. «Guten Start.»

«Guten Schluck!» Derick (entweder waren seine Eltern Legastheniker, oder sie wollten verhindern, dass ihr Sohn sein Leben lang «Herr Kommissar» gerufen wurde; jedenfalls war der Name tatsächlich nur mit einem r geschrieben) nickte in Richtung *Piano Bar*. «Für AIs is gerade Happy Hour. Hau rein!»

AIs? Kretsche legte die Stirn in Falten. All-inclusivler! Er blickte sich in der Mitte der Empfangshalle um. Hinweisschilder erklärten, dass die weit geschwungene Treppe neben ihm hinunter zum Restaurant führte, links ging es zur *Piano Bar*, rechts zu den beiden Hotelshops und dem *Salon Prince.* Hinter der Treppe führte eine Glastür hinaus zur Pool-Landschaft, die sich im Halbrund um das Hotel schmiegte. Dort gab es laut Hinweisschild eine weitere Bar namens *Coco.*

Da genau in dieser Sekunde das Bild von Jola mit nassen Haaren vor seinem geistigen Auge erschien, beschloss Kretsche, den Erkundungsgang und ersten Arbeitstag an dieser Stelle abzubrechen und sich in der *Piano Bar* kostenfrei volllaufen zu lassen.

«Six Euros and fifty Cents, please!»

«What? Aber ich dachte ... I'm all inclusive, Sir!» Kretsche hatte sein Geld oben im Kleiderschranktresor eingeschlossen. So hatte er schließlich das All-inclusive-Konzept verstanden: Einmal zahlen, nie wieder drüber nachdenken.

«Sie haben keine Armbande.» Der Kellner wies mit bedauerndem Schulterzucken auf Kretsches Handgelenk.

«Ach ... Hat mir auch keiner gesagt, dass ich eins brauche.»

Der Kellner griff nach dem Caipi, den Kretsche bestellt hatte.

«Moment!» Kretsche hob den Hintern aus seinem hellgrünen Clubsessel und fummelte in den Hosentaschen. Normalerweise fanden sich dort immer zwei, drei ... Münzen! Er fischte die Geldstücke aus einem klumpigen Tempo-Rest und zählte sie dem Kellner auf die ausgestreckte Hand.

«Drei, fünf, sieben, stimmt so.»

«Gracias, Señor!» Der Kellner verschwand wieder hinter der Theke.

Kretsche trank einen Schluck, seufzte und betrachtete das steinharte Stück Tempo aus seiner Hosentasche. Hatte Jola früher nicht immer seine Taschen vor dem Waschen geleert? Offenbar war sie zuletzt nicht mehr so fürsorglich gewesen. Der

Klumpen lag grau und bröckelig auf seiner Handfläche wie ein altes Stück Kernseife auf dem Fliesenboden einer Jugendherbergsdusche. Der traurige Anfang vom Ende.

«Schwachsinn!» Er pfefferte das Ding in einen goldenen Steh-Ascher. Dass sich darin die Kippenreste von einer Hundertschaft Kettenraucher befanden, konnte er im Sitzen nicht sehen. Der Tempo-Klumpen explodierte in einer beeindruckenden Aschewolke, die sich rings um den Ascher auf dem Marmorboden verteilte. Eine Frau stupste ihren Mann in die Seite und machte dabei ein Gesicht, als wolle sie sagen, hier gehen wir nächstes Jahr aber nicht mehr hin. Kretsche trank, als sei nichts geschehen, und schlenderte zum Empfangstresen. Er hatte plötzlich das Bedürfnis dazuzugehören.

Diesmal begrüßte ihn eine Dame an der Rezeption.

«Guten Tag, was kann ich für Sie tun?», fragte sie in akzentfreiem Deutsch.

Kretsche schielte aufs Namensschild. «Äh, Brigitta, ich habe da ein kleines Problem.»

Er erwartete natürlich ein großes Problem, schließlich war alles in den vergangenen Stunden ein großes Problem. Aber wozu gleich mit der Tür ins Haus fallen? «Ich habe all inclusive gebucht, aber beim Einchecken kein Armband bekommen. Und mir hat auch keiner was davon gesagt. Ich weiß auch nicht, ob in meinen Unterlagen ...»

«Bitte sehr.» Brigitta hielt ihm ein blaues Plastikbändchen hin. «Ich leg's Ihnen um, ja?»

Kretsche hielt ihr verdattert den Arm hin.

«So einfach?»

Sie legte das Bändchen um sein Handgelenk und drückte zwei Plastikknöpfe zusammen. *Klack*, und er war für den Rest seiner Reise gebrandmarkt. Dieses Rind gehört der *Hispañola-Ranch*.

«Genau, ganz einfach.»

«Müssen Sie nicht nachgucken? Ich mein, sonst könnte doch jeder ...»

«Sie sind aber doch Andreas Kreschinski, oder?»

«Ja, wie? Woher ...»

Sie nahm lachend ein Blatt und zeigte ihm die Kopie seines Personalausweises, den er beim Einchecken abgegeben hatte.

«Ich hab Sie schon erwartet.»

* * *

Das Gefühl, ohne Slip über den Flur zu gehen, die Kollegen mit einem lässigen Kopfnicken – «Morgen!» – zu grüßen und die Kolleginnen mit einem Augenzwinkern – «Na, Süße!» –, dieses Gefühl rundete eine glanzvolle Nacht ab wie das Schokopulver den Milchschaum eines Cappuccinos. Ihr schwarzer Rock war kurz genug, dass sie einen kühlen Lufthauch zwischen den Schenkeln spürte, und lang genug, um auch im Sitzen keine verräterischen Einblicke zu gewähren. Sie strich sich über die Haare. Ihre Frisur passte zu den Knitterfalten in ihrer Bluse. Aber da sie dieselben Kleider trug wie am Vortag, war eh alles gesagt: Carola Langenscheit hatte außer Haus gevögelt.

Die Bürotür stand einen Spaltbreit offen. Carola schmunzelte. Da war wohl jemand früher da gewesen. Sehr viel früher.

Die Reiseunterlagen waren fort.

Sie ließ ihre Umhängetasche neben dem Schreibtisch zu Boden gleiten und sang: «Das Leben ist schön, schön mit Jade.»

Die alberne Werbemelodie brachte es auf den Punkt. Der Mann, mit dem sie in der vergangenen Nacht drei von vier Couchtischfüßen abgebrochen und die Nachbarn zu wütenden Klopfgewittern an die Wohnzimmerwand veranlasst hatte, wohnte in Nippes. Nicht mehr in Mailand, wie der vorletzte, oder in Paris, wie der letzte Mann, den sie als Wärmflasche für kalte Winternächte benutzt hatte. Vielleicht war Nippes ein Zeichen, die Sache ausnahmsweise weiterlaufen zu lassen. Sommertage zu zweit hatten auch was für sich.

«Wo ist denn Kretsche?» Lothar steckte den Kopf rein.

«Wo ist denn die Klingel?»

Er schaute sie verwirrt an.

«Welche Klingel?»

«Die an der Tür.»

«Da ist keine Klingel.»

«Und was machen wir da?»

Lothar stöhnte und klopfte an den Türrahmen.

«Herein, wenn's kein Schwachkopf ist!», flötete Carola.

Lothar ließ die Beleidigung kommentarlos an sich abperlen. Im Gegenzug musterte er vielsagend ihre zerknitterte Bluse.

«Na, die passende Bluse zum Gesicht gekauft? Ach, nee, nicht zu Hause gepennt. Hast du dich wieder am Tresen vom *Kaiserkeller* festgeschnallt und gesoffen, bis die Putzfrauen dich losgebunden haben?»

«Nein, ich habe den Chef vom *Kaiserkeller* an seinem Bett festgeschnallt und durchgeschallert, bis seine Putzfrau kam und uns mit einem Eimer Wasser getrennt hat. Ach ja, vorher haben wir's auf dem Schuhschrank, der Waschmaschine und dem Couchtisch getrieben. Und wie war dein letzter Sex, damals, vor dem Fall der Mauer?»

Lothar fiel keine witzige Antwort ein. Das lag nicht daran, dass er und Marion zuletzt vor vier Monaten miteinander geschlafen hatten. Da war ihr Bauch noch nicht so riesig gewesen. Mittlerweile bekam er Beklemmungen, wenn sich ihm dieser monströse Berg Frau in seinem Bett sexuell näherte. Seine Sprachlosigkeit beruhte darauf, dass er Carola jedes Wort glaubte. Und ein bisschen neidisch war.

«O Gott, hast du jetzt einen feuchten Traum?» Carola hielt die Hände wie einen Trichter an den Mund. «Hilfe! Pubertätsausbruch!»

«Shut up!», zischte Lothar. «Kretsche da?»

«Unterm Schreibtisch und massiert mir die Füße.» Carola schaltete ihren PC ein und fuchtelte mit den Händen, als sei Lothar ein aufdringliches Insekt. «Und jetzt Abmarsch!»

Lothar zog sich zurück.

«Und Tür zu!»

Lothar steckte nochmal den Kopf rein. «Und wo ist er?»

«Verreist!» Carola sprang auf und drückte die Tür zu. «Und jetzt nerv nicht!»

Sie setzte sich wieder und rollte an den Schreibtisch. Auf dem Bildschirm blinkte ein Fenster. Sie hatte eine neue Mail.

«Nur eine? Was bist du denn für'n Lover, Mister Nippes?»

Sie öffnete die Nachricht. Es war keine Liebesbotschaft des *Kaiserkeller*-Chefs, der sich für das Höschen mit Lippenstiftkussmund in seiner Jackentasche bedanken wollte. Es war eine Mail dieser Reisebürotante mit der schrillen Telefonstimme. Frau Gottmann hatte drei Flüge reserviert und *pro forma schon mal Hotelzimmer in Playa del Inglés-Zentrum für die entsprechenden Zeiträume blockiert – natürlich mindestens 4 Sterne.*

«Zimmer werde ich nicht brauchen, kleine Schleimbacke!»

Carola tippte eine Antwort: *Tausend Dank, Sie sind die Beste! Melde mich dann, sobald ich verbindlich buchen möchte!* Anschließend löschte sie die Mail mit den Hotelinfos, die Frau Gottmann angehängt hatte. Sie wusste, in welchem Hotel sie wohnen würde. Sonst hätte sie Kretsche ja wohl keine viereinhalb Sterne gebucht. Und kein Doppelzimmer ... Sie grinste. Hoffentlich war das Mobiliar robust auf dem Zimmer.

Sie griff nach dem Telefon und drückte eine Kurzwahltaste.

«Rüdiger, ich bin's. Du, ich hab Kretsche auf eine Sache angesetzt, da ist er erst mal eine Weile unterwegs. Ich flieg nach. Papierkram kriegste noch. Wäre mir ganz recht, wenn wir das unterm Deckel halten könnten, ja?» Sie ahmte stumm Rüdigers schwerfälliges Mienenspiel am anderen Ende der Leitung nach, während er antwortete. «Super. Danke dir!» Sie warf den Hörer auf die Gabel. «Loser.»

Carola legte die Beine auf die Tischplatte. Tipptopp Superstelzen, nach wie vor. Sie strich mit der Hand zärtlich vom Knie den Schenkel aufwärts. Was für eine Nacht, was für ein Kerl ... Ob da so ein Jungspund wie Kretsche mithalten konnte? Sie richtete sich wieder auf. Wie lange war der jetzt schon mit seiner Freundin zusammen?

Sie wühlte in den Unterlagen auf Kretsches Zwergenschreibtisch nach seinem Ringkalender. Ihre Finger mit den farblos lackierten Nägeln blätterten langsam durch die Seiten. Geburtstage, ein Pokerabend, berufliche Termine ... Da war es: «7. JAHREST. JOLA». An Neujahr. Wahrscheinlich hatten die beiden damals gerade eine heiße Silvesterfeier gefeiert. Sie hatte Jola einmal bei der Abschlussfeier einer *Primus*-Produktion kennengelernt. Keine Konkurrenz. Hatte zwar eine Mähne wie die Rote Zora und ein ganz süßes Gesicht, war aber Biologin. Daher auch diese Klamotten – als ob sie gerade zum Vögelbestimmen im Sumpf aufbrechen wollte. Naturwissenschaftlich interessierte Menschen waren Carola schon immer ein Rätsel gewesen. Warum begeisterte sich jemand für Formeln und Experimente, wenn das eigentliche Naturerlebnis viel umwerfender war? 1 und 1 gleich Sex war die einzige Formel, an die Carola glaubte. Sie hatte einen Physiker, zwei Mathematikstudenten und während einer Reportage in Brüssel sogar einen Atomwissenschaftler flachgelegt. Keiner von ihnen war eine Wiederholung wert gewesen. Den Atomfuzzi hatte sie im

Bad erwischt, wie er sich einen runterholte, aus Angst, im Bett zu früh zu kommen. Die anderen Typen waren ähnlich fahrig und nervös gewesen. Das konnte sie nicht mal niedlich finden. Warum sollte das bei den weiblichen Exemplaren dieser Gattung besser sein?

Sie klappte den Kalender zu. «Nee, kleiner Sklave, da gibt's keine Gnade. Du wirst mein Sahnebonbon, wenn ich mir die erste Sommerbräune hole.»

Das Beste bei der ganzen Nummer war, dass sie noch nie einen so guten Assi wie Kretsche gehabt hatte. Der Typ war nicht nur knuffig, er war ein echtes Juwel. Mit Sicherheit würden seine Vor-Recherchen die perfekte Grundlage für eine perfekte Reportage abgeben. Sie würde alles in ein, zwei Tagen abdrehen können und hatte dann noch genug Zeit, um vor der Postproduktion Urlaub auf Firmenkosten zu machen. Und auf Kretsche. Was wiederum ihr Faustpfand sein würde, sollte er ihr nochmal aufmüpfig kommen.

***

Das Schlimmste an einer schlaflosen Nacht sind die letzten zehn Minuten, bevor der Wecker klingelt. Genau in diesen zehn Minuten findet der Körper endlich Schlaf. Man bekommt also eine Ahnung davon, wie schön es gewesen wäre. Bei einer schlaflosen durchheulten Nacht fehlen zwar diese zehn Minuten, dafür ist einem aber auch bis zur letzten Sekunde völlig klar, dass man mitten in einer Höllennacht steckt, die in einen Höllentag mündet. Man wird im Spiegel wie ein Autounfall aussehen, von wildfremden Menschen auf der Straße mitleidig angeglotzt und an den ungewöhnlichsten Orten von Sekundenschlaf übermannt.

Jola hätte noch einen Haufen weitere frustrierende Ergebnisse einer schlaflosen und durchheulten Nacht aufzählen können. Aber es lag niemand neben ihr, der zuhörte, der tröstend mit dem Finger den New-York-Stadtplan auf ihrem fünfzehn Jahre alten Schlaf-T-Shirt nachzeichnete. Kretsche war nicht nach Hause gekommen. Sie kannte seinen Hang zur Theatralik, aber so weit war er noch nie gegangen. Vor allem nicht, wenn er im Unrecht war. Da kam er sonst immer spätestens nach zehn Bieren oder einer Jammerstunde bei einem seiner Kumpels zurück und entschuldigte sich. Er musste sich natürlich nicht entschuldigen. Entschuldigen war albern. Liebe bedeutet, niemals um Verzeihung bitten zu müssen. Diese Weisheit stammte von Kretsche – dachte sie zumindest einmal. Ihre ansonsten sehr skeptische Freundin Dani hatte das ebenso wie sie total romantisch gefunden. Dann hatten sie zusammen *Love Story* geguckt und erfahren, woher Kretsches Romantikwissen stammte. Jola hatte es trotzdem süß gefunden.

Sie warf im Bad einen Blick in den Spiegel. Ihr Gesicht war kein Autounfall, das war eine Flugzeugkatastrophe. Mit brennendem Wrack, Blaulichtern und Ascheregen. Jola öffnete den grauen Spind neben dem Waschbecken, der eigentlich ein CD-Schrank war, sich aber als ideal für Cremetuben und Deostifte erwiesen hatte. Kretsches Rasierzeug war weg. Sie riss das Schränkchen unter dem Waschbecken auf. Sein Kulturbeutel war ebenfalls verschwunden. Der Kloß in ihrem Hals schwoll wieder an. Er hatte offensichtlich vor, länger wegzubleiben. Der Kloß wurde vom aufflammenden Zorn weggebrannt.

«Blöder Idiot!» Sie trat die Tür zu, klappte den Klodeckel auf und setzte sich. Während sie pinkelte, fand sie zunehmend Gefallen daran, den nicht anwesenden Kretsche zu beschimpfen. «Immer direkt abhauen, immer kneifen! Feige! Dumm! Kacke!»

Sie zog ab.

«Und natürlich haben die anderen Schuld. Der Herr macht ja immer alles richtig.»

Sie ließ den Deckel runterknallen.

«Arsch!»

Wahrscheinlich saß Kretsche jetzt verkatert bei Motte oder Tanti und lästerte über Dietmar. Der war das absolute Feindbild der Jungs. Jola und Dani wussten genau, wie die Jungs über Dietmar redeten. Aber es war alles so offensichtlich, lag förmlich auf der Hand: Es ärgerte sie, dass die Frauen Gefallen daran fanden, wie ein Mann Mann sein konnte *und* charmant, galant und höflich. Wie er sich mit Fußball auskennen, Bier vertragen, Sport treiben konnte *und* Theater besuchte, Salsa tanzte oder Frauen beim Shoppen beriet. Dietmar stand für alles, was ihre Bequemlichkeit und ihren Egoismus gefährdete. Er war das lebende Beispiel, dass es besserging, dass alle Ausreden nicht zählten.

Und trotzdem liebte sie Kretsche und nicht Dietmar. Was war also bitte Kretsches Problem?!

«Der hat doch nicht wirklich ...», murmelte sie und patschte auf nackten Füßen ins Wohnzimmer. Da hatte sie die ganze Nacht geheult und gegrübelt, warum in ihrer Beziehung mittlerweile jede Diskussion mit Streit und Türenknallen endete, und war nicht auf die Idee gekommen, dass Kretsche alles für bare Münze genommen hatte. Er konnte das mit Dietmar und dem Orgasmus doch nicht wirklich geglaubt haben! Sie nahm das Telefon und wählte Kretsches Handynummer. Dieser Idiot schon.

Das Summen und Zischen zuckender Laserschwerter tönte aus dem Flur. Kretsches Handy lag auf dem Garderobenschränkchen. Jola blätterte in einem kleinen Notizbüchlein neben dem Telefon. *Mama+Papa J, Mutti+Papa K, Miebach Dani – Motte!* Sie schnappte sich das Telefon.

«Motte? Ich bin's. Ist Kretsche bei dir? ... Wieso Tanti? ... Oh, dann ist er wohl auch nicht bei ihm. Wisst ihr denn, wo ... Nee, ist nix. Ich such ihn nur gerade. ... Halb sieben?» Jola schaute auf die Bahnhofsuhr über der Wohnzimmertür. Es war tatsächlich erst halb sieben, und sie hatte Motte und Tanti, der bei Motte auf dem Sofa pennte, aus dem Bierkoma gerissen.

«Hör mal, tut mir leid. Ich bin wohl ein Stündchen zu früh aufgewacht. Okay, dann war Kretsche also nicht mit euch unterwegs ... Nee, hat sich schon erledigt. Schönen Gruß.» Sie wollte gerade auflegen, als ihr noch ein Gedanke kam. «Motte? Wenn er sich melden sollte, sag ihm doch, er ... er hat was vergessen, ja? Alles klar. Tschüs!»

Er hat was vergessen. Wie dämlich. Sie fröstelte. Das Wohnzimmerfenster stand auf Kipp, dünne Fäden nieselten gegen die Scheibe. Von unten hörte sie das vertraute Ächzen einer LKW-Bremse.

«Einundzwanzig, zweiundzwanzig ...»

Es klingelte Sturm. Und zwar im ganzen Haus. Sie trottete in den Flur und drückte den Summer. Noch mehr vertraute Geräusche, die sie allerdings sonst vom Bett aus hörte und verfluchte. Ein unverständlicher Ruf, dann das Bollern von Mülltonnen, die rausgerollt wurden, das Knallen der zufallenden Haustür. Auf der Straße schließlich lautes Lärmen beim Leeren der Tonnen, die immer wieder gegen die Einfüllluke gedonnert wurden. Ein brutales Bollern, wenn sie achtlos zwischen parkenden Autos abgestellt wurden, und zu guter Letzt das Zischen und Aufheulen des Motors. Der Laster setzte sich träge wie ein Urzeitmonster in Bewegung, um die nächste Mietskaserne aus dem Schlaf zu reißen.

An diesem Morgen war plötzlich selbst der Krach der Müllmänner eine Erinnerung an schönere Zeiten. Es gab doch auch andere Paare, die solche Phasen durchmachten. Er bastelt an der Karriere, sie bastelt an der Karriere. Oder er macht Karriere, und sie hält ihm dabei den Kopf frei. Oder umgekehrt. Kretsche war nicht so einer. Der konnte nicht gleichzeitig seinen Job auf die Reihe kriegen und ein aufmerksamer Partner sein. Aber er hatte andere Qualitäten.

«Hallo! Du nimmst ihn schon wieder in Schutz!»

Sie hatte das laut gesagt, und es hörte sich verdächtig nach Dani an. Aber Dani hatte recht. Kretsche setzte immer seinen Kopf durch, ließ es sich gutgehen. Und wenn das zu ihren Lasten ging, hatte sie eben Pech. Obwohl, wie war das damals mit Mallorca? Sie mitten im Vordiplom, ausgewachsene Lernblockade, und Kretsche schenkt ihr einfach eine Woche Mallorca. Von dem Geld, das er als Kurierfahrer verdiente, wollte er sich eigentlich eine neue Stereoanlage holen – «mit allem Rums und Bums» –, als er aber ihre Verzweiflung bemerkte, hatte er sofort die Tickets gekauft. Und damit praktisch ihr Vordiplom gerettet.

Jola merkte, dass sie die ganze Zeit ein Foto anstarrte. Es war mit einer Heftzwecke ans Gewürzregal über der Kaffeemaschine gepinnt. Kretsche hing wie ein Sack Kartoffeln auf Mottes Schultern, beide trugen Badehosen und lachten, hinter ihnen glitzerte das Meer. Ein Paar Füße in schwarzen Turnschuhen ragte von rechts ins Bild. Tanti, der bäuchlings auf einer Mauer lag und angeblich kotzte. Tanti hatte die Geschichte immer bestritten. Er habe nie *Samba* von adidas besessen, viel zu teuer. Schuhe oder Urlaub, beides wäre damals nicht drin gewesen. Die Jungs hatten gerade ihre Führerscheine gemacht, ihr erster großer Urlaub. Auf dem Bild waren sie braungebrannt, die Haare von Sonne und Salzwasser ausgebleicht. Das Leuchten auf ihren Gesichtern verriet, dass sie in dieser Sekunde mitten im schönsten aller Leben steckten.

Wann hatte sie selbst das letzte Mal so ein Gesicht gemacht …

The Edge schrammelte das Intro von «Where the streets have no name», Larry Mullen Jr. und Adam Clayton trommelten und zupften sich ins Lied. Erst kurz bevor Bono einsetzte, hatte Jola ihr Handy aus den Untiefen der Handtasche gekramt. Kretsche hatte den U2-Song für sie als Klingelton eingestellt. Ihr Lieblingslied.

«Mann! Kretsche, ich ...» Zu spät, der Anrufer hatte schon aufgelegt. Sie war beinahe froh drüber. Ohne es zu wollen, hatte sie freudig geklungen, versöhnlich. Und sie hatte tatsächlich sagen wollen: «Ich mach mir totale Sorgen.» Genau das hatte er mit seinem kindischen Fortbleiben doch nur erreichen wollen. Nein, das Gespräch von gestern Abend war noch nicht beendet. So einfach würde sie ihn nicht davonkommen lassen. Nicht in der Lage, in der sie sich befand, zwei Wochen vor einem neuen Job. Sie hatte alles sorgfältig geplant und mit Professor Kern abgesprochen: die offizielle Bewerbung, das vorgezogene Gespräch mit interner Vergabe der Stelle, bevor Kern andere Bewerber berücksichtigen musste. Ihr Handy piepte. Eine SMS von Dietmar. Dann war er wohl der Anrufer gewesen.

Frühstücken?

Sie musste nicht lange nachdenken. Hauptsache, raus aus der Wohnung.

Ja.

Es klingelte an der Wohnungstür. Sie riss die Tür auf.

«Bonjour, Madame!»

Dietmar winkte mit dem Handy, in der anderen Hand hielt er eine Tüte mit Brötchen.

5. Holländerständer

Zimmer 709 war ein Eckzimmer im obersten, siebten Stock. An sich nicht schlecht, wäre die Aussicht besser gewesen. Auf dem Voucher stand «mit Meerblick». Wenn man das wörtlich nehmen wollte, musste man allerdings ein Bein über die Balkonbrüstung schwingen, sich ans Geländer ketten und ziemlich weit um die Ecke des Gebäudes beugen – dann hatte man Meerblick.

Der Pool war leichter zu entdecken. Blickte man vom Balkon nach unten, breitete sich die riesige Wasserfläche wie türkisfarbene, ineinander verlaufende Spiegeleier zwischen Palmen und gefliesten Flächen mit Liegestühlen aus. An den Schmalstellen konnte man auf Holzbrücken von der einen auf die andere Seite gelangen. Das größte Spiegelei in der Mitte wurde von einer Insel halbiert. Stege führten zu ihr; mittendrin leuchtete das gelbe Strohdach der *Coco Bar*.

Ließ man vom Balkon den Blick über die unmittelbare Umgebung schweifen, sah man nicht viel mehr als Hotelbauten. Da waren die frischgeweißten Rundtürme, die Kretsche schon bei der Ankunft aufgefallen waren, weil sie ihn an halbierte Lockenwickler erinnerten, und zur anderen Seite hin ein ähnlicher Klotz wie das *Hispañola Star*, allerdings mit mintgrünen Balkonen, die dem Gebäude einen Hauch von Journalistenunterkunft in Bagdad verliehen. Dazwischen, jenseits der Mauer, die den Pool- und Liegestuhlbereich einfasste, waren die Flachbauten eines kleineren Einkaufszentrums zu sehen. Gleich dahinter die braunen Hügel der kanarischen Einöde, die zum Horizont hin immer dunkler wurden und durch ein graues Wolkenband vom Himmelsblau getrennt waren.

Das Panorama war ernüchternd, und auch der Wind machte einen Aufenthalt auf dem Balkon zu keiner erstrebenswerten Angelegenheit. Und auf Gran Canaria, das hatte Kretsche irgendwo gelesen, ist es immer windig. Hätten die Balkonfenster grüne Läden gehabt, hätten sie Tag und Nacht geklappert. Aber es gab keine Läden, so gesehen war alles bestens. Dachte Kretsche.

Als er gegen Mitternacht im Bett hochschreckte, stellte er allerdings fest, dass bei einem gewissen Einfallswinkel des Windes die gesamte Fensterfront zu scheppern anfing. Kretsche dachte an die vierspurige Straße neben dem Hotel. Der üble Autolärm wurde vom Klappern vollständig übertönt. Das zumindest war ein Vorteil.

Trotzdem konnte Kretsche nicht mehr einschlafen. Das Karussell in seinem Kopf, die Endlosschleife von zermürbendem Denken-und-eigentlich-pennen-Wollen, hatte mit dem ersten Schluck aus einem *Barcardi*-Fläschchen Fahrt aufgenommen und kreiste seitdem unablässig, unterbrochen lediglich von minutenlangem, unruhigem Schlaf.

Nachdem Kretsche sein Bändchen bekommen hatte, war er zurück in die *Piano Bar* gegangen, um den Vorsatz, sich zu betrinken, doch noch in die Tat umzusetzen. Andernfalls würde er sonst nüchtern im Hotelbett liegen und heulen. Und er war schon genug gedemütigt worden; die erste Trennungswoche wollte er mit Anstand überstehen.

In der Bar war kein Kellner zu sehen. Dafür ein Servierwagen voller Alkohol. Alles Fläschchen in Daumengröße, wahrscheinlich für die Minibars. Kretsche wartete, doch die Bar blieb unbesetzt. Nur er und der Servierwagen. Wenn das keine Einladung war.

Im Aufzug zählte er nach: In den Hosentaschen einer Jeans, hinter dem Gürtel und unter den Achseln eingeklemmt konnte man ohne Probleme einundzwanzig Minibarflaschen *Barcadi*, *Johnnie Walker* und *Bombay Sapphire* klauen. Wobei er natürlich nicht wirklich klaute, schließlich war er ein AI. Dass die Minibar nicht all inclusive war, galt doch wohl nur, wenn die Fläschchen wirklich *in* der Bar waren. Er trank, indem er den dünnen Flaschenhals zwischen die Zähne nahm und den Kopf in den Nacken legte. Das ging schön fix.

Nun aber, Stunden später, lag er wach, hatte den Geschmack eines alten Fünfpfennigstücks auf der Zunge und wusste nicht, ob er sich übergeben sollte oder lieber gleich vom Balkon springen.

Warum hat er nichts von Jolas Gefühlen bemerkt? Was hat er falsch gemacht? Oder liegt vielleicht alles nur an ihr? Schließlich haben viele Frauen Orgasmusprobleme. Irgendwie. Hört man doch dauernd.

JA, IN DÄMLICHEN FERNSEHBEITRÄGEN, WIE DU IHN FABRIZIEREN WILLST, IDIOT!

Er warf sich auf die andere Seite. Mit der wichtigsten aller Fragen war er eingedöst, bevor die Fenster losschepperten. Und sie nagte immer noch an ihm: Warum hatte er Dietmar vor dem Abflug nicht noch zusammengeschlagen?

Kretsche setzte sich auf die Bettkante; vorsichtig und bemüht, den Magen-Darm-Trakt unbewegt zu lassen. Seine Zehen stießen gegen etwas Hartes. Glas klirrte – die Flaschenpyramide, die er gebaut hatte, als er noch zu feinmotorischen Übungen in der Lage gewesen war. Er tastete nach dem Lichtschalter am Pferdekopf, ließ die Hand aber wieder sinken. Zu viel Helligkeit war nicht gut für seinen Schädel.

Mit Jola war er nie in Hotelzimmern mit weißen Pferdeköpfen gelandet. Sie hatten nie Pauschalreisen gemacht. Für Katalogurlaub war das Leben einfach zu kurz. Sie wollten die Welt lieber im Alleingang erobern. Zugegeben, manchmal hatte er sich auf diesen rauen Alleingang-Reisen ein hässlich gestreiftes Hotelbett gewünscht. Jedenfalls war es definitiv Jola, die am meisten über Pauschaltouristen gelästert hatte.

UND DU MACHST DIE REPORTAGE ZUM THEMA, GEFÄLLT IHR BESTIMMT.

Er rieb seinen steifgelegenen Nacken. Das taube Gefühl erinnerte ihn an die riesigen Rucksäcke, die sie bei den meisten ihrer Unternehmungen getragen hatten. Er sah Jola vor sich, genauer gesagt die Rückansicht mit dunkelrotem Rucksack, die Isomatte wie überdimensionale Schulterpolster obenauf geschnallt ... Und er erinnerte sich an die Schmerzen in seinen Oberschenkeln und Waden nach stundenlangem Abstieg von irgendeinem Scheißberg, danach hatte er zwei Tage kaum gehen können. Mann, wie gerne hätte er da ihr Zelt gegen ein Pensionszimmer eingetauscht. Passte er vielleicht gar nicht zu Jola? Und war am Ende der ganze Schlamassel zwar schmerzhaft, aber richtig? Der Weg in ein besseres Leben?

Andererseits wäre er ohne Jola niemals durch Thailand gereist, hätte er nie Costa Rica erkundet oder die USA von Ost nach West durchquert. Und ohne sie hätte er in Ecuador auf knapp fünftausend Metern schlappgemacht, selbst wenn die beiden Guides sich die restlichen Tage über ihn lustig gemacht hätten. Mit ihr war er in der Lage, Dinge zu tun, die er alleine niemals versuchen würde oder bei denen er aufgäbe, sobald Schwierigkeiten auftauchten. Er schloss die Augen. Was bedeutete das nun? Dass er ohne Jola dazu verdammt war, ein feiges Durchschnittsleben zu führen? Sie war der Motor, den er brauchte, um aus den Puschen zu kommen. Gebraucht hatte! Motoren konnte man allerdings auch austauschen.

ARSCHLOCH.

Hallo? Wer hat denn wen verlassen? Er öffnete die Augen wieder. Falsche Frage. Wer hat wen betrogen, das war die Frage! Er war einsam, sein Magen rumpelte, und er hatte ein Kotzgefühl im Hals. Eigentlich schon, seitdem er die Wohnungstür hinter sich zugeknallt hatte. Kretsche schnaubte und knipste das Nachtlicht an.

«Scheiße! Verdammter Saumist!», brüllte er den Pferdekopf an. Mein Gott, war das Ding hässlich. «Ich knall dich gleich gegen die Wand, du Pferdearschloch!»

Der Pferdekopf blickte stoisch zurück. Wyatt Earp. Coole Sau.

Kretsche schnüffelte. Ein merkwürdiger Geruch hing in der Luft. Du liebe Güte! Er hatte doch bitte nicht ins Bett gekotzt. Sein Blick wanderte nach unten. Nein, er hatte lediglich immer noch seine Reisekleidung an, und in der steckten Flughafennachtgerüche, Boeing-737-Sitz-Muff, Busbakterien, Hotelüberdeckenmief, Zweitagesschweiß und vieles mehr. Passte zu dem Geschmack in seinem Mund, der gerade von Fünfpfennigstück in verwesende Ratte überging.

Er rappelte sich auf. Vielleicht half kaltes Wasser auf den Handgelenken und im Gesicht. Im Bad drehte er den Hahn auf. Nichts.

«Nein, o nein, nein, nein!» Natürlich nichts. Diese verdammte Pechsträhne.

Da gurgelte es tief in den Eingeweiden des Hotels, die Rohrleitungen bollerten, als klackerten Murmeln gegen Metall, und blitzartig schoss Wasser aus der Leitung.

«Scheiße!», brüllte Kretsche erschrocken. Das Wasser war siedend heiß, Dampf vernebelte den Badspiegel. Fluchend drehte er den Hahn zu. Erst jetzt bemerkte er die Markierungen, die jemand auf die Armatur gemalt hatte. Der rote und der blaue Hahn waren bei der Installation offenbar vertauscht worden, und irgendein Brühopfer war so nett gewesen, den Fehler mit Edding zu korrigieren. Man musste nur richtig hinschauen. Und das würde er ab jetzt. Immer richtig hinschauen.

Er wankte zurück ins Bett. Sein Blick fiel auf Carolas «Waschzettel», der neben der Kamera auf dem Boden lag. Darauf hatte sie ihr Reportagevorhaben skizziert und alle Punkte aufgelistet, die er recherchieren sollte. Kretsche ging vorsichtig in die Knie, um ihn besser lesen zu können. Er bedauerte sofort, damit nicht bis zum nächsten Morgen gewartet zu haben. Ein Punkt war dick unterstrichen:

2. Swingen auf GC! / Sex-Strände + Swingerclubs, aber die richtig üblen!

* * *

Tarzan schwang nicht von Liane zu Liane, er hangelte sich auf der Flucht vor einer Truppe Pygmäen an Dutzenden von Frauenbeinen entlang. Dass es Frauenbeine waren, erkannte Kretsche an den lackierten Fußnägeln. Leider schaute Tarzan nie nach oben, wo sich verzweifelte halbnackte Damen krampfhaft an Äste krallen mussten, um das Gewicht des Helden zu halten. Tarzans Blick war stur nach vorn gerichtet, auf sein Ziel, auf die Hütte, in der Jane gefangen gehalten wurde. Und weil Kretsche das sah, was Tarzan sah, schaute er nicht auf die Frauen in den Bäumen, sondern auf ihre Beine, nach denen Tarzan in rhythmischem Handwechsel griff.

Der Affenmann stoppte den rasanten Flug auf einem breiten Ast, legte die Hände an den Mund, die mächtige Brust schwoll an und ... *Aaaahuuhauauaaaaoooo!* Der berühmte Tarzanschrei erscholl. Kretsches Kopf zerplatzte in tausend winzige Splitter. Ihm blieb nichts anderes übrig, als aufzuwachen.

«*Aaaahuuhauauaaaaoooo!* Meine Damen und Herren, Ladys und Gentlemen, Señoras y Señores! Aaaniiimaaacióóón!» Die Lautsprecherdurchsage tönte aus allen Richtungen, vom Hotelflur, vom Balkon, ja, aus Kretsches Kopf selber. Und wieder der Tarzanschrei.

«*Aaaahuuhauauaaaaoooo!*»

Kretsche saß aufrecht im Bett, kurz davor, sich zu übergeben. Der Anblick der vielen Fläschchen auf dem Fußboden machte die Sache nicht besser. Dem Tarzanschrei folgte wieder die freundliche Männerstimme. Sie wünschte dreisprachig einen wunderbaren guten Morgen und sang anschließend fröhlich:

«Good morning, good morning. Good morning to yooouuu!»

«Bitte, bitte, ich will nicht ins Umerziehungslager! Ich will wieder in den Dschungel ...» Kretsche sank ins Kissen zurück und raffte die Decke über den Kopf. Er hatte die Vorhänge nicht richtig zugezogen und die Balkontür offen stehen lassen. So drang nicht nur die bescheuerte Lautsprecheransage herein, sondern auch gleißendes Sonnenlicht. Es blendete ihn noch mit geschlossenen Augen unter der Decke; es perforierte seine Iris, schoss durch sämtliche Schichten hindurch, bis in die Mitte seines Kopfes, um dort in grellen Lichtblitzen zu explodieren.

Er hatte den Kater seines Lebens.

Draußen jaulten Rückkopplungen und echoten über das Gelände.

«Bitte ...», flehte Kretsche unter der Bettdecke. «Es sind ja alle wach ...»

«Hola, Señoras y Señores, hier nun die Programm der Animación für heute.» Nun war es eine Mädchenstimme, die einschläfernd verkündete, welch aufregende Überraschungen das

Hispañola Star Hotel an diesem Tag für seine Gäste bereithielt. Sie hätte genauso gut die Ankunftszeiten des ICEs Hamburg–Köln durchsagen können oder die jährliche Spenderliste fürs Kuchenbuffet des Bergischen Hausfrauenvereins.

«In Sportraum Aerobic mit John, vor die Sportraum Bogenschießen mit Derick ... no, heute mit Phili, in die *Piano Bar* ab 12 Uhr Modenschau für die Minis. Besuche Sie heute Abend auch die Zaubershow in die *Salon Prince.* Unsere Mitarbeiter ...» An dieser Stelle versagte die Lautsprecheranlage knatternd ihren Dienst, und das weitere Animationsprogramm wurde Kretsche erspart.

Er schlug die Bettdecke zurück und kniff die Augen zusammen. Phili war doch die angebliche Hammerbraut. Er betastete seine Oberschenkel und spannte den Bizeps. Sofort schoss ein Schmerzpfeil in seine Schläfen. Okay, kein Bogenschießen am ersten Tag. Was dann? Er nahm seine Armbanduhr vom schmalen Bord über dem Bett. Schon elf. Wenn er nicht bald aufstand, verlor er einen halben Arbeitstag für seine Reportage. Und er hatte keine Zeit zu verlieren. Wenn sich Carola ankündigte, musste er alles im Kasten haben.

Kretsche ignorierte die Kopfschmerzen und erhob sich. Am besten würde er Jola nach dem Frühstück anrufen. Das konnte sie doch alles nicht ernst meinen mit diesem, diesem *Tangotänzer.*

UND WENN DOCH?

Dann war er umsonst nach Gran Canaria geflogen, dann konnte er nichts mehr verdrängen, würde nicht den besten Job aller Zeiten abliefern, dann machte er mit einem Anruf alles kaputt. Denn dann würde Jola auf Gran Canaria über allem schweben. Aber tat sie das nicht sowieso?

Nach einer Dusche, zwei Aspirin und dem letzten Orangensaft aus der Minibar fühlte Kretsche sich so weit wiederhergestellt, dass er einen Strandspaziergang machen konnte. In den Ausläufern der Brandung spazierten nackte Urlauber. Besonders die Männer legten überraschendes Selbstbewusstsein an den Tag. Mit ausgreifenden, beifallheischenden Schritten stolzierten sie im Sand umher, ihre ungesund geröteten Geschlechtsteile schwangen und hüpften wie Glockenseile im Wind. Das sah aus, als täte es weh, bereitete aber offensichtlich Freude. Die Frauen spazierten gelassener, vor allem die etwas älteren. Vielleicht war ihnen bewusst, dass ihr Schwingen und Hüpfen keine Preise mehr gewinnen würde. Sie waren einfach nur textilfrei und genossen das glaubwürdiger. Ein Mann hingegen konnte nicht einfach nur nackt sein. Nie. Ein Mann war immer auch zugleich Zuschauer seiner selbst – ob mit Unbehagen oder voller Selbstzufriedenheit.

Kretsche blickte aufs Meer. Der Stachel der Erniedrigung, die Jola ihm bereitet hatte, saß tief. Was sie ihm angetan hatte, war die eine Sache. Aber wie sie ihm die Schande mit verbalen Dolchen ins Herz gestoßen hatte, darüber kam er nicht hinweg. Er sog die Meeresluft in tiefen Zügen ein. Das Bild einer Pizza *Frutti di Mare*, das er unwillkürlich mit der Brise assoziierte, ließ Erinnerungen an die Nordseeurlaube seiner Kindheit wachwerden. Damals waren die Spaziergänge die Promenade entlang bis zum Italiener Höhepunkte jedes Ferienaufenthalts gewesen. Der kleine Kretsche hatte sich allerdings weniger aufs Essen gefreut als auf den Kiosk neben dem Restaurant. Wenn er die Pizza im Magen behielt, durfte er sich nach dem Restaurantbesuch ein Comic-Heft aussuchen. Magentechnisch war Klein Kretsche ein Weichei. Das besserte sich erst mit dem regelmäßigen Genuss von alkoholischen Getränken ab dem fünfzehnten Lebensjahr.

Er machte einen Schlenker um drei Jungs mit Bastian-Schweinsteiger-Frisuren. Ein Haarschnitt, der in der Sekunde, da der Nationalspieler mit dem so treffenden Nachnamen ihn erstmals präsentiert hatte, schon out war. Die drei saßen im Schneidersitz um eine Kühltasche mit *San Miguel*-Bierdosen und waren sichtlich minderjährig.

«Alter, ich bin so blau! Ich bin so ... blau!», lallte Schweini 1.

Aha: Erster Urlaub ohne Eltern. Dazu bestenfalls Anfängerkenntnisse im Umgang mit alkoholischen Getränken bei gleichzeitiger starker Sonneneinstrahlung.

«Blau? Du bist nich mal braun, Alter!» Schweini 2 kippte vor Lachen über seinen «Witz» hintenüber in den Sand.

Schweini 3 rülpste. Daraufhin lachten alle drei ein grauenhaftes Stimmbruchlachen. Kretsche verdrehte die Augen. Aber dann erinnerte ihn die Kühltasche mit Bierdosen an den sechzehnten Geburtstag von Silke Meiersauer. Zum Glück endete diese Erinnerung mit einem Filmriss (und unerklärlichen Flecken auf seiner Hose). Jeder ist mal jung gewesen.

Nur wenige Schritte weiter schmuste ein Liebespaar auf einer rosafarbenen Strandmatte. Als er Luft holte, nutzte sie die Unterbrechung, um grundlos zu giggeln. Kretsches Gesicht verfinsterte sich. Dieses Gegurre, dieser Bussi- und Streicheltanz, den die beiden in einer Burg aus Beachbags, Getränkeflaschen und Sonnenölen zelebrierten, führte ihm seine ganze Misere erneut vor Augen. Er war ein Versager, ein Depp, ein gedemütigter Mann. Jeder Spanier, der um seine Geschichte wüsste, würde ihm mit gespreizten Fingern die Stierhörner zeigen und feixen. Ja, Andreas Kreschinski hatte sich Hörner aufsetzen lassen. Von einem Kerl, der bei den Weibern unter anderem damit punktete, dass er seine Finger mit einer Nagelfeile auf Vordermann brachte und ein ganz tolles Rezept für Ingwer-Möhren-Suppe kannte.

Kretsche riss den Blick vom Turtelpaar los und stapfte wütend Richtung Promenade zurück. Von dort war es nicht mehr weit bis zu einem Café, in dem er an seinem Schlachtplan arbeiten konnte. Dem Projekt, das ihn zum begehrtesten Journalisten Deutschlands machen würde. Jola sollte ihr Leben lang bedauern, was sie getan hatte. Und einsehen, wie unwichtig Orgasmen waren. Kretsche verzog das Gesicht. Schon beim Denken des O-Wortes zog sich sein Skrotum zusammen. Wie konnte er «das Problem» nur all die Jahre nicht bemerkt haben?

Er nahm sich Carolas Waschzettel vor und überlegte, ob es sinnvoll war, den einen oder anderen Punkt für seine Reportage zu berücksichtigen. Ein wenig Boulevard musste sein, wenn er Rüdiger dazu bringen wollte, sich sein Band überhaupt bis zum Ende anzusehen. Das Entscheidende war eine eigene journalistische Handschrift. Natürlich konnte er die Reportage nicht neu erfinden, aber er konnte sich abheben. Irgendwie. Solange er nicht genau wusste, wie, war es vielleicht am besten, nach Carolas Vorgaben vorzugehen.

Unter dem Wind- und Sonnenschutz vor dem *Café Roma*, einem der unzähligen Restaurants auf der Promenade von Playa del Inglés, war es ganz gemütlich. Der dünne Reiseführer, den Carola zu den Unterlagen gesteckt hatte, schwärmte vom *Café con leche* des Hauses. Und der schmeckte tatsächlich hervorragend. Kretsche leerte die dritte Tasse und hatte einen Plan – zumindest für die Recherche der nächsten zwei Tage. Danach wollte er mit Drehen loslegen. Dann musste er alles fertig im Kopf haben, den ganzen Film, inklusive seines besonderen, Rüdiger-und-die-Welt-überzeugenden Ansatzes. Nach der ersten Tasse war er noch so weit gewesen, dass er Carolas Liste wegwerfen wollte, schließlich war es seine Entscheidung, was er filmte und was nicht. Aber da er keinen Schimmer hatte, wie und wo er beginnen sollte, konnte es nicht schaden, zumindest einen Blick auf die Drehorte und Interviewvorschläge zu werfen. Und sei es, um eine deutlichere Vorstellung vom Gegenteil zu bekommen.

«Señor, noch eine Wunsch?» Der Kellner, der aussah wie eine Torero-Kopiervorlage für spanische Stierkampfplakate und entsprechend grazil zwischen den Tischen umhertänzelte, war neben ihm stehen geblieben und feudelte ein paar Zuckerkrümel vom Tisch.

«Äh, ja. Stückchen Pizza wäre nicht schlecht. Pilze-Salami, per favore.»

«Por favor.»

«Bitte?»

«Genau. Heißt *bitte* auf Spanisch. *Per favore* iste Italienisch. Machen aber viele Urlauber falsch. Oder sagen *prego*, wenn richtig iste *per favore*.»

«Aber Sie sind doch ein italienisches Restaurant. Da kann man doch dann auch *per favore* sagen, oder?»

Der Kellner hob eine Augenbraue bis zum Haaransatz.

«Das kann man sicher – Mister.» Dann verschwand er im Restaurant.

Mister? Kretsche blickte ihm verwirrt hinterher. Was zum Teufel war das für eine Retourkutsche? Er schwor sich, den Rest der Reise weniger zu trinken.

Carola hatte die klassische Rezeptur für eine Boulevardreportage ohne Inhalt, aber mit viel Voyeurismus zusammengemixt: Sonne, Saufen, Sex. Als Drehorte ein paar ausgefallene Locations, nach denen man sich in Bottrop auf der Wohnzimmercouch sehnte, wenn der letzte Beischlaf mit Mutti dreizehn Monate zurücklag. Neben den Swingerclubs und Open-Air-Vögel-Treffs waren das vor allem Schlagerbuden und Anmach-

Bars, gewürzt mit Klischees wie Flatrate-Säufern, Karaoke-Grölern, Bildern von angeblichen Liegenkriegen zwischen den Nationen, Bierbäuchen und möglichst vielen blanken Busen – also der Untergang des Abendlandes, wie man ihn regelmäßig in Reportagen aus Ibiza, Malle oder eben Gran Canaria bewundern durfte. Abgeschmeckt wurde dieser Brei mit schönen Landschaftsbildern für Muttis Seele. Das Publikum liebte solchen Mist mindestens so heiß und innig wie Einblicke in die Villen Superreicher in Marbella, Yachtbegehungen bei Millionärs vor Saint-Tropez oder den filmischen Absacker in Flavios *Billionaires Club*.

Kretsche faltete den Zettel zusammen und schob ihn in seine Hosentasche. Es konnte nicht schaden, ein paar Punkte von der Liste abzuhaken. Ob er später die Kamera draufhielt, war dann immer noch eine andere Sache. Der Plan für den Tag war klar: Strandspaziergang fortsetzen, Urlauber auf Liegestühlen besichtigen und vielleicht im Hotel noch ein paar Schnittbilder drehen. Abends ein Rechercheabsacker im Inferno der Touri-Kneipen und dann hoffentlich komatös, aber nicht betrunken ins Bett fallen. Er blickte mahnend zum Himmel: Und zum Abschluss bitte schön eine traumlose Nacht!

Dabei hätte Kretsche nach den vergangenen Tagen ahnen können, dass der liebe Gott andere Pläne mit ihm hatte. Pläne, die mit einer außergewöhnlichen Sonnenbrille begannen und mit zwei nackten Holländern noch lange nicht beendet waren.

* * *

An der Promenade bestäubte der Nordostpassat die Menschen mit puderfeinem Sand. So lernte man die hässlichen Plastikwände der Außencafés schätzen. Dummerweise hatte Kretsche beim überhasteten Aufbruch in Deutschland seine Sonnenbrille vergessen. Er war ständig in Versuchung, einen Blick auf die Brillenangebote der fliegenden Händler zu werfen. Dabei prallte er wie eine Flipperkugel zwischen eifrigen Kellnern und afrikanischen Verkäufern hin und her. Die illegalen Händler hatten ihre Luxusuhrenimitate um Küchenpapierrollen gelegt und präsentierten sie neben gefälschten Sonnenbrillen in Schuhkartons.

«Ks, ks, wanna buy? Ks, ks, kaufe wolle? Ks, ks!»

Kretsche war einfach zu blass, um in Ruhe gelassen zu werden. Trotz abweisendem Blick blieb er ein weißhäutiges Opfer, das die Spielregeln nicht kannte, ein Novize mit frischgefüllter Brieftasche. Da er außerdem immer wieder verstohlen nach den *Gucci*- und *Dolce&Gabbana*-Imitaten linste, hatte er bald eine Traube von schwarzen Händlern an den Hacken. Sie hielten ihm ihre Schuhkartons hin und quasselten in einem Mischmasch aus sämtlichen Sprachen des Erdballs auf ihn ein. Jeden hastigen Blick auf ihre Waren nahmen sie als Bestätigung, und jedes Stocken hatte zur Folge, dass weitere Uhren-, Brillen-, Handtaschen- und Bootstourenverkäufer die Fährte der vermeintlich leichten Beute aufnahmen. Binnen Minuten war Kretsche von einem Geflecht aus Händen, Armen und Kartons mit Glitzerwaren umgeben und drohte totgequatscht zu werden. Er hatte nur eine Chance.

«Die nehm ich!»

Er griff wahllos in einen Schuhkarton nach einer Brille, stopfte dem Verkäufer zwanzig Euro in die Hemdtasche und rannte los. Die Brille in seiner Hand fühlte sich groß an. Größer als seine Brille zu Hause. Riesengroß.

Er hatte danebengegriffen. Statt des schlanken *Matrix*-Modells, das er aus den Augenwinkeln im Karton gesehen hatte, hielt er eine monströse, hellbraun getönte Damenbrille in der

Hand. Auf einem Bügel prangte das Strasssteinchen-Logo der weltbekannten Marke *Fucci.* Er blickte über die Schulter zurück. Die Händler waren noch in Sichtweite und schienen unschlüssig, ob es lohnte, einem so dämlichen Kunden weiter zu folgen oder nicht. Entweder lebte er ab jetzt mit einer Paris-Hilton-Brille, oder er setzte den Spießrutenlauf auf der Promenade fort.

«Sei ein Mann!», sagte er zu sich selbst. Allerdings laut genug, dass ein Mädchen mit Schwimmflügeln und Kirsch-Haarspange ihn ansah, als sei er der Weiße Hai persönlich. Kretsche setzte die Damenbrille auf, ließ einen Mundwinkel hängen und drehte sein Gesicht ruckartig dem Mädchen zu.

Es heulte auf und rannte davon. Kretsche setzte seinen Weg mit einer gewissen Genugtuung fort. Es waren oft die kleinen Dinge, die einem den Tag retteten. Der Wind föhnte ihm einen Scheitel ins Haar. Irgendwo zwischen Postkartenständen und Strandbars grölte ein Männerchor: «Alleeez, alleeez, allez, allez, allez! Eine Straße, viele Bäume – ja, das ist eine Allee!»

Er musste lachen. Ballermann auf Firmenkosten. Was für ein lockerer Job.

JOLA KRIEGT BEI DIR KEINEN ORGASMUS! BEI IHM SCHON!

Reumütig senkte er den Kopf. Wie konnte er einen auf Easy Living machen und die drei großen Problemzonen in seinem Leben vergessen: Er war ein Sexversager, einsam und verlassen, und er hatte einen Aufstieg zu erledigen, der vielleicht der wichtigste seiner jungen Karriere war. Der Job, von dem er immer noch nicht wusste, wie er ihn am geschicktesten anpackte. Wo sollte er mit dem Drehen beginnen? Er blieb stehen, tastete nach seinem Rucksack. Erst jetzt bemerkte er, dass in der kleinen Öffnung im Bodenteil keine Linse blinkte. Er wühlte hastig in der Tasche, fand sein Notizbuch, den Reiseführer und sein Handtuch. Das abgetrennte Fach für Kamera und Mikrophon war leer.

«Du Idiot hast die Kamera im Hotel liegenlassen!»

Ohne Kamera war auch ein Peter Scholl-Latour bloß noch ein armseliger Peter Scholl. Deprimiert tastete Kretsche nach seinem Nacken. Die Sonne schien nicht mehr, sie brannte. Seine Sonnencreme hatte er natürlich auch vergessen. So was hatte ein Scholl-Latour natürlich gar nicht erst nötig. Wer halb Asien und halb Afrika auf dem Buckel hat, braucht keinen Lichtschutzfaktor 20 mehr.

«F*u*ck!»

Ein knochiger Junge in Podolski-Trikot und Sporthose drehte sich zu ihm um. Seine Eltern probierten vor einem Shop Sonnenhüte an.

«Das heißt *fack*!»

«Stimmt! Und jetzt kommt's: Fack you!»

Der Junge streckte ihm, ohne eine Miene zu verziehen, die Faust entgegen und kurbelte mit der anderen Hand einen Stinkefinger raus. Kretsche setzte seine Damenbrille auf und stapfte weiter. Warum nicht auch noch einem minderjährigen Großmaul unterliegen? Sein Selbstbewusstsein hatte nichts mehr zu verlieren.

«Du hast die Haare schön, du hast die Haare schön, du hast, du hast, du hast die Haare schön!» Vor ihm baute sich eine Truppe rotgesichtiger Kegelbrüder auf und versperrte ihm den Weg. Der Männerchor. Sie trugen gelbe Zipfelmützen, Shorts und Badeschlappen sowie T-Shirts mit der Aufschrift *Mr. Engelskirchen 67*. Einer hielt einen feuerroten Sangria-Eimer mit armlangen Strohhalmen vor dem Bauch. Er stimmte den Chor wieder an.

«Du hast die Haare schön ...»

Die anderen fielen ein. «Du hast die Haare schön ...»

Kretsche versuchte, an ihnen vorbeizugehen. Genau diese Jungs hatte er gemeint, als er sich bei Carola beschwert hatte. Sie umringten ihn und sangen weiter.

«Du hast, du hast, du hast die Haare schön!»

«Dafür ist die Sonnenbrille echt scheiße, Britney», rief einer.

«Nee, Paris, du Bremsbirne», grölte ein anderer. «Paris Hilton is das doch!»

«Scheiße bleibt Scheiße», stellte der Eimerträger fest.

Der Rest der Truppe wieherte vor Lachen.

Kretsche lächelte milde. «Eure Mützen und die T-Shirts – echt 'n Brüller, Jungs. Ich wette, da stehen die Mädels drauf.»

«Besonders, wenn wir sie ausziehen», johlte der Sangriaträger. «Zeigt Miss Hilton mal, was ich mein'!»

Seine Mitstreiter kehrten Kretsche aufs Kommando den Rücken zu, zogen sich die Hosen runter und präsentierten ihm ein gutes Dutzend weiße, haarige Hintern.

«Was woll'n wir außer der Mariaaa?!», rief der Eimermann.

Die Hosen wurden wieder hochgezogen: «Sangriaaa!»

Alle umringten den Sangria-Eimer und schnappten sich einen Strohhalm.

«So, und jetzt verzieh dich, du Opfer!» Der Eimermann versetzte Kretsche einen Stoß vor die Brust. Dann verschwand sein Kopf zwischen denen der anderen.

Noch einen Tiefschlag konnte Kretsches Selbstbewusstsein an diesem Tag nicht verkraften. Er dachte an Bruce Willis, nahm all seinen Mut zusammen und drängte sich zwischen die schlürfenden Kegelbrüder. «Hey!»

Sie beachteten ihn nicht. Kretsche zog die Nase hoch und rotzte zwischen zwei Köpfen hindurch in den Eimer. Jetzt hatte er ihre Aufmerksamkeit. Er legte mit analytischer Miene den Kopf schief.

«Ich wette, ihr tragt diese bescheuerten Zipfelmützen, weil ihr in der Hose Zwerge habt.»

Bevor der erste Mann sich vom Eimer gelöst hatte, war Kretsche zwischen den Shops und Restaurants an der Promenade verschwunden. Für die billigsten Gags bekam man in der Regel die meiste Prügel.

Kretsche hatte die flache langgezogene Ladenzeile am Strand hinter sich gelassen und spazierte am Meer entlang Richtung Westen. Seine Zehen gruben sich in den warmen Sand, und er ließ den Blick nach seinem Kegelbrüdersieg umso genüsslicher über die unzähligen Sonnenanbeter am Strand schweifen. Er war ein Bruce.

Laut Reiseführer konzentrierte sich der Tourismus auf Gran Canaria vornehmlich auf den Süden und Südwesten. Dort bestanden ganze Ortschaften der «Insel des ewigen Frühlings» aus Hotels, Bungalowanlagen, Restaurants, Cafés und Geschäften. Echte Canarios oder spanischstämmige Arbeitskräfte waren dort entweder nur saisonal anwesend oder pendelten täglich per Linienbus zwischen ihrer Wohnstätte Las Palmas und dem jeweiligen Urlauberghetto. Das Tourismusstreben gen Süden verwunderte Kretsche nicht angesichts der geographischen Aufteilung der Insel: Die Geburtsstunde Gran Canarias als Vulkan hatte im Inselinneren zu beeindruckend zerklüfteten Bergmassiven geführt. Der Norden dagegen war fruchtbar, mit grünen Tälern und nährstoffreichem Boden für Bananenpflanzungen. Im trockenen Süden verlegten sich die Canarios vornehmlich auf Tomatenplantagen oder machten in Sand. Denn mehr wollten die Heerscharen vom Festland im Grunde nicht: Sand.

Die beiden größten Orte des Südens, die Partyhochburg Playa del Inglés und das etwas gediegenere Maspalomas, waren durch die Dunas de Maspalomas verbunden, eine kilometerlange und tief ins Land verwehte Wüstenlandschaft. Blendete man auf einer Düne den Leuchtturm im einen Augenwinkel und den Hotelkomplex im anderen Augenwinkel aus, konnte man sich glatt einbilden, man sei Lawrence von Arabien bei der Durchquerung der Wüste Nefud. Komplett geschlossene Augen machten diese Einbildung vollkommen.

Laut einer Notiz von Carola begann in Höhe der Erfrischungsbude Nr. 4 eine «Zona Nudista» mit aufgeschlosseneren Publikum in den Dünen. Carola hatte «Rudelpopper» geschrieben, aber das wollte Kretsche erst einmal sehen, bevor er es glaubte.

Als er die Dünen in Höhe von *Kiosko 4* durchstreifte, war kaum jemand zu sehen. Auch am Strand nichts als das übliche Treiben mit Wasserbällen, außerdem zwei Tangaträgerinnen mit jenen unsäglich langweiligen Holzpaddeln, die sich einen Hartgummiball zuploppten. Dabei mussten sie nach jedem zweiten Ballwechsel ins Meer hechten, um das Miniding rauszufischen, bevor es auf Nimmerwiedersehen im Ozean verschwunden war. Auch wenn die Tangas bei diesen Verrenkungen mehr Po freigaben, als Kretsche lieb war, konnte er in diesem Abschnitt keine frivole Partyzone erkennen. Ebenso wenig wie im Nackt-Abschnitt, in dem er vor seiner Kaffeepause gesessen hatte. Dort befanden sich ausschließlich Hardcore-Weltanschauungs-Nudisten mit Kinderschar, Hütchen, Socken und Sandalen.

Einen guten Kilometer weiter schwenkte Kretsche erneut vom Strand ab in die Dünenlandschaft. Auch hier trieb sich niemand herum, lediglich ein paar spielende Kinder und ein Naturschützer mit Oberlippenbart. Er spannte um Parzellen mit Pflanzenwuchs knöchelhohe Seile. In Spanien machte man sich offenbar wenig Sorgen um Schadensersatzklagen:

Bis sich dort jemand die Haxen brach, war nur eine Frage der Zeit.

Kretsche wanderte weiter den Strand entlang. Und siehe da: Rund um *Kiosko 8* begann er plötzlich, der große Badehosen- und Bikinischwund. Hier räkelten sich ölglänzende rote und braune, rasierte und unrasierte Körper auf Mietliegestühlen oder Handtüchern; Körper der schönen und der weniger schönen Art. Mehr der weniger schönen. Etwas anderes hatte Kretsche nicht erwartet. Höchstens erhofft. Es war einer der Witze aus Gottes Standardrepertoire: Da schafft er einen Traumstrand, an dem es erlaubt ist, dass der Mensch sich in seiner ganzen Herrlichkeit zeigt, dass Mann und Frau sich aneinander ergötzen und ihrer vollkommenen Schönheit teilhaftig werden können, und wer kommt? Die Schnäppchen von Gottes Resterampe.

Trotzdem war das merkwürdig. Carola würde nie eine Vier mit einer Acht verwechseln. Hatte Miss Perfect ausnahmsweise schlecht recherchiert? Kretsche drehte sich einmal um die eigene Achse. Weit hinter ihm die Promenade von Playa del Inglés, zur Linken das Meer, rechts von ihm, hinter den Dünen, der weiße Prachtbau eines LIDU-Hotels, und vor ihm spitzte aus einem fernen Dünenkamm der Leuchtturm von Maspalomas hervor.

Egal. Hier waren Nackte, hier waren vielleicht auch «Rudelpopper». Und wo die waren, kamen ihm womöglich Ideen für seine Reportage. Kretsche setzte sich in den Sand einer auslaufenden Düne. Die Düne formte einen natürlichen Liegestuhl und kostete nichts. Gute Sache. Er breitete sein FC-Köln-Handtuch aus, zog das T-Shirt über den Kopf und machte es sich bequem. Zeit für ein paar Notizen.

Eine gute Reportage basiert auf einem klaren Konzept genauso sehr wie auf intensiver Recherche. Deshalb trug Kretsche immer ein Notizbuch bei sich. Er wollte keinen wichtigen Gedanken verlieren.

Am westlichsten Zipfel des Strandes von Playa del Inglés hatte er allerdings keinen wichtigen Gedanken. Seine Recherche bestand bislang aus den Vorgaben von Carola und ein paar Kritzeleien, die er im Bus und im Hotel gemacht hatte. Wo blieb es denn, das klare Konzept? Missmutig stopfte er das Notizbuch in den Rucksack zurück. Das Meer war traumhaft, und er konnte nicht mal ein paar Stimmungsbilder drehen.

«Ganz große Klasse, Herr Kreschinski», murmelte er.

«Stören wir Ihnen?», fragte eine weibliche Stimme mit unverkennbar holländischem Akzent.

Kretsche setzte sich auf. Er hatte nicht bemerkt, dass neben ihm jemand saß. Ein Paar, das ihn freundlich anlächelte. Kretsche tippte beide auf Ende fünfzig, ihre schlohweißen Haare machten es schwer, sie zu schätzen, denn die Gesichter waren überraschend faltenfrei. Die Frau war klein, mit zierlichen Gliedern, hatte aber üppige Rundungen. Besonders ihre Oberweite nahm beachtliche Ausmaße ein. Als sie behände über ihre Strandtasche hüpfte, hopsten ihre Brüste mit Millisekundenverspätung hinterher. Sie erinnerte Kretsche an ein fröhliches Shetlandpony. Ihr Mann gab den dazu passenden Jockey ab: sehnig muskulös mit leichten O-Beinen. Dachte man sich die weißen Haare über den stahlblauen Augen weg, wirkte er geradezu jungenhaft. Die beiden hatten, wie er, ihre Handtücher so platziert, dass sie sich an die Düne lehnen konnten. Im Gegensatz zu Kretsche waren die beiden nackt, aber so richtig: Schamhaare Fehlanzeige. Kretsche tat unbeeindruckt, war ja auch nichts dabei.

«Nee, Sie stören nicht. Gar nicht.»

Er fummelte sein Notizbuch wieder aus dem Rucksack. So konnte er wenigstens so tun, als lese er darin. Er wunderte sich selbst, wie sehr ihn nackte Menschen dann doch verunsicherten. Vielleicht weil er nicht mit ihnen gerechnet hatte? In einer Nacktbadezone?

Die Frau wälzte sich wohlig seufzend auf die Seite. Dabei platschten ihre schweren Brüste in Kretsches Richtung aufs Handtuch. Wahrscheinlich wusste sie genau, dass er herübergeschielt hatte.

«Sie habe uns gar nicht komme gesehen, nicht?»

«Nein. Nichts mitbekommen.»

Ihr Mann, der beinahe völlig hinter ihrem Rücken verschwunden war, stützte sich auf den Ellbogen und winkte über seine Frau hinweg.

«Das ist die Roos, und ich bin der Jasper. Schön, dich kennezulernen.»

Kretsche hob die Hand, wollte ebenfalls winken. Da griff Jasper vor seinen Augen an Roos' Brust, knetete sie zärtlich und küsste seine Frau auf die Wange.

«Ich hab eine Wahnsinnsständer, meine Süße.»

Kretsches Hand flatterte wie ein abgeschossener Vogel zu Boden. Roos hatte sich nach den Worten ihres Mannes wieder flach auf den Rücken gelegt, damit Kretsche sich selbst ein Bild machen konnte. Und Jasper hatte tatsächlich nicht übertrieben. War ja auch nichts dabei.

* * *

Dietmar hatte angeboten, auf der Wohnzimmercouch zu schlafen. Falls sie nicht noch eine Nacht allein bleiben wolle. Und er hatte sich bereit erklärt, Kretsches Kumpels abzuklappern. Vielleicht durften sie Jola nichts verraten, würden ihm aber von Mann zu Mann erzählen, wo Kretsche steckte. Jola konnte kaum glauben, wie naiv ein ausgewachsener Kerl wie Dietmar sein konnte, ein Pilot. Kopilot, hörte sie Kretsche reingrätschen. Sie musste lächeln. Wo steckte der Blödmann nur? Sie hatte die zweite Nacht kein Auge zugetan.

Es war Samstagnachmittag, Jola saß in Jogginghosen auf dem Küchenfußboden und wusste nicht, ob sie dem Impuls nachgeben sollte, Kretsche in seinem Büro zu suchen. Vielleicht war er nach Hürth in die Redaktion geflüchtet und schlief unter dem Schreibtisch. Aber suchen bedeutete klein beigeben. Sie hatte trotzdem bei *Primus TV* angerufen – mit unterdrückter Rufnummer. Es war niemand rangegangen. Wie auch? Samstags wurde nur in Ausnahmefällen gearbeitet. Außerdem war Kretsche nicht dort. Was für eine alberne Idee. Trotzdem würde sie spätestens Montag erneut anrufen, das wusste sie jetzt schon.

Dietmar hatte natürlich nicht auf dem Sofa übernachtet. Das wäre sein Tod gewesen, hätte Kretsche plötzlich in der Tür gestanden. Hatte er aber nicht. Jola fühlte wieder Wut in sich aufsteigen. Vielleicht sollte doch ein Dietmar auf der Couch pennen. Oder neben ihr im Bett. Kretsche hatte es nicht anders verdient.

Sie drückte eine Kurzwahltaste auf ihrem Handy. Dietmar ging sofort ran.

«Was Neues?»

«Nee.» Jola schniefte. Sie wollte nicht schniefen. Den Triumph gönnte sie Dietmar nicht, dass er recht behielt mit seiner Meinung von Kretsche. Großes Kind, Egoist, verantwortungslos und so weiter und so fort ... Schniefen hieß Dietmar recht geben.

«Magst du vorbeikommen?», fragte Dietmar.

«Weiß nicht.»

«Soll ich ...?»

«Musst du nicht fliegen?»

«Hab Dienste getauscht.»

«Aber nicht meinetwegen?»

«Nee ...»

«Ehrlich?»

«Nein, nein.»

Jola überlegte, ob sie Dietmars Angebot annehmen sollte beziehungsweise welche Variante. Alleine hielt sie es in der Wohnung jedenfalls nicht aus.

«Der gibt einfach auf», brach es aus ihr heraus. «Der kann doch nicht einfach so in den Sack hauen!»

«Kennst ihn doch.» Die Stimme aus dem Hörer gab sich Mühe, sachlich zu klingen, konnte aber eine leise Genugtuung nicht verhehlen.

Jola vergaß alle guten Vorsätze und überschüttete Dietmar mit einem ähnlichen Gedankenschwall wie schon beim Frühstück am Vortag. Oder beim Spazieren im Stadtwald oder beim Cocktail in der *Rosebar*: Sie wollte Kretsche doch nur mal drastisch vor Augen führen, wo sein Egoismus und seine Karrieregeilheit enden könnten. Sie hält seine Fernsehambitionen für höchst zweifelhaft. Sie weiß auch nicht, wo sie es hernimmt, aber sie sieht einen Künstler in ihm. Und er hat Humor. Das klingt vielleicht nach Frauenzeitschrift, aber sie liebt ihn für diesen Humor.

Dietmar hatte in der *Rosebar* an dieser Stelle ihres Monologs ein Gesicht gemacht, als müsse er kotzen. Wahrscheinlich machte er jetzt dasselbe Gesicht.

Sie riss sich zusammen. «Ich nehm ihn dauernd in Schutz, was?»

«Ist ja auch okay», log Dietmar. «Ist dein Freund. Noch.»

Das «noch» hätte er sich sparen können. Jola zupfte an den

Bändern ihrer Jogginghose; die Enden waren ausgefranst. Die ganze Hose war ziemlich im Eimer. Ausgewaschen, unattraktiv. Zu Hause trug sie die fast immer. Wie sah sie darin wohl in Kretsches Augen aus? Auch ausgewaschen? Sie schob den Gedanken beiseite. Dafür war man schließlich sieben Jahre zusammen. Um sich auch in Jogginghosen zu lieben.

Hey, werd doch Psychotante bei dieser Dreckszeitschrift, von der Kretsche dir das Abo geschenkt hat! Wie konnten Männer nur auf die Idee kommen, Frauen läsen so einen Mist? In diesen Magazinen blätterte man im Café, beim Friseur oder Frauenarzt, aber doch nicht zu Hause. Ihm zuliebe hatte sie Freude geheuchelt. Er war so glücklich gewesen, dass er überhaupt ein Geschenk gefunden hatte. Und er las das Zeug heimlich auf dem Klo. Was sie wiederum freute, denn die Artikel darin zielten auf nichts anderes ab, als Männern klarzumachen, wie sie ihre Frauen zufriedenstellen konnten. Das war das Perfide an Frauenzeitschriften: Sie wussten um die heimliche Leserschaft der Männer und unterzogen sie einer unmerklichen Gehirnwäsche. Insofern war das Geschenk eigentlich doch ein tolles Geschenk gewesen.

«Noch da?», klang Dietmars Stimme aus dem Telefon.

«Hm ...» Jola biss sich auf die Lippe. «Meinst du, ihm ist was passiert?»

«Nein. Kann höchstens sein, dass ihm die Unterhosen ausgehen.»

Jola stutzte. Sie ließ das Telefon fallen und stürzte ins Schlafzimmer.

Unter dem Bett kamen ihr haufenweise Staubmäuse entgegen, aber im Staub sah sie auch die Schleifspuren. Jemand hatte den Koffer rausgezogen, der unter dem Bett verstaut war. Sie riss Kleiderschrank und Kommode auf, wühlte sich durch Kretsches Klamotten. Eine Jeans und ein paar Unterhosen fehlten. Das deutete auf ein paar Nächte bei einem Kumpel hin. Sie wollte den Schrank schon wieder schließen, da fiel ihr auf, dass seine Konzert-T-Shirts fehlten. Kretsche hatte angeblich schon in der Grundschule Hemden zur Jeans getragen. Er besaß lediglich einen Winterpullover und zwei Konzert-T-Shirts. Und die hatte er das letzte Mal im Urlaub ...

Jola tastete in den Untiefen des Kleiderschranks nach dem «Sommerstapel». Ihre Hände patschten auf das blanke Holz des Zwischenbodens. Seine grünen Shorts, sein FC-Handtuch fehlten ebenfalls. Und seine Badehose.

Sie plumpste rücklings auf den Hintern. Wohin zum Teufel war Kretsche abgehauen?

6. Nackte in der Serengeti

«Es geht beim Swinge nicht um Sex, es geht darum, ohne alles – wirklich ohne alles! – glücklich zu sein.»

Jasper kratzte sich zwischen den Beinen, wischte ein paar Sandkörner von seinen Grillhähnchen-Pobacken und erhob sich. Kretsche tat es ihm gleich, klopfte Sand von seiner Badehose und den Schweißrändern seines T-Shirts.

«Glücklich ist eigentlich ganz einfach», sagte Jasper mit weichem niederländischem Zungenschlag.

«Kann ich nicht gerade sagen.»

«Alles eine Einstellenssache.»

«Einstellung.»

«Bidde schön. Du weißt, was ich meine.»

«Nee, dann wär ich ja glücklich.»

«Warum hast du die ganze Zeit diese hässliche Badehose an? Brauchst du hier nicht. Klamotten bedeuten Enge, Enge bedeutet Zwang, und alles zusamme is unglücklich sein.»

«Ich bin aber kein Swinger.»

«FKK ist kein Swingen. Nacktsein ist schön, probier es mal!»

«Hm. Morgen.»

Jasper lachte. «Morgen ist auch nicht zu spät.»

Die Gruizingas waren ein Füllhorn an extravaganten Lebensansichten. Beide waren seit über zwanzig Jahren passionierte Swinger und stolz auf ihr ausschweifendes und glückliches Geschlechtsleben. Nachdem Kretsche ihr Angebot, mit ihnen ein wenig «ze fummelen», wie Roos es ausgedrückt hatte, zwar höflich «interessant» gefunden, es aber abgelehnt hatte, war er mit den beiden ins Gespräch gekommen.

Sollte das Sexleben der Gran-Canaria-Touristen tatsächlich Bestandteil einer wie auch immer gearteten Reportage werden, so waren die beiden der Traum eines jeden Journalisten. Sie waren so offenherzig wie intelligent und beantworteten mit beeindruckender Selbstverständlichkeit auch die absonderlichsten Fragen.

«Und wenn ich jetzt ja gesagt hätte», war eine dieser Fragen von Kretsche an Jasper gewesen, «hätte ich dann Roos ... na ja, ihr wisst schon. Und hätte dir das wirklich nichts ausgemacht?»

Jasper hatte seiner Frau vergnügt aufs Hinterteil geklatscht. «Was ausgemacht? Jonge, wir hätte Schpass gehabt wie drei Katze auf de Mäusefarm!»

Kretsche hakte nicht nach, wie das im Detail gemeint war.

Die beiden hatten ihn ebenfalls ausgefragt und waren ziemlich schnell auf den Trichter gekommen, weshalb er auf der Insel war. Kretsche hatte zunächst auf seriösen Journalisten gemacht, aber mit zwei, drei Zwischenfragen hatte Roos ihn geknackt. Nun, eine gute Stunde später, wussten die beiden alles – von Carola, Jola, Dietmar und der Orgasmuslüge.

Jasper fand es ziemlich normal, wenn einem so eine libidinöse Hiobsbotschaft *(libidösche Hiopschbotschaff)* auf die Männlichkeit schlug. Alles sei noch so frisch, da müsse er erst mal Abstand gewinnen.

Roos dagegen kaufte Jola die sieben Jahre vorgetäuschter Höhepunkte nicht ab. «Weibliche Intuischion, weißt du?»

Zu seiner großen Freude waren sich beide in einem Punkt einig: Sowohl Jasper als auch Roos fanden, Dietmar sei ein Idiot.

«Das klingt nach eine Mann mit viele weibische Gähne», erklärte Jasper.

Quintessenz ihrer Analyse war jedenfalls, was Kretsche und

seine Jungs immer schon gewusst hatten: Der windelweiche Dietmar war gefährlich, Dietmar war ein Abstauber, Dietmar musste man im Auge behalten.

«Eine Urlaub ist nicht einfach eine Urlaub, mein Jonge.» Jasper führte das Thema Glück weiter aus.

Kretsche bemühte sich, ihm ins Gesicht zu schauen, und kämpfte dagegen an, mit den Augen die Hautverwerfungen zu überschreiten, die eine natürliche Grenze zwischen Jaspers Altmännerbauch und seiner rasierten Scham bildeten. Die Anwesenheit von Roos, die gerade von einem Bad im Meer zurückkam und hüllenlos ihre nassen Haare auswrang, ohne auch nur die geringste Scheu vor dem jungen Deutschen zu zeigen, machte diese Konzentrationsübung nicht einfacher. Und keine Stimme weit und breit, die nach Badekleidung oder Handtüchern rief.

Gab es denn keinen einzigen spanischen Strandspießer auf dieser Insel, der verhinderte, dass Kretsche neidisch auf Jaspers unterarmlange holländische Männlichkeit starren musste?

«Eine Urlaub ist wie eine verkürzte Leben: Ankunft. Essen, trinken, vögeln. Abfahrt. Verstehst du?», fragte Jasper. *Va'schtehst dou?*

«Wie Geburt, Leben und Tod», sagte Roos.

Und wenn es so etwas wie eine Erleuchtung gab, ein ganz persönliches Signal für Gottes Anwesenheit auf Erden, ein Sinneswunder oder wie immer man es nennen mochte, dann war es das, was Kretsche in diesem Augenblick erlebte. Er hatte nicht nur verstanden – er sah sie vor sich, die ganze Reportage! Das Konzept! Den besonderen Ansatz, den er die ganze Zeit gesucht hatte! Andreas Kreschinski wusste jetzt endlich, wie er seine Reportage anpacken musste.

***

Sie umschlich das Telefon, beschrieb Parabeln, Carola ging in den eigenen Fußspuren zurück, die sie auf dem feinflorigen Teppich hinterließ. Sie gab ihrer Unruhe völlig freien Lauf. Aber sie griff nicht zum Hörer. Sie, die normalerweise mit dem Ding verwachsen war. Ihre Hautärztin hatte ihr sogar mal geraten, weniger zu telefonieren, weil sie vermutete, die Pickelchen auf der Wange kämen vom eingeklemmten Hörer. Was dem Maler der Pinsel, dem Maurer die Kelle und dem Bankräuber die Skimaske, war Carola das Telefon: unverzichtbares Werkzeug und Symbol ihres Berufsstandes. Und nun sah sie sich außerstande, ein paar Nummern einzutippen und den Typen anzurufen. Sven Haferkord, ihr One-Night-Stand aus dem *Kaiserkeller*, der Kaiser vom *Kaiserkeller*.

Sven gehörte der Laden. Dieser und noch zwei weitere Nachtclubs am Kölner Ring. Zwielichtige Klientel mit Kohle, Goldketten und Benz-Cabrio. Man wollte lieber nicht wissen, wo das Geld dafür herkam. Sven hatte Abi, ein paar Semester BWL studiert und sich nach oben gekellnert. Carola bewunderte ihn dafür, gestand sich aber ein, dass seine Anziehungskraft vor allem körperlicher Natur war. Er hätte ohne weiteres Actiondarsteller in Hollywood werden können. Dunkle, kraftvolle Augen, kantige Wangenknochen, ein Kinn wie eine Kassenschublade, knapp zwei Meter groß und muskulös. Jeder Aktmalkurs an der Volkshochschule würde geschlossen niederknien und Gott preisen, wenn Sven Modell stünde. Was also hielt Carola davon ab, sich eine weitere Nacht mit dieser sexuellen Lichtgestalt zu gönnen? Erstens: Sie hatte Angst vor einer Absage. Zweitens: Beim Frühstückskaffee war ihr der Gedanke durch den Kopf geschossen, wie sich dieser Mann wohl als Vater ihrer Kinder machte. Und drittens: Sie wollte keine Kinder. Niemals, unter keinen Umständen. Never.

Aber nun war ein Damm gebrochen. Sie tippte Svens Handynummer von einem Bierdeckel ab. «Drei ... Sieben ... Fünf ...» Sofort biss sie sich auf die Zunge. Dieses Gemurmel hatte sie an ihrer Mutter immer gehasst.

«Ja!»

Die Stimme am anderen Ende der Leitung fragte nicht: «Ja?», im Sinne von «Hallo, wer ist denn da?». Sie schnauzte: «Ja!», im Sinne von «Was?! Wer nervt jetzt schon wieder?». Carola streckte den Rücken durch.

«Hi, Sven. Hier ist Carola.» Etwas zu säuselnd, aber gut ...

«Ja!» Unveränderte Tonlage.

«Carola? Von neulich?»

«Ja! Und?»

«Äh, nix und. Ich dachte nur ... ich sag mal hallo.» Scheiße.

«Ja! Hallo.»

«Ja, hallo.»

Carola trat sich mit dem Absatz ihrer Pantoffelsandalette auf den nackten großen Zeh des anderen Fußes. Wie hatte sie so dämlich sein können? Wie hatte sie so dämlich sein können, nicht auf ihren Instinkt zu hören.

«Hallo? Kommt da noch was?», dröhnte es aus dem Telefon.

«Ja!» Carola holte Luft. «Ich wusste nicht mehr, ob ich den Sex nur geträumt hab oder ob er wirklich so beschissen war. Jetzt weiß ich's wieder. Danke!»

Sie legte auf. Das war nicht wirklich witzig gewesen. Aber auf die Schnelle war ihr einfach nichts Besseres eingefallen. Das Telefon klingelte.

«Ja?»

«Und darum hast du mir deinen Slip in die Jackentasche gesteckt?», fragte Sven Haferkord höhnisch.

Carola legte auf und atmete tief durch.

Andere Frauen hätten sich gedemütigt gefühlt, benutzt und gescheitert. Nicht so Carola Langenscheit. Niederlagen weckten in ihr den Instinkt, die nächste Geschichte in Angriff zu nehmen. Und zwar siegreich. Die nächste Geschichte hieß in diesem Fall Kreschinski.

* * *

Kretsche hatte geduscht und bereitete sich auf eine lange Recherche-Nacht in Playa del Inglés vor. Er saß in einem Korbstuhl hinter dem Hotel, blickte auf den leeren Pool und kämpfte gegen die Rasierklingen in seiner Magengrube. Sie schabten dort stetig und stumpf an seinen Eingeweiden. Jetzt, wo Jola fort war, ärgerte er sich über jede Minute seines Lebens, die er nicht mit ihr verbracht hatte.

«Schluss jetzt!», sagte er halblaut.

«Sorry, Sir. Musse sein, sagt Chefe!»

Kretsche hatte den Hotelangestellten in weißen Shorts und Badeschlappen gar nicht bemerkt, der vor den Korbstühlen Warnschilder aufgestellt hatte: «No Swimming!» Der Mann lächelte ihn entschuldigend an, trat an den Poolrand und kippte aus einem Kanister eine giftgrüne Flüssigkeit ins Wasser. Kretsche hoffte, es war nur Chlor.

Ein Stück weiter, hinter dem Pool, plopptten Tennisbälle auf den Aschenplatz. Das Geräusch wurde jedes Mal von einem begeisterten Aufschrei und Gelächter begleitet. Ein Animateur warf mit fünf, sechs Frauen Bälle in einen Eimer, der im Zaun eingehakt war. Wer traf, bekam vom Animateur ein kleines Schokotörtchen aus der Kühlbox gereicht. Eine Frau im schweinchenrosa Strandkleid holte sich stattdessen einen Kuss. Das wurde besonders laut bejubelt.

«Me too!», schrie eine andere Frau in unförmigen Jogginghosen.

Der Animateur winkte mit tapferem Lächeln ab und deutete

auf den Eimer. Die Frau warf daneben. Selbst auf die Entfernung konnte Kretsche Erleichterung auf dem Gesicht des jungen Mannes ablesen. Er zückte das Notizbuch und blätterte zu seinen letzten Aufzeichnungen.

Jasper und Roos waren der Ansicht, Urlaub sei wie ein komplettes Leben in kurz. Wie hatte Jasper es zusammengefasst? Ankunft. Essen, trinken, vögeln. Abfahrt. Aber ließ sich das Leben nicht ohnehin auf diese Abfolge reduzieren, egal ob Mensch oder Tier? Ankunft, fressen, saufen, rammeln, Abgang. Schließlich war der Mensch auch nur ein besseres Säugetier. Und Kretsches Job war, dieses Säugetier zu beobachten. So war er auf die Lösung gekommen. Bereits auf dem Weg vom Strand zum Hotel hatte er sie in zwei klaren Sätzen formuliert:

«Ich bin Heinz Sielmann. Und Gran Canaria ist meine Serengeti.»

Er kritzelte «Kreschinskis Expeditionen ins Tierreich» in sein Notizbuch und unterstrich es zweimal.

«Heeelp!», brüllte der Animateur vom Aschenplatz.

Kretsche hob den Blick. Die Frau in den Schinkenbeuteln klammerte sich von hinten an den Hals des Mannes und ritt auf seinem Rücken. Die anderen Weiber krähten vor Vergnügen. Sie warfen rotverbrannte Arme in die Höhe und klatschten Beifall. Enthemmte Engländerinnen. Der Animateur befreite sich bemüht lachend und stopfte der Jogginghosenfrau ein Törtchen in den Mund. Kretsche notierte:

---

17 Uhr, Aschenplatz: Nachdem die Schinkenbeutelhyänen stundenlang reglos im Gehege verharrt haben, werden sie vom Wärter zu Kunststückchen animiert. Der Dressurakt basiert auf der weiblichen Gier nach Süßspeisen. Dafür tun sie alles.

«Hey-yey! What do we have here? A writer?»

Er schrak zusammen und erstarrte im nächsten Augenblick zur Sitzplastik. Vielleicht starb er auch oder fiel mit offenen Augen in Ohnmacht oder war von unsichtbaren Lähmungsstrahlen aus dem All getroffen worden. Jedenfalls setzten sämtliche Körperfunktionen aus, und an ihre Stelle trat ein luftiges Gefühl, als wehe sanfter Wüstenwind durch seinen Leib. Jemand hatte die Stopptaste gedrückt und hielt Kretsche mit heißer Luft aufrecht, damit er nicht zusammensackte. Nur seine Augen, die funktionierten noch. Und auf die kam es an. Vor ihm stand nämlich das schönste Mädchen, das er je gesehen hatte.

Es dauerte mehrere Stunden, bevor er sein Herz wieder schlagen spürte, einen guten Tag, bis seine Atmung sich normalisiert hatte, und mehrere Monate, bevor er antworten konnte.

«Ja...hmpf.»

Sie schien solche Reaktionen gewohnt zu sein. Ihr Lächeln blieb konstant wunderschön, märchenhaft und prinzessinnengleich.

«Deutscher?»

Gut, ihre Stimme war für eine Prinzessin etwas zu rau, wahrscheinlich mit zu viel Zigarettenrauch und harten Alkoholika in Berührung geraten.

«Hm.» Kretsche glich seine eingeschränkte Kommunikationsfähigkeit mit umso kräftigerem Kopfnicken aus.

«Ich stör dich gerade, was?»

Er schüttelte den Kopf, sehr schnell, sehr heftig. Ihm war völlig klar, wie peinlich das aussah, aber er konnte nicht anders. Dieses Wesen sollte ihn stören? Ihn, den Loser? Ihn? Absurd.

«Darf ich?» Sie zeigte auf den Sessel neben ihm.

Kretsche suchte fieberhaft nach seinem Herzschlag, der urplötzlich verschwunden war. Irgendwohin, weg, einfach so.

«Ja, klar.»

Endlich! Zwei sauber artikulierte Worte. Ein Wunder, denn vor ihm stand: Phili!

Oder wie Derick sie treffend, aber ihre Gesamtschönheit zugleich rüde missachtend genannt hatte: *die ungekrönte Miss Titten des Jahrhunderts*!

Phili pflanzte sich im Schneidersitz in den Korbstuhl. Kretsche riss seinen Blick von ihr los, indem er das Notizbuch in den Rucksack stopfte. Ihm fiel auf, dass er das an diesem Tag schon zum zweiten Mal machte, um seine Verlegenheit zu überspielen. Immerhin kehrte sein Herzschlag zurück; der Brustkorb hob und senkte sich regelmäßig, seine Körperfunktionen stabilisierten sich. Er richtete sich auf, zog dabei unauffällig den Bauch ein und versuchte, bei alldem auch noch lässig zu wirken.

In seinem Kopf zückte Scotty die Checkliste und ging mit Captain Kirk die wesentlichen Punkte durch: *«Geduscht?» – «Roger!» – «Deo?» – «Check ... Roger!» – «Klamotten?» – «Check ... Jeans, Hemd, sauber, lässig. Roger!» – «Frisur?» – «Bisschen Gel vorne, nicht zu viel. Roger!» – «Atem?» – «Check unmöglich. Aber kein Grund für Fehlfunktion.» – «Roger. Startfreigabe.» – «Mr. Spock?» – «Fertig, Captain.» – «Uuund lächeeeln!»*

«Lass mich raten, du bist Phili!»

Phili verzog spöttisch die Mundwinkel.

«Lesen kannst du also auch.»

Er folgte ihrem Blick auf das Namensschild, das sie aus nachvollziehbaren Gründen nicht auf der Brust, sondern an ihrem T-Shirt-Ärmel befestigt hatte. Trotzdem einen Punkt gemacht, dachte Kretsche. Immerhin war damit klar, dass er nicht zuerst auf ihren Busen gestarrt hatte.

* * *

Ihr Vater hatte jede Woche Lotto gespielt, solange Jola denken konnte. Und wenn die Lottofee samstags die Zahlen verkündet hatte – Jola würde das nie vergessen –, schimmerte auf dem Gesicht ihres Vaters dieses Glänzen, wie bei einem frischgebadeten Kind, das zur Bescherung ins Wohnzimmer geführt wird. Genau dieses Gesicht machte Dietmar. Er hatte ein Los aus dem Lotterietopf gezogen und wollte es endlich aufreißen.

«Du hast das echt nicht verdient.»

«Ich weiß. Aber wer hat so was verdient?», fragte Jola.

Sie saßen auf einer Decke am Aachener Weiher, einem künstlichen Kölner Betonsee mit echten Enten. Dietmar hatte Rotwein, guten Käse und ein Baguette mitgebracht. Auf der Wiese um sie herum hockten Studenten, tranken Bier, grillten, kifften – machten, was man als Student so machte, an einem ganz normalen Wochentag in Köln. Allein, Jolas Tag war nicht normal. Sie hatte etwas verloren und konnte nicht einordnen, was genau das war. Es hatte zwar einen Namen, Kretsche, aber es war nicht greifbar, kaum verschwunden und in der Erinnerung schon nebulös.

Jola hatte alle seine Freunde angerufen, unauffällig bei Kretsches Eltern nachgehorcht, den Geburtstagsanruf bei seiner Schwester nachgeholt. Niemand wusste, wo Kretsche steckte. Außer ihr wusste nicht einmal jemand, dass er überhaupt verschwunden war. Ihre letzte Hoffnung waren Kretsches Kollegen. Vielleicht war er bei einem untergeschlüpft. Leider hatte sie nicht mal die Nummer von Kretsches zuständiger Redakteurin. Gab man sich solche Telefonnummern nicht in einer funktionierenden Beziehung? Wusste man nicht immer, wie und wo man den anderen erreichen konnte? Ja, aber nicht, wenn der andere mit gepacktem Koffer abhaute. Ein Fußball knallte gegen ihren Kopf.

«Autsch!»

«Wehgetan?» Dietmar nahm vorsichtig ihren Kopf zwischen seine warmen Hände und begutachtete mit der Behutsamkeit eines Singvogelchirurgen die Stelle, an der sie getroffen worden war.

«Schon okay.»

Ein vierschrötiger Typ mit ausgewachsener Britpop-Frisur, ärmellosem Shirt und Wadenhosen trabte heran.

«Wirfst du mal die Pille?»

Dietmar rührte sich nicht. «Fehlt da nicht noch was?»

«Was is los?» Der Fußballer glotzte verständnislos.

«Du hast meine Freundin angeschossen.»

Jola legte eine Hand auf Dietmars Arm. «Dietmar, ist okay.» Mussten Männer immer gleich einen Jagdunfall aus allem machen? Und außerdem: *meine Freundin*?

«Nein, ist nicht okay. Du hast einen roten Fleck, so fest war der.»

Der Typ langte nach dem Fußball, aber Dietmar war schneller. Er versteckte den Ball hinter seinem Rücken.

«Wie wär's mit einer Entschuldigung?»

«Ey, machst du jetzt Stress, oder was? Gib mir den Ball, du Spießer!»

«Sag erst Entschuldigung und dann bitte!»

Jola kam nicht umhin, ein gewisses Gefallen am fassungslosen Gesicht des Kickers zu finden. Kretsche hätte den Ball längst zurückgeworfen. Nein, er wäre aufgestanden und hätte ihn zurückgeschossen. Und wäre gleich hinterhergelaufen, um mitzuspielen.

«Willst du was auf die Fresse, oder was ist los?!» Der Fußballer plusterte sich auf; sein Schatten fiel bedrohlich auf Dietmar.

«Gib ihm den Ball, mir geht's doch gut.» Jola wollte der Sache ein Ende bereiten. Streitigkeiten mit Fußballern gingen selten gut aus. Das wusste sie, seitdem sie mit Kretsche ein Spiel in der Kölner Südkurve erlebt hatte. Nach dem Abpfiff hatte ein Dortmunder Fan «Cologne, Cologne, die Scheiße vom Dom!» gesungen und dabei seine Hände durch ein Absperrgitter gesteckt. Ein Kölner Fan hatte sie zu fassen bekommen. Dann hatte Kretsche ihr die Augen zugehalten.

«Mir geht's aber nicht mehr gut», sagte Dietmar grimmig.

«Hör zu, du Pisser!» Der Fußballer schaltete jetzt auf Kampfmodus. «Meine Kumpels warten, und ich sag's –»

Im nächsten Augenblick lag er auf dem Boden. Jola hatte die blitzschnelle Aktion kaum wahrgenommen. Dietmar hatte den Fußballer in eine Beinschere genommen und ihn mit einer ruckartigen Drehung zu Fall gebracht. Nun war er über ihm und drückte ihm ein Knie auf die Brust. Der Typ rang nach Luft.

«Erst bitte, dann Entschuldigung.»

«Bitte ... Entschuldigung», keuchte der Fußballer.

«Nicht zu mir. Zur Dame!»

Der Ärmste verrenkte sich fast den Hals, um Jola anzusehen. Dietmar ließ ihm keinen Zoll Spielraum.

«Bitte ... Entschuldigung ...»

«Kein Problem. Schon gut», sagte Jola schnell.

Dietmar nahm sein Knie von der Brust und hielt dem Typen freundlich den Fußball hin. «Und, gewinnt dein Team?»

Der Typ rappelte sich auf und glotzte Dietmar fassungslos an. Ohne zu antworten, nahm er den Ball und trabte zu seinen Kumpels zurück, die in der Zwischenzeit mit einer Coladose gekickt und darum von der ganzen Aktion nichts mitbekommen hatten.

«Das hätte aber schiefgehen können, wenn die auch noch alle gekommen wären», sagte Jola. Dabei wollte sie gar nicht vorwurfsvoll klingen. Immerhin hatte Dietmar das für sie getan. So wie er bestimmt auch ihretwegen seinen Dienst getauscht hatte.

«Die hatte ich immer im Blick. Außerdem habe ich den 2. Dan im Judo. Konnte nichts passieren», antwortete Dietmar völlig ruhig. Er untersuchte noch einmal ihre «Wunde».

«Alles okay. Nix passiert», sagte er.

«Sag ich doch. Aber trotzdem ... danke.»

Dietmar strich mit seiner Hand zärtlich über ihre Wange.

«Für dich – immer.»

Ein Schauer lief über ihren Rücken. Und er fühlte sich nicht unangenehm an.

* * *

Die gelben Tops der Animateurinnen waren enger als die Shirts der männlichen Kollegen, ebenso wie die blauen Shorts, die bei den Frauen eher figurbetonte Radlerhosen waren. Dies führte dazu, dass Programmpunkte, die von ihnen geleitet wurden, überdurchschnittlich häufig von männlichen Urlaubern gebucht wurden. «Und die wollen eigentlich nix anderes als dir auf die Titten und den Arsch glotzen», erklärte Phili ihm.

Kretsche beteuerte mit ernster Miene, so etwas sei würdelos und peinlich. Aber Philis Grinsen war so eindeutig, dass er lachen musste. «Okay, ich kann's verstehen», gab er zu.

«Ich weiß.» Phili warf ihre Dreadlocks nach hinten. «Packst du kurz mit an?»

Normalerweise hasste er solche Filzfrisuren, aber Phili sah damit mindestens dreimal so sexy aus wie Bo Derek mit ihren Zöpfchen in *Zehn – die Traumfrau.* Und das wollte was heißen. Kretsche kam sich vor wie Dudley Moore, Bo Dereks tollpatschiger Filmpartner, als er in seinen rutschigen Lederlatschen mit Phili eine sperrige Leinwand in den *Salon Prince* trug.

An diesem Abend war ein Zauberkünstler zu Gast. Bei seiner

Bühnenshow wurden Bilder und Lichteffekte auf die Leinwand projiziert. Zu Philis Job gehörte der Aufbau der Deko. Nachdem sie ziemlich offensiv mit Kretsche am Pool geflirtet hatte, war ihm nun klar, warum. Sie brauchte Hilfe beim Tragen. Dennoch war Kretsche alles andere als beleidigt. Er ließ sich in diesem Fall gerne ausnutzen, denn Derick, Philis Vorgänger, hatte nicht übertrieben. Phili war eine Granate.

Sie hieß eigentlich Philippa und war halb Griechin, halb Deutsche. Außerdem sprach sie fünf Sprachen, war zwanzig Jahre alt, konnte Flickflacks aus dem Stand und liebte Wassereis mit Kirschgeschmack. Ihr Vater war Diplomat im Auswärtigen Amt, ihre Mutter Schneiderin. Die beiden hatten sich bei einer Anzugprobe vor siebenundzwanzig Jahren ineinander verliebt. Den Anzug gab es immer noch, plus sie und zwei Geschwister, die aber laut Phili «zu dämlich zum Arschabwischen» waren. In der Schule war sie bis zur elften Klasse Stufenbeste gewesen, um dann bis zum Abitur ihre coole Seite zu entdecken und den Abschluss gerade noch mit einer knappen Vier zu schaffen. Fürs Studieren fand sie sich zu schlau und für Regenwetter zu positiv. So hatte es sie nach Gran Canaria verschlagen. Ihr Liebesmotto fürs laufende Jahr: «Zum Frühstück bin ich schon weg!»

Das erzählte sie Kretsche in der halben Stunde, die sie brauchten, um die Leinwand aus einer Abstellkammer zu holen, zur Bühne zu tragen und aufzubauen. Kretsche fand alles wahnsinnig interessant. Bei der Verkündung ihres Mottos zwinkerte sie ihn auf eine Weise an, dass er für sie das Hotel Stein für Stein ab- und an anderer Stelle wieder aufgebaut hätte. Aber sie kam nicht mehr dazu, das zu verlangen.

«Steht das heute auf dem Animationsprogramm – Gästearbeit?», sagte eine süffisante Stimme, die Phili sichtlich zusammenschrecken ließ.

Kretsche schraubte gerade das Stativ zusammen, und Phili trank Limonade. Sie hatten den Mann im kanariengelben Jackett nicht kommen hören.

«Ich hoffe, sie hat Sie nicht dazu gezwungen, Señor.» Es war Raúl, der Mann, der Kretsche beim Einchecken geholfen hatte.

«Aber nein, ich hab sie nur hier schuften sehen und dachte, ich pack mal kurz mit an.»

Phili sah ihn dankbar an. Er hätte auf der Stelle dahinschmelzen können, so süß kräuselte sie die Brauen über ihren Mokkaaugen. Raúl wirkte weniger beeindruckt.

«Frau Renz, richtig?»

Phili nickte. «Die neue Kollegin.» Sie streckte die Hand aus. «Und was machst du hier so?»

Kretsche fand es etwas unklug, den Mann gleich zu duzen. Andererseits war sie Animateurin und durfte besonders locker sein, außerdem waren die beiden ja irgendwie Kollegen.

«Dies und das.» Der Spanier ergriff ihre Hand nur kurz und behielt seinen förmlichen Ton bei. «Wir werden uns bestimmt noch öfter sehen.»

Kretsche entnahm diesen Worten eine hauchzarte Drohung. Philis Ohr indes schien für Zwischentöne nicht zugänglich.

«Klaro.» Sie machte irgendeine komische Hip-Hopper-Geste, deren Bedeutung wohl nur sie und 50Cent verstanden.

«Ja, äh, ich muss dann auch mal.» Dass Phili seinetwegen Ärger bekam, wollte Kretsche nicht.

«Alles klar, besten Dank.» Phili lächelte höflich und zupfte unauffällig an seinem Arm, damit er stehen blieb, während Raúl Richtung Empfangshalle davonstapfte. Sie wartete, bis er außer Hörweite war.

«Danke.»

«Klar.» Er wandte sich zum Gehen.

«Hör mal, spar dir das hier heute Abend!»

Sie deutete auf einen Stapel Metallkisten mit dem Aufkleber «Pelmar & Rosa – Show de Magia».

«Hab eben die Plakate von denen gesehen. Der reinste Kindergeburtstag. Wenn du ’nen Tipp brauchst ...» Sie zog einen zerknitterten Zettel aus ihren Shorts und warf einen Blick drauf.

«Mein Vorgänger hat mir ’n paar Läden aufgeschrieben. Also, im *FligFlagz* ist angeblich immer was los. Oder im *Nordic*. Volles Programm, saufen, bis du dudeldicke bist, und Mädels bis zum Abwinken. Alles im *CC Plaza*.» Sie schob den Zettel wieder in die Hosentasche. «Viel Spaß! Mach was aus deiner Nacht!»

Genau das hatte Kretsche vor. Und zwar mit Kamera, Notizbuch und Stift. Eine nächtliche Expedition ins Tierreich.

7. Schweineohren und Swingersenioren

Eins war bereits bewiesen, Reportage hin oder her: Playa del Inglés war ein denkwürdiges Städtchen. Das gesamte kulturelle Leben, sprich: Trinken, Fußballgucken, Essen, Flirten und Shoppen, fand in den sogenannten *CCs*, den *Centros Comerciales,* statt. Das hieße auf Deutschland übertragen, man verabredet sich samstagabends «im Karstadt, schön ein Bier trinken» oder «im Kaufhof zum Tanzen». Gut, genügend Bekloppte würde es auch dafür in Deutschland geben. Nun waren die grankanarischen *CCs* natürlich keine deutschen Kaufhäuser, sondern weitflächige und mehrgeschossige Einkaufszentren mit unzähligen Shops und Gastronomiebetrieben. Aber der schale Geschmack, seine Freizeit da verbringen zu müssen, wo andere tagsüber Unterhosen, Andenkentassen oder Salatköpfe kauften, blieb.

Nach einem schnellen Happen vom Hotelbuffet hatte Kretsche Lust auf Kaffee verspürt, allerdings nicht auf die dünne hoteleigene 50-Liter-Brüh-O-Matic-Plörre zum Abpumpen. Er legte auf dem Weg ins *CC Plaza* einen Zwischenstopp ein. Das *Café de Paris* mit angeschlossener Bäckerei war trotz vorgerückter Stunde noch geöffnet, an den Tischen streckten von Einkaufstüten umringte Gäste erschöpft alle viere von sich. Kretsche bestellte und ließ sich auf einen Stuhl fallen. Sein Tisch war nur eine Armlänge von der Verkaufstheke des Cafés entfernt, wo man Kuchen, Törtchen und andere Backwaren ordern konnte. Kaum hatte er sich mit seinem *Café con leche* gemütlich zurückgelehnt, war ein Deutscher mit weißen Waden an der Reihe. Er trug ein Schlapphütchen mit aufgesticktem Opel-Logo.

«Sí?», fragte die Verkäuferin.

Der Mann nahm sein Hütchen ab und tippte mit dem Finger auf die Glasscheibe vor den Süßigkeiten. Vor lauter Aufregung lief sein Gesicht rot an.

«Hier! *Dos* von den Mandeldingern, dann, äh, *uno* hiervon. Und ... noch *tres* Schweineohren! *Grazia.*»

Patricia, ergänzte Kretsche und gluckste in seine geschäumte Milch.

In fremder Umgebung bemüht sich der Weißwadenrüde, die Laute der exotischen Artgenossen nachzuahmen. Wie viel Anstrengung ihn das Lautgeben in fremder Zunge kostet, davon zeugt die rötliche Färbung im Schnauzenbereich. Dennoch teilen seine einheimischen Verwandten auf das hilflose Gebell hin das Futter mit ihm.

Mittlerweile war die Dunkelheit hereingebrochen, die Leuchtreklamen des *CC Kasbah* blinkten. Das *Kasbah* teilte sich einen zentralen Platz mit dem *CC Plaza*. Auf diesen Platz steuerte Kretsche nun zu, um Philis «angesagte Bars» zu finden. Bars, die er allesamt auch auf Carolas Liste gefunden hatte. Den präparierten Rucksack mit der Kamera hatte er lässig über die Schulter geworfen. Zwar wollte er sich vornehmlich Notizen machen, aber wenn er sich schon mal ins Nachtleben stürzte, konnte er auch aus dem Handgelenk ein paar spontane Bilder drehen. Er hatte das Gefühl, in dieser Nacht würde er einiges erleben. Die Frage war nur noch, wo genau zwischen den Shops sich die Bars befanden und auf welcher Ebene.

Kretsche musste nicht lange suchen. Kaum hatte er die Kirmesszenerie aus Leuchtreklamen, blinkenden Scheinwerfern, bunten Plastikpalmen und Drum'n'Bass-Gewitter betreten, stürzten sich mindestens einhundert Schlepper auf ihn.

«Hey, free cocktail! Look here!»

«Hola, komma her!»

Goldberingte Hände griffen nach ihm, zerrten ihn zu einer Treppe.

«Pascha, Pascha! Come look!»

Andere Hände eisten ihn wieder los.

«Schon gegessen?»

«Ja!»

«Trifft sich gut. Wie wär's mit 'nem Drink?»

Kretsche wechselte blitzschnell die Richtung. Vergeblich.

«Ey, Deutscha? Kommst du her, schöne Schaumparty!»

«Ks, ks, ks! Join the club! Free membership tonight!»

«Hola, hola, hola, hombre! Suchst Schpässle, gell?»

Kretsche hastete im Zickzack über den Platz, um den Schleppern zu entgehen. Die Shoppingmall war in Arenaform auf drei Ebenen angelegt. Auf der obersten und dem Vorplatz befanden sich Restaurants und Cafés. Dort, wo sich das Rund zum Vorplatz hin öffnete, führte eine fächerförmige Treppe zu den unteren Ebenen. Links und rechts der Stufen surrten mit blauen Baldachinen überspannte Rolltreppen, falls man nicht mehr ganz sicher auf den Beinen war. Im Zwischendeck waren Parfümerien, Boutiquen und Touristenshops, ganz unten schließlich die Bars und Diskotheken. Diesen Rolltreppen kam er immer näher, während er mit Händen und Füßen die aggressiven Animierherren abwehrte.

«No, no, gracias!»

«Ah, c'mon, let's go!» Ein schlanker Schwarzer, der sich mit den Fingern in Kretsches Gürtel hakte, gewann das Rennen.

Kretsche versuchte, den Mann wegzuschieben, da stand er mit ihm auch schon auf der Rolltreppe und fuhr nach unten. Dabei redete der Mann ohne Pause in einer kruden Mischung aus Spanisch und Englisch auf ihn ein. Unten stieß ein weiterer Schlepper dazu, führte Kretsche zu einer Ansammlung brusthoher Stehtische vor den Bars und schob ihm einen Hocker unter den Hintern. Alles war so schnell gegangen, dass Kretsche keine Ahnung hatte, wo er gelandet war. Als er nach oben blickte, entdeckte er ein Schild: *FligFlagz*. Die Nummer zwei seiner Liste. Er stellte seinen Rucksack auf den Tisch. Alles richtig gemacht.

Sein zweiter Schlepper klopfte ihm auf die Schulter und trollte sich. «Good luck!»

Wie, good luck? Wobei? Beim Saufen? Beim Weiberaufreißen? Kretsche dachte noch über den merkwürdigen Wunsch des Schleppers nach, als der Kellner ihm schon einen roten Infozettel hinknallte.

«Happy hour, pay one, drink two!»

«One Bier, please. Äh, two.»

Der Kellner hielt inne.

«So, you want four beers?»

«No, two. Ich dachte nur ... happy hour, you know?»

«Yes, I know. I told you. Deutscher?»

«Ja.»

«Was bekommst du?»

«Ein Bier. Nur eins.»

«Okay, kriegst du zwei! Wegen Happy Hour.» Der Kellner tippte auf den roten Zettel und verschwand in der Bar.

Kretsche zog sein Notizbuch aus dem Rucksack.

Die weit entfernt vom heimatlichen Revier streunenden Männchen und Weibchen sind an den hiesigen Versorgungsstellen als freigebige, aber auch beschränkte Gesellen bekannt. Das heimische Wild fällt entsprechend gnadenlos über die Ahnungslosen her.

Auf seinem Hocker hatte er es gar nicht schlecht erwischt. Etliche der In-Bars von Carolas Liste waren in Sichtweite. Wobei das sogar noch untertrieben war. Die empfohlenen Bars befanden sich im Rund der Arena so dicht nebeneinander, dass sich die Ränder ihrer Stehtischinseln ineinander verzahnten. Nur die Schlepper und die Kellner hatten den Überblick, welcher Gast zu welcher Bar gehörte.

Kretsches Tisch befand sich auf der Schwelle des *FligFlagz*, halb drinnen, halb draußen. So konnte er das Geschehen hinter sich in der Kneipe beobachten, genauso aber auch das Treiben links und rechts vor den anderen Bars. An den Seitenwänden flimmerten Videos mit abgedrehtem Ton. Direkt neben sich konnte Kretsche vögelnde Schildkröten in freier Wildbahn studieren, gegenüber droschen die «Ultimate Fighters» gnadenlos und schwer jugendgefährdend aufeinander ein. Das Programm wechselte übergangslos. Nun kickte auf der einen Seite ein Schwarzer in goldenen Hot Pants einen schweißglänzenden Kleiderschrank ins Koma, und anstelle der Schildkrötenstudie lief eine Art Affenporno im Lianendickicht an. Das brachte Kretsche zu seiner Reportage zurück.

Er schaltete unauffällig die Kamera im Rucksack ein und drehte die Tasche einmal um die eigene Achse, um seine Umgebung abzufilmen. Außerdem bunkerte er einen Stapel Bierdeckel. Darauf konnte er sich unauffälliger Notizen machen als in seinem Buch. Er wollte nichts riskieren; Betrunkene waren unberechenbar. Er drehte lieber versteckt und arbeitete später mit unkenntlich gemachten Gesichtern. Das liebten die Zuschauer sowieso am meisten, es gab ihrem Voyeurismus die besondere Note.

Ein hoher Jauchzer erregte seine Aufmerksamkeit. Eine spindeldürre Frau im weißen Minikleid titschte wie ein Gummiball über den Platz. Ihre blonde Hochsteckfrisur war Monroe, ihr Nüchternheitsgrad Amy Winehouse. Ein Mittdreißiger in Hemdsärmeln verfolgte sie, in der Linken eine Flasche Bier, in der Rechten einen Cowboyhut. Er wollte ihr den Hut aufsetzen, sie sich aber nicht die Frisur ruinieren lassen. Als er sie einfach nicht erwischen konnte, setzte er den Hut einem anderen Mädchen auf, das schrill wieherte und sich mit Hut von ihren Freundinnen fotografieren ließ. Die Monroe-Hochsteckfrisur überlegte kurz, ob sie beleidigt sein sollte, entschied sich aber, ihren Verfolger stattdessen in den Hintern zu treten. Der riss sich vom Tisch der Mädchen los, und die Verfolgungsjagd quer über den Platz begann von neuem. Kretsche schmunzelte.

Junge Hasen sind für das erfahrene Männchen leichter zu überwältigen, die alten muss er durchdachter und mit Plan angehen. Unter wohligem Jauchzen flieht das Weibchen vor dem gewandten Räuber über die Balztanzfläche. Der stille Beobachter sieht beide in prachtvollen Sprüngen und Wendungen umhereilen, bevor das Weibchen schließlich, in eine Ecke gedrängt, alle viere von sich streckt und in Duldungsstarre verharrt.

Der Abend schien perfekt für seine Reportage; Kretsche kam sich vor wie Dian Fossey inmitten ihrer Gorillasippe. Er setzte genüsslich die Bierflasche an die Lippen und hätte sich fast die Vorderzähne ausgeschlagen, als ihm jemand einen heftigen Stoß in den Rücken versetzte.

«Hey!» Er fuhr herum.

In der Kneipe hinter ihm tobte die Realität. Auf einer wie ein eckiges Hufeisen angelegten Theke tanzten zwei Go-go-Girls in Glitzerbikinis und Hot Pants an einer Stange. Davor, direkt in Kretsches Rücken, feierte eine Gruppe Britinnen ausgelassen Junggesellinnenabschied. Sie lagen sich trunken in den Armen und sangen lauthals «Football's comin' home». Und bei jedem «home» schunkelten sie gegen sein Steißbein. Kretsche kannte solche Trüppchen zur Genüge aus der Kölner Altstadt. Dachte er zumindest. Doch spätestens nachdem die Ladys die ungefähr dreißigste Runde Piña Colada geordert und getrunken hatten und die zukünftige Braut mit einer lebensgroßen männlichen Gummipuppe auf der Theke strippte, wusste er, Gran Canaria war anders. Größer. Genau wie der erigierte Plastikpenis der Puppe, den eine der Go-go-Tänzerinnen auf der Theke freudestrahlend zwischen die Schenkel klemmte.

Sie hatte bis dahin ziemlich gelangweilt an ihrer Stange gewackelt, aber die johlende Engländerin mit der Puppe entfachte das Feuer in ihr. Oder sie hatte ein Minimum an Arbeitsethos und wollte sich nicht die Show stehlen lassen. Jedenfalls schwenkte der tanzende Silberbikini die Puppe wie einen ungelenken Eintänzer über den Tresen. Die Engländerin versuchte gleichzeitig mit wilden Verrenkungen ihren Rücken an der Puppe zu reiben. Schließlich simulierten beide Frauen diverse Akte mit dem Plastikmann. Die Meute in und vor der Bar jubelte, und Bryan Adams lieferte den passenden Soundtrack mit «Summer of 69». Mit dem nächsten Hit – «Love Generation» – hatte Kretsche bislang eine Fußball-WM verbunden. Aber die Zeit der Unschuld war vorbei.

Mit fortschreitendem Abend konnte Kretsche bemerkenswerte Veränderungen im Hormonspiegel der bauchfreien Mädchen und gelgestylten Jungs vor den Bars feststellen. Wo eben noch höflich ein Bier ausgegeben wurde, goss man sich nun die Brühe gegenseitig in die Kehle. Wo eben noch neckisch gezwinkert wurde, lag nun bereits eine Hand auf der Pobacke. Und wo man eben noch gefragt hatte: «Where are you from?», hieß es jetzt: «Nice shirt – wanna fuck?»

Beim Balzverhalten der Jungtiere ist klar zu erkennen, dass die Paarungsbereitschaft der weitverbreiteten Bauchnabelische unter dem Einfluss von enthemmendem Hopfen-Malz-Extrakt drastisch zunimmt. Die Ischen werden so zu leichten Opfern eines Schwarms aggressiver Ölfedersittiche. Auf die aus dieser Kreuzung entstehende Brut darf man gespannt sein.

«Eat'im, eat'im, eat'im!», grölten die Engländerinnen. Mit diesem Kampfschrei stürzten sie sich auf die Gummipuppe und versuchten, sie zu zerbeißen. Das Ganze hatte etwas von einem Rudel toller junger Hunde, das sich um ein Stofftier balgte. Kein erhebender Anblick, wenn dabei Gläser umkippten und um Atem ringende Frauen mit glasigen Augen und verrutschten Trägerkleidchen unter den Tisch sackten. Das war selbst der Stangentänzerin zu viel. Sie ging in die Pause. Die Kellner diskutierten, ob sie einschreiten sollten, entschieden aber, das Problem mit der einunddreißigsten Runde Piña Colada zu erledigen. Und tatsächlich, die Damen beruhigten sich beim Trinken. Ein großer Unterschied zwischen weiblichen und männlichen Briten.

Die sog. englische Hyäne ist im berauschten Zustand in der Lage, einen ausgewachsenen Mann binnen Sekunden zu zerfetzen. Der in ihrem Revier umherstreifende Jäger sollte dies jederzeit berücksichtigen und den nötigen Sicherheitsabstand einhalten.

Kretsche rückte unauffällig einen Barhocker weiter und bestellte einen *Sex on the Beach*. Er bekam zwei. Mit der Happy Hour nahm man es im *FligFlagz* nicht so genau. Schön.

Er fuhr herum, als jemand laut in sein rechtes Ohr johlte. Eine Polonaise aus Jungs in Mönchskutten polterte an ihm vorbei aus dem Laden.

«Wir sind schön, wir sind toll, wir sind hackenschweinevoll!», sang der rotgesichtige Mönchs-Chor. «Wir sind spitz, wir gehn steil, wir sind affentittengeil!»

«Suck my tits, fuck my cunt, we are on the hunt!», antwortete der Junggesellinnenabschied aus England.

Kretsche kritzelte auf seine Bierdeckel, und DJ Ötzi sang dazu: «Hey, heeey, Baby!»

Die Arena kochte, der Mob tobte, und er hatte mit dem Kamerarucksack alles gefilmt: die Tänzerinnen, die Betrunkenen, die Engländerinnen, die Mönche, die Schlepper, die Kellner und einen ganz besonderen Mann. Den Mann, der in dieser Arena der Feierwütigen und Cocktailgladiatoren die Fäden in der Hand hielt. Den Chef.

Es war ein bulliger Zweimetermann im schwarzen Kurzarmhemd, zu dem er eine schwarze Krawatte trug, eine schwarze Stoffhose und, selbstredend, schwarze Schuhe. Er sah tatsächlich aus wie ein Gorilla. Allerdings war der Chef ein äußerst gepflegter Zoo-Gorilla mit einem sauber ausrasierten Bärtchen. Es verlief in einem fingerbreiten Streifen über der Oberlippe, die beiden Mundwinkel herab, umrundete die untere Hälfte seines Kinns und schwang sich auf beiden Wangen wieder zu den kurzen Koteletten hinauf, wobei es sich auf dem Weg nach oben um die Hälfte verjüngte. Man ahnte die buddhistische Ruhe, mit der dieser Mann jeden Morgen sein Rasierritual vollziehen musste. Buddhistisch war auch die Kinnpartie unter dem Bärtchen. Die war nämlich im Grunde nicht vorhanden. Der Bart kaschierte, dass das Kinn übergangslos zum Hals wurde.

Kretsche war dieser Buddha mit Bart und Babyspeck zunächst nicht aufgefallen. Erst als nach und nach sämtliche Schlepper vom höher gelegenen Eingangsbereich die Treppen herunterkamen, um ihn zu begrüßen, hatte er die imposante Erscheinung wahrgenommen, die sich unauffällig im Hintergrund hielt. Die Schlepper klatschten den Chef mit großer Ehrfurcht und demütig gesenkten Köpfen ab. Die Welpen kuschten vor dem Leittier. Auch die Kellner und andere Bedienstete der angrenzenden Lokale grüßten den Mann auf diese Art und Weise. Dabei erkannte Kretsche schnell, dass es Rangunterschiede gab: Wer höher in der Gunst des Chefs stand, durfte ihn kurz umarmen. Umarmen hieß eine Handbreit Platz zwischen den Brustkörben lassen und sich betont männlich auf die Rücken klopfen. Das wirkte ein wenig homophob und ungelenk, vielleicht vergewisserte man sich so aber auch nur, dass der andere kein Halfter mit Wurfmessern umgeschnallt hatte.

Der Chef hatte sich kaugummikauend an der Verbindungswand des *FligFlagz* und des angrenzenden *Nordic* postiert. Seine Pranken waren auf dem Rücken verschränkt, dazu wandte er den Kopf unaufhörlich von links nach rechts und wieder zurück, dass er aussah wie das Periskop eines U-Bootes über der Meeresoberfläche. Gelegentlich rollte er Kopf und Schultern, lockerte seine mächtige Nackenmuskulatur wie ein Kirmesboxer kurz vor dem Kampf. Beim Anblick dieses bedrohlichen Schauspiels fühlte sich Kretsche an Szenen aus der Affendoku erinnert.

Unvermittelt steht er da, herausgebrochen aus dem Dickicht in die Zivilisation, blickt kühn auf die anderen Tiere herab und zeigt keinerlei Furcht. Der König des kanarischen Eilandes steht vor mir. Er fordert die Demutsgesten der anderen Affen, indem er seinen gewaltigen Brustkorb aufpumpt und die riesigen Pranken auf dem Rücken verschränkt. Mehr Drohgebärde hat dieser imposante Gigant nicht nötig. In Deutschland hab ich ähnliche Exemplare nur vor den Diskothekentüren am Kölner Ring aufgespürt. Doch was waren jene kümmerlichen Zwerggorillas gegen diesen kanarischen Hünen!

Er schob die bekritzelten Bierdeckel zwischen die Seiten seines Notizbuchs. Was für ein Typ! Plötzlich bemerkte er die wässrigen Augen des Chefs auf sich ruhen. Kretsche hatte schon wieder gestarrt.

Blitzschnell wandte er den Blick ab und gab sich überaus fasziniert von den schlangengleichen Bewegungen der neuen Thekentänzerin. Sie hatte ihre Schicht soeben begonnen und führte ihre pinken Hot Pants mit frischem Elan vor. Aus den Augenwinkeln registrierte Kretsche erleichtert, dass der Chef seine Blicke wieder über den Feiermob schweifen ließ. Dann ging alles ganz schnell.

Im Zentrum der Arena wurde es unruhig.

«Shaka-shaka!», kreischte ein Besoffener.

«Fuck off!», heulte eine Frau.

Ein aufgeregtes Raunen wanderte durch die Menge vor den Lokalen. Das klang nach Action. Kretsche konnte nichts Genaues erkennen und sah nur, wie ein riesiger schwarzer Schatten an ihm vorbeihuschte. Das nächste klare Bild, das er registrierte, war der Chef, wie er seine Monsterpranke in den Nacken eines betrunkenen Engländers krallte und ihn von einer mindestens ebenso vollgedröhnten und dazu noch kreischenden Holländerin zerrte. Wahrscheinlich waren die beiden ins Gespräch gekommen, weil sie beide T-Shirts mit den Flaggen ihrer Heimat trugen, und der Engländer hatte die Gemeinsamkeit überinterpretiert.

Der Chef trug den Trunkenbold wie ein junges Kätzchen mit einer Hand zur Rolltreppe. Dort setzte er ihn ohne sichtliche Anstrengung ab, tätschelte zärtlich die Wange des Jungen – wobei der aufschrie, als fühle es sich gar nicht so zärtlich an – und schob ihn aufs Band. Ehe der Engländer sich's versah, war er eine Ebene höher und wurde dort von zwei Schleppern in Empfang genommen. Dem folgenden Geschrei nach zu urteilen, musste der Brite erst davon überzeugt werden, dass er nicht erwünscht war. Der Chef schnipste, nickte in Richtung der verwirrt blinzelnden Holländerin. Ehe die wusste, wie ihr geschah, hatte ihr ein Kellner einen Cocktail mit Sonnenschirmchen und Orangenschnitz in die Hand gedrückt. Bevor sie den ersten Schluck genommen hatte, stand der Chef schon wieder friedlich an seinem Posten, kaute Kaugummi und schüttelte mit väterlicher Miene die Hand eines ganz in Seide gekleideten Unterbosses. Kretsche war schwer beeindruckt.

Eine halbe Stunde später traute Kretsche sich, den Rucksack mit der Kamera so auf den Schoß zu nehmen, dass er mit einer Hand das Zoom betätigen konnte. Er brauchte bessere Bilder vom Gorilla. Zum Zoomen musste er allerdings in den Rucksack hineingreifen und die Einstellungen auf dem Kameradisplay kontrollieren. Auffälliger konnte ein Undercoverreporter sich eigentlich kaum benehmen, aber Kretsche war sich sicher, niemand würde etwas bemerken. Das lag vor allem daran, dass er alle guten Vorsätze vergessen hatte. Und an der endlos ausgedehnten Happy Hour des *FligFlagz*.

Während er noch an der Kamera fummelte, musste er seine Meinung hinsichtlich des dezenten Eingreifens der Türsteher in der Arena revidieren. Man ging nicht immer so liebevoll mit Problemgästen um wie mit dem Engländer. Kretsche zoomte auf eine vierschrötige Türsteherin, die mit Schmackes eine betrunkene Touristin in den Hintern trat, die zu Boden gegangen war. Offenbar hatte sich die Urlauberin unvorsichtigerweise mit der Türsteherin angelegt. Die Frau fluchte und jammerte gleichzeitig.

«Fuck off! Aaah! Ouuuh! Bitch! Piss off!»

Die Angesprochene fackelte nicht lange und verlagerte ihre Antwort vom Innenrist auf die Stiefelspitze.

«Aah! Shit, fuck ...», kreischte die Frau am Boden.

Die Umstehenden registrierten das alles erst, als zwei weitere Türsteher der Frau auf die Beine halfen.

«Cabrona, fucking cabrona!» Das bedeutete Arschloch, weshalb die Türsteherin der Betrunkenen einen weiteren Tritt in den Hintern gab. Die Frau schrie nun noch lauter.

Ein paar Jungs am Nebentisch schauten angriffslustig. «Hey, calm down!», rief einer.

Ein weiterer muskelbepackter Türsteher trat dazu, verschränkte die Arme, wodurch er seinen Oberarmdurchmesser fast verdoppelte, und musterte sie aus zusammengekniffenen Augen. Sie wandten sich umgehend wieder ihren Biergläsern zu.

Kretsche war empört. Dieses rüde Verhalten würde der Chef seinen Mitarbeitern nicht durchgehen lassen. Doch der starrte stur geradeaus, als würde er das ganze Tohuwabohu weder sehen noch hören. Kretsches empörten Blick und sein Gefummel im Rucksack hatte er allerdings nicht übersehen.

Kretsche richtete den Rucksack gerade auf die Rolltreppe aus, wo die Betrunkene abgesetzt wurde, da stand, wie aus dem Boden gewachsen, der schwarze Hüne vor ihm. Kretsche wusste mit einem Mal, was es bedeutete, wenn es in Büchern hieß: «Das Blut gefror ihm in den Adern.» Und das bei fünfundzwanzig Grad Nachttemperatur.

Er tat das einzig Vernünftige: nichts. Mit einem leisen Pfeifen auf den Lippen starrte er konzentriert in sein Cocktailglas. So hätte es Mister Bean auch gemacht.

Der Chef zündete sich eine Zigarette an. Filterlos. Natürlich.

«Problem?» Das Knarzen war beeindruckend. Eine Stimme für Horror-Hörspiele.

«No.» Kretsche nahm beiläufig den Rucksack vom Tisch.

«No?»

«No.»

«No ...» Der Chef legte Kretsche eine Hand auf die Schulter. Sie ruhte dort schwer und feuchtwarm wie eine Fünf-Kilo-Fangopackung.

Kretsche saß stocksteif, wagte nicht einmal aufzuschauen, dann spürte er heißen Atem an seinem Ohr.

«Willst du Problem?»

«No.»

«Gut. Time to go.»

Kretsche nickte heftig und sog andächtig am Strohhalm. *Bitte, bitte, lass den bösen Mann weggehen!* Die Hand von seiner Schulter verschwand. Kretsche zählte langsam bis drei und schaute auf.

Der Chef war weg. Er entdeckte ihn auf seinem angestammten Platz. Dort stand er wie zuvor, die Hände auf dem Rücken, und lockerte seine Nackenmuskeln. Die Kippe hatte er zwischen die Lippen geklemmt, der Rauch stieg ihm in die Augen. Aber er blinzelte nicht.

«La cuenta, por favor! Zahlen!», raunte Kretsche dem Kellner zu.

Er wollte sein Schicksal nicht herausfordern. Hastig machte er, dass er wegkam. Wenn er sich umgedreht hätte, hätte er eine schmale dunkle Gestalt gesehen, die ihm quer über den Vorplatz folgte.

✱✱✱

Er weiß auch nicht, was mit ihm los ist. Bis eben war er angetrunken und müde. Aber nachdem er vor der Bar mit einer Tracht Prügel gerechnet hat und dann doch davongekommen ist, durchströmen ihn nun Glückshormone. Der Rausch der Nacht hat ihn ergriffen, seine Füße in die falsche Richtung gelenkt. Da war der kurze Blick in sein Notizbuch, auf den darin gefalteten Waschzettel; und es war der eine Punkt auf der Liste, der seine Füße beeinflusst hat. Warum eine Nacht beenden, die spannend begonnen hat und mindestens genauso spannend weitergehen kann? «*Swingen auf GC!/Sex-Strände + Swingerclubs, aber die richtig üblen!*», darunter hat Carola in Stichworten ein paar Adressen, Clubnamen und Anmerkungen notiert. Deshalb sieht er nun die disneyesken Burgtürme des *CC Cita* vor sich. Deshalb geht er runter ins Kellergeschoss, wo die dunklen Bars und Clubs sind. Weil er neugierig ist. Und weil Sex in all seinen Facetten unerreichbar ist für einen Mann ohne Frau –

– UND MIT DER UNFÄHIGKEIT, EINE SOLCHE ZUM ORGASMUS ZU BRINGEN!

Im *FligFlagz* hatte er für wenige Stunden seine Misere verdrängen können. Zuvor, bei Phili, hatte sie ihm immer wieder dazwischengefunkt: Jola. Er konnte nicht mit einer Frau reden, sie attraktiv finden und ihre Flirtbereitschaft registrieren, ohne sich gleich schuldig zu fühlen. Dabei war Jola die Schuldige, sie hatte ihn betrogen, verarscht, hatte all die Jahre ihrer Beziehung die Zufriedene, die Befriedigte gespielt. Und am Ende war alles so wie bei den bescheuerten Promipaaren in der *Gala* oder der *Bunten*: ein einziges Giftgespritze. Jola war nicht besser als eine Kate Moss oder eine Madonna. Okay, Kate fehlte die Nasenscheidewand, und Madonna hatte Oberschenkel wie eine russische Barrenturnerin – vor Glasnost. Und natürlich war Jola intelligenter. Süßer, lustiger, sportlicher, kultivierter, belesener, hatte gesündere Haare, ebenmäßigere Zähne. Und alles ohne Hollywoodchirurgen.

Kretsche lief ein Schauer über den Rücken. So ganz wohl war ihm bei seinem Vorhaben doch nicht. Die Kellerflure des *CC Cita* mit Bierkaschemmen, Schuppen namens *DickRing* und Swingerclubs wie dem *Fontana di Trevi* verbreiteten die aggressiv-nüchterne Atmosphäre einer Neonröhrenfabrik. Der Boden war hell gefliest und fleckig, unter der Decke schimmelten Asbestplatten, die Ladenfronten waren lieblos und abweisend. Wobei die Schaukästen der Swingerclubs immerhin die Vorzüge im Inneren priesen: *Erotic swinger Bar, Couple free entrance! – showers/duschen/duchas – 2nd drink 50%, 22pm to 24pm.*

Kretsche schüttelte die Zweifel ab und tat das, wofür er hergekommen war: Recherchieren.

«Hola! German? English?» Eine Mädchenstimme zwitscherte freundlich aus der Schwärze des Türspalts.

«German», antwortete Kretsche. Er hatte den Finger immer noch auf der Klingel neben der schweren dunklen Holztür, die jetzt ganz geöffnet wurde. Eine junge Frau mit offenem Lächeln und schulterlangem schwarzem Zopf ließ ihn ein.

«Mögen Sie sich erst mal umschauen, bevor wir über das Finanzielle reden?», sagte sie auf Deutsch.

«Äh, ja, super.» Kretsche war verblüfft, wie einfach es ihm gemacht wurde. Verblüfft und erleichtert. Er hatte schon damit gerechnet, mit einem Handtuch vor dem Bauch Nacktbegegnungen der dritten Art zu erleben.

Er rief sich Carolas Internetrecherche in Erinnerung, Wikipedia-Ausdrucke und Bildschirmprints von Swingerseiten (sie hatte ein paar Blätter zu den Unterlagen gelegt, wohl um ihm nochmal deutlich zu machen, wie er seine Schwerpunkte zu setzen hatte). «Swingen» hieß im Englischen nichts anderes als «hin- und herbewegen» oder «von einem zum anderen wechseln», womit wahrscheinlich bestens beschrieben war, was die Menschen in einem solchen Club taten. Es gab «Paareclubs», in denen zwar zusätzlich einzelne Damen, aber keine einzelnen Herren erwünscht waren, es gab Clubs mit sogenanntem Herrenüberschuss, es gab sogar regelrechte Wellnessanlagen mit angeschlossenem Hotel. Die meisten Swinger waren angeblich «zeigefreudig», die meisten Paare laut Selbstauskunft ziemlich glücklich und mit einer intakten Sexualität gesegnet. Irgendwie klang alles schrecklich normal. Kretsche fragte sich, wie Jola wohl reagiert hätte, wenn er einen gemeinsamen Swingerclubbesuch zur Diskusion gestellt hätte.

Sein Blick fiel auf einen bunten Computerausdruck an der Wand, direkt hinter dem Eingang. Dort stand in vier Sprachen: «Alles kann, nichts muss!»

Banalität ist international.

«Hier entlang.» Die junge Frau führte ihn durch einen schmalen, mit rotem Samt ausgeschlagenen Flur. Ihr Minirock bestand aus einer Art Fischernetz und gab den Blick auf einen schwarzen Tanga frei, der aufreizend zwischen ihren Pobacken verschwand. Obenrum trug sie eine hautenge schwarze Bluse.

«Unser Club ist recht klein», sagte sie und öffnete eine mit Messingnägeln beschlagene Zwischentür, um ihn einzulassen. «Und Sie sind früh dran.»

«Früh?»

«Die meisten kommen erst so um ein, zwei Uhr.»

Kaum war er an ihr vorbei in den eigentlichen Clubbereich getreten, konnte er sich den Blick auf die Uhr sparen – maximal halb eins. Der schummrige Raum bestand aus einer schmalen, U-förmigen Theke, Barhockern und im hinteren Bereich aus abwaschbar aussehenden Sitzecken und einem Kunstledermatratzenlager. An der Theke hockten ein älterer Mann und eine Frau wie zwei weiße Schwammpilze, die die Hocker befallen hatten. Die beiden waren angezogen, als hätten sie einen Transporter der Altkleidersammlung überfallen. Nackt mochte Kretsche sie sich lieber nicht vorstellen. Die junge Deutsche verschwand hinter der Theke, um den beiden ein frisches Bier zu zapfen. Kretsche warf einen Blick auf die Aktzeichnungen an den Wänden. Grundkurs Kunst, Vier minus. Nicht besonders stimulierend. Das alte Paar hustete. Erst er, dann sie. Kretsche schaltete unauffällig die Kamera aus.

Der Forschungsreisende ist gut beraten, überalterte Wildbestände nicht mit der Kamera zu verschrecken. Zu groß ist die Gefahr, den verfrühten Tod dieser lichtscheuen Geschöpfe herbeizuführen.

Er schaffte es nicht, dem Mädchen hinter der Theke in die Augen zu sehen. «Äh, ich geh noch was trinken und guck später nochmal rein.»

Sie schürzte die Lippen zu einem wissenden Lächeln und hatte offensichtlich Verständnis.

Zurück in den Kachelkatakomben, bog Kretsche um eine Ecke und stand bereits vor dem nächsten Schmuddelschuppen. Neben der Tür ein Plakat: *Quattro – Swingers & Fetish*, auf der Tür ein Schild: *Para Parejas/For Couples/Für Paare – 2 bebidas, 1 precio/2 drinks, 1 price/2 getränke, 1 preis.*

Er schaltete die Kamera im Rucksack ein und klingelte. Hinter der Tür war lange nichts zu hören. Trotzdem strahlte Kretsche gewinnend in den Spion. Plötzlich wurde die Tür aufgerissen.

«Hello! German?»

Der pausbäckige Mann mit den schwarzen Kräuselhaaren hatte einen unverkennbar holländischen Akzent. Und Kretsche sah offenbar unverkennbar deutsch aus.

«Äh, yes.»

«Ich bin der Kiki. Komm rein!»

Kiki war der Besitzer des Swingerclubs und an diesem Abend anscheinend ganz besonders gut drauf. Er wies auf einen Sessel im Eingangsflur seines Etablissements.

«So.» Er schaute Kretsche fragend an.

«Ich, äh, bin hier noch nie ... Kann man auch erst mal nur gucken?»

«Aber sicher. Ich gebe dir vorher ein paar Infomaschionen, okay?»

«Gerne.» Kretsche justierte den Rucksack.

«Drinnen sind eh nur ein paar Stammgäste», erklärte Kiki. *Schtammkäste.* «Ich weiß ja nicht, wie lange deine Urlaub geht, aber wirklich gute Nächte im Club sind de Montag und de Donnestag. Mittwoch is eckt scheise, weil das für viele Touris Rückreisetach ist.»

«Verstehe.» Kretsche konnte sich unauffällige Fragen und

sonstiges investigatives Journalistengetue sparen. Der Mann machte den Eindruck, als gäbe es neben Sex zu machen nichts Schöneres für ihn, als darüber zu reden. Er musste nur den Rucksack auf dem Schoß in der Waagerechten halten.

«Meine Frau und ich schmeisen den Laden hier.» Kiki ließ sich auf einen Stuhl vor einem schmalen Garderobenschrank plumpsen. «Wir gucke immer auf die Mischung. Auf zehn Paare lasse wir maximal vier Solomänner rein. Keine Männergruppen, keine Betrunkenen.»

Er faltete die Hände über dem Bäuchlein, dass sein babyblaues T-Shirt spannte. «Weischt du – ich darf doch du sage?»

«Klar.»

«Weischt du, meine Frau un ich, wir sehe das hier wie eine Hobbyclub. Mache wir erst seit vier Monate, und das ist nur eine Stufe vor de große Traum, den wir haben. Wir wollen oben bei Tejeda eine große Schwingerhotel aufmachen. Aber weischt du, meine Frau wollte erst mal antesten, wie so was laufen kann.»

Er stand auf, kicherte.

«Ein bischen mit der Frau auf de Matte gehen oder selbst eine Schwingerclub betreiben ist schon eine andere Paar Schuhe. Un jetzt komm mal mit rein! Ich muss die Gäste drinne mal ein paar Bierken zapfe.»

Kretsche folgte Kiki durch einen Glitzervorhang ins Allerheiligste.

Das *Quattro* war eine große Halle mit dunkelgrau lackiertem Betonboden, roten und schwarzen Vorhängen, mehreren spanischen Wänden, die «gemütliche» Nischen abtrennten, und einem Matratzenlager. Die sechs zusammengeschobenen Latexmatten boten Platz für einen ganzen Bus mit Swingern. Aktuell bildeten dort allerdings lediglich zwei grauhaarige Paare ein hautfarbenes, zuckendes Knäuel. Offensichtlich gingen vor Mitternacht nur Swingersenioren in die Clubs. Er war wirklich zu früh dran. Die vier auf der Matte hatten, den Geräuschen nach zu urteilen, allerdings prächtigen Spaß.

Auch außerhalb der Paarungszeit versammeln sich die älteren Tiere des Rudels in abgelegenen Höhlen. Dort können sie ungesehen von den Jungtieren ungewöhnlichen Vereinigungszeremonien nachgehen. Ist der Fortpflanzungsdruck erst einmal fort, bricht sich pure Leidenschaft Bahn. Geben die Alten sich im Verborgenen ihren neckischen Spielen hin, entfährt ihren Kehlen ein wohliges Gurren und zittern ihre Flanken vor Lust.

Kiki bediente derweil an einer besseren Hobbykellerbar mit blinkender *San Miguel*-Reklame drei Männer in Karohemden. Sie starrten auf einen Flachbildschirm. Den Blicken nach zu urteilen, hätten sie einer Fußballübertragung zuschauen können, stattdessen flimmerten drei ziemlich gelenkige Stewardessen über die Mattscheibe, deren Uniformen auf ausgesprochen lässige Kleidungsvorschriften ihrer Fluggesellschaft schließen ließen. Kiki wies auf einen Barhocker und stellte Kretsche ein Bier hin.

«Geht aufs Haus. Wir reden gleich weiter.»

Kretsche setzte sich auf den Hocker und kniff sogleich die Augen zusammen. Eiskalte Klimaanlagenluft föhnte ihm einen Scheitel in die Haare. Direkt über sich in der Decke sah er das schwarze Loch eines offenen Rohres. Offensichtlich die einzige Luftzufuhr des Clubs, denn außerhalb seines Barhockers glaubte man sich in einer finnischen Sauna.

Von einem Notebook auf der Theke ließ Kiki über ein halbes Dutzend Lautsprecher Musik spielen. Eine krude Mischung aus Simple Minds, Tom Jones, spanischer Folklore und Simply

Red. Vielleicht konnten Männer bei diesem Soundtrack besser ihren Samenerguss zurückhalten, eine schöne Alternative zum «Bundesligatabelle memorieren».

Hinter der Theke glitzerte in einem verspiegelten Regal eine ganze Batterie Hochprozentiges, neben dem Tresen war eine Schrankwand mit quadratischen Schließfächern festgedübelt. In diesen Boxen konnten die Gäste ihre Wertsachen einschließen, wenn sie «auf de Matte» gingen. In den «Kuschelecken» hatten Kiki und seine Frau es besonders gemütlich gemacht: mit Sperrholztischchen, auf denen jeweils ein Alu-Wegwerfaschenbecher, eine Kerze im Wasserglas und ein Schüsselchen mit Erdnüssen stand. Hoffentlich wurden die täglich ausgetauscht.

Kretsche nickte den Männern verlegen zu. Sie tranken *Tropical Cerveza.* Dem Aussehen nach Einheimische. Die drei registrierten nur kurz, dass er ohne Frau gekommen war, und stierten schon wieder auf den Pornofilm. Die Stewardessen bekamen gerade Besuch von einem Mann in blauer Latzhose, der einen riesigen Schraubenschlüssel in der Hand hielt. Manche Klischees funktionierten immer noch, auch nach Millionen von Pornofilmen und Generationen von Zuschauern. Die Kombination von Flugpersonal und Handwerker hielt Kretsche allerdings für gewagt.

Kiki wischte mit einem feuchten Tuch über die Tische. Die Aktion auf dem Matratzenlager war von Kretsches Platz aus nicht mehr zu sehen, aber er entdeckte im Zwielicht ein weiteres Paar auf einem Ecksofa. Beide im Alter seiner Eltern und in Straßenkleidung. Luftiger Straßenkleidung. Sie zog ihren Rock ostentativ über die Schenkel hoch, kaum dass sie Kretsches Blick bemerkte. Der starrte umgehend in sein Bierglas. Die blaugeäderten Schenkel erinnerten ihn zu sehr an Wanderkarten für die Flusstäler der Vulkaneifel.

Einer der Männer an der Theke rief Kiki etwas zu. Der richtete eine Fernbedienung auf den Fernseher. Dort lief nun die Schlussphase eines spanischen Fußballspiels. Kretsche kannte die Vereine nicht, wahrscheinlich Lokalmatadoren auf einem Regionalsender.

«Heeey!», jubelte einer der Männer und schlug seinem Nachbarn auf die Schulter. Es stand 2:0.

«Ist da noch frei?»

Hinter ihm schälte sich ein Pärchen aus dem Halbdunkel, das er bislang übersehen hatte. Der Mann setzte sich auf den Barhocker links, die Frau auf den rechts von ihm. Sie nahmen ihn in die Zange. Das war die eine Sache. Die andere war ihr Outfit. Der Mann, er mochte Anfang fünfzig sein, hatte seinen durchtrainierten Körper in ein unglaublich komisch aussehendes Geflecht aus Lack- und Lederstrippen gezwängt, eine Art zerschnittenes Ganzkörperkondom in glänzendem Schwarz. Durch die Schlitze schimmerte ein silberner Tanga. Sie, eine attraktive Endvierzigerin mit spitzen Wangenknochen, war Krankenschwester. Sicher nicht im wahren Leben, dazu war der weißgelackte Kittel dann doch zu kurz. Bei einer Visite wäre sie damit nicht weit gekommen. Auf dem Latexhäubchen in ihrem dunkelbraunen Kurzhaarschnitt prangte ein rotes Herzchen. Sie schlug auf dem Hocker die Beine übereinander.

Nicht mal ein Tanga, stellte Kretsche fest.

«Zum ersten Mal hier?», fragte die Krankenschwester.

Kretsche zuckte mit den Schultern und grimassierte. «Excuse me ...»

«Der versteht nix», sagte der Mann. Er beugte sich mit Kennermiene zu seiner Frau. «Bestimmt 'n Engländer.»

Die Frau musterte Kretsche unverhohlen neugierig.

«Meinste?»

«Ja, sicher. Guck ihn dir doch an!»

«Süß.»

«Ja, sicher. Mach doch mal!»

Kretsche lächelte tumb, als verstehe er kein Wort. Die Krankenschwester rutschte unruhig auf dem Hocker hin und her.

«Du kannst doch Englisch», sagte der Mann.

«Nee, nicht so richtig.»

«Und letztes Jahr, der Kurs?»

«Ja, und? Is ein Jahr her. Du warst doch auch in der Schule.»

«Was soll das denn jetzt?»

«Ja, ist doch wahr. Im Urlaub muss ich immer das Quatschen erledigen.»

«Immer ... *Fuck you* kriegste doch wohl noch hin.»

Kretsche hielt es für angebracht, sich pikiert zu räuspern.

«Sorry», sagte die Krankenschwester zu Kretsche und raunzte ihren Begleiter missbilligend an. «Wenn schon, dann *Fuck me*, du Idiot!»

Das Ganzkörperkondom nickte Kretsche entschuldigend zu. «Sorry. Echt.»

Kretsche rutschte vom Hocker und signalisierte, dass er dringend zur Toilette müsse. Als er zurückkam, saßen die beiden neben dem Paar auf dem Ecksofa. Die Frauen knutschten, die Männer sahen beifällig zu. Kretsche fragte sich, wie die Krankenschwester wohl die Sprachbarriere überwunden hatte.

Beim Stand von 3:0 wurde das Spiel abgepfiffen. Die Männer an der Theke stießen ihre Gläser aneinander und sangen die internationale Hymne «Olééé, olé, olé, olé, we are the champions, olé!». Kiki klatschte die drei nacheinander ab und wechselte wieder auf den Pornokanal. Als die Spanier Kretsche zuprosteten, konnte der sich ein Grinsen nicht verkneifen.

«Willst du alleine schwingen oder kommste nochmal mit deine Frau her?»

Kiki wischte einmal rund um Kretsches Bierglas.

«Öh ... Eigentlich bin ich alleine im Urlaub.»

«Gut. Sonst hätte ich gesagt, komm nochmal mit deine Frau her. Bei de Schwingen soll man nämlich nix überstürzen, da muss man gut drüber reden, vastehste?»

Kretsche verstand. Vor allem, dass er niemanden hatte, um drüber zu reden. Er trank sein Bier in einem Zug leer.

Die Luft kam ihm zunehmend abgestandener und schwüler vor. Zu allem Überfluss zündete sich Kiki noch eine Zigarette an. Der Abspann des Pornofilms lief. Die Männer an der Theke musterten Kretsche nun eingehender. Sie fragten sich bestimmt, warum Kiki, der Master of Ceremony, sich so intensiv mit dem Gast beschäftigte.

Einer der Männer zwinkerte ihm zu und stieß rhythmisch mit der Zunge gegen die Innenseite seiner Wange. Kretsche schluckte. Er hatte Bilder, er hatte Infos, und jetzt hatte er definitiv genug.

«Ja ... ist auch nicht so viel los, hm? Vielleicht komm ich später nochmal wieder.» Er nickte Kiki zu.

Aber Kiki ließ sich nicht verarschen. Dazu machte er den Job zu lange.

«Sind dir zu alt, die dahinten, was? Schon klar. Aber weißte, die junge knackiges Weiber, die sind meistens mehr so an die Wochenende da. Und an die reine Paaretage. Da fühle die sich mehr sicher. Ohne die ganze Spanner und so, vastehste?»

«Schon klar», sagte Kretsche und dachte: Ohne Leute wie mich.

Kiki schob Belege und Prospekte hin und her, bis er einen Bleistift gefunden hatte, und krakelte mit ungelenker Schrift etwas auf einen Bierdeckel.

«Wie gesagt, wir bauen hier alles noch ein bischen auf ... Ich geb dir mal die Adress von eine Club, der is viel schöner. Gehört eine Freund von uns.» Er schob den Deckel mit der Adresse rüber. «Da gibt es eine wunnebare Whirlpool und allerhand Schnick und Schnack. Findest du im *CC Nilos*. Der Türsteher ist der Danny. Eine Glatzkopf, sehr nett. Sagst du einfach, der Kiki schickt dich, dann kommst du rein. Der Danny und seine Freundin, die Mandy, sprechen nur Englisch, aber das is ja keine Problem, ne?»

«Nee.»

«Und hier guckste mal drauf ...» Er nahm den Deckel wieder und schrieb die Adresse einer Homepage darauf. «Ist eine holländische Schwingerseite mit alle Infos, die man so wissen möchte. Auch wegen die Krankheiten und so. Ist ja nicht immer alles so tri-tra-trullalla, wie alle immer tun.»

«Absolut nicht. Besten Dank.» Kretsche tappte durchs Schummerlicht zum Ausgang.

«Good bye, Sir!», rief die mittlerweile nackte Krankenschwester vom Sofa. Ihr Mann nickte stolz und winkte mit ihrem Häubchen.

Kretsche winkte zurück. «Ihr Englisch ist übrigens ausgezeichnet, Schwester!»

8. Ein Mann, ein Elch

Die Katastrophe war eingetreten, der GAU, das Schlimmste, was Kretsche passieren konnte. Im normalen Leben und im Urlaub ganz besonders. Auch wenn er gar nicht wirklich im Urlaub war, sondern den Urlaub nur spielte und in Wahrheit arbeitete. ES war immer eine Katastrophe.

Er wachte vom Lärm der Putzfrauen auf. Sie polterten über die Hotelflure, schnatterten wie eine Formation Graugänse über dem Herbstacker und scherten sich einen Dreck darum, ob sie damit Gäste weckten, die eventuell im Urlaub mal länger als sieben Uhr schlafen wollten. Im Gegenteil, Kretsche war sich sicher, sie legten es darauf an. Sie wollten den Flur leer bekommen. Sonst mussten sie später Ehrenrunden bei den Langschläfern drehen.

Kretsche hatten sie jedenfalls wach bekommen. Ihn und ES.

Im ersten Augenblick hielt er das raue Kratzen im Hals für eine Folge von exzessivem Schnarchen, doch nachdem er sich geräuspert und mit einem Schluck Wasser gespült hatte, war die Gewissheit da: Andreas Kreschinski hatte Halsschmerzen. Keine Erkältung mit Schnupfen, Husten, verschleimten Nebenhöhlen und dem ganzen Unsinn, nein: pure, kratzende, pochende, höllisch brennende, mandelnumarmende Halsschmerzen.

«Aaah, bitte, bitte nicht!», wimmerte er. Dabei hatte er es bereits auf dem Barhocker geahnt: Klimaanlagen in überhitzten Swingerclubs waren gemeingefährlich. Hatte Kiki ihn nicht extra vor Krankheiten gewarnt?

Man konnte Kretsche bei lebendigem Leib den Blinddarm rausschneiden oder die Fingernägel mit einer Kombizange rausreißen, einzeln und langsam – egal, er ertrüge das alles mannhaft. Aber Halsschmerzen waren sein persönlicher Angstgegner. Jola hatte ihn schon mehrfach deswegen verlassen wollen, im Scherz natürlich. Sie fand sein Gejammer mehr als peinlich und beharrte darauf, eine Regelblutung sei schmerzhafter – und zwar jeden Monat. Überhaupt, dass immer alle Männer mit einem kleinen Fips sofort todkrank spielten. Schlimme Weicheier allesamt!

«Fips?!», hatte Kretsche gekrächzt. «FIPS!? Dein Monatskram ist ein Fips. Was ich habe, sitzt genau auf dem Schmerzzentrum.»

Mit dieser Sorte Halsschmerzen war Kretsche in seinem Hotelbett aufgewacht. Virgil, der weiße Pferdekopf neben ihm, glänzte in einem fadendünnen Sonnenstrahl, der durch die Vorhänge fiel. Wyatt wieherte auf der anderen Bettseite noch im Halbdunkel, dennoch war klar, dass das Thermometer zügig wieder auf über 25 Grad klettern würde, genauso wie am Vortag. Kein Mensch wurde bei diesem Klima krank, nur er. Blieb die große Frage: Warum?

WEIL DU FRAUEN UNGLÜCKLICH MACHST, IN SWINGERCLUBS NUR ALTE SÄCKE TRIFFST UND ZU WENIG ARBEITEST, UM ZU VERGESSEN. UND VIEL ZU WENIG ARBEITEST, UM ERFOLGREICH ZU SEIN!

Er angelte mit der Hand nach seinem Rucksack und fischte die Kamera heraus. Die dünne Bettdecke bis zum Kinn hochgezogen, spulte er sich durch die Aufnahmen der vergangenen Nacht. Das Display war klein, aber die meisten Szenen schienen gelungen. Wenn er so weitermachte, alles ordentlich schnitt und zum Schluss seinen Heinz-Sielmann-Text draufsprach, könnte es eine ziemlich originelle Reportage werden.

Oder war bei der richtigen Balance sogar der Grimmepreis drin?

Er legte die Kamera zurück. Grimmepreis ... Klar, oder so ein grinsendes Goldei, dieser Comedypreis von RTL. Der Preis, den niemand mehr haben wollte, weil jeder Comedian in Deutschland, der bei drei nicht auf den Bäumen war, ihn bereits zweimal bekommen hatte. Na und? Er hatte ihn noch nicht. Und wenn's nicht mit der *Tagesschau* klappte oder dem Grimmepreis, dann waren RTL und das Ei völlig akzeptabel.

Kretsche massierte seine Schläfen. Er war krank, er begann Kompromisse zu machen. Mehr arbeiten! Aufstehen, frühstücken! Los!

Jola hatte auf ihren Reisen immer eine kleine Medikamententasche dabei, aus der sie ihn versorgte. Damals. Er seufzte und schlurfte ins Bad. Nach dem Frühstück musste er dringend eine Apotheke suchen.

* * *

Sie möchten mit ihres Mahlzeit bestellen: Wein, Beer, Erfrischungsgetrank, Saft oder Wasser. Kretsche betrachtete sein blaues All-inclusive-Armbändchen und legte den Merkzettel mit der Aufschrift *Alles inklusive* zurück auf das Tischchen vor dem Frühstücksraum. Ein Kaffee würde reichen. Oder Tee, nein, ganz sicher ein Tee. Der böse, böse Hals.

FIPS!

Nein, es tat wirklich weh. Aber vielleicht konnte er mit dem einen, kleinen Schmerz ja den großen Gesamtschmerz übertünchen.

Eine Kernfamilie trat aus dem Aufzug neben ihm. Die Mutter, eine sichtlich gute Esserin in knapp sitzendem grünem Strandkleid, stupste ihren Mann in die Seite.

«Tu schon mal reservieren, Bertie! Ich geh mit dem Kleinen rein und mach ihm sein Rühreichen.»

Bertie nahm brummend die Strandtasche seiner Gattin, aus der hoteleigene Badetücher quollen, und folgte dem Schild «Pool». Ehefrau und Sohnemann latschten derweil an Kretsche vorbei in den Frühstücksraum. Kretsche tastete in der Hosentasche nach seinem Notizbuch.

---

9 Uhr, Frühstücksbuffet, Abzweigung zum Poolbereich: Die Weibchen bringen den Nachwuchs an die Tränke, während die Männchen im Schatten der Bäume ihr Revier abstecken.

Der Frühstücksraum des *Hispañola Star Hotels* war ein riesiger Saal in Gelb- und Orangetönen, Säulen und Spiegel ließen ihn noch größer erscheinen, als er ohnehin war. Die Tische boten sicher vierhundert Personen Platz und waren bereits gut besetzt. Die Buffets waren über den ganzen Raum verteilt; dort gab es alles, was das Herz begehrte. Besonders das verfettete Herz. Kretsche nahm einen Teller aus der Warmhalteablage und löffelte wegen der Halsschmerzen nur eine winzige Portion Rührei darauf. Als er sich an einen freien Tisch setzte, blieb ein Kellner stehen und raunzte ihn mit unterdrückter Stimme an.

«Nix einfach durchgehen! Kellner bringt an Sitzplatz, okay?»

«Was?»

«Morgen warte Sie, bis Kellner zum Platz bringe, okay?! Nix einfach durchgehe!» Er nickte Richtung Eingang, wo sich zwei Paare ordentlich aufstellten, bis sie nacheinander von einem Kellner zu einem von Dutzenden freien Tischen geleitet wurden.

«Aber es sind doch total viele Tische frei.»

«Woher Sie wolle wisse? Keine Ahnung habe Sie! Keine Ahnung!», zischte der Kellner und räumte den Nachbartisch ab, wobei er heftig mit dem Geschirr schepperte.

All inclusive beinhaltete offenbar auch einen Gratis-Anschiss.

Kretsche mogelte sein Frühstück in wehleidiger Zeitlupe an der Entzündung im Rachen vorbei. Dabei beobachtete er die anderen Gäste und die Angestellten. Am Hauptspeisen-Buffet werkelte hinter zwei Kochplatten ein junger Koch. Es war faszinierend, wie er unzählige Eier mit der immer gleichen Handbewegung am Pfannenrand aufschlug und den Eierbrei mit einer flinken Kick-Bewegung aus dem Handgelenk wendete. *Knack, kick, patsch, zisch.* Zehnmal, zwanzigmal, dreihundertmal. Überhaupt schien in diesem Saal alles einstudiert: die Handgriffe der Köche, die Bewegungen der Servierer, ja, sogar die der Esser. Um Kretsche herum war eine Mannschaft Kellner mit nichts anderem beschäftigt, als den Gästen die gerade leergegessenen Teller unter den Nasen wegzuziehen. Auch das geschah mit geschulten, unzählige Male durchgeführten Handgriffen. Der Tanz der Tischdecker, das Ballett der Butler, der Reigen der Resorthelden ... Kretsche fühlte die Temperatur an seiner Stirn. Er brauchte dringend eine Apotheke.

Im Rausgehen fiel sein Blick auf einen echten Klassiker: Die Drei-Generationen-Urlauber-Familie. Großeltern, Eltern, Kleinkind. In diesem Fall handelte es sich um die schottische Variante, wie die *Glasgow Rangers*-Shirts des erwachsenen Vater-Sohn-Gespanns verrieten. Alle vier Erwachsenen waren rosé wie Kochschinken, hatten teigige Arme und den Bluthochdruck ins Gesicht geschrieben.

«C'mon, Sweety, eat the sausage!» Die Vehemenz, mit der Oma dem Enkel Wurstscheiben ins Mündchen schob, verhieß auch für die Herzkranzgefäße des Kleinen im Kindersitz keine ablagerungsfreie Zukunft.

Typisch für diese Art von Familiengruppen war, dass der Vater des Kleinkindes sich neben seiner eigenen Mutter auffällig kindisch benahm und seine halbherzigen Versuche, das Kind zu füttern, zunehmend trotzig wirkten. Als wolle er sagen: Was muss ich mich hier um die Scheiße kümmern, wenn ich mich selbst von Mutti verwöhnen lassen könnte?

«Eat!», befahl er, ohne hinzusehen.

Opa schaute sich das alles argwöhnisch und bartgrummelnd an.

«Be careful!» Oma befürchtete offenbar, der Sohn könne seinen Nachwuchs mit dem Löffel verletzen. Seine Bewegungen waren so fahrig und unwirsch. Wie früher beim Kindergeburtstag – immer drängeln und Erster am Kuchentisch sein.

Und Mutti? Mutti war alles egal. Mutti genoss das große Wunder Urlaub. Schuftete sie sonst vierundzwanzig Stunden und war auf eine Gebär- und Ernährmaschine reduziert, waren nun plötzlich gleich drei Menschen da, die sich um die Brut kümmern konnten – und im Großelternfall sogar wollten. Endlich konnte Mutti mal wieder die Fingernägel feilen und in der Spiegelwand des Frühstückssaals die Frisur begutachten, die zum ersten Mal seit Monaten wieder eine war. Und nach Herzenslust das Buffet leer futtern, mit gutem Gewissen alles erst von links, dann von rechts abgrasen, Reserven schaffen. Einmal nicht auf das Geschrei des Balges achten. Mutti hatte Urlaub.

Vor dem Frühstücksraum zückte Kretsche sein Notizbuch, dann zögerte er. Er hatte eine recht arrogante Bemerkung über die Familie notieren wollen. Doch gerade der Tierreich-Ansatz sorgte für eine überraschende Einsicht: Es gab keinen Grund, mit Hochnäsigkeit an die Sache heranzugehen. Über dem Dschungel von Papua-Neuguinea schien dieselbe Sonne wie über den Dünen von Maspalomas. Und was der mächtige Löwe in der Serengeti trieb, unterschied sich kaum vom Verhalten des schottischen *All-inclusive*-Papas am Frühstücksbuffet: Er sorgte nur für seine Familie. Langsam dämmerte Kretsche, was Jasper und Roos gemeint hatten und warum der Jahresurlaub zu den wichtigsten Wochen des Lebens zählte.

***

Der Apotheker schob mit zittrigen Fingern die Tabletten über die Theke. Er war ganz offensichtlich zu alt für diesen Job. Die schwarzen Äuglein lagen tief in ihren Höhlen, umrahmt von einem dichten Kranz ebenso tiefer Falten. Sein Gesicht war ein trauriger Grand Canyon aus Knicken, Furchen und Hautlappen. Er erinnerte Kretsche an einen Truthahn, den man kopfüber an eine Wäscheleine gehängt hatte.

Kretsche nahm seinen Rucksack ab, unter den Gurten schwitzte er besonders stark. Dann noch eine leichte Brise, und – paff – war aus einem Fips ... einer Erkältung eine Grippe geworden. Er stellte den Rucksack auf einen Wartesessel neben dem Apothekeneingang. Durch die halboffene Tür zog es kräftig. Kretsche legte schützend eine Hand auf die durchgeschwitzte Stelle des T-Shirts, wo der Wind ihn kühlte, und trat rasch in die Warteschlange.

Der Alte bediente einen deutschen Touristen, der ein großes Pflaster auf dem Unterarm hatte und klarzumachen versuchte, dass er dringend ein Schmerzmittel brauche. Er wies zu diesem Zweck auf das Pflaster und verzog weinerlich das Gesicht.

«Aua! Comprende?»

Die Truthahnfalten des alten Apothekers wackelten. Schwer atmend wühlte er sich durch die Schubladen unter der Theke.

Hinter Kretsche wartete ein weiterer Kunde. Er hatte millimeterkurz geschorene Haare, ein schmales, kantiges Gesicht, die ausgezehrte Figur eines Marathonläufers und hüstelte ohne Unterlass in seine hohle Hand. Seine Kleidung war schwarz – schwarze Jeans, schwarze Turnschuhe, schwarzes T-Shirt, schwarze Sonnenbrille. Kretsche hatte so eine Ahnung, ihn schon mal gesehen zu haben, aber ihm fiel nicht ein, wo.

Geiler Filmbösewicht, dachte er, als er die Muskeln bemerkte, die auf dem Arm des Mannes tanzten, wenn er die Hand vor den Mund hielt.

«Señor?» Eine ältere Dame mit Hündchen drückte sich an Kretsche vorbei.

Sie schob auch den deutschen Touristen beiseite, der gerade seine Tabletten bekam, und warf dem Apotheker maschinengewehrartig ein paar spanische Sätze an den Kopf. Der machte den Truthahn und reichte ihr ein bereitgelegtes Tütchen mit Medikamenten. Sie brummte etwas, das keinerlei Ähnlichkeit mit «gracias» hatte. Der deutsche Tourist fummelte in seiner Brieftasche und wurde unsanft von ihr aus dem Weg geschubst. Kretsche trat freiwillig beiseite.

«Señor!» Der Alte hob mahnend den Zeigefinger. Der Deutsche vor Kretsche hatte gerade einen Geldschein für seine Schmerztabletten hingelegt und sich zum Gehen gewandt. Der Apotheker wies auf die Tabletten und gab dem Tonfall nach eine eindringliche Warnung ab. Kretsche verstand nur ein Wort: «peligroso» – gefährlich.

«Was?», fragte der Tourist.

«Ich kann auch kein Spanisch, aber er meinte irgendwas von wegen gefährlich. Wahrscheinlich geht's um die Nebenwirkungen», sagte Kretsche.

«Ach, ich lass mir das einfach bei uns im Hotel übersetzen», antwortete der Tourist. «Außerdem», er zwinkerte Kretsche im Rausgehen zu, «Gefahr ist mein zweiter Vorname.»

In Kretsches Hirn rastete der Filmzitate-Mechanismus ein. «Meiner ist Cornelius.»

Eine amüsierte Stimme ertönte. «Und wenn du das jemandem verrätst, leg ich dich um.»

Kretsche wirbelte herum. Das war das Ende des kurzen *The Last Boy Scout*-Dialogs zwischen Bruce Willis und Damon Wayans zum Thema Vornamen. So einen perfekten Einsatz lieferte sonst nur Motte ab, an wirklich guten Tagen hielt vielleicht noch Tanti mit. Aber wer zum Teufel ...

«Hola!»

Irgendwie kam ihm der dürre kleine Mann mit Sonnenbrille und Baseballcap bekannt vor. Um seine knochige Brust flatterte ein altmodischer orangefarbener Breakdance-Sweater mit Kapuze, seine kurzen Füße steckten in weißen Joggingschuhen.

«*The Last Boy Scout*, he?»

«Stimmt.»

«Ich hab 'ne schlechte Nachricht und 'ne schlechte Nachricht», sagte der kleine Mann in beinahe akzentfreiem Deutsch und kratzte sich an der Baseballkappe.

«Sagen Sie mir zuerst die schlechte», antwortete Kretsche. Dieses Spiel machte ihm Spaß. «Und was würde Joe jetzt tun?»

«Er würde alle umlegen und dann ein paar Zigaretten rauchen», antwortete der Spanier grinsend. Kretsche musterte ihn. Diese Nase ... Jemand aus dem Hotel? Ein Typ, der orangefarbene Kapuzenjacken in Übergröße trug, hätte doch einen bleibenden Eindruck bei ihm hinterlassen.

«Wo gehst du hin?», fragte er ihn im Filmzitate-Tonfall.

«Ins Badezimmer. Willst du mit? Der Arzt sagt, ich darf nichts Schweres heben.»

Jetzt mussten sie beide lachen. Der alte Apotheker hatte verständnislos zwischen ihnen hin- und hergeblickt und räusperte sich nun. Kretsche war an der Reihe.

«Äh, buenas dias, Señor ... Ich, äh, I need ...», krächzte Kretsche ein wenig übertrieben und zeigte auf seinen Hals.

Der Alte musterte ihn eher argwöhnisch als verständnisvoll.

«Was brauchen Sie denn? Kann ich helfen?», fragte der kleine Spanier höflich.

«Was gegen Halsschmerzen und Erkältung.»

Der Willis-Fan gab die Wünsche auf Spanisch weiter. Am sachlichen Tonfall und an der Art, wie er rasch und präzise die Worte setzte, erkannte Kretsche ihn wieder.

«Sie sind aus dem Hotel! Raúl, richtig?»

Raúl drehte sich um, nahm dabei die Sonnenbrille ab. «Haben Sie mich nicht erkannt, in Zivil?»

«Nein, tut mir leid.»

«Kein Problem. Das passiert uns oft. Die Uniform. Im Hotel sehen wir alle gleich aus, und draußen in der normalen Welt rechnet keiner mit uns.»

«Ja, doof irgendwie.»

«Gar nicht. Wenn die Uniform ausgezogen ist, will ich gar nicht mehr erkannt werden. Dann will ich nicht mehr die Probleme von anderen lösen, da lasse ich es mir selbst gutgehen.»

«Klar, verstehe.»

Der Apotheker reichte Kretsche ein Tütchen mit Erkältungssaft und Halsschmerztabletten. Er bezahlte.

«Dann sind Sie auch Bruce-Willis-Fan?», fragte er nach hinten.

«Du», antwortete Raúl. «Wir Fans sollten uns duzen.»

Sie schüttelten sich die Hand.

«Ich bin Kretsche.»

«Ich liebe gute Actionfilme, Kretsche.»

«Frag mich mal!»

«Liebst du gute Actionfilme?»

Kretsche blickte ihn verdutzt an, lachte. «Du sprichst echt geil Deutsch.»

«Weil meine Frau so schlecht Spanisch spricht.» Er zuckte ergeben mit den Schultern. «Was bleibt mir übrig.»

«Ah, du hast eine Deutsche geheiratet.»

«Eigentlich drei. Wir haben zwei kleine Töchter. Die sehen genauso aus wie meine Frau.» Er tippte an den Zinken in seinem Gesicht. «Ist auch besser so.»

Er sprach kurz mit dem Apotheker, wandte sich dann wieder Kretsche zu. «Und, heute wird mal nicht gefilmt?»

Kretsche fiel alles aus dem Gesicht. «Wie bitte?»

Raúl tat so, als nehme er einen Rucksack von der Schulter, und hielt ihn wie eine Kamera vor sich. Dabei machte er ein albernes Geheimagentengesicht. «Heute wird nicht gefilmt?»

«Wieso, äh ... wie jetzt filmen?»

Raúl reichte dem Apotheker ein paar Münzen und bekam dafür ein Vitaminpräparat.

«Wollen wir?»

Kretsche folgte Raúl nach draußen. Woher wusste Raúl von seinen versteckten Drehs, von der Kamera? In der Eingangstür traf es ihn wie ein Schlag.

«Verdammte Scheiße!»

Der Rucksack war verschwunden.

«Du hast ihn neben die Eingangstür gestellt?» Raúl verzog das Gesicht.

«Ja, ich weiß. Blöde Idee. Hätte ich in Köln niemals gemacht. Aber hier ... Ich habe einfach nicht drüber nachgedacht.»

«Da konnte ihn jeder, der draußen vorbeigeht, sehen und sich schnappen.»

Kretsche ließ den Kopf hängen. Sein ganzer schöner Plan. Alles vorbei, zack, in einer Minute der Unachtsamkeit zunichtegemacht. Er hatte nur noch sein Notizbuch in der Hosentasche.

«Geht man mit so was zur Polizei, oder hat das eh keinen Zweck?»

Raúl winkte ab. «Der Rucksack liegt in irgendeiner Mülltonne, und die Kamera siehst du nie wieder. Die Polizei macht eine Akte, sonst nichts.»

Wunderbar, das war genau das, was Kretsche hören wollte. In diesem Moment war alles wieder da, der Liebeskummer, die Wut auf Carola, der ganze Frust der Tage vor seinem Abflug. Und dieses Mal hatte er keine Ahnung, wie er sich aus dem Sumpf rausziehen sollte, dieses Mal wusste er nicht, wohin er fliegen sollte.

WEGLAUFEN!

Weglaufen.

Sie bogen in die *Avenida de Gran Canaria* ein, zwei Kreuzungen vor dem *Hispañola Star*.

«Warum hast du überhaupt heimlich gefilmt?» Raúl setzte sich auf eine Bank im Schatten einer Dattelpalme. Der Tag war noch jung, aber die Morgensonne sorgte bereits für einen feinen Schweißfilm auf der Haut. Kretsche nahm neben Raúl Platz.

«Ich bin Reporter.»

«Kein guter, he?»

«Weil ich mir meine Kamera klauen lasse?»

«Nein, weil du so wahnsinnig unauffällig filmst.» Raúl erhob sich und spielte noch einmal den filmenden Kretsche. Er machte dazu ein unschuldiges Kindergesicht, pfiff ein Liedchen und hielt einen imaginären Kamerarucksack vor sich, mit dem er unter verrückten Verrenkungen Passanten «filmte».

«So schlimm?», fragte Kretsche entsetzt.

«Ich hab's jedenfalls sofort gemerkt.» Raúl setzte sich wieder.

«Und ich habe gar nicht gemerkt, dass du in der Nähe warst, um was zu merken.»

Raúl zog ein Lid nach unten. «Ich bin immer in der Nähe.»

Aber Kretsche war nicht nach Lachen zumute. Irgendwo aus einem Winkel seiner Erinnerung wollte etwas nach vorne ...

«Der schwarze Mann!», rief er. «In der Apotheke war vorhin so ein Typ, ganz in schwarzen Klamotten.»

«Nicht gesehen.»

«Eben. Der hat hinter mir gewartet, dass er drankam. Aber als du da warst, war er weg.»

«Mit deinem Rucksack?»

«Keine Ahnung. Vielleicht. Und weißt du was, ich glaub, den hab ich gestern schon mal gesehen. Als ich vom *FligFlagz* weg bin.»

«Wie sah er aus?»

«Wie der Typ aus *Die Hard 4*, dieser Kletterheinz.»

«Der französische Parcours-Killer!»

«Genau.»

Raúl schaute mit einem Mal ernst drein.

«Kennst du den Typen?», fragte Kretsche.

«Nein, nein. Ich überlege nur, was wir tun können.»

«Echt supernett, dass du mir helfen willst, aber ich geh vielleicht doch besser zur Polizei. Allein schon wegen der Versicherung. Sonst krieg ich in der Firma Ärger.» O Gott, jetzt hatte er schon das Ende der Fahnenstange erreicht: Er machte sich Sorgen um seinen Arbeitsplatz. Wie konnten sein Siegeswillen und seine Selbstsicherheit bloß so schnell den Bach runtergehen?

«Gibst du auf?» Raúl runzelte missbilligend die Stirn.

«Nee ... Ja. Ich mein, was soll ich machen? Ohne Kamera kann ich nicht drehen.»

«Aber du hast gesagt, du hast eine tolle Idee, für eine tolle Reportage.»

«Ja ...»

«Eine Reportage, die Urlaub von einer neuen Seite zeigt. Ohne dass du dich lustig machst.»

«Ja, schon ...»

«Oder hast du dich lustig gemacht?»

«Nein ... Am Anfang vielleicht. Aber das Ganze entscheidet sich sowieso erst am Schneidetisch. Und mit dem Off-Text, den man draufspricht.» Kretsche machte eine wegwerfende Handbewegung, als sei das alles sehr, sehr kompliziert zu erklären.

«Aber so ein Text, der muss doch auch geschrieben werden.»

«Stimmt.»

«Okay, Vorschlag. Du machst dir einen schönen Tag auf der Insel, sammelst Eindrücke, machst den Text. Ich kümmer mich um die Kamera.»

«Wie, kümmern?» Kretsche stutzte. «Du hast 'ne Vermutung, wer den Rucksack geklaut hat, stimmt's?»

Raúl erhob sich. «Ich muss in einer halben Stunde im Hotel sein. Später mache ich ein paar Anrufe. Heute Abend weiß ich mehr.»

Kretsche grinste schief. «Wenn's ein Film wäre, käme jetzt die Stelle, an der du sagst: *Du hast vielleicht die falschen Leute gefilmt.*»

«Guter Film.» Raúl lächelte undurchsichtig und klopfte ihm auf die Schulter. «Sieh dir Las Palmas an, mach ein bisschen Urlaub!»

Er hob die Hand und ging zum Hotel.

«Ich war allein, verstehst du?», rief Kretsche hinter ihm her. Ein Zitat für echte Kenner. Raúl drehte sich nicht um, aber Kretsche konnte ihn trotzdem hören.

«Besorg dir 'nen Hund!»

* * *

Kofferpacken war nie ihre Stärke gewesen. Nicht für den Urlaub und nicht in Beziehungen. Für den Urlaub nahm sie grundsätzlich zu viel mit und aus Beziehungen zu wenig. Wenn sie von allen Beziehungen in ihrem Leben zumindest einen Wertgegenstand eingepackt hätte, brauchte sie am nächsten Morgen nicht in die Redaktion zu fahren. Carola hatte immer darauf geachtet, dass die Männer gut gepolsterte Konten hatten oder, als sie noch U-20 war, wenigstens aus reichem Elternhaus stammten. In jedem Fall mussten sie genug in der Portokasse haben, um ihr hübsche Geschenke zu kaufen.

Sie wusste, dass sie äußerlich dem männermordenden Vamp entsprach, der seit Neandertalerzeiten von Männern gefürchtet wurde. Gefürchtet und auch beherrscht, denn der Vamp war manchmal ebenso abhängig von diesen Männern, das war seine Schwäche. Carola Langenscheit achtete sehr darauf, dass Männer von ihr abhängig waren und nicht umgekehrt. Sie konnte ohne sie klarkommen, sie konnte auf ihr Geld verzichten und eigenes verdienen, und sie konnte sich Sex jederzeit irgendwo, irgendwie holen.

Aber seit gestern wollte sie auch noch etwas anderes: Sie wollte Genugtuung. Nicht von Sven Haferkord, vom Mann allgemein. Deshalb packte sie ihren Koffer.

Der erste Anruf morgen in der Redaktion würde Frau Gottmann im Reisebüro gelten. Alle drei reservierten Termine für Ende der Woche konnten storniert werden; stattdessen war ein Abendflug nach Las Palmas zu buchen. Carola brauchte ein Spielzeug. Nicht so eins, wie sie es üblicherweise bevorzugte, nein, sie wollte ein anderes, eins, das kein wirkliches Interesse an ihr zeigte. Ein Spielzeug, das eine Menge zu verlieren hatte, wenn es sich widersetzte. Eins, das ihr Spielzeug bleiben würde, solange sie wollte. Und eins, das genauso eine Lektion verdient hatte wie das Pissgesicht Sven Haferkord, der, wenn es nach ihr ginge, noch in dieser Nacht in seinem verschissenen *Kaiserkeller* an einer Cocktailolive ersticken sollte. Darauf hatte sie allerdings leider keinen Einfluss. Auf alles andere schon.

Carola schmiss den Louis-Vuitton-Koffer auf ihr Bett; ein Geschenk ihres Steuerberaters – das Bett, nicht der Koffer. Mit der Linken zerrte sie Bikinis, Wäsche, Tops und Sommerkleider aus ihrem Schrank, mit der Rechten stopfte sie die Sachen ungeordnet in den Koffer. So hatte sie immer gepackt, und so würde sie auch in hundert Jahren noch packen.

* * *

In Las Palmas hatte Kretsche zum ersten Mal das Gefühl, in einer echten spanischen Stadt und nicht in einem Disneyland für zeigefreudige Partytrottel zu sein. Gassen mit Kopfsteinpflaster, elegante Einkaufsstraßen, Parks und Plätze mit Domino spielenden, Pfeife schmauchenden Opas, und von der Stadtautobahn konnte man aufs offene Meer hinaussehen. Las Palmas war nicht nur fürs Auge eine Erholung.

Seine Halsschmerzen waren wie weggeblasen. Offenbar hatte er das Zeug aus der Apotheke korrekt dosiert. Die halbe Packung sofort, den Rest, bevor er losfuhr. Er stellte seinen hellblauen Miet-Toyota im Parkhaus *Elder* ab. Es lag direkt unter dem Park Santa Catalina am Technikmuseum, wie er feststellte, als er aus dem Treppenhaus der Garage trat.

Am Rande des Museumsvorplatzes heizte die pralle Sonne eine Busstation auf. Von dort wollte er einen Bus ins Zentrum nehmen. Zunächst hatte er allerdings irrsinnigen Heißhunger auf Imbissfraß. Und zwar den internationalen Imbissfraß, der seit vielen Jahren weltweit die Schranken des guten Geschmacks durchbrach, Grenzen überschritt, Menschen unterschiedlicher Hautfarben, Sprachen und Gesinnungen an nachlässig gewischten Plastiktischen gemeinsam mit Myriaden von Wischlappenmikroben zu einer verschworenen Gemeinschaft von Schmierfingern vereinigte. Kretsche steuerte ein *Burger Castle* an.

Jola hätte sich strikt geweigert, einen Burgerladen zu betreten, wenn man in den Läden gleich daneben die Köstlichkeiten einheimischer Küche genießen konnte. Ein Grund mehr für Kretsche, sich nun im *Burger Castle* an einen Tisch zu pflanzen und das fettigste Menü auszuwählen, das die Anzeigetafel hergab. Sein Herz war ein trotziges Geschöpf.

Der Laden war mit Touristen und Studenten gefüllt, es gab kaum noch freie Tische. Ein dünner Mann fragte Kretsche, ob er sich zu ihm setzen dürfe. Kretsche war konzentriert damit beschäftigt, in seinen Megaburger zu beißen, ohne dabei die riesigen, zähen Salatblätter zwischen den Brötchenhälften herauszuziehen. Er nickte beiläufig.

«Deutscher?», fragte der Dünne und schob sein Tablett gegen das von Kretsche. In der Mitte lag ein einsamer Hamburger.

Kretsche nickte kauend.

«Gleich gesehen.»

Der Mann hatte etwas seltsam Nervöses an sich, wie einer dieser Typen, die vor einem Radarblitzer voll in die Eisen gehen und auf Schrittgeschwindigkeit runterbremsen, obwohl fünfzig Sachen erlaubt sind. Aus den Augenwinkeln beobachtete Kretsche, wie sein Gegenüber mit spitzen Fingern das Einwickelpapier seines Hamburgers auffaltete. Pianistenhände. Wie überhaupt der ganze Mensch ein weißer, feingliedriger, nickelbebrillter Pianist war. Wenn Las Palmas ein Kurort für Lungenkranke gewesen wäre, hätte dieser Mann den Archetypus des Kurgastes abgegeben. Wie um Kretsches Eindruck zu unterstreichen, hustete er jetzt blechern.

«Gerade da oder schon wieder weg?», fragte er und biss in seinen Hamburger.

«Mittendrin», antwortete Kretsche.

«Ich muss noch zwei Wochen.» Die Stirn des Mannes umwölkte sich.

Kretsche schwieg. Eigentlich hatte er keine große Lust auf Konversation mit einem depressiven Pauschaltouristen. Aber der streckte ihm die noch saubere Hand hin.

«Ich bin der Elk.»

«Bitte?»

«Ich bin der Elk. E-L-K. Wie der Elch, nur als Name.»

Kretsche schüttelte die Hand. «Kre... Karl-Heinz.»

Elk widmete sich seinem Burger, drehte ihn konzentriert zwischen den Fingern, bis er eine Stelle fand, die ihn zum Reinbeißen reizte.

«Karl-Heinz, mein Urlaub ist die Hölle.» Elk beherrschte die Kunst, zu kauen und dabei deutlich zu reden.

«Wieso?»

«Drei-Sterne-Anlage, all inclusive, mitten in Playa del Inglés.»

«Ach, guck an.»

«Ja, guck an. Klingt erst mal toll, liest sich auch toll im Katalog. Und dann kommst du an.»

«Ein Drecksloch.»

«Nicht mal. Nicht auf den ersten Blick. Alles ganz sauber, drei Mahlzeiten, sämtliche Getränke und Snackbar inklusive. 90 Euro pro Tag mit allem Zipp und Zapp.»

«Kenn ich», sagte Kretsche. Allerdings mit anderthalb Sternen mehr und dreistelliger Tagespauschale.

«Im Bad ist nicht viel drin, außer Dusche und Klo und Schimmelflecken unter dem Waschbecken. Kann man mit leben. Am ersten Tag.»

«Aber dann?»

«Dann ging's los. Zum Strand muss man mit dem Bus fahren. Deswegen stand auch im Prospekt, der ist nur vier Minuten entfernt. Der Bus fährt aber nur dreimal am Tag. Also latschst du stattdessen zwanzig Minuten. Und bleibst am besten den ganzen Tag dort. Dann verpasst du wenigstens das Mittagessen. Ich hab's nur einmal mitgemacht. Kanarisches Gulasch! Fettbrocken, Schafsbacke oder Katze, die in brauner Soße schwimmen, Nudeln mit 'ner bissfesten, braunen Kruste oben in der Schüssel, weiter drunter verkochte Klebepampe. Alternativ kannst du Fritten nehmen, aber die musst du selber mit 'nem Kescher aus der Fettbrühe fischen. Salat gibt's nicht. Aber Cola. Die war allerdings gut.»

Kretsche sah zu, wie Elk seinen Hamburger auf der Suche nach einer neuen Bissstelle sorgfältig drehte und begutachtete, bevor er seine Zähne im Brötchen vergrub. Der Mann hatte anderthalb Sterne weniger als er. Und das in vielerlei Hinsicht.

Wieso hatte Carola eigentlich nicht das für ihn gebucht, was die Masse der deutschen Urlauber buchte: Drei-Sterne? Von wegen «alles wie beim Durchschnittstouri». Elk nörgelte weiter.

«Abends ist der Fraß genauso schlimm. Aber in doppelten Mengen. Weil dann alle kommen und total ausgehungert sind vom Strand. Und die Ersten sind schon besoffen. Wenn all inclusive einen Vorteil hat, dann das freie Saufen. Gut, mit Kindern möchte man sich die Trupps auch nicht antun, die die halbe Nacht unterm Hotelfenster am Pool rumgrölen und sich besoffen ins Wasser schubsen.» Er schob sich den Rest seines Hamburgers in den Mund und schleckte sich die Finger ab, jeden einzeln.

«Ist denn der Pool wenigstens schön?»

«Wenn du eine Mittelohrentzündung brauchst, spring rein!»

«Hä, wie?»

«Ich habe eine Familie gefragt, warum die Kinder alle Ohrstöpsel tragen. Da sagen die mir doch, dass die Brühe im Pool verseucht ist. Die Hälfte der Kinder nimmt Antibiotika. So is das, Karl-Heinz!»

Kretsche schämte sich, dass er dem Mann einen falschen Namen genannt hatte. Aber dafür würde er seine Erkenntnisse in die Reportage einfließen lassen.

Wenn zu viele Jungtiere die Wasserstelle heimsuchen, kann es zu einer empfindlichen Störung des Bakterienhaushalts kommen. Ein Grund mag sein, dass die Kleinen häufig Gefallen daran finden, dort ihre Notdurft zu verrichten. Sie lieben das warme Gefühl im Schritt.

Der Dünne erhob sich. «Bier aus Plastikbechern, weil sie keinen Bock aufs Abwaschen haben, die Telefone in der Lobby alle im Eimer, der Kicker ist in der Mitte durchgebrochen, die Billardstöcke haben keine Spitzen mehr, und die Nummer mit den Liegestühlen erzähl ich dir gar nicht mehr.»

«Ab acht Uhr morgens Handtuchkriege?»

«Sechs Uhr. Und nur für die Hälfte der Gäste Liegestühle. Dass da noch keiner umgebracht worden ist, grenzt an ein Wunder. Oder daran, dass gerade keine Engländer da sind. Aber heute kommen Franzosen. Noch schlimmer. Die kloppen nicht, die diskutieren.» Elk pochte zum Abschied auf den Tisch. «Deswegen bin ich heute in die Stadt. Einfach nur mal weg von dem Elend. Tschüs, Karl-Heinz.»

«Tschüs, Elk.»

Der dünne Mann schlurfte aus dem *Burger Castle*, kopfschüttelnd, als könne er selber nicht glauben, was er für einen Albtraum gebucht hatte. Kretsche blickte ihm kauend nach. Warum fuhren die Menschen nach Gran Canaria, warum setzten sie sich alldem aus? Oder warum hockten sie in Campingbussen auf Rügen, in der Eifel im Wohnwagen oder in Holland im Zelt? Wahrscheinlich bloß, um woanders zu sein und dann jammern zu können, zu Hause sei alles besser.

Kretsche legte mittlerweile seine Hand dafür ins Feuer, dass Carola die anderthalb Sterne über Durchschnitt ganz bewusst genommen hatte. Sie pfiff auf Recherche; es ging ihr um einen Urlaub auf Firmenkosten. Einfach mal raus aus dem Büro, sich verwöhnen lassen.

Und er saß ungefragt mit im Boot.

Die *Calle Mayor de Triana* war eine schicke Fußgängerzone mit all den Fußgängerzonengeschäften, die ein Frauenherz begehrt. Da war auch Jola keine Ausnahme. Deswegen war Kretsche auch zum ersten Mal auf dieser Reise froh, ohne Frau unterwegs zu sein. An jedem *Mango*, *Zara* oder *Cortefiel* hätte er sonst diesen flehenden Blick abbekommen und sich nach einem ergebenen Seufzen zwischen Regalreihen mit Tops, Röckchen und Sommerblusen wiedergefunden.

Vor lauter Freude über die gewonnene Freiheit betrat er ein Elektrowarengeschäft, legte die Hände auf dem Rücken zusammen und schritt wie Napoleon seine Soldatenreihen Regale mit Handys, MP3-Playern, Flachbildfernsehern und Notebooks ab. Auf seinem weiteren Erkundungsmarsch im kulturellen Herzen Las Palmas' entschied er dann vor der Kathedrale Santa Ana, diese nicht zu betreten. Einfach nur, weil niemand da war, der ihn hineinscheuchte, obwohl er lieber einen Kaffee trinken wollte.

Die Frage, mit wem er diesen Kaffee unter einer schattenspendenden Platane genießen konnte, blieb allerdings offen. Ebenso wie die, mit wem er das nächste Ausflugsziel planen konnte. Oder wem er ein Stück Kuchen stibitzen konnte. Wer ihn küsste, wenn er gar nicht damit rechnete. Oder wer ... Kretsche stutzte. Hatte er bisher nicht in jedem Ort, den er bereist hatte, die Kirche besucht? Ohne Kirche hat man eine Stadt nicht wirklich erobert, hatte Jola es mal formuliert. Wenn sie recht hatte, war Las Palmas verloren.

Er verscheuchte diese düsteren Gedanken und besann sich auf seine «Expeditionsnotizen». Immerhin war bereits eine stattliche Sammlung zusammengekommen. Zwar fehlte ohne Kamera der entscheidende Gegenpart, das Bild, das seine Texte ironisch brechen konnte; und er fühlte sich deswegen wie ein Beinamputierter beim Schuhekauf. Aber das Notizbuch füllte sich – er hatte sich die Kamera klauen lassen und dennoch etwas geleistet.

Vor einer Bar an der *Playa de las Canteras*, dem tadellos gepflegten goldgelben Stadtstrand, genoss Kretsche die milde Mittagsbrise, ein Sandwich und einen *Café con leche*. Satt in seinen Plastikstuhl gefläzt, bedachte er zwei flanierende Minirock-Tanktop-Mädchen mit forschen Blicken. Sie quittierten das mit einem schnellen Gegenscan. Nur spuckte ihr Scanner ein anderes Ergebnis aus als seiner. Sie schnatterten nämlich derart desinteressiert weiter, dass er sich vorkam wie ein Finanzbeamter mit Möwenscheiße auf dem Hemd. Kretsche sah an sich herunter. Keine Möwenscheiße. Schlimmer. Unübersehbar. Die Folge lebenslangen Untergewichts und dementsprechend hemmungslosen Genusses von Bier, Chips, Fritten und Schokolade. Im letzten Jahr hatte sein AC/DC-T-Shirt perfekt gesessen, nun spannte es sich über der Tatsache, die nicht mehr zu leugnen war: Andreas Kreschinski hatte ein Bäuchlein inklusive eines sich andeutenden Hüftrings. Keine schöne

Erkenntnis, wenn man gerade wegen eines Piloten mit Waschbrettbauch verlassen wurde.

SCHÖN, DASS WIR WIEDER BEIM THEMA SIND!

Und es gleich wieder vergessen!

Der Seewind ließ einen Hauch von schlechtem Gewissen anfliegen. War er zu sehr mit sich selbst beschäftigt? Benahm sich so ein guter Reporter? Ließ er sich zu sehr treiben, statt sich aufs Handwerk zu konzentrieren? Eine Gruppe Urlauber riss Kretsche aus seinen trüben Gedanken.

Die Urlauber wichen seinen ausgestreckten Beinen aus, ohne ihre lautstarken Gespräche zu unterbrechen. Ihr Anführer war ein Weißhaariger in Badeshorts, optisch eine Mischung aus Flavio Briatore und Pablo Picasso. Seine Haut schimmerte mahagonifarben, um den Hals lag eine schwere Goldkette, am Handgelenk funkelte der passende Chronometer. Die kleinen Kinderfüße steckten in Segeltuchschuhen. Seine dunklen Äuglein flitzten intelligent und lebenslustig hin und her, während er hierhin und dorthin wies, seinen Mitreisenden ohne Pause die Welt erklärte.

Wahrscheinlich waren die in weißes Leinen gehüllten Begleiterinnen und Begleiter seine Gäste, mit denen er bis eben noch auf der eigenen Yacht durchs Meer geschippert war. Dabei war es nicht die phantasierte Yacht, die Kretsche mit Neid erfüllte; es war der pralle, tiefbraune Kugelbauch, den Flavio Picasso mit einem Stolz und einer Selbstverständlichkeit vor sich hertrug, dass Kretsche drauf und dran war, ihn anzusprechen.

«Entschuldigen Sie, wie schafft man das? So eine Pocke völlig entblößt vor sich herzuschieben und dabei auszusehen, als sei man der geilste Freier Spaniens – sämtliche Inseln eingeschlossen. Und die ehemaligen Kolonien.»

Die Gruppe zog schwatzend und lachend an ihm vorüber und verschwand im Strandgetümmel, ohne dass Kretsche den

Mund aufgemacht hatte. Stattdessen lupfte er sein T-Shirt ein wenig und beschloss, das warme Abendessen ausfallen zu lassen.

Ein klappriges Mädchen mit Sonnenhut stieß an sein Bein. Es schlug dem Vater neben sich auf den Hintern.

«Papa, ich will im Pool!»

«Dahinten is doch dat Meer. Da geh mer hin.»

«Ich will aber im Pool!»

«Warum denn? Christiane, sach du ihr mal wat!»

Christiane, die Mutter, riss sich am Shop nebenan von einem Ständer mit Pareos los. «Wat denn?»

«Da ist dat Meer.»

«Ja, ich weiß dat.»

«Aber die Kleine nich.»

«Ich will im Pool, Mama!»

«*In* 'nen Pool heißt dat, Celine.»

Die Kleine verzog das Gesicht zum Heulanfall. Sofort spulte Papa das Notprogramm ab.

«Wir sind doch extra inne Stadt gefahren, weil hier der Strand so schön ist, Celine. Wir gehen nachher in 'nen Pool. Und 'n Eis gibbet auch, oki-doki?»

«Getz!» Celine stampfte auf.

«Getz is Meer!», sprach die Mutter in einem Ton, der keinen Widerspruch duldete, und schubste Celine von der Promenade auf den Strand.

Kretsche hielt sich die Ohren zu und wartete, bis Celines Sirenengeheul verstummt war. Sie machte ihrer großen Namenscousine alle Ehre.

Er war zu müde, um weiter Notizen zu machen. Dialoge wie diesen hatte er genug gehört. Hauptstadt hin oder her, um ihn herum tobte das Strandgängerchaos: Kinder mit aufblasbaren Tieren, Väter mit Taschen, Rucksäcken und Federballschlägern, Mütter mit weinenden Säuglingen auf dem Arm, die nichts als Windeln trugen, welche der überall eindringende Sand bald in Folterinstrumente verwandeln würde. Daneben kinderlose Pärchen aller Schattierungen und Büromenschen in der Mittagspause. Trotz des Trubels um ihn herum überkam Kretsche bei 30 Grad im Schatten mit einem Mal ein heimeliges Gefühl. Endlich fühlte er sich wie ein Tourist, und das fühlte sich gut an. Seine Augen wurden schwer und schwerer.

Er hört nicht mehr die Kellnerin, die kassieren will, sich jedoch nicht traut, ihn zu wecken, er fühlt nicht den Plastikball gegen sein Bein hüpfen, er blendet die Welt aus. Kretsche träumt. Neben ihm sitzt Mickey Rourke in einer miesen, heruntergekommenen Kaschemme. Eine Spelunke mit einem Flipper, der zwar blinkt, aber nur noch Münzen frisst. An den Wänden hängen stockfleckige Boxkampfplakate, deren Ecken herunterlappen. Auf den Tischen Kerzen in Weinflaschen mit Wachsmänteln. Der Barkeeper ein verschwitzter Fettsack in fleckigem Unterhemd, der pausenlos Schnapsgläser poliert, aus denen niemand getrunken hat. Mickey sieht aus wie in *Barfly*, als er das Alter Ego von Charles Bukowski spielte und jeder geschworen hätte, Rourke sei während des Drehs selbst permanent blau gewesen.

Kretsche hockt neben Mickey Bukowski Rourke am Tresen; beide trinken Schnaps aus winzigen Gläsern; auf einem Fernseher unter der Decke läuft eine Baseballübertragung; die Bar ist leer. Kretsche schaut in einen Spiegel über der Bar und schreckt zusammen. Hinter ihm und Mickey sitzt eine Gruppe Männer und Frauen. Sie schütteln traurig die Köpfe. Mickey und er drehen sich um. Kretsche erkennt jetzt, dass er mitten in einer Therapiegruppe sitzt.

«Hey, my name is Charles Mickey Rourke Bukowski. I'm a

fuckin' alcoholic», knarzt Mickey Rourke und kippt einen weiteren Drink.

«Hello, Charles Mickey», begrüßt ihn die Gruppe im Chor.

Nun blicken alle erwartungsvoll Kretsche an. Er räuspert sich verlegen.

«Mein Name ist Kretsche. Andreas Kreschinski. Und ich bin Pauschalurlauber. All inclusive.»

«Hello, Kretsche.»

9. Wonneproppen beim Dünenpoppen

«Was würde Bruce an deiner Stelle machen?»

«Bestimmt nicht warten, bis ein Typ in gelbblauer Uniform für ihn die Kohlen aus dem Feuer holt.»

Raúl hob die Hände. «Bitte. Dann erledige das alleine!» Er machte Anstalten, sich zu erheben.

«Dafür, dass wir uns gar nicht richtig kennen, reden wir schon wie ein altes Ehepaar, findest du nicht?» Kretsche grinste.

Raúl lächelte ebenfalls. «Hab ich mir bei meiner Frau abgeguckt, die Nummer mit dem Beleidigtsein.»

Er winkte einen seiner Kollegen zum Abräumen heran. «Gracias, Jorge.»

Raúl hatte keine Zeit gefunden, seine Anrufe zu tätigen, nach Kretsches Rückkehr aber sofort mit ihm in der *Piano Bar* Kaffee getrunken. Dabei hatte Kretsche nicht herausfinden können, wie es kam, dass ein Hotelangestellter sich solche nonchalanten Päuschen erlauben konnte. Oder was für einen Job er überhaupt hatte. Eins war sicher: Raúl befand sich nicht mehr auf der untersten Sprosse der Karriereleiter.

«Kannst du nicht neue Aufnahmen machen? Mit einer anderen Kamera?», fragte Raúl.

«Erstens habe ich keine andere, und zweitens müsste ich sie ziemlich schnell haben. Sonst werde ich niemals fertig, bevor meine Chefin hier auftaucht und mir den Arsch aufreißt.»

«Vor der Show heute Nacht spreche ich mit einem Kontaktmann», sagte Raúl.

«Was für ein Kontaktmann?»

«Aus der Szene.»

«Klingt schwer spannend.» Kretsche konnte sich einen sarkastischen Ton nicht verkneifen.

«Komm zur Show, im *Salon Prince*. Und bis dahin machst du so weiter wie bisher, okay?»

Sie gingen in die Empfangshalle, in der die Klimaanlage für angenehme Kühle sorgte.

«Na, toll. Und was heißt, so weitermachen wie bisher?»

«Versuch deine Freundin und ihren Dieter ...»

«Dietmar.»

«Ihren Idioten ...»

«Danke.»

«Versuch, ihren Idioten-Dietmar zu vergessen und auf der Insel ein paar schöne Sauereien zu recherchieren. Sex sells.»

«Nicht ohne Bilder.»

«Wenn du deine Kamera nicht zurückbekommst, besorge ich dir morgen eine Leihkamera. Und dann ziehst du nochmal los. Am besten in die Dünen. Da kannst du schön filmen.»

«Außer einem Holländerehepaar war da nix los.»

«Falsches *Kiosko*.»

«Was?»

Er hatte Raúl von Carolas Beschreibung auf dem Waschzettel erzählt. Nun erklärte der ihm, dass Carolas Angaben eigentlich korrekt seien. Der *Kiosko 4*, den sie meinte, müsse er allerdings bei Maspalomas suchen, nicht in Playa del Inglés. Im Strandabschnitt von Maspalomas beginne eine neue Zählung der Buden.

«Und da kannst du schöne Notizen machen», sagte Raúl. «Sehr schöne Notizen, glaub mir!»

«Raúl, puedes ayudar, por favor!», rief der Concierge quer durch die Empfangshalle. Raúl gab ihm ein Handzeichen.

«Ich muss gehen.» Er tippte auf seine Uhr. «Spätnachmittag ist eine gute Zeit, um in den Dünen zu recherchieren. Mach einen schönen Spaziergang, Kretsche!»

Raúl hatte die Angewohnheit, jedes Ausrufezeichen seiner Rede mit einem Blinzeln abzurunden. Er drehte sich noch einmal um, blinzelte erneut.

«Du musst kämpfen! Denk an Bruce! Und an Dietmar.»

«Dietmar ist das Gegenteil von Bruce.»

«Immerhin kämpft er.»

Raúl verschwand mit dem Concierge in einem Büro hinter dem Empfang. Kretsche blieb niedergeschlagen zurück. Eine klare Antwort. Und selbst schuld. Warum erzählte er immer gleich allen sein ganzes Leben? Jasper, Roos, Raúl – sie alle hatten nur zehn Minuten mit ihm verbringen müssen, und er servierte ihnen seine komplette Leidensgeschichte, inklusive aller beteiligten Personen, Namen und Daten. Und von seiner Reportage wusste Raúl jetzt auch mehr, als es einer Dokumentation mit versteckter Kamera angemessen war. Vielleicht war er doch ein mieser Reporter. Wie sollte er jemals Licht in die dunklen Abgründe des organisierten Verbrechens bringen, wenn es nur einer Phase von Liebeskummer gepaart mit sexuellem Unvermögen und einer geklauten Kamera bedurfte, dass er vor jedem, der es hören wollte, seine Lebensbeichte ablegte?

«Kretsche, sei ein Profi!», ermahnte er sich halblaut. «Geh nach Maspalomas!»

«Was ist mit Paloma?» Der Ehemann der Blauen Krücke drehte sich zu ihm um und musterte ihn misstrauisch. Seine Frau humpelte aus dem Schmuckladen des Hotels zu ihm.

«Was ist mit mir, Schatz?»

«Ich weiß nicht, Liebes.» Der Mann schaute Kretsche fragend an. «Woher kennen Sie meine Frau?»

«Ich kenne Ihre Frau nicht.»

«Ich kenne Sie aber. Vom Flughafen.» Die Blaue Krücke stupste ihren Mann. «Das ist der Mann, der mit diesem Penner gestritten hat.»

«Ich habe überhaupt nicht …», begann Kretsche, winkte dann aber ab. So was war zwecklos. «Das war ein Missverständnis.»

«Ah ja.» Der Mann musterte ihn argwöhnisch. «Und was wollen Sie von meiner Frau?»

«Nichts. Ich habe nur vor mich hin gesagt, ich gehe jetzt nach Maspalomas», erklärte Kretsche laut, damit der Mann ihn auch ja verstand.

«Aha. Meine Frau heißt Paloma.»

«Ich komme gebürtig aus Madrid.» Sie wies mit der Krücke zur Tür, als befinde sich Madrid auf dem Parkplatz davor. «Aber meine Eltern sind Anfang der Sechziger nach Bochum ausgewandert.»

«Ah, schön», sagte Kretsche.

«Mein Mann hört schlecht.»

Der trat leicht gegen ihre Krücke. «Ich höre jedes Wort.»

«Macht ja nichts», sagte Kretsche. «Ich bin dann mal los.»

«In Maspalomas ist alles teurer», rief der Mann hinter ihm her.

«Aber schöne Dünen», rief seine Frau.

* * *

Der Tourismus in Maspalomas, knapp acht Kilometer Strandspaziergang westlich von Kretsches Domizil, war um einige Dezibel leiser und etliche Euros teurer als der in Playa del Inglés. Aber nicht minder interessant. An der Promenade des eleganten Retortenörtchens hatte jedes Restaurant, das etwas auf sich hielt, einen Alleinunterhalter engagiert. Das kanarische Pendant zum deutschen «Disco-Dieter», der mit Bontempi-Orgel und seidigem Puffärmelhemd Goldhochzeiten unsicher macht. Wobei die moderne Kanarenvariante von «Dieter» statt der Bontempi-Orgel eine computergesteuerte Monster-Keyboard-Anlage aufgebaut hatte. Sie konnte das komplette Programm vollautomatisch spielen. Selbst wenn man ein vielköpfiges kubanisches Orchester hörte, war nur «Dieter» zu sehen, der die Regler zwirbelte und sein E-Piano lediglich dazu nutzte, mittels Tastendruck den Drumsound einzuspeisen. Und wenn am Ende keiner der Gäste auf der Sonnenterrasse klatschte, ließ er Applaus in allen Variationen aufbranden. So einer bekam ganz sicher keine Probleme mit dem Ego.

Kretsche hatte sich vom Taxifahrer am *Faro*, dem Leuchtturm, absetzen lassen. Auf dem Weg, den er von dort parallel zum Strand einschlug, begegneten ihm unzählige Rentnerpaare, die zwischen Tapasbars, deutschen Kneipen, Winzbuden mit Souvenirs und Sonnencremehandtuchplastikballshops umherstromerten. Die Läden trugen ähnlich illustre Namen wie ihre Geschwister in Playa del Inglés: «Zum Engel», «Bayrisches Stüberl», «Three Lions» oder schlicht «Kaschemme».

Kretsche ließ die östliche Hälfte der Flaniermeile schnell hinter sich und spazierte dicht am Meeressaum über den Strand.

Barfuß kam man leichter voran. Allerdings zwang der gelbglühende Untergrund ihn immer wieder zu einem hastigen Abstecher in die Brandung, um die Fußsohlen zu kühlen. So bekam das Ganze etwas von einer Kneippkur. *Hast du Fußpilz oder Schrundenzeh'n, musst du nach Maspalomas gehn!*

Nachdem er die ersten Abschnitte mit Liegestühlen passiert hatte, stolperte Kretsche über einen Badelatschen. Er gehörte einem nackten Kahlkopf, der breitbeinig auf seinem Frotteehandtuch lag. Sein Penis starrte vor Piercings, Kretsche zählte auf einen Blick mindestens ein halbes Dutzend. Wenn der Typ spazieren ging, klingelte und schepperte das ganze Blech wahrscheinlich wie ein Jackpot in Las Vegas.

«Hola!» Der Mann grinste und klopfte einladend neben sich aufs Strandtuch.

«No, gracias.» Zu einer intelligenteren Äußerung reichte sein Spanisch nicht. Kretsche verfluchte sein Talent, die falschen Leute zu lange anzustarren, und steuerte schnell auf ein großes Schild zu: *Liegestuhl 2,50 EUR, Sonnenschirm 2,50 EUR, 9 bis 17 Uhr.*

«Nice ass», hörte er den Blechmann murmeln. Kretsche beschleunigte. Bald stieß er auf eine Strandbude. *Kiosko 4!* Und davor ein weiteres Schild: *Zona Nudista!* Er hatte bei seinem ersten Spaziergang tatsächlich nicht nur die falsche Strandbude, sondern gleich den falschen Ausgangsort gewählt.

Laut Carolas Internet-Wegbeschreibung musste er sich hinter dem *Kiosko* an einer großen Düne orientieren. Im Naturschutzgebiet dahinter sollte er dann lauschige Plätzchen vorfinden, wo sich Sexhungrige aller Nationen zum Stelldichein trafen. Angeblich.

Der Anblick war unfassbar. Kretsche hatte einen Dünenkamm erklommen, um sich ein Bild von der Lage zu machen. Vor ihm taperte mindestens ein Dutzend Männer jeden Alters mit den umherschweifenden Blicken von Pilzsuchern durch das Gestrüpp des Naturschutzgebiets. Kein Mensch würde hier Sex haben. Jedes Pärchen fiele diesem Massenvoyeurismus augenblicklich zum Opfer.

Die Spanner erkundeten splitterfasernackt die schmalen, gewundenen Pfade zwischen dürren Tamariskensträuchern, Dornlattich und stechenden Binsen. Gegen den prallen Sonnenschein trugen die meisten ein Hütchen oder eine Baseballkappe auf dem Kopf oder ein Handtuch über den Schultern.

Zwei Männer hielten beim Gehen ihre schlaffen Glieder in den Händen, wie wenn sie diese belüften wollten. All das geschah mit einer Selbstverständlichkeit, die Kretsche schwer verblüffte. Plötzlich pfiff einer der Männer. Alle blickten zu ihm herüber. Mit einem Kopfnicken wies er auf eine Gruppe von mannshohen Büschen, die er von seinem Standpunkt aus einsehen konnte. Binnen Sekunden waren alle hinter der Strauchgruppe verschwunden.

Kretsche schlitterte die Düne herab und folgte ihnen. Ohne den Überblick von der Kuppe hatte er die Männer schon nach wenigen Sekunden aus den Augen verloren. Er bog um eine steil aufgewehte Düne und erstarrte. Direkt vor ihm kniete eine Mittfünfzigerin, der das Prädikat Rubensfrau noch schmeichelte. Um es mit Bruce Willis zu sagen: Ihr Highschoolfoto war ganz sicher von einem Hubschrauber aus aufgenommen worden.

Die milchig weißen Brüste lappten schwer auf einen Bauch von der Konsistenz einer Wanne Kuchenteig. Seitenspeck hing in Taschen bis zu den Hüften herab, ihre Fersen, auf denen sie hockte, verschwanden unter einem riesigen Berg Hintern. Mit der linken Hand massierte sie das Glied eines Glatzkopfs, die rechte versank zwischen ihren Schenkeln. Sie schmatzte laut. Kretsches Pulsfrequenz verdoppelte sich in der Sekunde, da er den Grund dafür erkannte: Im Mund des Wonneproppens steckte der Penis des Riesenbrustkastens.

Kretsches Kofferbandgegner vom Flughafen war nackt bis auf einen adidas-Rucksack und ein grünes Sonnenhütchen auf dem Kopf. Sein muskulöser, offenbar durch unzählige Sportstudiostunden gestählter Körper glänzte im Sonnenlicht wie eingeölt. Er legte den Kopf in den Nacken und grunzte wohlig. Der Wonneproppen zwinkerte Kretsche, dem Neuankömmling, fröhlich zu, ohne in seinem Tun auch nur eine Sekunde innezuhalten. Um das Trio herum standen die Männer, die Kretsche verfolgt hatte, und onanierten. Keiner sprach ein Wort. Warum auch? Sie warfen sich beifällige Blicke zu, als die Frau die Stellung wechselte und ihre Brüste dabei wie Brandungswellen um den Körper wogten. Sie hatte was von dem chinesischen Faltenhund, den Kretsche mal in einer Zeitschrift gesehen hatte. Er hätte jetzt alles für die Kamera gegeben.

Sinn und Lebenszweck des europäischen Faltenmopses ist die Befriedigung möglichst vieler Rüden. Dabei zeigt das hochgezüchtete Faltenmopsweibchen selbst vor dem sog. Simultandecken keinerlei Scheu, obwohl dabei extreme Koordinationsfähigkeit erforderlich ist. Nur besondere Prachtexemplare sind zum Simultandecken in der Lage. Züchter aus der ganzen Welt ...

«Eeeey!», brüllte der Riesenbrustkasten und entzog sich dem gierigen Mund des Wonneproppens. Kretsches Gedankenfluss wurde jäh unterbrochen.

Der Glatzkopf auf der anderen Seite der Frau glotzte ihn irritiert an. Auch die Spanner starrten. Und das lag bestimmt nicht daran, dass er wieder mal der Einzige war, der Klamotten trug.

«Ich glaub's ja nicht. Er!» Der Riesenbrustkasten pumpte sich auf. Seine Muskelpakete hätten jeden, auch Bruce Willis, beeindruckt. Aber diese bedrohliche Kampfmaschine meinte ganz klar ihn, den Gepäckbandrüpel.

«What's the problem?», fragte ein Onanierer mit silbernen Schläfen leise seinen jüngeren Nebenmann. Der zuckte nur missmutig die Achseln und zupfte an seiner zusehends erschlaffenden Männlichkeit.

Kretsche grinste unschuldig, während er fieberhaft überlegte, in welche Richtung er am besten flüchtete.

«Das Arschloch ...» Der Riesenbrustkasten kam auf ihn zu, der Speer zwischen seinen Beinen wies rot und bedrohlich auf Kretsche. «No comprende ...», stammelte Kretsche und spannte die Laufmuskeln an.

«Halt die Fresse! Auf dich hab ich ja gerade noch gewartet hier. Du Wichser!»

Und da war er wieder, Kretsches unwiderstehlicher Drang, das letzte Wort zu haben, es besser zu wissen, den überflüssigen Gag zu bringen. Egal, wie offensichtlich er seine Situation dadurch verschlechterte.

«Ups, falsche Tür? Sind hier nicht die anonymen Onanierer? Bin ich etwa bei den frivolen Ständern gelandet? Dann Entschuldigung!»

«Jetzt mach ich dich platt.»

Der Riesenbrustkasten wollte sich gerade auf ihn stürzen, da klatschte eine leere Bierdose gegen seinen Rücken. Der Wonneproppen hatte sie geworfen.

«Hal-lo! Süßer, komma her, komma her, Süßer!» Der Wonneproppen rollte sich ächzend auf die Seite, um besser auf die Beine zu kommen. Mit verzücktem Lächeln ging der Glatzkopf in Bereitschaftsstellung.

«Du doch nicht.» Das dicke Prachtweib stieß ihn weg und winkte dem Riesenbrustkasten. «Hier, kleiner Wastl, komma her bei Mamma und mach keinen Stunk!»

Der Riesenbrustkasten schaute unschlüssig zwischen ihr und Kretsche hin und her. Man spürte förmlich, wie er abwägte, ob er lieber zum Höhepunkt gelangen wollte, während er Kretsche verprügelte oder während er sich von *Mamma* bearbeiten ließ. Er schob sein grünes Mützchen nach hinten und kratzte sich am Kopf. Mit seiner nach wie vor tadellosen Erektion sah er aus wie die Comiczeichnung eines Pornosuperhelden nach der operativen Hirnentfernung durch den bösen Professor.

Der Wonneproppen stand jetzt endlich sicher auf den Beinen und patschte dem Riesenbrustkasten auf die Pobacke.

«Komma weitermachen, Süßer! Oder soll mein Mann mich etwa poppen?» Sie nickte in Richtung des Glatzkopfes, der augenblicklich zu onanieren begann. Die Männer neben Kretsche nahmen ihre Angelegenheiten ebenfalls wieder in die eigene Hand.

Kretsche warf einen schnellen Blick ins Rund. Da ringsum nur Sträucher und Dünen waren, schien es ziemlich egal zu sein, wohin er flüchtete.

«Nee ...», grunzte der Riesenbrustkasten mit einem kindlichen Grinsen, als Mamma ihre Monsterbrüste an seinem Rücken rieb. Dabei zwinkerte sie Kretsche zu. Der verstand den Wink, drehte sich auf dem Absatz um, brach wie ein Irrer durch die Büsche und flitzte atemlos den Steilhang einer Düne hinauf.

«Wir sehen uns!», hörte Kretsche noch den Bass des Riesenbrustkastens hinter sich dröhnen. Dann gab plötzlich der Sand unter seinen Füßen nach, und er purzelte unkontrolliert auf der anderen Seite der Düne herab.

Als Kind hat so was Spaß gemacht, dachte er, während er sich aus einem sparrigen Dornlattichstrauch befreite und Sandkörner ausspuckte. Wie hatte Kiki noch gesagt?

«Das Tolle beim Schwingen is: Es is egal, ob du Bundespräsident bist oder Putzfrau. Alle sind nackt, alle poppen und alle haben Schpass – ganz egal, welche Stand du bist.»

Na ja.

Bevor er seine Eindrücke im Notizbuch festhielt, wollte er lieber noch ein paar Meter zwischen sich und den Riesenbrustkasten bringen. Er verfiel in leichten Trab und hielt sich Richtung Meer.

Als er die letzten Dünenausläufer vor dem Strand erreichte, sah er zwei Paar Füße aus einer Burg von Steinen und Gestrüpp ragen. Burg war vielleicht übertrieben, es war eher ein kreisrunder, kniehoher Wall auf einer der kleineren Dünen. Das halb natürliche, halb künstlich geschaffene Mäuerchen diente offenbar Sonnenanbetern als Wind- und Sichtschutz. Oder einem weiteren sexhungrigen Pärchen?

Vielleicht sind es ja zwei Bodybuilder, die ungestört sein wollen und dir sofort eine verpassen, dachte Kretsche. Er war unschlüssig, ob er einen Blick riskieren sollte oder nicht. Die Neugier siegte.

Kretsche huschte zwischen einer Ansammlung von kniehohen, igelförmigen Binsen hindurch die Düne hinauf. Dort lugte er vorsichtig über den Wall ... und blickte in ein lächelndes Gesicht.

«Ja, schau, schau! De rasende Reporter.»

«Gibt's doch nicht», sagte Kretsche perplex.

«Gibt's doch.» Roos lag mit angewinkelten Beinen auf dem Rücken und hatte ihn sofort erkannt. Jasper kniete neben ihr, hob gerade seinen Kopf aus dem V ihrer Schenkel. Ein Lächeln erhellte sein Gesicht. Die Kleider der beiden lagen säuberlich gefaltet in einer Ecke des Steinrunds.

«Ah!», sagte er. «Perfektes Timing.» Seine Kopfbewegung Richtung Roos war eindeutig und einladend.

«Nee, lasst mal, danke.»

«Na, komm wenigstens herein!» Jasper winkte ihn zur schmalen Öffnung im Schutzwall. «War dir drüben an de Playa auch zu wenig Action los?»

«Ähm, ja, kann man tatsächlich so sagen ...» Kretsche setzte sich zu den beiden.

Jasper und Roos hatten es sich richtig gemütlich gemacht. Ihre Strandtücher bedeckten einen Großteil des Burgbodens.

Neben ihren Kleidern steckte eine Kühlbox im Sand, aus der Jasper jetzt drei kleine grüne Flaschen Bier nahm.

Roos hielt ihr Gesicht genüsslich ins Licht der tiefstehenden Sonne und deckte ganz nebenbei ein Handtuch über ihre Scham. Sie hatte bei ihrer letzten Begegnung offenbar gemerkt, wie verlegen Kretsche ihre Ungezwungenheit machte.

«Immer noch de Orgasmusproblemche?» Jasper war weniger sensibel als seine Frau, auf die Idee, seine Blöße zu bedecken, kam er nicht.

«Nu lass den Jongen doch erst mal ausruhen!», mahnte seine Frau, als habe Kretsche gerade einen Strandmarathon hinter sich.

«Bierken?», fragte Jasper Kretsche und drückte Roos eine der grünen Flaschen in die Hand.

«Gerne.»

Jasper öffnete zwei weitere Flaschen, und sie stießen an.

«Was macht die Reportage?», fragte Jasper.

«Was macht die Liebe?», fragte Roos.

Kretsche hatte es tatsächlich geschafft, nicht schon wieder sein Leben, Lieben und Leiden vor den Holländern auszubreiten. Im Gegenteil, er war drauf und dran, die beiden für ein Interview zu gewinnen.

«Also, ich hoffe, morgen habe ich wieder eine Kamera. Wenn mein Kumpel aus dem Hotel Wort hält, müsste es jedenfalls klappen.»

«Wir sind ab morgen mindestens zwei Tagen auf de Finca», gab Roos zu bedenken.

«Wenn du danach noch da bist, erzähle wir aber gerne ein bischen vor deine Kamera», sagte Jasper. Er hatte sich mittlerweile doch eine Badehose angezogen.

Die Sonne zerfaserte bereits dunkelorange, und bald würde

der Wind nicht mehr abkühlen, sondern nur noch kühlen. Roos mahnte ihren Mann zum Aufbruch.

«Mit eine Schnupfen könne wir de Finca vergessen und der Jonge seine Interview.» Sie schlang fröstelnd das Badetuch um ihren Körper.

«Klingt aufregend», sagte Kretsche. Die beiden hatten ihm von einer Art Guru namens Pharas erzählt, der auf seiner sagenumwobenen Finca in den Bergen *Erotische Seminare* abhielt. Seminare, bei denen sich angeblich alle darum balgten, eine geheimnisvolle Frau, genannt *Die Kaktusfeige*, zu beglücken. Jasper und Roos hatten sich für ein Seminar angemeldet.

«Wir hoffen auch, es is aufregend. Wir waren ja noch nicht da. Ein Freund aus Utrecht hat uns davon erzählt», sagte Jasper.

«Und was sind das genau für Seminare?»

Roos legte ihr Badetuch beiseite und schlüpfte in ein Strandkleid. «Pharas ist eine Guru, der in Indien bei eine Großmeister gelernt hat. Tantra und so 'ne Zeuchs.» Sie stieg in einen goldenen Tanga.

«Und die Kaktusfeige, die hat er von dort mitgebracht», ergänzte Jasper.

«Seine Frau», sagte Kretsche.

«Seine Göttin.» Roos warf ihrem Mann Shorts und T-Shirt aus der Strandtasche zu. «Die Kaktusfeige is Pharas' Göttin von de Sexus. Von de Leidenschaft und de kosmische Orgasmus.»

Kretsche zuckte zusammen. Roos lächelte.

«Du muschst wieder locker werde, Kretsche. Deine Freundin is nur *eine* Frau, nicht alle Frauen.»

«Exfreundin.» Kretsche ließ Sand durch seine Finger rieseln. «Was macht denn Pharas mit dieser Kaktusfeige? Showvögeln?»

«Das is schon ernster, mein Freund.» Jasper schlüpfte in seine

Klamotten. «Die Kaktusfeige is eine andere Wort für die Frau. Wie sagt man? Eine Süne ... Sünou ...»

«Synonym?»

«Sünonüem, genau! Eine Sünonüem für die Frau.» Jaspers Blick verklärte sich. «Sie hat eine schtachelige Schale, und dahinter is eine superleckere Frucht.»

Roos rollte die Handtücher zusammen, ihr Gesichtsausdruck war ein wenig nüchterner. «Und sie hat de Stacheln, weil sie nicht rasiert. Sacht jedenfalls de Frederik, unser Freund, der da war.»

«Und Frederik sacht auch, dass alle mit die Frau Sex wollten, Männlein und Weiblein, alle. Die Kaktusfeige is ein Ofenbarheit», sagte Jasper und machte dabei ein derart ehrfürchtiges Gesicht, dass Kretsche fast losgeprustet hätte.

«Offenbarung», sagte er und riss sich zusammen.

«Eine Liebesgöttin.» Jasper nickte.

Sie brachen gemeinsam Richtung Strand auf. Es hatte sich herausgestellt, dass Jasper und Roos in einem LIDU-Hotel unweit des *Hispañola Star* wohnten. Sie wollten sich in Maspalomas ein Taxi mit ihm teilen.

«Wem die Kaktusfeige sich öffnet», Roos blieb stehen und spreizte vielsagend die Beine, «dem zeigt sich die Paradies!»

«Aber nur –», Jasper hob den Zeigefinger, «– wenn du selber offen bist.»

Kurz vor dem Taxistand beim Leuchtturm entschied sich Kretsche, später zu fahren. Er wollte den Sonnenuntergang vom Strand aus beobachten. Die Show im Hotel begann erst um zehn, er hatte also noch mehr als genug Zeit, um vorher zu duschen und irgendwo einen Happen zu essen.

Roos schlang fröstelnd die Arme um ihren Körper. «Und dann kommste in zwei oder drei Tagen zu uns mit deine Kamera, und wir machen de Interview.»

«Und bring ein bischen Make-up mit für mich», scherzte Jasper, bevor sie ihn am Strand zurückließen. «Frag nach de Gruizingas! Gibt nich so viele von uns in de Hotel!»

Kretsche spazierte zu einem Holzsteg im Sand vor der Promenade. Dort setzte er sich auf ein Mäuerchen und wartete auf den Sonnenuntergang. Er hatte eine dunkle Ahnung, dass sich sein Weg und der des Gurus mit seiner mysteriösen Kaktusfeige noch kreuzen würden.

***

Die Papageienshow des *Hispañola Star Hotels* war nur frisch geduscht und mit gefülltem Magen zu ertragen (und zwei Sturzbieren noch vor dem Betreten des Saals).

«Ladies and Gentlemen, please welcome Ricardo! Sagen Sie hallo to Ricardo!» Der braungebrannte Entertainer auf der Bühne des *Salon Prince* verströmte den Charme eines Altöl-Springbrunnens und war der optische Zwilling aller «Disco-Dieters» von Maspalomas: pfirsichfarbenes Poloshirt, weiße Bundfaltenhose, weiße Slipper; ein Menjoubärtchen und hinter die Ohren gegelte schwarze Haare. Die englischen Touristinnen im Saal hatten glänzende Augen, die deutschen interessierten sich mehr für seine Papageien. Eine rief begeistert ins Halbdunkel: «Hallo, Ricardo!» Ricardo war ein Ara und der Star der Papageienshow.

Kretsche hatte es sich auf einem Hocker an der Bar des Salons bequem gemacht. Von dort hatte er die ganze Bühne im Blick und konnte gleichzeitig sehen, wer im Saal ein und aus ging. Er hatte Raúl nach seinen Dünenabenteuern nicht mehr getroffen und war begierig zu erfahren, ob sein spanischer Helfer etwas erreicht hatte. Noch war von dem aber nichts zu sehen, obwohl die Show bereits in vollem Gange war.

Auf der Bühne stand ein hüfthohes Podest von den Ausmaßen eines Tapeziertisches. Es diente als Laufsteg für die Papageien. Vom Podest hing ein buntes Transparent mit Aras vor einer Dschungelkulisse herab, darüber prangte in Großbuchstaben:

SHOW MASTER PACO PALERMO

Hinter dem Tisch hockten acht Papageien nebeneinander auf einer Garderobenstange: zwei wunderschön gefiederte Aras und sechs arrogant tänzelnde Kakadus, die ihren Auftritt bereits hinter sich hatten.

Paco Palermo schubste Ricardo von seinem Handrücken auf einen Miniaturroller, und der Ara rollerte von links nach rechts. Das Publikum klatschte vereinzelt.

«Bravo, Ricardo, bravo!», rief Paco Palermo in sein Ansteckmikrophon. Der alte Profi wusste, wie man ein dröges Publikum anheizte.

Kretsche entdeckte Phili. An einem Mischpult seitlich der Bühne regelte sie Licht und Ton. Phili bemerkte Kretsche ebenfalls und winkte. Er hob die Hand. Phili drückte einen Knopf und huschte um alle Zuschauerreihen herum zu ihm.

«Hey, das ist ja ’ne Überraschung», begrüßte sie ihn.

Sie hielt ihm ihre Wange zum Küsschen hin, dabei stützte sie sich mit einer Hand auf seinem Oberschenkel ab. Zu ihrem Jeansminirock und den Sandalen mit um die Knöchel bis hoch zum Wadenansatz geschlungenen Lederriemen trug sie ein funkelndes Ed-Hardy-T-Shirt mit glitzerndem Totenkopf, das definitiv eine Nummer zu klein für ihre Oberweite war. Kretsche mutierte augenblicklich zum Sechsjährigen.

«Ja ... hey. Du auch hier?»

«Ich mach doch abends die Bühne.»

«Stimmt, genau.»

Sie warf ihre Dreadlocks über die Schultern und schmunzelte. «Ich dachte schon, du bist wegen mir hier.»

«Nee. Das heißt, klar. Auch. Schön, dich zu sehen.»

Phili kniff ihm zärtlich in die Nase. «Wie süß. Bist du irgendwie verlegen?»

Was für eine Frage. Sie war die Frau, der alle Männer auf Gran Canaria in dieser Nacht begegnen wollten.

«And now, und jetzt! Ricardo the Picasso, Ladies and Gentlemen», rief Paco Palermo.

«Bin gleich wieder da!» Phili sah ihm tief in die Augen, ihre Hand ruhte immer noch auf seinem Bein. «Nicht wegrennen, ich hab in einer halben Stunde frei. Was hältst du von 'ner Runde Nacktbaden im Pool?»

Bevor sie zurück ans Mischpult eilte, streichelte sie mit ihrer Hand über seinen Schritt. Keine zufällige Geste, vielmehr eine offensive Anmache. Eine Anmache, wie sie alle Männer auf Gran Canaria in dieser Nacht gern erlebt hätten. Kretsche blickte ihr sprachlos hinterher. Paco Palermos helle Kirmesbudenstimme dämpfte seine Erregung.

«Com'on, Ricardo, my friend! Paint a picture! Male eine Bilde!» Er hielt Ricardo einen Pinsel hin, den dieser in seinen Schnabel klemmte. «Trrry thieees! Probiera die rrrote Farbeee! El rojo!»

Folgsam tauchte Ricardo den Pinsel in ein Döschen mit roter Wasserfarbe. Phili richtete einen Spot auf die kleine Staffelei in der Tischmitte, an der Ricardo nun wirre Striche auf ein eingespanntes Blatt Papier malte.

«My friend, wonderful! Wundebar! Ricardo iste eine Picasso!» Paco Palermo klatschte in die Hände, als sehe er dieses Weltwunder zum ersten Mal und könne selbst gar nicht fassen, wozu seine Vögel in der Lage waren. Das Publikum gehorchte und applaudierte ebenfalls. Die deutsche Touristin pfiff grell auf zwei Fingern.

Kretsche dagegen konnte sich nicht mehr so recht auf die

Papageienshow konzentrieren. Ihm war klar, dass nach dem Nacktbaden – wenn nicht schon währenddessen – ein sexuelles Abenteuer mit der wahrscheinlich attraktivsten Frau der ganzen Insel angesagt war. Warum eigentlich nicht? Es sprach nichts dagegen, gar nichts. Vielleicht löste sich danach auch sein Liebeskummer in Luft auf. Und sein Hotelzimmer war nah, das Bett frisch bezogen, er selbst duftete wie eine Frühlingswiese, er war ... Single. Die Welt schien perfekt.

DU BIST EINE ORGASMUSNIETE! DU WIRST VERSAGEN!

Auch wieder wahr.

Phili winkte ihm vom Mischpult über die Köpfe der Zuschauer hinweg zu. Hatte sie sich dabei über die Lippen geleckt, oder spielte seine Phantasie ihm im Schummerlicht einen Streich? Kretsche bestellte noch ein Bier. Jetzt war ihm wirklich heiß.

«Darf ich?», hauchte eine Stimme in sein Ohr, zart schmelzend und gleichzeitig rau wie Sandpapier.

Die Frau in dem eleganten schwarz schimmernden Trägerkleid deutete auf einen Barhocker neben Kretsche. Sie war mindestens Mitte fünfzig, besaß aber diese zeitlose Schönheit von Frauen, die ein Leben lang nur Lust und Leidenschaft gefolgt sind. Und genug Geld für wöchentliche Besuche in Kosmetiksalons übrig hatten.

«Bitte!» Kretsche lächelte höflich.

Sie setzte sich und schlug ihre schlanken Beine übereinander, die aus dem knielangen Kleid in waghalsig hohe Sandalen mündeten.

«Ganz alleine?»

«Ja.»

Paco Palermo hielt Ricardos Bild hoch. «You want to buy? Wolle Sie kaufe? Ist nach die Tod, when he is dead, very expensive, sehr teuer!»

Das Publikum lachte. Ricardo flog auf den Kopf seines Showmasters, als wolle er ihm die Frisur zerstören. Paco Palermo tat ängstlich. «Ey, my friend, war nicht so gemeint. Sorry!»

«Wie süüüß!», johlte die deutsche Touristin.

Paco Palermo ließ nun einen Kakadu mit verschiedenen Miniautos über den Tisch sausen.

«Auch einsam?»

«Wie bitte?» Kretsche beugte sich ungläubig vor.

Die Dame neben ihm kramte ein goldenes Feuerzeug aus ihrer Handtasche, zündete eine filterlose Zigarette an und wiederholte ihre Frage. «Nur alleine oder auch einsam?»

Er nahm eine Tätowierung an ihrem Fußknöchel wahr. Ein Schmetterling. Hatte ihr Bein sich seinem genähert, oder bildete er sich das ein?

«Interessante Frage», sagte er.

«Interessanter Mann», sagte sie und zog an ihrer Zigarette. Unwillkürlich musste Kretsche an Marlene Dietrich im *Blauen Engel* denken. Dieselben blonden Locken, der verruchte Blick, die Zigarette.

«Danke.»

«Was hat Sie hierher verschlagen?»

Kretsche kam sich nun wirklich vor wie in einem Film, im falschen Film. Er saß in einem All-inclusive-Hotel auf Gran Canaria in einer drittklassigen Papageienshow, und neben ihm schlängelte sich Marlene Dietrich auf dem Barhocker, als säßen sie in einer Spelunke in Casablanca und warteten auf den Flug in die Freiheit.

«Ähm, Urlaub. Und Sie?» Er setzte betont lässig sein Bierglas an die Lippen. Wenn die Frau sitzen blieb, konnte er vielleicht Phili entgehen, denn eins war klar, er würde ganz bestimmt nicht nackt schwimmen gehen. Es war schlimm, verlassen zu werden, es war noch schlimmer, zu erfahren, man war ein Versager, aber am allerschlimmsten wäre, dies auch noch unter Beweis zu stellen. Er fühlte es ganz deutlich: Mental war er noch nicht so weit. Mental und damit auch körperlich.

«Was mich herführt?» Sie liebkoste mit ihren karmesinroten Lippen die Zigarette, inhalierte tief und stieß den Rauch in einer feinen weißen Wolke wieder aus. «Meine Sexsucht.»

Kretsche hustete und klopfte sich auf die Brust. Phili sah herüber. Die Show würde sicher nicht mehr lange dauern.

«Aha ...» Er hustete wieder. Wahrscheinlich war ein Schluck Bier in seine Luftröhre geraten. Und der verdammte Zigarettenqualm.

«Soll ich Sie mal untersuchen? Ich bin Ärztin.» Marlene drückte ihre Zigarette aus und rutschte vom Barhocker. Das Rascheln ihres Kleides wäre in einem Kinofilm das Halali vor wildem Hotelsex gewesen.

«Geht schon ...», hustete Kretsche. Das konnte doch alles nicht wahr sein. Da rannte man ein pubertäres Leben lang durch die Welt und träumte von jungen Perfektkörpern, die einen in die Wonnen der körperlichen Liebe einweihten, da träumte man als Teenager von der reifen Schönheit, die einen mit all ihrer Weisheit in die Welt der Sünde einführte, und was passierte? Fast dreißig Jahre lang gar nichts, und dann kam an einem Abend innerhalb einer Stunde alles auf einmal.

Dann, wenn man es nicht will.

NICHT KANN.

Nicht will!

«Kommen Sie, ich wohne im ersten Stock.» Sie streckte die Hand aus. «Da ist mein Arztköfferchen.»

«Danke, aber ich muss dringend ...» Er wies auf die Tür mit dem Schild *Aseos* links neben der Bühne.

Um keine Missverständnisse aufkommen zu lassen, fuhr sie

spielerisch mit einem Finger von ihren Lippen den Hals hinab bis an den Ansatz ihres Dekolletés. «Ich warte.»

Kretsche flüchtete zur Toilette. Er hatte in einer Nische neben der WC-Tür einen Notausgang entdeckt, den er benutzen wollte. Es hatte keinen Zweck, hier auf Raúl zu warten. Warum sollte er sich auf Abenteuer mit anderen Frauen einlassen, wenn sie ohnehin im Fiasko enden würden? Vielleicht musste er sich der bitteren Erkenntnis stellen: Es gab für ihn nur einen Orgasmus, der zählte – der mit Jola.

«Wo willst du denn hin?» Phili hatte sich ihm in den Weg gestellt. Sie stemmte kokett die Hände in die Hüften. Auf der Bühne forderte Paco Palermo gerade den Schlussapplaus ein.

«Ich? Zu, äh, Raúl. Deinem Kollegen.»

Sie trat verwundert einen Schritt zurück. «Raúl? Was willst du von Raúl?»

«Wir haben was zu besprechen. Was Wichtiges. Privat.»

Phili schien sehr beeindruckt. Kretsche wies auf die Notausgangstür hinter ihr.

«Darf ich?»

«Das Büro ist da», sagte Phili und zeigte auf eine Tür neben der Bar des Salons.

Trotz der Entfernung konnte Kretsche das Schild auf der Tür lesen: *Acceso prohibido!* Zutritt verboten. Er blieb unschlüssig stehen.

Phili nickte aufmunternd. «Ganz sicher. Das war das Erste, was die mir hier beigebracht haben – wo sein Büro ist.»

Kretsches Blick fiel auf Marlene Dietrich am anderen Ende des Raumes. Sie zauberte gerade einen Parfümzerstäuber aus ihrem Handtäschchen und sprühte sich eine Prise Männertod hinter die Ohren.

Er nickte Phili zu und ging neben den Stuhlreihen an der Außenwand des Saals entlang zur Tür mit dem Verbotsschild.

Die Hand an der Klinke, warf er einen Blick über die Schulter. Phili stand noch immer dort, wo sie vorher gestanden hatte, und beobachtete ihn. Ein irritiertes Lächeln huschte über ihr Gesicht. Kretsche klopfte kurz an, horchte, konnte aber wegen des Lärms der Zuschauer und eines krächzenden Aras nichts hören. Phili beobachtete ihn immer noch. Kurz entschlossen öffnete er die Tür.

Der Zeitpunkt war gut gewählt. An einem gläsernen Tisch stießen zwei Männer mit Rotwein an. Kretsche mochte nicht glauben, wen er dort sitzen sah.

«Kretsche!», rief Raúl überrascht.

Auf dem Tisch zwischen den Männern lagen Kretsches Rucksack und die Kamera.

Der zweite Mann wandte Kretsche nur desinteressiert den Kopf zu, während er das Weinglas an seine Lippen führte und nippte. Kretsche hatte ihn sofort erkannt. Jeder hätte den «Chef» wiedererkannt.

10. Pokerchips in der Hostienschale

Der Chef ließ den Kopf im Nacken kreisen und lockerte seine Muskeln. Ein glänzender dunkelblauer Laufdress klebte an seinem massigen Körper wie der Anzug eines Superhelden. Über der Stuhllehne hing ein Handtuch. Er sprach kein Wort, nur seine wässrigen Augen musterten Kretsche gründlich.

«Deine Kamera ist wieder da», sagte Raúl. Er hatte seine gelbe Jacke ausgezogen und sah im blauen Hemd mit Manschettenknöpfen wie ein Promi-Anwalt aus.

«Das sehe ich», sagte Kretsche frostig und deutete auf den Chef. «Hat er sie gebracht?»

«Sí», antwortete Raúl.

«Ein Freund vom schwarzen Mann?»

Raúl griff hinter sich nach einem weiteren Weinglas. «Komm, setz dich!»

Der Chef schob, ohne den Blick von ihm abzuwenden, mit dem Fuß einen Stuhl zu Kretsche.

«Hätte ich jetzt nicht mit gerechnet, Sie hier wiederzusehen», sagte Kretsche.

Der Chef verzog keine Miene.

Raúl schenkte Kretsche Wein ein. «Gran Canaria, eine Insel voller Überraschungen.»

«Was ist hier eigentlich los?»

«Wir stoßen an, weil deine Kamera gefunden wurde.»

«Gefunden? Irgendwie habe ich das Gefühl, du wusstest die ganze Zeit, wo sie war.»

Der Chef schnalzte missbilligend mit der Zunge. Raúl machte eine kaum merkliche, beschwichtigende Geste mit dem Finger.

«Was ist los mit dir, Kretsche? Du platzt hier rein und freust dich gar nicht.»

«Ja ... Entschuldigung. Fürs Reinplatzen. Aber Phili ... Egal. Ich musste vor ein paar Frauen flüchten. Und ich freu mich ja wegen der Kamera.»

Raúl schlug ihm lachend auf die Schulter und warf dem Chef einen Blick zu. «Mein Freund hier hat immer Probleme mit den Frauen. Ist besser, wenn er sie nur filmt und nicht mit ihnen redet.»

«Sí.» Der Chef hatte seine Sprache wiedergefunden.

Kretsche trank erst einmal einen Schluck Wein. Sein Reporterinstinkt sagte ihm, dass die Sache gewaltig stank.

«Und, wo war die Kamera?», fragte er betont harmlos.

Raúl wechselte einen Blick mit dem Chef. «Auf dem Fundbüro.»

Kretsche stöhnte laut. «Komm, lass den Scheiß! Ihr wisst genau, wer mich beklaut hat, und wollt ihn schützen. War es ein Kumpel von dir?»

Raúl drehte sein Glas zwischen den Fingern und hielt den Wein prüfend gegen das Licht.

Kretsche wies mit dem Kopf Richtung Chef. «Sein Kumpel?»

Die beiden Spanier nippten an ihren Rotweingläsern. Kretsche nahm die Kamera und kontrollierte, ob die Speicherkarte eingelegt war. Sie war. Er schaltete die Kamera ein. Alles funktionierte einwandfrei, lediglich die Akkulaufzeit neigte sich dem Ende zu. Er klickte sich durch das Menü zu den gespeicherten Szenen.

«Alles in Ordnung mit deiner Kamera?», fragte Raúl.

«Mit der Kamera ja ...» Kretsche sah die beiden an. «Aber der Speicher ist leer.»

Er klappte wütend das LCD-Display der Kamera zu. «Scheiße, alles umsonst gewesen!»

Die beiden zuckten gleichzeitig mit den Schultern. Die Geste des Bedauerns wirkte so falsch wie zwei Pokerchips in der Hostienschale.

«Verdammt! Wer hat meine Aufnahmen gelöscht?»

Der Chef starrte stur auf sein Weinglas. Raúl hatte schließlich Erbarmen mit Kretsche und seufzte.

«Also gut. Dein schwarzer Mann ist tatsächlich ein guter Freund von meinem guten Freund hier.» Raúl wies auf den Chef. «Sagen wir mal, der schwarze Mann heißt Iwan und erledigt Botengänge für verschiedene Diskothekenbesitzer. Iwan hatte von irgendjemand den Auftrag, eine Kamera zu besorgen. Und das *besorgen* hat er wohl falsch verstanden. Als du ihn beschrieben hast, wusste ich gleich, wen du meintest. Weißt du, Gran Canaria ist eine kleine Insel, wir Gastronomen kennen uns. Und unsere Mitarbeiter.»

Kretsche verzog spöttisch die Mundwinkel. «Klar, sind ja auch nur tausend Hotels hier, mit jeweils tausend Mitarbeitern. Da hat man die paar Gesichter schnell drauf – als Gastronom.»

Raúl blieb ernst. «Ich rede nicht vom Fußvolk.»

Jetzt wirkte er auf Kretsche nicht mehr wie ein Anwalt, sondern wie ein ... Pate. *Der Pate*, nur in Klein und Französisch. Und mit schütterem Haar.

«Was genau ist eigentlich hier im Hotel dein Job?»

Der Chef gluckste. Kretsche sah zu ihm rüber. Der bislang stoisch dasitzende Mann zuckte am ganzen Leib, als pruste er jede Sekunde los. Auch Raúl lächelte.

«Alles Mögliche. Es gehört mir.»

Kretsche sah perplex zur kanariengelben Jacke auf dem Schreibtischstuhl, dann wieder zu Raúl. Der nickte.

«Fördert den Teamgeist. Außerdem bekomme ich in Uniform besser Kontakt zu meinen Gästen.»

«Dir gehört das ganze Hotel?», fragte Kretsche fassungslos.

«Unter anderem.»

«Lass mich raten! Das *FligFlagz* auch.»

«Nein, das habe ich meiner Schwester geschenkt.» Raúl tätschelte schmunzelnd die Pranke des Chefs, die wie das Wurzelwerk eines Mammutbaums auf dem Tisch ruhte. «Seiner Frau.»

Kretsche schüttelte fasziniert den Kopf. «Und ich hab dich für einen Frühstückskellner gehalten.»

«Gut so.» Raúl sah auf die Uhr. «Tut mir leid, dass die Speicherkarte gelöscht ist, aber du findest hoffentlich neues Material, Kretsche. Ich werde dir morgen helfen und ein paar Tipps geben, einverstanden?» Er schob seinen Stuhl zurück. «Und jetzt muss ich leider noch ein Telefonat führen.»

Der Chef stand umgehend auf. Die beiden küssten sich auf die Wange und klopften sich auf den Rücken. Kretsche erhob sich ebenfalls und steckte die Kamera in den Rucksack.

«Eins noch. Warum hat dieser Iwan mir den Rucksack nun wirklich geklaut?»

Raúl lächelte; er hatte auf diese Frage gewartet, und die Antwort bereitete ihm sichtlich Vergnügen.

«Du hast die falschen Leute gefilmt.»

* * *

Dietmar hatte auf der Couch geschlafen. Er wäre lieber mit in ihr Bett gekrochen; das hatte er zwar nicht gesagt, doch ein Blick in seine Augen genügte, um ihn zu verraten. Aber Jolas Bett war Kretsches Bett – von allen anderen Gründen, die dagegensprachen, einmal abgesehen.

Dietmar saß ihr gegenüber am Frühstückstisch. Es gab wieder

frische Brötchen. Mit Kretsche gab es höchstens aufgebackene, weil sie beide zu faul waren, sich vor dem Kaffee anzuziehen und zum Bäcker zu latschen. Kretsche fand, aufgebackene Brötchen schmeckten sowieso nicht schlechter als die aus der Bäckerei. Jola musste ihm recht geben. Wahrscheinlich, weil sie in den Bäckereiketten auch nur noch aufgebacken wurden.

«Marmelade?» Dietmar hielt ihr das Glas hin.

«Danke.» Sie fühlte sich mit Dietmar manchmal wie ein Gast im eigenen Hause.

«Ich habe heute noch frei.»

Der Satz schwebte wie ein Luftballon im Raum. Entweder ergriff sie ihn, oder sie stach eine Nadel hinein. Sie entschied sich für die Nadel.

«Ach. Schön. Und was machst du heute?» Sie wunderte sich, wie unbefangen und nett ihr die Worte über die Lippen kamen. Fair war das nicht. Ohne Dietmar hätte sie das Wochenende nicht durchgestanden. Sie war nicht eine Sekunde lang auf die Idee gekommen, Dani anzurufen, um sich auszuheulen. Die hätte sowieso nur auf Kretsche rumgehackt. Das war ihre Philosophie. Dani ging immer auf den anderen los, suchte nie den Fehler bei sich.

«Kommt ganz drauf an, was ich für dich tun kann», antwortete Dietmar lächelnd. Die Morgensonne warf durch die Jalousie einen gelben Fächer auf sein blaues Hemd. Seine Brustmuskeln zeichneten sich unter dem dünnen Baumwollstoff ab. Die Bäckerei-Brötchen dufteten verführerisch. Wenigstens das konnten sie besser als die selbstaufgebackenen.

Dietmar roch auch gut. Frisch geduscht. Er sah verwegen aus mit seinem Dreitagebart. Ein Bilderbuchpilot. Männlich. Nicht so weich wie Kretsche. Dani hätte ihn auf der Stelle geheiratet.

«Ich komm schon klar. Du musst nicht deine freien Tage für mich opfern. Ich ...»

«Ich opfere nichts. Ich wüsste nichts, was ich lieber täte.»

«Ja ... Ist auch total lieb. Trotzdem. Wann fliegst du denn wieder?»

«Morgen früh.»

«Siehste, dann entspann dich heute mal!»

«Okay. Was machen wir zwei denn dafür?»

Sie erwiderte sein Lächeln und hielt ihm ihre leere Tasse hin.

«Wie wär's mit Kaffee?»

Er nahm die Tasse und beugte sich vor. Die selbstverständliche Geste eines Ehemannes, der seine Frau küssen will. Jola beugte sich ebenfalls unwillkürlich nach vorne. Beide zuckten zurück. Dietmar verschwand in der Küche.

«Ist gerade frisch durchgelaufen.»

«Schön ...» Jola biss sich auf die Unterlippe. Dietmar bewegte sich so vertraut in der Wohnung, als wäre er immer schon hier zu Hause gewesen. Das schlechte Gewissen pochte in ihrer Magengrube. Er hatte kein Recht dazu, hier hereinzukommen und sich auf Kretsches Platz breitzumachen.

«Voilà!» Dietmar stellte eine dampfende Tasse Milchkaffee vor sie auf den Tisch.

«Ich fahr gleich in die Redaktion. Das sind die Einzigen, die noch wissen können, wo Kretsche steckt.»

Dietmar versuchte, sich seine Enttäuschung nicht anmerken zu lassen. Er schleckte einen Kaffeetropfen von seinem Finger.

«Klar. Hast du ja gestern schon gesagt.»

«Ja.»

Sie trank einen Schluck Kaffee, dann noch einen. Dietmar nuckelte immer noch an seinem Finger; seine Stirn lag in Falten.

«Ich find's nicht gut.»

«Was?»

«Ich find's nicht gut, was du tust. Du stehst kurz vor einem großen Karriereschritt an der Uni, vor dem entscheidenden Schritt überhaupt. Und der hat dich voll hängenlassen. Aber du, du machst wieder alles abhängig von ihm, du lässt dich runterziehen. Und der ... der tritt auf dich drauf. Der ist rücksichtslos.» Dietmars Unterlippe zitterte. «Du lässt dir alles in deinem Leben von dem kaputt machen, statt ... statt einfach glücklich zu sein.»

«Aber ich bin glücklich. War jedenfalls ... glücklich.»

«Quatsch. Doch immer nur, wenn Kretsche glücklich war. Alles läuft immer genau so, wie er es will. Du machst alles so, wie er es sich wünscht. Sogar hier, das Filmplakat überm Sofa. Ich weiß doch, wie dämlich du den Film findest.»

Jola blickte auf den cool vor einem Feuerball posierenden Bruce Willis.

«*The Last Boy Scout* ist sein Lieblingsfilm.»

«Ja, aber nicht deiner! Und es geht auch nicht um das blöde Poster. Was ich sagen will, ist: Wenn's ihm gutgeht, darf es auch dir gutgehen. Und wenn er beschissen drauf ist, bist du's auch. Weil er dich als Blitzableiter benutzt, als Fußabtreter.»

«Jetzt komm! Das kannst du alles gar nicht ...»

«Kann ich doch. Kretsche ist ein egoistisches Arschloch, und ihr hattet 'ne Scheißbeziehung! Du lässt dein ganzes Leben von ihm bestimmen.»

Dietmar sprang auf und stieß dabei seinen Stuhl um.

«Ich muss mal aufs Klo!» Er ließ den Stuhl liegen und stürmte ins Badezimmer.

Jola sah ihm verdattert hinterher; seine Worte hallten in ihren Ohren nach. *Du lässt dein ganzes Leben von ihm bestimmen.*

Dietmar Wayne hatte recht.

Mit seinem letzten Satz, nicht mit dem Rest. Dafür gab es nämlich eine ganz simple Begründung, die man Liebe nannte.

Sie liebte Kretsche für das hässliche Filmposter, so wie er sie hoffentlich für ihr New-York-Nachthemd liebte.

Aber eine Sache stimmte: Sie machte zu viel von Kretsche abhängig. Es ging immer nur nach seiner Nase. Sie ordnete sich unter, besserte seine Laune, statt ihre zu zeigen. Sogar jetzt noch. Er machte einen spektakulären Abgang, und sie blieb zurück, unfähig, einen klaren Gedanken zu fassen, hilflos, suchend. Sie hätte sogar ihren Uni-Termin vergessen, wenn Dietmar sie nicht daran erinnert hätte. Aber damit war jetzt Schluss.

Jola hatte nicht vor, sieben Jahre ihres Lebens komplett in Frage zu stellen. Da war noch immer dieses Grundgefühl, Kretsche sei der Richtige gewesen. Und das mit dem Sex hatte sie gesagt, um ihn zu provozieren. In Wahrheit war er gut. Ein bisschen zu selten, aber gut oder ... okay. Und nun saß sie schon wieder untätig da und machte ihr ganzes Denken und Fühlen von Kretsche abhängig.

Du liebst ihn eben.

Genau.

Deswegen musste sie jetzt auch was tun: Entscheidungen treffen, aktiv werden, ihr Leben in die Hand nehmen!

«Sorry ...» Dietmar kam zurück und hob den Stuhl auf. «Ich wollte eben nicht ...»

«Schon gut.» Sie stand auf. «Fährst du mich?»

«Wohin?»

«In die Redaktion.»

Dietmar nickte tapfer.

* * *

Ihr Koffer lag im Kofferraum, die Sonnenbrille steckte im Haar, Frau Gottmann hatte einen Flieger für den frühen Abend organisiert, und von Rüdiger war alles abgenickt. Mit anderen

Worten: Carola war ready to take off. Wenn da nicht am Empfang diese Schnalle warten würde.

«Besuch für dich», hatte Lothar geflötet. «Die Freundin von Kretsche ... und noch ein Herr.»

Carola strich genervt eine Haarsträhne hinters Ohr. Was wollte die jetzt noch von ihr? Und wer war der «Herr»? Wütend blitzte sie Lothar an, der immer noch fein lächelnd in der Tür stand.

«Was ist? Schick die beiden halt rein!»

Dietmar hatte sich in einen der Ledersessel im Empfangsbereich von *Primus TV* gefläzt. Jola war zu nervös, sie wollte stehen bleiben. Dietmars Hose vibrierte; er zog sein Handy aus der Tasche und klappte es auf.

«Wayne?»

Jola tigerte auf und ab. Wenn ihr hier niemand sagen konnte, wo Kretsche steckte, würde sie Motte und Tanti nach Guantanamo verschleppen und Fachleute ranlassen. Sie konnte nicht glauben, dass die beiden tatsächlich keine Ahnung hatten, wo ihr Kumpel steckte.

«Klar, verstehe ich ...» Dietmar nickte verständnisvoll ins Telefon. «Ach, den Siebzehn-Zehner schon?» Er sah Jola an.

Sie blieb stehen und formte mit den Lippen: *Probleme?* Dietmar zuckte mit den Achseln.

«Nee, schon okay. Eine Hand wäscht die andere. Hab ja noch genug Zeit. Gaby und Lutz mit dabei? Okay ... Ja, mach alles fertig! Bis dann! Tschau!» Er klappte sein Handy zu.

«Der Flughafen?», fragte Jola.

Dietmar nickte. «Die Mutter von einem Kollegen ist gestorben. Ich muss doch schon heute ran.»

«Schade.»

Er blickte sie prüfend an. «Nur schade?»

Sie lächelte. «Sehr schade. Wo geht's denn hin?»

«Mal wieder nach ...»

Lothar kam zu ihnen. «Frau Langenscheit hat jetzt Zeit.» Er wies in den Flur hinter sich. «Dort die Tür links.»

Carola schüttelte bedauernd den Kopf. «Tut mir wirklich leid, dass ich nicht helfen kann. Ich dachte, Sie wären zusammen in Urlaub.»

Jolas Mundwinkel zuckten. «Nee ...»

Dietmar legte den Arm um sie. Jola schob ihn weg, lächelte tapfer. «Schon okay.»

«Tut mir echt leid. Gar nicht seine Art so was.» Carola klimperte treuherzig mit den Augen. «Gab's Streit?»

Jola ärgerte sich über sich selbst. Sie war dabei, sich ausgerechnet vor Kretsches Chefin zu demütigen.

«Ach was», sagte sie ausweichend.

«Er war ziemlich unfair zu ihr», mischte sich Dietmar ein.

«Ich ja auch zu ihm», zischte Jola und trat ihm unauffällig auf den Fuß.

«Tja, so ist das, wenn man sich streitet.» Carola breitete die Arme aus, als habe sie soeben das Wort zum Sonntag gesprochen.

«Ja, gut. Dann trotzdem danke.» Jola wandte sich zum Gehen. «Und wenn Sie noch was hören ...»

«Melde ich mich sofort. Ich bin nur ab heute Abend selbst ein paar Tage verreist.»

Dietmar tippte lächelnd auf einen Ausdruck auf Carolas Schreibtisch. In der Kopfzeile war das Logo des Reisebüros zu erkennen. «Ich wollte wirklich nicht neugierig sein, aber das ließ sich nicht übersehen. Geht's nach Gran Canaria?»

«Stimmt.»

«Dann habe ich Neuigkeiten: Sie kennen den Flugkapitän.»

Er hob die Brauen und zeigte seine blendend weißen Zahnreihen.

Jola stöhnte innerlich. Dietmars «Heldengesicht», wenn er am Flughafen durch den Passagierbereich ging und Kinder beeindrucken wollte. Er hatte ihr das in der Bar gebeichtet, um sie aufzumuntern. Sie hatte es da schon peinlich gefunden. Trotz Alkoholmilde.

«Oh, ein Pilot. Wie aufregend.» Carolas Stimme bekam eine Färbung zwischen Kognakbohne und Zigarillorauch. Wenn sie Berufe wie Pilot, Fondsmanager oder Diskothekenbesitzer hörte, passierte das ganz automatisch. Und eine konkurrierende Frau im Raum ließ den Bagger-Reflex umso stärker zutage treten.

Dietmar schien Jolas abschätzigen Blick nicht wahrzunehmen.

«Kapitän Wayne wird Sie heute Abend persönlich an Bord begrüßen, Frau Langenscheit.»

Er wollte sie eifersüchtig machen. Mein Gott, war das offensichtlich.

«O nee, bitte nicht! Da versinke ich ja im Sitz», giggelte Carola.

«Na, dann – schönen Urlaub.» Jola hielt Dietmar die Bürotür auf. Länger konnte sie das Gesülze nicht ertragen.

Jola saß auf dem Beifahrersitz von Dietmars Audi TT und starrte wortlos auf den silbernen Griff des Handschuhfachs.

«Und jetzt?», fragte Dietmar übertrieben sanft. Er ahnte, dass sein Flirt mit Carola anders angekommen war als beabsichtigt.

Jola zuckte mit den Achseln und blickte aus dem Fenster. Sie parkten vor dem Studiogebäude mit den *Primus TV*-Büros. In der Parkreihe gegenüber stieg Carola Langenscheit in einen weißen Golf, ohne sie zu bemerken. Ihre Lippen bewegten sich, formten langgezogene Ahs und Ohs. Sie trällerte ein Lied. Carola Langenscheit war unglaublich gut drauf. Zum Kotzen.

«Irgendwas ist komisch», sagte Jola.

Dietmar lachte auf. «Irgendwas? Irgendwer. Ich kann dir auch ihren Namen nennen.»

Der Golf preschte vom Parkplatz. Jola öffnete die Beifahrertür und stieg aus.

«Ich frag nochmal jemanden.»

Dietmar seufzte. «Ich komm mit.»

Zum zweiten Mal an diesem Tag drückte Jola die Klingel neben dem großen *Primus TV*-Logo. Durch die Glastür sah sie Lothar Grebe im Vorzimmer konzentriert an seinem Computer tippen. Er blickte auf und fummelte unter seinem Schreibtisch nach dem Türöffner. Dietmar kam die Treppe hochgejoggt. Er nahm nie den Aufzug.

Es summte, und sie wurden eingelassen.

«Wartest du eine Sekunde?», sagte sie zu Dietmar und klopfte an den Türrahmen von Lothars Büro. Aus den Augenwinkeln las sie das Schild daneben: «L. Grebe, Assistent der Geschäftsführung».

«Ja?» Lothar rollte ein paar Zentimeter von seinem Schreibtisch zurück.

«Darf ich kurz stören?» Jola trat ein.

Lothar wies mit dem Daumen über seine Schulter auf eine Tür. «Er ist eh nicht da.»

Er war wohl der Geschäftsführer. Jola trat näher.

«Ich hab auch nur noch eine Frage.»

Lothar beugte sich blitzartig vor, um zu verhindern, dass sie in eine Pappschachtel mit winzigen Kakteen trat. Lothars Büro war eine einzige grüne Hölle. Wo kein Aktenschrank war, stand eine Topfpalme, wo Licht durch ein Fenster fallen konnte, fiel es auf Kakteen, Usambaraveilchen und Clivien.

«Die muss ich noch umpflanzen.»

«Tut mir leid.» Jola trat einen Schritt zurück. «Ich hätte dich eben ...» Sie unterbrach sich. «Ist es okay, wenn wir uns duzen?»

«Klar, ich bin Lothar.»

«Ich hätte dich auch eben fragen können, aber ich bin gerade ein bisschen durcheinander. Du weißt nicht zufällig, wo Kretsche gerade ist?»

Lothar sah sie verwirrt an. «Doch, klar.» Er deutete auf seinen Computerbildschirm. «Ich bereite gerade eine Datei für seine Reisekostenabrechnung vor.»

Jola wurde bleich. «Wie? Wo ist er denn?»

«Immer noch auf Gran Canaria.» Lothar glotzte nun mindestens ebenso irritiert wie Jola. «Die Reportage für Carola?!»

Jolas Miene verfinsterte sich. «Verstehe. Sie fliegt heute Abend zu ihm, nicht?»

In Lothar begann es jetzt zu arbeiten. Er grinste sie unsicher an und rutschte auf seinem Stuhl hin und her.

«Äh, weiß nicht so genau ...»

Gerade noch hatte Jola völlig kraftlos gewirkt, jetzt schleuderten ihre Augen Blitze, mutierte sie innerhalb einer Sekunde zu einer gewaltbereiten Amazone.

«Schon gut. Besten Dank!»

«Äh, also nicht, dass ich da jetzt Ärger kriege ...»

«Kriegst du nicht.» Jola lächelte ihn an. «Wir sind eh nicht mehr zusammen.»

Sie wandte sich abrupt ab und stürmte hinaus. Lothar atmete auf. Da stand sie plötzlich wieder im Türrahmen. «Welches Hotel?»

«Hispañola Star», entfuhr es dem völlig überrumpelten Lothar.

«Wie Carola, was?»

Er grinste blöde und schwieg. Jola knallte die Tür hinter sich zu.

«Ich denk, du musst morgen bei deinem Prof an der Uni sein, wegen des Jobs.» Dietmar hielt Jola vor Lothars Büro an den Schultern fest.

Sie stampfte wütend mit dem Fuß auf. «Der Job ist mir scheißegal!»

«Das war er bis eben aber nicht. Und auch nicht am Freitag, als wir mit hundertachtzig zur Uni gefahren sind, um den Brief abzugeben.»

«Dann geh ich eben übermorgen hin.»

«Und dein Konkurrent, dieser Jobst?»

«Ach, der! Der hält sich für was Besonderes, weil ihm ein Finger fehlt. Ist ja auch egal jetzt.»

«Nichts ist egal! Jola.» Dietmar sah sie eindringlich an. «Du musst dahin. Wirf nicht alles weg!»

«Ich hinterlasse Professor Kern eine Nachricht. Familiärer Notfall. Der eine Tag ...»

«Ein Tag, wenn du einen Rückflug bekommst. Du hast ja nicht mal einen Hinflug.»

«Du bist doch Pilot. Kannst du mich nicht mitnehmen?»

Dietmar wurde puterrot.

«Dietmar?»

«Ja ...»

«Kannst du mich mitnehmen?»

«Hm ...»

«Willst du mir vielleicht irgendwas sagen?»

Er senkte den Kopf wie ein kleiner Schuljunge. «Ja, ich kann dich mitnehmen. Wann immer du willst.» Es klang wie ein Heiratsantrag.

«Dietmar, mir ist jetzt nicht nach so 'nem Schmonzes.»

«Nein, nein, ernsthaft. Ich ... ich hab dich bei der Airline als meine Lebensgefährtin eingetragen.»

«Du hast was?!»

«Doch nur, weil wir so was dürfen. Ich kann dich zehnmal im Jahr als Begleitung mitnehmen. Umsonst.»

«Warum hast du das nie gesagt?»

«Du bist ja nicht meine Lebensgefährtin.» Er blickte auf. «Aber vielleicht –»

Jola unterbrach ihn schnell. «Okay, ist ja auch egal. Wenn ich's richtig verstanden habe, kann ich heute Abend mitfliegen.»

Hinter ihnen öffnete sich lautlos und nur einen winzigen Spaltbreit die Tür zu Lothars Büro.

«Ja, schon, aber –»

«Was der kann, kann ich auch, Dietmar. Ich fliege mit dir! Heute Abend!»

«Aber –»

«Ohne Aber.»

«Dein Uni-Job.»

«Liebe ist wichtiger.»

Sie stürmte durch die Glastür hinaus, Dietmar folgte ihr. Aus dem Vorzimmer der Geschäftsführung trat Lothar Grebe. Irgendwo auf seinen Reisebelegen würde hoffentlich eine Telefonnummer zu finden sein!

* * *

«Was ist los?!» Kretsche quetschte sich in die kleine Telefonkabine neben der Rezeption. In der Empfangshalle lärmte eine Gruppe *NeuTour*-Urlauber, die mit Rollkoffern und Reisetaschen umherirrten, weil keiner wusste, wo der Bus zum Flughafen abfuhr.

Ein Mann rief unbeherrscht: «Wat is'n dit hier fürn Drecksladen? Ein Drecksladen is dit! Nüscht kriejen se uff de Reihe. Ja-nüscht!»

«Jawoll!», rief seine Frau.

Kretsche zog die Tür hinter sich zu, seine Nase verharrte direkt vor einem braunen Falter auf dem Telefon. Er pustete ihn weg.

«Nein, ich stöhne nicht, ich hör dir zu, Lothar.»

Lothar hatte ihn im Hotel ausrufen lassen. Kretsche versuchte nun, Ordnung in sein wirres Gerede zu bringen. Bislang hatte er nur verstanden, dass Jola in der Redaktion gewesen war.

«Die hatte einen Typen dabei ...», sagte Lothar aufgeregt.

«Ein Arschloch? Hieß er Dietmar?», unterbrach Kretsche.

«Ja, Dietmar. Jedenfalls wollte sie mit dem wegfliegen, heute Abend noch. Liebe ist wichtiger als Job, hat sie gesagt. Also, ich mein ... Das musste ich dir doch sagen, oder?»

Kretsche starrte auf den Falter, der sich wieder auf dem Telefon niedergelassen hatte und reglos zurückstarrte. Ob er ahnte, was die Stimme im Kopf des dämlichen Riesen vor ihm johlte?

LOSER! SIE WAR FROH, ALS DU WEG WARST! SIE FLIEGT IN DEN LIEBESURLAUB!

«Was wollte sie denn eigentlich?», fragte er. Seine Stimme klang verklebt wie nach drei Tagen Sangriasaufen.

«Zu Carola wollte sie. Ach ja, von Carola wollte ich dir auch noch was erzählen ...»

«Moment, der Reihe nach. Weißt du, was sie von Carola wollte?»

«Wahrscheinlich dasselbe wie von mir. Wissen, wo du steckst.»

«Und ihr habt es ihr gesagt.»

«Carola nicht. Ich schon.» Lothars Stimme überschlug sich

jetzt fast. «Ich war total überrumpelt, ich hatte doch keine Ahnung, dass ihr getrennt seid ...»

«Getrennt. Das hat sie genau so gesagt?»

«Hm. Seid ihr nicht, oder was?»

«Doch.»

«Sie weiß auf jeden Fall, wo du bist. Und dass Carola auf dem Weg zu dir ist.»

«Was?» Kretsche klemmte unwillkürlich den Rucksack ein, der zwischen seinen Beinen auf dem Boden stand. «Wie, die ist auf dem Weg? Jetzt schon?»

«Frau Gottmann musste heute Morgen umbuchen.»

«Und wann ist die hier?»

«Heute Abend.»

«Scheiße!»

«Warum? Sei doch froh, dass du weibliche Gesellschaft hast. Also, nicht dass du jetzt gleich fremdgehen sollst. Aber was heißt schon fremdgehen? Ich mein, du bist jetzt Single, und Carola ist 'ne verdammte Bestie ...»

«Was redest du da eigentlich für einen Scheiß?»

«Nix. Ich hab gar nix gesagt. Du, ich muss jetzt auch Schluss machen; Rüdiger ist auf dem Weg ins Krankenhaus ...»

«Sekunde! Ich muss nachdenken! Nicht auflegen!» Kretsche dachte fieberhaft nach. Jola wollte wissen, wo er war, nur um anschließend mit Dietmar, dem Arschloch, in Urlaub zu fliegen. Warum? Ach so, na klar! Er stöhnte auf. Die Wohnung, die Blumen, die Post! Sie wollte sichergehen, dass er sich um die Scheiße kümmerte, während sie im Liebesurlaub mit diesem Flugerpel rumkasperte.

«Ohne mich!»

«Was?», tönte Lothar aus dem Telefon. «Du musst lauter reden!»

«Hör zu, Lothar, ich muss Carola noch ein, zwei Tage aus

dem Weg gehen. Ich hab was vor hier. Sie wird dich bestimmt anrufen, wo ich stecke, aber du hast nichts von mir gehört, okay?»

«Okay. Aber hör mal, mach keinen Mist! Die Frau ist gefährlich. Ich weiß mittlerweile ganz genau, was für ein Ding die mit Rüdiger abzieht.»

«Stimmt. Du hast eben was von Krankenhaus gesagt. Was ist los?»

Am anderen Ende der Leitung wurde es still.

«Sein Rücken ...», sagte Lothar schließlich. «Weißt ja, was der für Probleme hat.»

«Ja, und?»

«Da ist irgendein Tumor.»

«Ach, du liebe Scheiße!»

«Rüdiger schiebt die OP wohl schon Ewigkeiten vor sich her, weil er Schiss hat, die Engländer schmeißen ihn raus, wenn er nicht mehr funktioniert.»

Mit «die Engländer» meinte Lothar ihre britische Muttergesellschaft, die *Primus TV* noch in den Tagen von Olaf aufgekauft hatte. Die hohen Herren in London hielten sich vornehm zurück, solange es lief. Stimmten die Zahlen allerdings nicht mehr, ließen sie sofort Köpfe rollen.

«Und Carola wusste davon.» Kretsche pfiff durch die Zähne. «Dieses Aas.»

«Rüdiger hat Familie, letztes Jahr ein Haus gekauft. Der kann es sich nicht leisten, den Job zu verlieren. Jetzt lässt er den Tumor heimlich bestrahlen und hofft, er geht ohne OP weg.»

Deswegen sah sein Chef immer blass und kränklich aus. Und Carola konnte dasselbe Spielchen, das sie mit Rüdigers Vorgänger Olaf gespielt hatte, mit Rüdiger fortsetzen. Sie erpresste ihn mit seiner Krankheit. Wenn das stimmte, würde Kretsche sie ohne jede Rücksicht ausbooten. Dieses Miststück!

«Bist du sicher, dass Carola ihn erpresst?», fragte er.

«Sie hat sich heut Morgen bei mir verplappert. Wollte sich die Unterschrift unter ihre Reisegenehmigung abholen und fragte, ob Rüdiger schon in die Klinik sei oder noch schnell unterschreiben könne. What a bitch! Ich hab mir aber nichts anmerken lassen.»

«Lothar, danke für den Anruf. Und die Warnung.»

«Hör mal, sorry, mit dir und Jola. Ich wusste auch nicht, ob ich's dir sagen soll, aber ...»

«War völlig okay. Wie gesagt, wir sind getrennt.» Er konnte selbst nicht glauben, wie locker ihm das von den Lippen kam. «Viel wichtiger ist, dass ich Carola hier nicht begegne.»

«Ich halte die Schnauze. Kannst dich auf mich verlassen. Zieh die Alte so richtig ab!»

«Mach ich! Tschüs, Lothar!»

Er legte auf. Der Falter an der Wand der Telefonzelle zuckte und flog davon, als Kretsche die Tür öffnete. Er schaute auf die Uhr. Mittagszeit. Ihm blieben zum Glück noch etliche Stunden, um sich einen Plan zurechtzulegen.

***

Kretsche saß mit runtergelassenen Hosen in einer Hotel-WC-Kabine und las die letzte Notiz, die er draußen am Pool mit Wellensimulation gemacht hatte.

Die stündliche Welle beginnt. Ein Männchen beweist, dass bei den Hüftringaffen ein Sonnenbrand einen ähnlich starken sexuellen Reiz darstellt wie beim Pavian der rote Hintern. Es präsentiert seinen geröteten Rücken mehreren Hüftring-Weibchen an der Poolbar, während es sich mit Grunzlauten gegen die künstliche Welle stemmt. Die Weibchen sind jedoch von einer Horde Breitbrustmakaken in Beschlag genommen und zeigen keinerlei Interesse. Affig.

Er klappte sein Notizbuch zu und warf einen Blick in die Kloschüssel. Sah gesund aus. Dabei fühlte er sich alles andere als gesund. Noch beim winzigsten Gedanken an Jola zog sich sein Magen zusammen. Eine unerbittliche Faust packte sein Herz und quetschte es wie einen dieser Stressbälle aus Schaumstoff. Nur dass es Kretsche keine Erleichterung verschaffte. Egal, ob er seine Gefühle verdrängte, zuließ oder analysierte – er war randvoll mit diesem durchdringenden dumpfen Schmerz. Und sobald er sich dieses Dauerschmerzes bewusst wurde, drohte er in Tränen auszubrechen.

Er schluckte den schweren Kloß im Hals hinunter und zog ab. Es gab eine Aufgabe zu erfüllen.

Von seinem Liegestuhl aus blickte Kretsche auf zwei ungewöhnliche Palmen. Zwei Drittel der Pflanzen bestanden aus dem Stamm, dessen Rinde wie aufeinandergestapelte Holzringe aussah. Daraus schlüpfte ein armlanger grüner Wulst, aus dem die gewohnte Palmkrone mit Fächerwedeln spross. Er überlegte angestrengt, woran ihn die Bäume erinnerten. So was musste er sich notieren, konnte man immer gut in den Off-Text einbauen. Der Wind trug das wohlige Seufzen einiger Cocktailtrinker von der Poolbar an sein Ohr.

«'sis fei scho schee hier.»

«Joh, scho schee ...»

«So schee ...»

Ausgerechnet jetzt, wo die Zeit knapp wurde, bekam Kretsche Unmengen an Ideen für seine Expeditionstexte. Umgeben von spaßhungrigen Bräunungsfanatikern, in der Masse der Liegestühle, tobten die Pauschalurlaub-Klischees.

Der Braunbrustlemming, eine in südlichen Gefilden weitverbreitete Unterart des possierlichen Klippenstürzers, bevorzugt eine ganz besondere Art des Suizids: das sog. Poolrandgrillen. Auf mannslangen höhenverstellbaren Rosten bieten sich die Braunbrustlemminge in Scharen der prallen Mittagssonne dar. Es scheint, als bevorzuge der Braunbrustler die tödliche Kombination aus Verbrennen und Austrocknen. Die Ironie dieser Todesart: Gleich daneben wartet das rettende Nass.

Kretsche ließ einen Fuß von der Liege baumeln, tappte mit den Zehen auf den sonnenwarmen Steinboden. Neben den inhaltlichen musste er noch ganz andere Fragen lösen: Wie konnte er vor Carola flüchten und wohin? Konnte er seine Reportage überhaupt in der knappen Zeit bewerkstelligen? Warum musste er immer weglaufen? Natürlich weil Carola ihm sonst alles kaputt machte. Aber das mit Jola hatte er selber verbockt. Nein, *sie* war schließlich fremdgegangen. Und glaubte jetzt wahrscheinlich, er würde sich mit Carola rächen. Ein Stich fuhr ihm in die Brust, und sein Magen tat weh. Er verzog leidend das Gesicht. Sollte Jola doch denken, was sie wollte. Vielleicht traf sie das wenigstens ins weibliche Restherz.

Er hatte gehofft, von Raúl noch ein paar Antworten zu bekommen. Zumindest auf die Fragen nach seiner Kamera, den «falschen Leuten», die er gefilmt hatte, und welche Rolle Raúl in diesem Film spielte. Aber Raúl war nicht aufzufinden, angeblich wusste niemand, wo er steckte. Er bekam einfach nirgendwo auf dieser Insel vernünftige Antworten. Dabei brauchte er nichts anderes: Antworten, um nicht länger daran zu denken, dass Jola mit Dietmar weggeflogen war. Wie konnte sie ihm das antun?

WER IST DENN ABGEHAUEN, WIE IMMER?

Kretsche schwang sich aus dem Liegestuhl. Er musste raus aus dem Hotel, den Kopf freiblasen. Aber hatte er für so etwas noch Zeit? Eine leise Ahnung hielt ihn von planlosen Aktivitäten vor Carolas Ankunft ab. Diese Ahnung sagte ihm, der richtige Plan käme genau in dem Moment, da er ihn brauchte, aber nicht mit ihm rechnete. Also wartete er. Und warten konnte er überall.

Er stopfte sein Handtuch in den Rucksack. Jetzt fiel ihm ein, woran ihn die Palmen erinnerten. Sie sahen aus wie die Frauen dieses Stammes in Afrika, die ihre Hälse mittels Metallringen zu giraffenähnlicher Länge streckten. Er notierte das mit dem Vermerk, den Namen zu recherchieren. «Dieser Stamm in Afrika» klang nicht besonders präzise.

Draußen in der Hoteleinfahrt umrundete Kretsche einen Reisebus, der quer vor dem Eingang geparkt hatte. Er trug eine deutsche Beschriftung und spuckte zwei Dutzend Rentner in grauen Windjacken und weißen Mützen aus. Zwei Damen in weißen *Bochumer Beauty*-T-Shirts über schwarzen Leggins und Ballerinas beobachteten die Herren von einer Bank aus und stießen sich kichernd die Ellbogen in die nicht vorhandenen Hüften. Kretsche tastete nach dem Notizbuch.

Ein Transporter mit der Aufschrift Klemens Singlereisen bringt eine Ladung alternder Weißmützendohlen. Allesamt knorrige Einzelgänger. Was einige nachtaktive Weibchen nicht davon abhält, den schrägen Vögeln unverzüglich nachzustellen.

Kretsche blieb stehen. Irgendwas an dieser Straße irritierte ihn. Eine Personenwaage, ein schiefer Mülleimer, daneben eine zertretene Getränkedose, ein paar Schritte weiter noch eine Personenwaage. Er blickte zurück. Zwei weitere Personenwaagen. Und um die Ecke noch eine. Graue und grüne, leicht antiquiert wirkende Münzwaagen, die mit Fahrradschlössern im Abstand von zehn, zwanzig Metern an Zäune oder Laternenmasten gekettet waren. Er kam beim besten Willen nicht darauf, warum das Fremdenverkehrsamt Gran Canarias glaubte, jeder Tourist müsse ständig und überall in der Lage sein, mit einer Münze sein Gewicht zu überprüfen. War dies die kanarische Art, den Gästen zu sagen: «Ihr seid fett, zieht euch mehr an»?

Seine Hand tastete nach dem Rucksack auf seinen Schultern. Er hatte die Kamera zurück und ein gefülltes Notizbuch. Sicher, er musste einiges nachdrehen, neu drehen, aber wenigstens konnte er nun gezielt Bilder zu seinen Texten suchen. Die Engländerinnen aus dem *FligFlagz* würden fehlen, der Chef würde fehlen, aber es gab andere Clubs, andere interessante Typen. Und Jasper und Roos, die sich interviewen lassen wollten. Das war doch alles was!

EIN STINKNORMALER MAGAZIN-BEITRAG – SIEH'S ENDLICH EIN!

Gut, mehr würde es wahrscheinlich nicht werden. Expeditionen ins Tierreich hin oder her. Das war ein Lacher, mehr nicht. Oder immerhin. Entscheidend war, dass er den Film alleine machte, dass Rüdiger sich ein Bild von seinen Qualitäten machen konnte und dass Carola eins ausgewischt bekam. Und dann? Dann war er alleine in der Wohnung, würde die Blumen gießen, die Post reinholen und den Müll rausbringen, bis ... bis Jola zurückkam und ihre Sachen abholte.

Und dann passierte es. Er spürte die Flüssigkeit in seinen Augen, den Tropfen auf seiner Wange, das Salz in seinem

Mundwinkel. Er heulte. Und zu allem Unglück stieg aus den Untiefen seiner Magengrube ein Schluchzer herauf, den man in ganz Playa del Inglés hören würde, wenn er ihn nicht rechtzeitig herunterschluckte. Kretsche biss sich aufs Handgelenk und würgte. Das unterdrückte zwar den ersten Schluchzer, machte den zweiten aber umso lauter. Ein Paar mit Tauchermasken und Schwimmflossen in den Händen starrte ihn an. Er rieb seinen Arm, als habe er sich gestoßen, und eilte weiter zum Strand.

Nicht weinen! Ein Bruce weint nicht! Denk an den Aufstieg vom FC, denk an Tantis legendäre Zwanziger-Party, denk an ... Es war vorbei. Kretsche wischte sich unauffällig über die Augen. Das letzte Heulen, an das er sich erinnern konnte, war, als Norbert Seifeld ihm seinen signierten adidas-WM-Ball zerstochen hatte. Das war über zwanzig Jahre her und von seinen Kumpels bitter gerächt worden. Die Erinnerung an Norberts Gekreische, als er im Erdkundesaal mit nacktem Hintern an den Kartenständer gefesselt wurde, spendete Kretsche ein wenig Trost.

An der Strandpromenade nahm er den Rucksack ab, setzte sich auf eine Bank und breitete die Arme über die Lehne. Er hätte ein Urlauber sein können. Hätte, würde, wäre, könnte, müsste, sollte ...

Der Himmel war wolkenlos. Kretsche hatte das Gefühl, als würden seine Netzhäute schmelzen. Die Bügel der Paris-Hilton-Brille quietschten beim Aufklappen leise. Ein echter Qualitätskauf. Er setzte sie auf. Ein Pärchen vor einem Café stieß sich an. Bestimmt hielten sie ihn für einen Promi.

Eigentlich war Gran Canaria ein Füllhorn an Geschichten. Er musste nur zugreifen. Ja: Zugreifen und nicht weglaufen. Er musste ... Kretsche setzte sich aufrecht. Er musste wenigstens seine berufliche Ehre retten. Dietmar war ein No-Bruce, ein perfekter, gutaussehender, sportlicher Supermann, aber ein No-Bruce! Und er, Andreas Kreschinski, war ein Bruce!

SCHÖNE WORTE. ABER WIE BRINGT DAS DEINEN JOB AUF DIE REIHE?

Die Finca. Kretsche sah alles glasklar vor sich: Die Expeditionen ins Tierreich waren Bausteine. Was seiner Reportage fehlte, war das Zentrum, das alles verdichtende und umfassende Element. Wenn dieser Pharas und seine Kaktusfeige nur halbwegs das hielten, was Jasper und Roos versprochen hatten (neben dem esoterischen Quatsch), konnte die Finca genau das sein: ein abgeschiedener Mikrokosmos ungebremster Lebenslust, mit Wein, Weib und Gesang in gleichermaßen hemmungsloser wie geballter Form. Und das Interview mit Jasper und Roos konnte er gleich vor Ort und «in action» führen.

Er war Heinz Sielmann, und nun würde er sich in die Höhle des Löwen wagen.

11. Alles kann, nichts muss

Das LIDU-PALMERA war ein zylindrischer Bau in gepflegtem Cremeweiß, die Hotelgäste überwiegend Ruhrgebietler in gepflegtem Olivgrün. Bundeswehr-Feinripphemden bei den Damen und wadenlange Natohosen bei den Herren waren jedenfalls die beiden Kleidungsstücke, die Kretsche in der Empfangshalle am häufigsten zu Gesicht bekam. Es schienen dies überhaupt die meistgetragenen Kleidungsstücke bei deutschen Urlaubern zu sein. Entweder wurde der Kram in Deutschland gerade im Schlussverkauf rausgehauen, oder das war die inoffizielle Uniform für den Liegestuhlkrieg mit England. Vielleicht machte auch die Seniorenabteilung der Wikingjugend eine Ferienfreizeit mit Wüstentraining. Nach sanftem Tourismus sah das alles jedenfalls nicht aus.

An der Rezeption erwartete Kretsche bereits das Sonnenscheinlächeln einer viersprachigen Tourismusmanagerin namens Isabel (das konnte er alles dem Sticker auf ihrem Kragen entnehmen).

«Ich suche –»

«Was kann ich für Sie tun?», unterbrach Isabel, die anscheinend nicht willens war, sich ein allzu gehetztes Informationsgespräch aufzwingen zu lassen.

«Ich suche zwei Ihrer Gäste.»

«Und da bin ich genau die richtige Person, um Ihnen weiterzuhelfen», zwitscherte Isabel und lehnte sich über die Theke, um ihre Hilfsbereitschaft auch körperlich zu unterstreichen.

Sie war offensichtlich eine Servicemitarbeiterin mit Zeit. Eine, die ihren Job aus Berufung machte und immer und grundsätzlich alle Gäste an ihrem Glück teilhaben ließ.

«Die beiden heißen –»

«Sie wären heute der erste Gast, dem ich nicht weiterhelfen könnte.» Isabel legte beide Hände neben ihrem Oberkörper auf die Theke. Jetzt sah sie aus wie ein sprungbereiter Frosch. «Dann schießen Sie mal los!»

Kretsche wich einen Schritt zurück. «Ich war mit zweien Ihrer Gäste verabredet. Die beiden –»

«Wie sind denn die Namen?» Isabel war während seiner Worte wieder vom Tresen runtergerutscht und hatte den Computerbildschirm zu sich gedreht. Ihre Finger schwebten wie bei einem Pianisten vor Konzertbeginn über den Tasten. Ihre Zungenspitze schob sich keck zwischen die Lippen, das Lächeln wich einem Ausdruck höchster Konzentration.

«Der Nachname ist Gruizinga. Jasper und Roos sind die Vornamen», sagte Kretsche schnell.

Isabels Finger trommelten auf die Tastatur. «GRUI... Klingt holländisch.»

Die Finger hoben sich, die Zungenspitze zog sich zurück, das Sonnenscheinlächeln erstrahlte wieder. «Da hab ich sie ja schon!»

«Super.» Kretsche atmete erleichtert auf.

«Aber leider ...» Sie blickte auf und legte all ihren Serviceschmelz in die Stimme. «Leider sind die beiden auf einem Ausflug und kommen erst in zwei Tagen zurück.»

«Und –»

«Und ich darf Ihnen leider nicht sagen, wohin. Erstens aus Datenschutzgründen und zweitens ...» Isabel nahm wieder die Froschhaltung ein. «Weiß ich es auch nicht.»

«Vielen Dank», seufzte Kretsche.

«Konnte ich Ihnen helfen?» Isabel hob fragend die Brauen.

«Ja, äh, sicher. Wie gesagt: Danke.»

«Dann wünsche ich Ihnen im Namen von *LIDU Hotels and Spas Worldwide* noch einen wunderschönen Tag!» Isabel plumpste auf ihren Bürostuhl zurück und wandte sich den Dienstplänen der Spätschicht zu.

Kretsche saß neben dem Hoteleingang auf einer Gartenmauer und knabberte an den Fingernägeln. Das wäre auch zu viel Glück gewesen, wenn die beiden noch bis zum Nachmittag mit ihrem Aufbruch gewartet hätten. Leider hatte er keine Ahnung, wie er ohne die Gruizingas den Weg zur Finca finden sollte.

«Hat der Allrad? Ich wollte doch mit Allrad!», drang eine Bassstimme an sein Ohr. Eine bekannte Bassstimme. Er blickte zum Parkplatz vor dem Hotel. Dort war eine Ecke für Mietwagenfirmen reserviert. Ein Vermietungsmensch hinter einem Klapptisch hielt dem Kunden einen Schlüsselbund hin. Aber der Kunde war offensichtlich noch nicht so weit.

«Moment, Kollege, ich guck erst mal wegen Beulen. Nachher war ich das gewesen, ne!?»

Während er langsam und mit prüfenden Blicken das Auto zu umkreisen begann, überlegte Kretsche, wo sich der nächste freie Fluchtweg befand. Der Kunde war niemand anderes als der Riesenbrustkasten. Und sobald er mit der linken Seite des Wagens fertig war, würde er das Heck inspizieren und dabei unweigerlich zum Hoteleingang schauen, wo Kretsche saß.

Er hatte nur zwei Möglichkeiten: am Parkplatz vorbei auf die Straße zu laufen oder zurück ins Hotel zu flüchten. Wobei die erste Möglichkeit sehr risikoreich war und die zweite Möglichkeit sich gerade erledigte. Der Riesenbrustkasten trat ans Heck des Autos. Okay, es gab noch eine dritte Möglichkeit: Kretsche ließ sich nach hinten in den Hotelgarten fallen.

Da die Mauer nicht sehr hoch war, konnte er auch nicht tief fallen. Schmerzhaft wurde es trotzdem. Die Dornen der Büsche, in denen er landete, waren mindestens zwei Zentimeter lang und bohrten sich in jeden verfügbaren Körperteil. Kretsche drückte sich trotzdem noch tiefer ins Buschwerk, denn eine Begegnung mit dem Riesenbrustkasten würde sicher schmerzhafter ausfallen.

«Prima, sieht gut aus», tönte es vom Parkplatz. «Ist nämlich mein letzter Tag. Kein Bock auf Autopanne, ne?»

Kretsche atmete auf. Ein Stachel drang gerade durch den Stoff seiner Hose und bohrte sich immer tiefer ins Fleisch seines Innenschenkels. Eine äußerst empfindliche Stelle.

«Kacke, Kacke, Kacke», flüsterte er und verlagerte vorsichtig sein Gewicht.

«Hola, hombre!»

Eine kräftige, gebräunte Hand mit einem dichten Pelz blonder Härchen auf Fingern und Handrücken streckte sich ihm entgegen. Außer der Hand konnte Kretsche im Gegenlicht allerdings nicht viel von der Gestalt erkennen, die sich über die Mauer beugte, um ihm hochzuhelfen.

«Äh, esta okay!» Kretsche winkte ab, als läge er regelmäßig und äußerst gerne in Dornbüschen.

«Deutscher, wa?» Die Hand packte ihn unter der Achsel und zog ihn energisch nach oben. Kretsche hatte keine Chance. In der nächsten Sekunde saß er wieder auf der Mauer, das T-Shirt von ausgerissenen Dornen übersät. Auf dem Parkplatz saß der Riesenbrustkasten im Auto und ließ den Motor an.

«Na, Meesta, ick kenn dir doch!»

Erst jetzt erkannte Kretsche, wer ihn da aus den Dornbüschen gezogen hatte: der schwedische Berliner Derick. Nur trug er, im Unterschied zu ihrer ersten Begegnung in der *Hispañola*-Empfangshalle, die Animationskleidung der

LIDU-Kette, ein rotes T-Shirt mit aufgeflockter Palme und blauen Shorts.

«Derick!»

«Ein Name, den man sich merkt», sagte Derick zufrieden. «Wat machste, Hotel wechseln?»

«Könnte ich dich auch fragen.»

«Hab spontan 'n jutet Anjebot von der Konkurrenz bekommen, konnte meiner einer nicht ablehnen. Kleines Zwischenengagement, vaschtehste?» Er holte aus, um Kretsche auf den Rücken zu hauen. Der kam ihm zuvor und rutschte von der Mauer.

«Sag mal, jetzt, wo ich dich gerade treffe. Du kennst dich doch auf Gran Canaria aus.»

Derick strich sich durch die blonde Mähne, als stünde er am Bug eines Wikingerschiffes und habe gerade Amerika entdeckt.

«Aber hallo.» Es klang, als sei schon allein die Frage eine Beleidigung.

«Hast du schon mal was von einer Finca gehört? Also, nicht irgendeiner, sondern einer besonderen. Irgendwo nördlich im Inselinneren, in den Bergen. Da hält ein Guru, Pharas, so eine Art ... Seminare ab.»

Derick legte sein Highschool-Quarterback-Gesicht in Falten.

«'n Guru?! Sach mal, Meesta, seh ick aus, als würd ick meinen Namen tanzen? Oder Darmspülungen mit grünem Tee machen?» Er schüttelte belustigt den Kopf. «'n Guru!»

«Okay, blöde Frage, vergiss es!» Kretsche wandte sich zum Gehen. Der Wagen mit dem Riesenbrustkasten an Bord hoppelte soeben vom Parkplatz.

«Und die Glocken?»

Kretsche drehte sich um. «Was?»

Derick zeigte mit den Händen eine Oberweite an, die eine

Frau nicht mal mit Sofakissen unterm Pulli erreichen konnte. «Die Glocken?»

«Welche ... Ach so. Phili?»

«Ja sicher, Phili, wer denn sonst?»

Derick musste ihn allmählich für ziemlich begriffsstutzig halten. Oder für einen Esoteriker.

«Der Hammer!», sagte Kretsche gehorsam.

Derick strahlte. «Siehste! Und, Meter jemacht bei ihr?»

«Nee», sagte Kretsche ausweichend.

«Warum nicht?», fragte Derick, als sei es völlig normal, dass jedes männliche Wesen, nachdem es Phili begegnet war, diese Beute auch jagen und erlegen wollte.

«Weil ... Ist zu kompliziert.»

«Verstehe. Gleich verknallt, wa?»

«Noch komplizierter.»

«Angst jehabt, dass du bei ihr keinen hochkriegst?» Derick schlug dem verdutzten Kretsche doch noch dermaßen fest auf den Rücken, dass sich bei ihm alle Plomben lockerten. «Völlig normal, jibt aber 'n einfaches Mittel dagegen.»

Jetzt war Kretsche nicht nur überrascht, wie zielsicher Derick mit Hand und Wort seine wunden Punkte getroffen hatte, er war auch neugierig geworden.

«Ach ja, und welches? Also, nicht dass das tatsächlich ein Problem wäre.»

«Schon klar, Keule.» Derick legte den Arm um Kretsches Schulter. «Wenn du Angst vorm Vögeln hast, gibt's nur ein Heilmittel.»

Kretsche blickte ihn erwartungsvoll an. Derick kniff ihn ins Ohrläppchen.

«Vögeln!»

* * *

Sie hatte keine Ahnung, ob sie in einer Boeing, einem Airbus oder einem polnischen Kartoffellaster saß. Sie hatte auch nicht den blassesten Schimmer, ob die tuschelnden Stewardessen sie für Dietmars Verlobte hielten. Aber sie wusste ganz genau, dass sie sich selten in ihrem Leben so lächerlich vorgekommen war. Jola trug eine Sonnenbrille für Radrennfahrer, deren Gläser bis zu den Schläfen reichten. Außerdem hatte sie ein Halstuch übers Kinn gezogen, als rase sie nicht in einer Passagiermaschine über den Atlantischen Ozean, sondern auf einem Motorrad durch die bayrischen Alpentäler. Um das Bild eines verhaltensgestörten Rockstars perfekt zu machen, war ihr Kopf von einer übergroßen Fidel-Castro-Mütze bedeckt, unter die sie ihre roten Haare gestopft hatte, bis kein Härchen mehr rausschaute.

Sie hatte beim Einsteigen einen Fensterplatz in der ersten Reihe zugewiesen bekommen. Der Sitz neben ihr war frei geblieben; eine der Flugbegleiterinnen hatte dort kurz vor dem Start ihre Utensilien für die Sicherheitsshow abgelegt, danach einen Stapel Zeitungen. Nachdem die Zeitungen verteilt worden waren, landete eine Kiste mit Duty-free-Artikeln neben Jola. Mittlerweile waren sie im Landeanflug auf Gran Canaria, und der Platz war wieder leer.

Ihr Sitz war einer der ominösen «nicht reservierbaren» Plätze, den *Air Alemannia* in jeder Maschine für Flugpersonal frei hielt. Offiziell geschah dies aus Gründen der Flexibilität, falls Personal wegen Flugplanänderungen von A nach B geschafft werden musste. Inoffiziell bot das allen Piloten die Möglichkeit, mit einem Kumpel, ihrer eigenen Frau oder der eines Kumpels eine schöne Nacht am Flugziel zu verbringen. Da eingetragene Partner umsonst flogen, hatte Dietmar Jola kurzfristig und ohne Formalitäten mit an Bord nehmen können. Sie hatte die neugierigen Blicke von Dietmars Kolleginnen und Kollegen bemerkt, bezog das aber weniger auf ein Interesse am Liebesleben des Kopiloten als auf ihr schräges Outfit.

Sonnenbrille und Mütze hatten sie erst am Flughafen besorgt. Und zwar sofort, nachdem Dietmar auf einer Liste Passagier 57 entdeckt hatte. Passagier 57 saß auf Platz 8, der sich direkt hinter dem «nicht reservierbaren» Sitz befand. Passagier 57 hieß Carola Langenscheit.

«Ich wollte eine Cola light. Das hier ist Cola. Normale Cola.»

Hinter ihrer verspiegelten Sonnenbrille rollte Jola entnervt mit den Augen. So ging das bereits seit über drei Stunden. Carola hatte in der Zeit fünf Getränke bestellt – außerhalb der üblichen Bewirtung selbstverständlich – und *jedes Mal* genörgelt. Damit war es aber nicht getan. Auf all ihren Reisen hatte Jola noch nie erlebt, dass ein Passagier den Knopf drückte, mit dem man die Flugbegleiter zum Platz ruft. Carola hatte den Knopf bereits zweimal gedrückt. Einmal, um ein Kissen und eine Decke zu bestellen, ein weiteres Mal, um die Decke wieder zurückzugeben, weil sie kratzte und die Sitztaschen zu eng waren, um sie zu verstauen. Jola bewunderte den Langmut und die Freundlichkeit der Stewardess, die sich bisher um Carola gekümmert hatte. Die Cola-light-Aktion übernahm nun ein männlicher Kollege. Wahrscheinlich hatte die Crew beschlossen, sich abzuwechseln, damit keiner von ihnen Passagier 57 vor der Landung tötete.

«Wir haben leider keine Cola light mehr an Bord. Darf ich Ihnen etwas anderes bringen?», flötete der Flugbegleiter.

«Nein, nehmen Sie's einfach wieder mit!»

Jola schnalzte verächtlich, aber kaum hörbar. Deswegen war sie überrascht, plötzlich Carolas Nasenspitze zwischen den Rückenlehnen zu sehen.

«Unglaublich, oder?»

Jola blickte stur geradeaus.

«Hm …», brummte sie.

«Ich mein, billig ist ja schön und gut. Aber ganz ohne Service geht's ja nun auch nicht.»

«Hmhm ...»

Es knackte in den Lautsprechern über ihren Köpfen. «Hallo, meine Damen und Herren, hier spricht ihr Kopilot Dietmar Wayne.»

Die Nasenspitze schob sich noch einen Millimeter weiter nach vorne.

«Ist ein Freund von mir, der Pilot.»

«So was», brummte Jola.

«Wir werden in knapp zehn Minuten landen. Wie der Tower uns soeben mitgeteilt hat, ist das Wetter in Las Palmas sonnig und warm, die Lufttemperatur beträgt 27 Grad Celsius. Die weiteren Aussichten verheißen ebenfalls perfektes Urlaubswetter. Ich wünsche Ihnen einen wunderschönen Aufenthalt auf Gran Canaria und hoffe, Sie hatten einen angenehmen Flug mit *Air Alemannia*. Vielen Dank!»

«Freundschaft hin oder her. Das nächste Mal fliege ich mit einer anständigen Airline.»

Die Nasenspitze zog sich zurück.

Jola konnte sich beim besten Willen nicht vorstellen, dass Kretsche mit dieser Frau etwas angefangen hatte. Aber so war das wahrscheinlich, wenn man betrogen wurde. Sonst käme es gar nicht erst so weit. Der Grundstein des perfekten Betruges ist die Ahnungslosigkeit des gutgläubigen Opfers.

Was würde sie auf der Insel tun? Wollte sie die beiden überraschen, Kretsche testen oder ihn konfrontieren? Irgendeine Genugtuung fordern? Carola mit einem Mietwagen überfahren, Kretsche im Hotel links und rechts ohrfeigen? Oder auf die Knie fallen, heulen, ihn um Verzeihung bitten, wegen der Blödheiten, die sie ihm in der Wohnung an den Kopf geworfen hatte? Ihn bitten, sich wenigstens nicht mit *dieser* Frau einzulassen? Sie hatte keine Ahnung. Sie wusste nicht mal, wo sie schlafen sollte, wenn sie Kretsche nicht fand. Gut, da gab es natürlich Dietmar, der eine Nacht und einen Tag auf der Insel blieb. Aber sie hatte das Gefühl, sie sollte Dietmar besser auf Abstand halten. Ihn an der Seite zu haben würde die Sache eher komplizierter machen als vereinfachen.

Sie starrte ins Blaue. Gab es wohl die allumfassende Liebe zwischen zwei Menschen? Nein, zu hundert Prozent gab es die wohl nie. Musste es auch nicht. Das wäre ja auch schrecklich, dieses alles erstickende Glück. Sie horchte in sich hinein: Jola, was willst du, was tust du? Die Antwort kam postwendend: Sie wollte ihre Beziehung retten. Sie wollte nicht abhängig sein, wollte die Fäden in der Hand halten, Spieler sein und nicht Marionette. Sie wollte gleichzeitig um Verzeihung bitten und eine Entschuldigung fordern. Sie wollte ... Kretsche. Und sie war bereit, alles dafür zu geben.

An erster Stelle mal deine Karriere, schoss ihr durch den Kopf. Egal, wie schnell sie Kretsche fände, wie blitzartig sie wieder ein Paar würden, egal, ob Dietmar ihr einen Platz im ersten Flug zurück nach Köln verschaffte: Sie würde niemals rechtzeitig zum Termin bei Professor Kern zurück sein. Dietmar hatte recht: Die Aktion kostete sie höchstwahrscheinlich den Job.

«Legen Sie bitte den Anschnallgurt um? Wir landen jetzt.» Der Flugbegleiter beugte sich lächelnd zu ihr. Jola nickte.

«Ja, ich bin angeschnallt!», raunzte Carola hinter ihr, als der junge Mann an ihre Sitzreihe trat.

«Deshalb wollte ich es mir auch eigentlich ersparen, mit Ihnen zu reden», säuselte der Flugbegleiter und wandte sich dem nächsten Passagier zu.

Jola ballte grinsend die Faust. *Yes!*

* * *

Sollte Kretsche jemals auch nur eine Sekunde am Finca-Plan gezweifelt haben, so hätte ihn spätestens Dericks simple, aber tiefe Weisheit dorthin getrieben. Das war wohl ein maßgeschneiderter Therapieansatz: «Vögeln!»

Warum sollte ein sexuelles Feuerwerk mit einer anerkannten Koryphäe auf diesem Gebiet nicht ähnliche Effekte haben wie jahrelanges Rumgelaber bei der Paartherapie oder Psychoanalyse? Kretsche unterdrückte die Stimme, die ihm sagen wollte, dass es da schon gewisse Unterschiede gab. Er wollte diese Stimme nicht hören, er wollte etwas tun. Er war kein Versager. Er hatte Spaß am Sex.

DEINE FREUNDIN NICHT. ZUMINDEST NICHT MIT DIR!

Ja, genau. Ist gut jetzt. Es nervt langsam.

Wenn er überhaupt Probleme hatte oder sich wegen etwas beschissen fühlte, dann wegen Jola. Und das würde er auf der Finca ändern. Wie sagt der Volksmund so treffend: *Fuck the pain away!*

«Ich kenne leider keine solche Finca, mein Freund.» Raúl lehnte mit Kretsche an einem Stehtisch vor dem *Salon Prince*. «Ich bin verheiratet.»

Ein Zimmermädchen huschte an ihnen vorbei in den Saal. Sie wischte über die Tische und rückte Sessel zurecht. Der Salon wurde allmählich für die Abendgäste vorbereitet.

«Ist klar. Und du bist genauso harmlos, wie du aussiehst.» Kretsche wies auf die Hoteluniform, die Raúl trug.

«Das hast du gesagt.» Raúl grinste.

«Raúl, ehrlich, das ist wichtig für mich. Ich will ja gar nicht wissen, wer auf meinen Aufnahmen drauf war, welcher Unterweltgröße ich ans Bein gepinkelt habe, was du mit diesen Jungs zu schaffen hast und wieso du einen auf Aushilfskellner machst, wenn dir der ganze Laden gehört.»

«Darum ging es nicht, wen du gefilmt hast.»

«Sondern?»

«Dass du gefilmt hast. Heimlich gefilmt.»

«Soll ich erst um Erlaubnis fragen, bevor ich heimlich filme? Dann wär's ja nicht mehr heimlich, sondern öffentlich.»

«Nein, du sollst dich bloß nicht erwischen lassen.»

«Also ging's ums Prinzip.»

Raúl hob feierlich sein Glas und wirkte nun wieder wie Marlon Brando als Pate.

«Ums Prinzip.»

Kretsche stieß mit ihm an.

«Joaquín, mein Schwager, den du kennengelernt hast, der hat neulich Ärger mit den Behörden gehabt.» Raúl grinste. «Unser neuer Bürgermeister hat überall Razzien gemacht, Lizenzen überprüft, wird Alkohol an Minderjährige verkauft und so weiter ...» Er machte eine wegwerfende Handbewegung. «Ein Konkurrent hat Joaquín angeschwärzt. Jedenfalls dachte er, das Ordnungsamt hat dich zum Spionieren geschickt. Und es saßen natürlich wieder ein paar dieser Mädchen da. Diese kleinen speckigen Engländerinnen, deren Alter du nicht schätzen kannst, die aber deine Bar komplett leer trinken können.»

«Ich weiß, wen du meinst.» Kretsche schmunzelte.

«Bei solchen Kunden guckst du nicht auf den Ausweis. Na ja, jedenfalls hatten die Jungs erst vor, dir auf dem Hinterhof eins zu verpassen, aber Joaquín wollte nicht noch mehr Ärger am Hals haben. Deswegen hat er Iwan auf dich angesetzt. Der hat dich verfolgt.» Raúl zuckte mit den Achseln. «Die Jungs haben ein bisschen Mafia gespielt.»

«Mehr steckt nicht dahinter?»

Raúl lachte. «Nein.»

«Dafür haben die mich ins Hotel verfolgt, mich in der Apotheke abgepasst und beklaut?»

«Kleine Jungs, Kretsche. Hier passiert nicht viel.»

«Okay, darf ich dann nochmal im *FligFlagz* filmen oder in anderen Läden, die dir, deinem Schwager, deinem Nachbarn oder irgendwelchen Kumpels aus dem Kindergarten gehören?»

«Darfst du.» Raúl griff in die Innentasche seines Jacketts, er sprach jetzt wieder völlig normal. «Kannst aber auch hiermit weiterarbeiten.»

Er reichte Kretsche eine Speicherkarte. Kretsche riss die Augen auf. «Sind das etwa meine ...»

«Deine Aufnahmen. Die Jungs waren immerhin so clever und haben eine Kopie gemacht.»

Kretsche verstaute die Karte überglücklich in seinem Portemonnaie.

Raúl strahlte. «Ha, ich fand's sehr lustig, den Paten zu spielen.»

«Dann gehört dir das Hotel gar nicht?»

«Doch.»

«Und andere Läden.»

Raúl nickte. «Und andere Läden.»

«Also bist du doch eine ziemlich dicke Marke auf Gran Canaria?»

«In Playa del Inglés.»

«Immerhin.»

«Immerhin.» Raúl machte eine böse Miene. «Ich habe viele Namen!»

«Den kenn ich nicht.»

«Du musst fragen: *Satan?* Und ich antworte: *Nenn mich Dad!* Ist aus *Im Auftrag des Teufels.*»

«Nie gesehen.»

«Gibt auch bessere.»

Kretsche sah auf die Uhr. «O Mann, wir quatschen hier, und

meine Chefin kommt bald an. Ich brauche die Wegbeschreibung. Hab echt keinen Bock, auf 'ner Parkbank zu schlafen, weil die hier nach mir sucht.»

«Verstehe, aber ich hab wirklich noch nie von so einer Sex-Finca gehört.» Raúl seufzte mit versonnenem Blick. «Ich bin einfach zu solide.»

«Scheiße ...»

Raúl schnipste. «Der Typ aus dem Swingerclub, den du heimlich gefilmt hast.»

«Du hast meine Aufnahmen angeguckt?»

«Na klar. Und dieser Kiki, der weiß vielleicht mehr!»

«O Mann! Wieso brauch ich dich, um auf das Naheliegendste zu kommen?!»

«Weil ich der Beste bin.»

Raúl hob die Hand, Kretsche klatschte ab: «Der Spruch stammt aus mindestens drei Filmen.»

«Mindestens.»

Eine scharfe Frauenstimme zerschnitt den Geräuschvorhang aus Gemurmel und Getrippel in der Empfangshalle. «Ich möchte aber kein Zimmer zur Straße hinaus! Ich warte auf meinen Mitarbeiter. Oder noch besser: Schicken Sie mir den Geschäftsführer!»

«Sorry, ich muss mal nachschauen, was los ist», sagte Raúl.

«Und noch etwas: Ich will auf gar keinen Fall so ein Zimmer mit diesen widerlichen Pferdeköpfen!», motzte die Frauenstimme.

Kretsche wurde kreidebleich und ging hinter Raúls Rücken in die Knie.

«Was hast du?», fragte Raúl irritiert.

«Ein Problem auf zwölf Uhr. Es heißt Carola.»

Carola hatte den Schlüssel für Kretsches Zimmer verlangt. Den hatte man ihr natürlich verweigert. Und ihr eigenes Zimmer entsprach ganz und gar nicht ihren Vorstellungen.

Kretsche wartete hinter einer riesigen Topfpalme, bis Raúl die aufgebrachte Dame mit einem Upgrade in die Junior-Suite beruhigt hatte. Ihm wurde bewusst, wie sehr er es genießen würde, dieser Frau eins auszuwischen. Und seinen Nachttischfreunden Wyatt und Virgil schickte er einen stillen Gruß. Gemeinsame Feinde schweißen zusammen.

Raúl führte Carola zu den Aufzügen, und Kretsche spurtete quer durch die Halle zum Ausgang. Dabei hielt er für den Fall, dass Carola sich umdrehte, ein Taschentuch vors Gesicht, als wolle er sich schnäuzen. Kurz vor der Glastür stolperte er mit seiner Michael-Jackson-Nummer beinahe über die eigenen Füße. Ihm war, als sei jemand die Treppe zum Hotelrestaurant hinuntergegangen. Jemand, den er kannte. Aber das war unmöglich.

Vor der Tür atmete er tief durch. Höchste Zeit, das Hotel zu verlassen. Er begann, sich zu sehr in alles hineinzusteigern. Die Frau auf der Treppe hatte ausgesehen wie Jola.

* * *

«Wir können von mir aus eine Decke rollen und zwischen uns legen. Oder ich penn auf dem Boden. Aber ich bin echt müde. Bitte!»

Jola wusste, dass Dietmar recht hatte. Es war wirklich albern, den ganzen Abend in Carolas Hotel auf der Lauer zu liegen. Dietmar hatte seine Unterkunft in Las Palmas storniert und auf eigene Kosten ein Hotel in Playa del Inglés gebucht, nachdem sie Carola bis dorthin in einem Taxi verfolgt hatten. Kretsche war nicht im Hotel gewesen, und Carola kam soeben alleine und sichtlich schlecht gelaunt in den Speisesaal gestampft. Offensichtlich hatte auch sie keine Ahnung, wo Kretsche steckte.

«Du bist total aufgewühlt, das bringt jetzt eh nichts. Wir können morgen früh ab sieben eine Sitzblockade machen, aber lass uns jetzt fahren, okay?» Dietmar wies auf eine Reihe Taxis in der Nähe.

Jola nickte stumm. Er hatte ja recht. Selbst wenn Kretsche jetzt hereinkäme, wüsste sie gar nicht mehr, was sie ihm zuerst sagen sollte. Fast bereute sie den überstürzten Aufbruch. Sie zweifelte mittlerweile, ob Kretsche tatsächlich eine Affäre mit Carola hatte. Selbst ein völlig triebgesteuerter Mann konnte nicht so blöd sein, sich mit dieser Zicke einzulassen. Aber aus irgendeinem Grund hatte Carola sie angelogen. Und aus irgendeinem Grund war Kretsche hierhergeflogen, ohne sich mit ihr auszusprechen. Hoffentlich hatten sie nicht denselben Grund.

Jola fühlte die Wut in ihrem Magen hochkochen. Wenn Kretsche vorhatte, sie hier zu betrügen, was wollte sie dann noch hier? Sich das vor Augen führen, sich erniedrigen?

«Ausgerechnet auf so 'ner Scheißinsel. Was will er denn hier arbeiten, hä? Der ist nur wegen dieser arroganten Kuh hier, wetten?!»

Dietmar zuckte angesichts Jolas Wutausbruch zurück. Sogar die Taxifahrer blickten von ihren Zeitungen auf. Jola trat gegen eine Steinbank.

«Guck dich doch mal um! Alles nur Beton und billiger Idiotentourismus. Hier wär doch Wüste, wenn's nicht so viele Deppen gäbe, die sich jedes Jahr bewegungslos an 'nem Pool in die Sonne knallen wollen.»

«Und ich hätte vielleicht keinen Job», murmelte Dietmar.

«Blödsinn!», herrschte Jola ihn an. «Fliegst du halt woandershin.»

«Ja, zu so tollen Urlaubszielen, wie du sie mit Kretsche bereist. Ach, nein, das sind ja keine Urlaube, das sind *Reisen*!»

«Jetzt zick du nicht auch noch rum!»

«Du zickst.»

«Wieso? Jetzt mal ehrlich. Gran Canaria ist das Gegenteil von Urlaub. Ist doch zum Kotzen hier.»

«Du findest momentan alles zum Kotzen. Aber der Rest der Menschheit nicht.» Dietmar packte ihren Arm. «Jola, viele Menschen verbringen hier die schönsten Wochen des Jahres. Ganz schön arrogant, das zu verurteilen. Und die Insel hat weitaus mehr zu bieten, als du hier siehst.»

Jola machte sich unwirsch von ihm los. «Mag ja sein. Es ist nur ...»

«Ich weiß. Schon okay», sagte Dietmar sanft und winkte dem weißen Peugeot an der Spitze der Taxireihe.

Jola gingen Dietmars ständige Vernunftappelle und sein barmherziges *Ich weiß* ziemlich auf die Nerven. Nichts wusste er. Woher auch, wenn nicht mal sie wusste, was in Kretsche gefahren war. Hatte er am Ende doch wegen ihres Satzes mit dem Orgasmus überreagiert? Oder suchte er einfach nur einen Grund, um sie zu verlassen? Er hatte sie doch gereizt und immer weitergetrieben, bis sie ausgeflippt war. War sie am Ende Opfer einer Manipulation geworden, damit Kretsche ruhigen Gewissens seinen Koffer packen konnte – der womöglich längst gepackt war?

Sie würde die Nacht kein Auge zutun, so viel war klar. Zeit genug, um sich genau zu überlegen, was sie Kretsche sagen wollte. Es gab eine Menge klarzustellen.

* * *

Auch nach Sonnenuntergang war der Asphalt der *Avenida de Gran Canaria* kaum abgekühlt. Eine sanfte Meeresbrise verteilte den Duft der Hibiskusblüten, der Urlauber zu verzückten Phantasien animierte, was für eine phantastische Partynacht wohl vor ihnen läge. Kretsche war weniger nach Party zumute. Er hoffte, möglichst schnell seine Informationen zu erhalten und ungesehen ins Bett zu kommen. Raúl hatte sein Gepäck in eine Mitarbeiterunterkunft schaffen lassen, wo er von Carola unbemerkt ein und aus gehen konnte. Gleich am nächsten Morgen wollte er zur Finca aufbrechen – falls er jemals herausfand, wo die lag.

Der Wind trug aus den Hotels und Restaurants die schauerlichen Gesänge der verschiedenen Alleinunterhalter an sein Ohr. In Höhe des *Dos Dunas* trällerte ein Sänger etwas, das wie «Blue Ingo Pfinn» klang. Kretsche legte den Kopf schief und versuchte, dem breiigen Keyboardsound, der in Fetzen über die Straße geweht wurde, eine Melodie zu entnehmen. Die Musik kam ihm bekannt vor, aber was der Alleinunterhalter dazu sang – «Blue Ingo Pfinn», eventuell auch «Blu yin go vin» –, klang sehr nach einer vietnamesischen Volksweise. Als für einen Augenblick kein Taxi vorbeibrauste oder grölende Engländer vor einer Kneipe entlud, erkannte Kretsche das Lied: Bob Dylans «Blowin' in the wind».

Wenige Schritte weiter wurde die eine musikalische Vergewaltigung von der nächsten übertönt. Aus einem LIDU-Hotel (gab es auf dieser Insel eigentlich nur LIDU-Hotels, Parfümerien und Personenwaagen?) schallte «Hai titi mawee» auf die Straße. Diesmal löste er das Rätsel schneller und entschlüsselte die vermeintliche hawaiianische Hymne als Sinatras «I did it my way».

Ein Pulk kahlgeschorener, Fangesänge grölender Engländer torkelte aus einem Pub. Sie nahmen unverzüglich die gesamte

Straßenbreite inklusive Bürgersteig ein und machten nicht den Eindruck, als ließen sie die Chance auf eine ordentliche Pöbelei ungenutzt verstreichen. Kretsche entschied, dass er es zu eilig hatte, um Engländer zu vermöbeln, und hielt ein Taxi an.

Kaum hatte er die Tür zugeschlagen, gab der Fahrer Gas und brach mit seinem Benz völlig unbeeindruckt vom feindseligen Gejohle ein Loch in die Abwehrkette der tumben Briten. Er lupfte einen iPod-Stöpsel. Dünnes, blechernes Hi-Hat-Ticken erfüllte das Taxi.

«Where you go?»

«CC Cita.»

Der Mann nickte, stopfte den Stöpsel wieder ins Ohr, und los ging's. Wenn Kretsche nun noch seine Wegbeschreibung bekam, konnte die Nacht von ihm aus bald enden.

«Bis du auf die Geschmack gekomme?» Kiki strahlte ihn an. «Hat es dir gefalle bei meinen Freunden im *Tu Hearts*?»

«Nee, da war ich gar nicht.»

«Okay, was liegt in deinen Herzen, mein Freund?»

Kiki wies auf einen Barhocker. Kretsche war der einzige Gast im *Quattro*. Kiki war gerade dabei gewesen, die Getränkevorräte aufzufüllen, als Kretsche – «Viel zu früh!» – geklingelt hatte, und stopfte nun weiter Bierflaschen aus Styroporkisten in den Kühlschrank seiner Bar.

«Ich suche ein paar Freunde. Holländer. Wir waren in zwei Tagen verabredet, aber ich muss sie früher treffen.»

«Schwinger?»

«Genau.»

Kiki schmunzelte schelmisch. «Süße Frau? Hast du dich verliebt, he?»

«Nee! Wir haben uns nur so am Strand kennengelernt. Und ... na ja, gut unterhalten.»

Kiki grinste unbeirrt. Er wartete auf eine irgendwie sexuell geartete Auflösung des Ganzen.

«Die beiden sind jetzt auf einer Finca. Auch so ein Swinger-Ding, glaube ich.»

«Bei die Kaktusfeige.» Kiki nickte. «Die Finca von de Pharas.»

Kretsche sank erleichtert auf den Barhocker. «Du kennst die Finca.»

«Nur vom Sage und Höre.»

«Kannst du mir den Weg beschreiben?»

Kiki schüttelte den Kopf. «Nee.»

Kretsches Hoffnungen starben augenblicklich. «Scheiße!»

«Aber ich weiß, wer vielleicht die Weg weiß.» Kiki kickte mit dem Absatz die Kühlschranktür zu und öffnete gleichzeitig eine Flasche Bier. «Proscht!»

Das *Tu Hearts*, der Swingerclub von Kikis Türsteherkumpel Danny, war orthographisch ähnlich gewöhnungsbedürftig wie sein Ambiente. Im Barraum (eine Theke, zwei Sitzecken, zwei Pfeiler mitten im Raum, eine kleine Tanzfläche) funkelten und glänzten allenthalben Spiegel, schwarzlackiertes Holz und rotes Kunstleder, was dem Club einen Anstrich von Dorfdisco mit Fetisch-Einschlag gab.

«I wanna dance with somebody», sang Whitney Houston aus den Boxen.

«I wanna döööns with youuu!», fiepste eine Blondine im Schottenröckchen vor Kretsche. Er lächelte höflich und deutete mit bedauerndem Achselzucken auf sein Bein. Die gute alte Ich-bin-verletzter-Fußballer-Geste. Sie sang sich zum nächsten Mann weiter. Ihren Gatten schleifte sie an der Hand hinter sich her.

Kretsche bestellte am hintersten Ende des Tresens ein frischgezapftes Pils und machte sich ein Bild der Lage. Um ihn herum schwofte eine bunte Gemengelage aus einzelnen Herren, provokant gekleideten Damen und sich lüstern angrinsenden Paaren. Allen stand die Rolligkeit in den Augen. Die Atmosphäre schwankte zwischen der Spießigkeit eines Stammtischabends in Dortmund-Hörde, der schnapsgeladenen Euphorie eines Reeperbahnbummels und der Aufregung beim ersten Puffbesuch zweier Fünfzehnjähriger.

Dafür, dass es offiziell ein Paareclub war, hatte Kretsche ziemlich wenig Probleme beim Einlass gehabt, was aber auch an seinen Beziehungen zur kanarischen Swingerwelt liegen konnte. Die Erwähnung von Kiki hatte ein häuserwandbreites Grinsen auf das Gesicht Dannys, des Türstehers, gezaubert.

«Kikis friends are my friends!», hatte er ausgerufen und Kretsche an seine Lederjackenbrust gedrückt.

Leider hatte auch Danny noch nie von der Finca gehört. Seine Freundin Mandy, die Kretsche drinnen in Empfang genommen hatte, ebenfalls nicht.

«Dont's ask me, ask the phonebook.»

Mandy hatte eine sehr pragmatische Art, deshalb war sie sicher auch dafür zuständig, die Gäste über das Prozedere im Club aufzuklären. Kretsche konnte ihren breiten schottischen Akzent nur mit Mühe verstehen, aber der Eintritt kostete ihn wohl hundert Euro, richtig losgehen würde es erst ab Mitternacht, die Einzelherren waren keine Spanner, sondern Kumpels vom Chef – klaro! –, ein Getränk gab es frei, alle weiteren waren zu zahlen. An dieser Stelle hatte eine deutschsprachige Kollegin namens Lu übernommen.

«Am liebsten cash. Visa, Master, Amex gehen auch. Steht auch was Unverfängliches auf der Rechnung. Spindschlüssel gegen zehn Euro, kriegst du beim Gehen zurück, Handtuch liegt im Spind.»

Sie führte ihn durch die Räume, allesamt dunkle, tücherverhangene Liegewiesen. Im hintersten Winkel des Clubs gab es eine geflieste Nische mit einem Whirlpool für sechs Personen – je nachdem, wie gut man sich verstehe, gingen aber auch doppelt so viele rein.

«Würdest du auch mal gern drin kommen, was?»

«Äh, hm, warum nicht?»

Lu klopfte ihm mahnend auf den Hintern.

«Nix da. Kommen im Whirlpool nur mit Gummi! Hygiene – klar, oder?»

«Klar», antwortete Kretsche. Bevor er seine Frage loswerden konnte, ob sie jemals von der sagenumwobenen Finca oder einer gewissen Kaktusfeige gehört hatte, hielt sie die Hand auf, um seine hundert Euro zu kassieren.

«Kohle bitte im Voraus.»

Er gab ihr das Geld. «Hast du schon mal was von einer Finca gehört, irgendwo im –»

«Ich bin erst seit einer Woche auf der Insel», unterbrach Lu und führte ihn zurück in den Barraum. «Ich kenn hier gar nix, außer dem Supermarkt, 'nem gutgebauten Spanier und dem Popoclub hier.» Sie parkte ihn an der Bar und verschwand in einem Hinterzimmer. «Wie gesagt, erstes Getränk ist frei.»

Kretsche wandte sich dem Barmann zu. Wobei Mann nicht ganz der passende Ausdruck war, es handelte sich vielmehr um ein Halb-Mann-halb-Frau-Wesen mit feuerrot bemalten Lippen, Ansätzen von weiblichen Brüsten unterm hautengen schwarzen Top, Bartschatten auf dem Kinn und pofreien Cowboychaps. Er oder sie klimperte Kretsche mit künstlichen Wimpern zu und versorgte ihn ungefragt mit einem *Heineken.*

«Sorry, do you speak ...», setzte Kretsche an.

«Onli ssspanis!», kiekste der Barzwitter und wackelte wie ein Inder mit dem Kopf. Das bedeutete in Indien ja, auch wenn es wie ein Nein aussah. Nur war dieser Mensch kein Inder, also hatte Kretsche auch keine Ahnung, was es bedeuten sollte. Aber eine Unterhaltung erübrigte sich sowieso wegen der Sprachbarriere. Kretsche trank sein Pils und wartete.

«Meine Frau und ich sind hierher ausgewandert.» Ein Mann mit Edelhornbrille, weißem Hemd und Jeans bestellte neben ihm ein Bier. Er wies Richtung Tanzfläche. Dort schlängelte sich eine Dame, die ihre auffallend spitzen Brüste in ein ebenso auffallend blaues Kleidchen gezwängt hatte, zu einem Chris-de-Burgh-Kracher um die Säulen. Kretsche tat der Hornbrille den Gefallen und nickte beifällig.

«Schön.» Er ließ bewusst offen, ob er damit das Auswandern oder die Frau meinte.

«Auf so einer Insel kriegst du mental 'nen ganz anderen Input, wenn du verstehst, was ich meine.»

«Hm ...»

«Und günstiger isses auch.» Die Hornbrille nahm ein Bier entgegen und fummelte gleichzeitig in der Hosentasche. «Vor allem bei mir.»

Er drückte Kretsche eine knallrote Visitenkarte in die Hand.

«Trockner, Waschmaschinen, Kühlschränke. Alles erste Ware aus zweiter Hand. Wir reparieren auch.» Er klopfte auf die Theke und tänzelte mit Travolta-Hüftschwüngen zu seiner Frau. Sie schlug gackernd eine Hand vor den Mund.

Kretsche betrachtete die Visitenkarte.

Haushaltsgeräte Ingolf Rüggeberg – 1. Ware aus 2. Hand!

Er befand mit Kennerblick, dass dies auch für Frau Rüggebergs beachtliche Oberweite galt.

Eine Viertelstunde später befummelte sich auf dem Barhocker neben Kretsche ein junges Pärchen. Er überlegte, ob er sie ansprechen sollte. Die beiden wirkten optisch so fehl am Platze, wie er sich fühlte. Sie passten überhaupt nicht in den Club, wirkten so ... normal. Er mit blauem Karohemd, hellbraunem

Haarausfall und Jungbauernröte im Gesicht, sie mit burschikosem Out-of-Bed-Haarschnitt, in zu engem *Esprit*-T-Shirt und verwaschenen Jeans, die überzähligen Kilos gut verteilt, aber mit besonderer Gewinnausschüttung im Hosenbund-Bereich. Wie aufdringlich er die beiden anstarrte, merkte Kretsche erst, als sie ihn offen anlächelten.

«Bisch Deidschr, gell?»

«Ah, ihr anscheinend auch.»

Sie streckte Kretsche sogleich die quadratisch-praktische Patschhand hin. «I bin die Ina.»

Ihr Mann schloss sich an: «I bin dr Padrigg.»

«Äh, wie?» Kretsche wusste im ersten Moment nicht, ob sein Gegenüber gerülpst oder sich vorgestellt hatte.

«Pa-drigg», wiederholte der andere langsam.

Kretsche schloss daraus, dass er Patrick hieß. «Kretsche, hi.»

«Bisch des erschde Mal do, gell?», fragte Ina.

«Quasi, ich hab auch eigentlich nur 'ne Frage ...»

Patrick lachte. «Klar, hajo! Des kennet mir. Am Anfang hasch nur Frage, hajo, so isch des!»

«Am beschde erkläret mir dir mol, wie des hir so läufd. Was moisch, gell?» Ina legte eine Hand auf Kretsches Bein und nahm sie nicht mehr fort. Patrick quittierte das mit einem wohlwollenden Nicken.

«Nee, ist gar nicht nötig», sagte Kretsche. Das hatte ihm gerade noch gefehlt, sich von einem Schwabenpaar, das Gefallen an einem flotten Dreier hatte, die Swingerwelt erklären zu lassen.

«Ha, des machet mir gern.» Ina drückte sein Knie.

Anscheinend hatten alle Swinger das Bedürfnis, jedem zu sagen, wie normal und schön ihr Treiben war. Wenigstens hatte er den dämlichen Spruch *Alles kann, nichts muss* bisher nur lesen müssen.

Die beiden waren nicht zu bremsen und erläuterten ihm die

typischen Abläufe einer Nacht im *Tu Hearts*, ohne dass er auch nur den Hauch einer Chance hatte. Natürlich hätte er sie brüsk unterbrechen und ihnen seine Frage in die gesunden Schwabengesichter donnern können. Aber wer wusste, ob die beiden nicht seine einzige Hilfe in diesem Laden voller Spanier, Schotten und Kühlschrankverkäufer waren. Und außerdem kam es auf die fünf Minuten nun auch nicht mehr an.

Die rustikalen Eheleute – sie hatten tatsächlich einen Bauernhof im Stuttgarter Umland gepachtet – waren zwar erst seit drei Jahren verheiratet, aber seit gut fünf Jahren begeisterte Swinger. Und während ihres Gran-Canaria-Urlaubs bisher jede Nacht im *Tu Hearts* gewesen. Die Party laufe nach immer demselben Schema ab: Die spanischen Swinger stünden stundenlang in Straßenklamotten an der Theke, tränken Sekt, quatschten und tanzten. Dann, auf einen unhörbaren Startschuss hin, rannten alle zu den Schließfächern, um die Klamotten wegzusperren. Ab dann würde gepoppt, was das Zeug hielte. Nach dem Sex ginge es auch im Barbereich legerer zu: Handtuch um die Hüften, Zunge im Hals und die Finger sonst wo. Die männlichen Singles seien zwar angeblich alles Freunde des Hauses und Ausnahmen im Pärchenclub, aber Kretsches Anwesenheit beweise das Gegenteil. Das seien nichts als zahlende Gäste, die die Kasse aufpeppten.

«Und I han au gar koi Problem damid», versicherte Ina ihm und ließ die Hand zwei weitere Zentimeter auf seinem Schenkel nach oben wandern.

Patrick schon. Die spanischen Männer würden nämlich nur auf die Matten gehen, wenn die anwesenden Frauen entsprechend jung und knackig seien. Ansonsten vertrieben sie sich die Zeit damit, durch die Winkel und Nischen zu lümmeln oder den Frauen vor den Schließfächern beim Umziehen zuzuschauen. In einem deutschen Swingerclub sei das alles völlig undenkbar.

«Da läufd alls, wirklich alls, vo dr erschde Sekund an bessr, hygienischr, schdimmungs- und vor allem schdilvollr ab!» Nur das Poppen an und für sich, das sei überall auf der Welt gleich.

«Alls kann, nix muss.»

Kretsche nickte mit gefrorenem Lächeln. Hatte er den Satz also auch hinter sich.

«Obwohl, dr Schbanier bobbd nedd gerne mid Kondom», warf Ina ein.

«Dafür abr umso liebr im Whirlbool», sagte Patrick. «Was in Deidschland nedd gern gsehe wird, ebe wege dr Hygiene.»

Genau an dieser Stelle holten beide zum ersten Mal gleichzeitig Luft, und Kretsche schlug zu.

«Schon mal was von einer Finca gehört? Und Pharas, einem Guru?»

«Und dr Kakdusfeig, gell?», antwortete Ina. Ihr Mann grinste wie Florian Silbereisen bei der Begrüßungsmoderation.

Die beiden waren zwar noch nicht dort gewesen, hatten aber im Vorjahr auf einem Swingerschiff (so was gab's *dadsächlich*) eine Samstagnacht lang den Rhein befahren (ein Geschenk zum *Hochzeidsdag* von Ina an Patrick). Dort hatte ihnen ein Holländer (die sind da eh viel offener) von der Finca erzählt. Und nun wollten sie ihre letzten drei Urlaubstage dort verbringen. Patrick zupfte einen Zettel aus seiner Brieftasche.

«Damid findsch de Weg. Schreib's dir am beschde ab. Abr ruf vorher an, als Singlemann isches schwer, oin Termin zu bekomme.»

Kretsche pinnte die Wegbeschreibung auf einen Bierdeckel, den der Barzwitter ihm unter die Flasche geschoben hatte. Die Telefonnummer ganz unten auf dem Zettel ließ er weg; er hatte keine Zeit für Termine.

«Leute, vielen Dank!» Er gab Patrick die Wegbeschreibung zurück und stopfte den Bierdeckel in seine Hosentasche.

«Sehe mir uns do? Fährsch sichr hi?», fragte Ina.

«Äh, weiß noch nicht», antwortete Kretsche ausweichend.

Ina rutschte von ihrem Hocker.

«Magsch midkomme, oi Rund drehe?», hauchte sie und wies auf die ersten Pärchen, die Richtung Umkleideraum verschwanden. Anscheinend war der Startschuss gefallen, und Kretsche hatte ihn tatsächlich nicht gehört.

«Ich komm nach», log er.

Ina legte den Arm um Patrick. «Ich kann's kaum erwarde», sagte sie mit einem koketten Blick über die Schulter.

Kretsche verfolgte ihre Speckröllchen auf dem Hosenbund, bis die beiden um die Ecke gebogen waren.

«Und, hast du's dir überlegt?»

Die Hornbrille stand vor ihm, das weiße Hemd bis zum Bauchnabel aufgeknöpft, seine spitzbrüstige und schweratmende Frau im Arm.

«Hi!» Sie strahlte Kretsche an, als wolle er ihr gleich ein Los der *Glücksspirale* überreichen.

«Ich? Äh, nee, du, tut mir leid. Ich bin noch nicht so weit. Später vielleicht. Mir ist gerade viel zu heiß hier drin.»

Die Hornbrille blickte ihn irritiert an, begann dann schallend zu lachen. Die Frau kicherte mit, obwohl man ihr ansah, dass sie keine Ahnung hatte, was es zu lachen gab. Kretsche im Übrigen auch nicht.

«Doch nicht poppen», japste die Hornbrille. «Auswandern!»

12. Autokorso ins Paradies

Kretsche hatte verpennt. Sein Magen rumorte, der Rest von ihm fühlte sich an wie eine ausgewrungene Badematte. Für ein Frühstück im Hotel war es nicht nur zu spät gewesen, er wäre außerdem Gefahr gelaufen, Carola zu begegnen. Raúl hatte seinen Mietwagen zum Hinterausgang der Hotelanlage gefahren, so konnte Kretsche ungesehen aufbrechen. An einer Tankstelle hinter San Agustin hatte er Chips und Cola gekauft, um seinen Magen zu beschäftigen. Dabei bollerte der im Grunde nur vor Ärger. Ärger auf sich selbst.

Es blieb eine Tatsache: Ausgerechnet an dem Tag, für den er sich so viel vorgenommen hatte, der alles entscheiden sollte, hatte er verpennt. Deshalb war der Vormittag bereits halb herum, deshalb war es saumäßig heiß in dem winzigen Toyota. Die Sonne hatte den Wagen auf dem Hotelparkplatz so sehr aufgeheizt, dass das Gebläse den Kampf gegen die stetig nachrückende Hitze nur verlieren konnte. Die Sonne schien nicht, sie knallte, nein, sie sengte. Kretsche kam sich vor wie ein Insekt unter der Lupe eines Sadistenkindes. Erschöpft hängte er den Arm in den heißen Fahrtwind.

Im Radio lief nach einem spanischen Pophit überraschend «Back in Black» von AC/DC. Gleich verbesserte sich seine Laune erheblich.

«'cause I'm back on the track and I'm beatin' the flack ...»

Das Lied tat gut. Es erinnerte ihn an die Zeit, in der sein Leben noch einfach gewesen war.

Von Agaete aus fuhr Kretsche gemäß der schwäbischen Wegbeschreibung Richtung El Valle. Die Straße verlief zunächst gemütlich durchs Tal bis San Pedro und schwang sich dort in immer dichter geknautschten Serpentinen bergan. Der Weg wurde zudem beständig schmaler. Touristenbusse kamen nur bis zum vielbeworbenen Restaurant *Casa Romantica*, wo sie parkten und umständlich wendeten. Weiter in die Berge bewegten sich nur Individualreisende.

Kretsche legte sich wie ein Motorradfahrer in eine steile Kurve. Mitten in die Biegung war ein Zwei-Sterne-Hotel in den Berghang gepflanzt. Es stand leer. Ohne Not gurkte wohl niemand hier hinauf. Nur wenige Kurven später wies vor der *Casa Esperanza* ein Schild auf Steinschlag-Gefahr hin. Erst im letzten Augenblick entdeckte Kretsche das zweite Schild und bremste hart. Das Sträßchen endete in einer Sackgasse. Er fuhr trotzdem weiter. Bis hierher hatte die Beschreibung gestimmt, er musste auf dem richtigen Weg sein.

Das Auto ächzte nach der endlosen Serpentinenstrecke einen besonders steilen Hang hinauf; hier war das vormals breite schwarze Asphaltband bloß noch ein geteerter Trauerflor. An einem entgegenkommenden Wagen käme Kretsche jetzt nicht mehr vorbei, ohne gefährlich nahe am Abhang zur Rechten zu fahren. In der Mitte des Hangs zweigte eine Schotterstraße nach links ab. An beiden Seiten der Einmündung wachten zwei mannsgroße, mehrarmige Kakteen. Laut Wegbeschreibung musste er dort abbiegen.

Kretsche stoppte in der Einmündung. Die Spitzen des Kaktus direkt neben seiner Fahrertür waren mit roten Feigen geschmückt.

«Man will ja wissen, mit wem man sich einlässt», murmelte er und langte aus dem Fenster, um eine Feige abzubrechen. Er bereute den Handgriff sofort.

«Scheiße! F*u*ck!»

Die Kaktusfeige war mit haarfeinen Stacheln überzogen. Diese Miniaturraketen hatten offenbar nur auf einen Idioten gewartet, der debil genug war, sie anzufassen, und sich unverzüglich und in Massen vom Mutterschiff gelöst. Kretsche warf die Frucht jammernd aus dem Fenster und beschäftigte sich die nächsten Minuten damit, unzählige winzige Dornen aus seinen Fingern zu zupfen.

Dietmar saß am Steuer, Jola fixierte den hellblauen Toyota wie ein zu allem entschlossener Jäger die Hirschkuh.

«Du verlierst ihn.»

Dietmar hatte erkennbar Mühe, nicht genervt zu klingen. «Ich pass nur auf, dass er uns nicht sieht.»

Der Toyota überholte einen Reisebus mit der Aufschrift *Klemens Singlereisen.*

«Jetzt ist er weg», rief Jola.

Dietmar sagte nichts. Er trat das Gaspedal durch und setzte zum Überholen an. In diesem Augenblick leuchteten die Bremslichter des Reisebusses auf. Dietmar musste mit aller Kraft aufs Pedal steigen, um eine Kollision zu vermeiden. Jola flog nach vorne, dass der Gurt heftig in ihre Brust schnitt.

«Au!»

«Entschuldigung!»

Der Reisebus bog nach links auf den Parkplatz eines Gasthofs ab. Dietmar trat wieder aufs Gaspedal und sah aus den Augenwinkeln das Schild *Casa Romantica* vorbeifliegen.

«Wehgetan?», fragte er und warf Jola einen Seitenblick zu. Aber sie suchte längst wieder die Straße nach Kretsches Auto ab.

«Gib Gas!»

Er atmete tief durch. Was sonst? Seit einer Stunde machte er nichts anderes als Gas geben. Und seit Stunden nichts anderes, als in diesem Auto zu sitzen. Um sechs Uhr hatte Jola ihn aus dem Bett gejagt, weil sie so früh wie möglich vor Kretsches Hotel auf der Lauer liegen wollte. Dietmar hatte vorgeschlagen, Kretsche einfach auf seinem Zimmer anzurufen und sich zu verabreden, aber das hatte Jola bereits um fünf vor sechs getan. Es war niemand ans Telefon gegangen. Klar, um die Uhrzeit, hatte Dietmar gedacht, aber nicht gesagt. Außerdem konnte Kretsche ebenso gut gar nicht mehr ins Hotel zurückgekehrt sein. Wahrscheinlich lag er bei einer koksenden Halbprofessionellen und schlief seinen Rausch aus.

Sie hatten im Wagen gewartet, am Straßenrand vor dem Hotel. Sie hatten jedes Auto, das vom Hof gefahren war, beobachtet, jeden Menschen, der auf die Straße getreten war, mit Argusaugen inspiziert. Kein Kretsche weit und breit. Als sogar Jola die Nase voll hatte, war sie bereit, aus der Deckung zu kommen und ins Hotel zu gehen. An der Rezeption versicherte man ihr, der Zimmerschlüssel von Herrn Kreschinski sei nicht abgegeben worden. Er schlafe bestimmt noch. Sie rief von einer Telefonzelle in der Empfangshalle auf Kretsches Zimmer an, aber immer noch nahm niemand ab.

Als Dietmar Jola endlich überredet hatte, mit ihm einen Kaffee am Strand zu trinken und die Lage zu überdenken, vielleicht sogar mal eine halbe Stunde zu entspannen, genau in diesem Moment hatte Jola aufgeschrien.

«Da! Das ist er!»

Ein himmelblaues, kleines Auto hatte seine Schnauze aus einer Einfahrt an der Rückseite des Hotels geschoben, am Steuer die unverkennbar gekrümmte Silhouette Kretsches. Als sich die Wagenfenster senkten, erkannte auch Dietmar ihn. Er musste allerdings zweimal hinschauen, um sicher zu sein. Kretsche trug eine Damensonnenbrille wie Puck, die Stubenfliege, und fädelte sich zügig in den fließenden Verkehr der *Avenida de Gran Canaria* ein.

«Los, mach schon! Hinterher!» Jola hatte ihm auf den Schenkel gehauen, bis er hastig den Motor gestartet und mit filmreif quietschenden Reifen die Verfolgung aufgenommen hatte.

Seitdem hingen sie in sicherer Entfernung am Heck des Toyotas. Und seitdem überlegte Dietmar, wie er Jola von diesem Idioten abbringen konnte. Langsam hatte er es satt, ständig den selbstlosen Helden spielen zu müssen. Vor allem weil sein eigentliches Ziel, die Frau seines Lebens für sich zu gewinnen, mit jeder Heldentat weiter in die Ferne rückte.

«Da ist er. Wir haben ihn wieder», rief Jola erleichtert.

Die beiden starrten konzentriert auf den himmelblauen Wagen ein paar Kurven vor ihnen. Den gelben Renault Clio, der seit dem Hotel an ihnen klebte, bemerkten sie dagegen nicht.

«Was läuft hier für ein Film ab, Leute ...?», murmelte Carola. Sie klappte die Sonnenblende herunter. Zwischenzeitlich war sie so dicht aufgefahren, dass die beiden im Auto vor ihr sie eigentlich erkennen mussten, sollten sie nicht völlig blind sein. Vorsichtshalber ließ sie sich zwei Buslängen zurückfallen.

Als sie morgens nach dem Frühstück Jola an der Rezeption gesehen hatte, wäre sie fast hintenübergekippt. Was machte die denn hier? Hatte sie sich im Büro verraten? Nein, wahrscheinlich hatte Lothar Grebe, der Idiot, sich verplappert. Wobei ... da er nicht wusste, was sie vorhatte, konnte sie ihm keinen Vorwurf machen. Besser, sie zog sich den Mann doch noch zum Vertrauten heran, dann würden solche Missgeschicke nicht mehr passieren. Wirklich dumm war nur gewesen, dass dieser Kapitän Wayne die Reiseunterlagen gesehen hatte.

Carola hatte Kretsche ebenso wenig gefunden wie Jola. Irgendwas war im Busch. Sie hatte Lothar angerufen, der völlig ahnungslos tat. Aber Carola war lange genug im Geschäft, sie witterte, dass etwas faul war. Dann entdeckte sie den Piloten und Jola. Sie lagen wie zwei Paparazzi vor dem Hotel auf der Lauer. Carola wusste augenblicklich, was zu tun war: Wer das Wild erlegen will, folgt am besten dem Hund, der bereits die Witterung aufgenommen hat.

Sie hatte sich mit ihrem Mietauto ein paar Meter hinter den beiden an den Straßenrand gestellt und gewartet. Als Umweltaktivistin wäre sie dabei an einem Hitzschlag gestorben, als eingefleischter Stadtmensch nicht – mit laufendem Motor und eingeschalteter Klimaanlage hatte es sich ganz gut aushalten lassen.

Zweihundert Meter vor ihr kam der grüne Polo mit Wayne und Jola plötzlich ins Schlingern. Eine riesige Staubwolke wirbelte auf. Carola bremste und legte hastig den Rückwärtsgang ein. Mit heulendem Motor kurvte sie hinter einen struppigen Busch auf dem Seitenstreifen, der ihren Renault hoffentlich verdeckte. Auch der Polo war am Straßenrand zum Stehen gekommen. Die Staubwolke legte sich, und Carola konnte erkennen, dass das rechte hintere Wageneck sich bedenklich neigte.

Die Schotterstraße wand sich wie ein grauer Wurm durch die Felsen immer höher ins Gebirge. Kretsche horchte auf das Knirschen und Knacken unter den Reifen. Die Hitze und die spitzen Steine brachten das nicht geländetaugliche Material an die Belastungsgrenze. Hoffentlich waren Mietwagen auf Gran Canaria mit Werkzeug ausgestattet. Völlig unvermittelt erreichte er das Ende des Schotterweges.

Die Steine wichen Asphalt, der Weg wurde zum Sträßchen, der steile Hang zur Bergkuppe. Nach kurzer Fahrt tauchte am Straßenrand ein karger Rastplatz auf, mit Holztisch und einem grob behauenen Baumstamm zum Sitzen. Kretsche fuhr rechts ran und stieg aus.

Hier oben war es mindestens fünf Grad kühler als unten bei den beiden Kakteen. Vom Rastplatz aus konnte man bis zum Meer blicken. Das Tal fächerte sich tief unter ihm auf, es war von grünen Tupfern durchsetzt und einem silbrigen Wasserlauf in der Mitte zerteilt. Weiter als bis zu diesem abgelegenen Rastplatz würde ein zielloser Tourist nicht fahren. Wenn er es überhaupt wagte, die Schotterstraße zu befahren, was Kretsche schwer bezweifelte. Er tätschelte die Motorhaube des Toyotas, wobei er sich beinahe die Hand am Blech verbrannt hätte.

«Weiter so, Brauner, äh, Blauer.»

«Ich habe aber keinen Stein gesehen!»

Jola und Dietmar wanderten einmal um den Polo herum. Sie inspizierten den Wagen, obwohl der Schaden auch ohne Rundgang im prallen Sonnenschein gut erkennbar war – erkennbar platt.

«Der Stein war so groß wie ein Fußball. Auf jeden Fall so groß, dass man nicht mitten drüberfährt.» Jola schluchzte plötzlich auf.

Dietmar nahm das als Zeichen, dass auch ihr langsam aufging, wie irrational ihr Verhalten war. Sein Zorn verflog augenblicklich. «Tut mir leid. Ich hab einfach zu konzentriert auf den Toyota geguckt.»

Jola wischte sich über die Augen.

«Schon gut. Mir tut's leid. Ich werd langsam 'ne richtig hysterische Kuh, so 'ne fiese Heultante. Aber ... mir geht das gerade tierisch an die Nerven. Ich will einfach wissen, was los ist. Ich ...»

«Schsch ...» Dietmar legte seine Hand auf ihren Arm und

lächelte. «Du musst dich nicht entschuldigen. Für gar nichts. Niemals.»

Sie nickte, versuchte sich an einem Lächeln, aber es kam nur eine missglückte Kopie heraus. Ob Dietmar auch *Love Story* kannte?

«Ist nicht das erste Rad, das ich wechsle.» Dietmar öffnete den Kofferraum und verschwand unter der Abdeckung.

Jola zupfte an ihrem schwitzigen T-Shirt. Sie trat gegen den aufgeschlitzten Reifen des Polos. «Drecksding!»

Dietmar tauchte wieder auf. Sein zuversichtliches Grinsen war verschwunden. «Aber es ist das erste Auto, in dem ich kein Reserverad finde.»

Carola setzte sich wieder in den Renault. Die Hitze haute einen aus den Socken, selbst wenn man nur Flip-Flops trug. Sie hatte den Piloten und Jola lediglich ein, zwei Minuten durch das Buschwerk hindurch beobachtet, und ihr Sommerkleid war bereits durchgeschwitzt. Die Felswand zu ihrer Linken spiegelte die Hitze und vervielfachte sie. Wenn man sich davor eine Weile um die eigene Achse drehte, fühlte man sich bestimmt wie ein Batzen Lammfleisch am Dönerspieß.

Sie war weit genug von den beiden entfernt und konnte den Motor laufen lassen. Ohne Klimaanlage würde ihr Make-up höchstens zehn Minuten halten, ihre Frisur sechs, maximal sieben, und ihre Laune keine dreißig Sekunden mehr. Den Aufenthalt auf Gran Canaria hatte sie sich weiß Gott anders vorgestellt. Sie wollte Cocktails trinken, braun werden und sich am Pool von Kretsche den Rücken eincremen lassen, bevor sie ihn auf dem Zimmer bis zur völligen Erschöpfung rannahm. Vielleicht sollte sie sich demnächst doch wieder an Typen wie Sven Haferkord aus dem *Kaiserkeller* halten. Er war zwar ein Arschloch, aber damit konnte man wenigstens umgehen.

Sie beschloss, abzuwarten, bis die beiden den Reifen gewechselt hatten, und ihnen weitere fünfzehn Minuten zu folgen. Wenn bis dahin nichts passierte, würde sie zurück ins Hotel fahren. Haferkords gab's schließlich an jeder gutsortierten Bar.

Nach einer weiteren in der unendlichen Abfolge von Steilkurven konnte Kretsche das Ende der Straße sehen. Sie mündete einen guten Kilometer weiter bergab in einen Wendehammer. Dort standen vier Autos. Kretsche gab Gas.

Am Rand der Sackgasse stellte er den Motor ab und stieg aus. Unter der Kühlerhaube pochte und tickerte es. Vor ihm parkten ein staubbedeckter Landrover, ein schwarzer Ford Ka und zwei silberne Mazdas. Rings um das geteerte Rund wuchsen dünn aufschießende Kakteen, Algarven und Aloe-Vera-Pflanzen zwischen Steinen und Felsbrocken. Meerwärts blickte man weit hinunter ins Tal, der größte Teil des Wendehammers war jedoch von steil aufragenden Berghängen eingefasst. Keine Spur von menschlichen Wesen – von der Straße und dem Wendehammer einmal abgesehen. Kretsche bemerkte den betonierten Pfad erst, als er dicht davorstand. Er begann zwischen zwei Kakteen im Felsengewirr und Gestrüpp des Berghangs und verschwand nach wenigen Schritten hinter einem Felsvorsprung.

Kretsche fischte den Kamerarucksack aus dem Auto und stieg den Pfad bergan. Hinter der ersten Biegung erwartete ihn ein Warnschild, an das sich ein Kaktus mit leuchtend roten Feigen schmiegte:

Privatweg, Durchgang verboten!

Das Ganze auf Spanisch, Englisch *und* Deutsch. Kretsche warf einen Blick auf den Bierdeckel aus dem *Tu Hearts*. Die Pappe war vom Schweiß aufgeweicht. Das Schild war ohnehin das letzte Stichwort, das er sich notiert hatte. Kretsche rief sich Patricks abschließende Wegbeschreibung in Erinnerung.

«Und an dem Schild gehsch noh oifach vorbei und folgsch dem Weg!»

Sie hatten vermutlich den einzigen Mietwagen auf der Insel erwischt, dessen Fach für den Ersatzreifen leer war. Der Wagenheber war vorhanden, das Verbandskästchen ordnungsgemäß mit einem Gummiriemen an der Innenverkleidung festgeschnallt, aber das Ersatzrad fehlte. Jola hatte geflucht, Dietmar hatte geflucht, Jola hatte geflucht. Sie hatten beide gegen das Auto getreten und mussten sich am Ende doch tatenlos in den Schatten des Wagens setzen. Es half alles nichts. Den Weg zurückzulaufen war in der Mittagshitze genauso blödsinnig, wie einfach weiterzugehen, ohne zu wissen, wohin die Straße führte und wie lange es dauerte, bis sie ein Haus erreichten, in dem man ihnen helfen konnte.

«Lass uns warten, bis die Hitze ein wenig nachlässt. Dann entscheiden wir, ob wir umkehren oder weitergehen.» Dietmar war kurz zuvor die Straße hinaufgelaufen, hatte jedoch außer karg bewachsenen Berghängen und weiteren Kurven nichts entdecken können.

«Vielleicht kommt ja einer vorbei», sagte Jola.

«Hier? Ich frag mich eher, warum die hier überhaupt eine Straße gebaut haben ...»

Carola setzte eine Flasche Evian an die Lippen und trank gierig. Ein Blick auf die Tankanzeige beruhigte sie. Drei viertel voll, ebenso wie ihre Wasserflasche. Und in ihrer Strandtasche auf dem Beifahrersitz befand sich noch eine weitere Flasche.

Der Pilot und Jola schienen zu keinen großartigen Unternehmungen mehr imstande. Sie überlegte, ob sie einfach wenden und davonfahren sollte. Die beiden konnten von dort drüben nicht mal erkennen, wer sie verfolgt hatte. Aber ihr Instinkt, der sie immerhin bis hierher geführt hatte, ließ Carola zögern. Es lag etwas in der Luft ... irgendwas würde noch passieren.

***

Er spürte den Schweiß in einem dünnen Rinnsal seine Wirbelsäule herabperlen. Für eine eiskalte Cola hätte er jetzt nackt gesteppt und dazu einen David-Hasselhoff-Oldie gesungen. Kretsche wischte sich mit dem Handrücken über die Stirn und schlüpfte durch ein kaum mannsbreites schmiedeeisernes Tor. Dahinter führte eine gekieste Auffahrt zum Haus hinauf.

Unter einer Finca hatte sich Kretsche bislang ein spanisches Landhaus im bäuerlichen Stil vorgestellt. Oder, wenn es eine Nummer größer sein sollte, ein weißgetünchtes Herrenhaus mit Säulen und Vorbau aus feinsten, illegalen Regenwaldhölzern. Diese «Finca» war weder das eine noch das andere.

Zwischen Felswänden, die wie die Ränge eines Fußballstadions an allen vier Seiten des Grundstücks steil anstiegen, duckte sich ein zweigeschossiges, blauweiß gestrichenes Holzhaus, das eher an die Nordsee oder an einen schwedischen See gepasst hätte. Der Pfad, den Kretsche hinaufgekommen war, bildete im Fußballstadion den Eingang Ecke Südkurve/Osttribüne und verbreiterte sich zur kieselbedeckten Auffahrt. Er führte bis an den Eingang des Hauses, eine wuchtige Eichentür mit bogenförmigem Abschluss. Darüber zeigte ein Balkon die gleichen schmiedeeisernen Arbeiten wie das Tor. Erst jetzt erkannte er, dass es sich um stilisierte Engel mit Herzen in den Händen handelte. Der Balkon zog sich über die ganze Frontseite. In den Fenstern links und rechts der Tür und hinter dem Balkon hingen Gardinen.

Da er bis zu diesem Punkt keine Menschenseele gesehen oder

gehört hatte, schlug Kretsche sich nach rechts in die Büsche. Er wollte erst die Lage erkunden, bevor er sich anmeldete. Die Kamera im Rucksack lief, er schwenkte einmal über die Finca, um den sogenannten «Establishing Shot» zu filmen, eine Einstellung, die dem Zuschauer später zeigte, wo sich die aufregenden Dinge abspielten, die er anschließend zu sehen bekam.

Der Gebäudegrundriss war offenbar L-förmig, vom Tor aus sah man gegen die Außenseite des kurzen Arms, die Längsseite befand sich rechts. Kretsche wollte so weit ums Haus herumschleichen, dass er das «Innere» des L zu sehen bekam. Dort vermutete er einen Garten oder eine Terrasse. Soweit er das Grundstück einsehen konnte, bestand es aus einem Streifen Geröll vor den Felswänden, der in einen etwas breiteren Streifen Rasen überging. Das Gras war von regelmäßigem Sprengen sattgrün. Entlang der Hauswand war ein Weg aus grauen Steinplatten verlegt. Über diese Platten huschte Kretsche geduckt, den Rucksack unter die Achsel geklemmt und die Linse nach vorne gerichtet, zum Ende des langen L-Arms. Um die Hausecke fand er, wie vermutet, eine Terrasse.

Auf dem romantischen Geviert luden Liegestühle und Schirme aus Palmblatt zum Sonnenbaden ein. An dünnen Holzgestellen rankte wilder Wein, umgekippte Amphoren und Marmorstatuen auf dem Terrakottaboden erinnerten ihn an den Innenhof einer römischen Villa, obwohl Kretsche keine Ahnung hatte, wie römische Innenhöfe so ausgesehen hatten. Erst auf den zweiten Blick erkannte Kretsche den erotischen Charakter der Figuren. Die männlichen Statuen waren mit Penissen von gewaltigen Ausmaßen geschmückt; die weiblichen hatten nicht nur besonders pralle Brüste, sie zollten der weiblichen Anatomie auch in allen weiteren Details Respekt. Ausnahmslos.

Die Figuren waren so positioniert, dass es schien, als jagten sie in einem Reigen der Lust über das Gelände. Auch die Amphoren, Schalen mit Windlichtern und kugelförmigen Kerzen waren entweder mit erotischen Zeichnungen versehen oder phallisch geformt.

Klare Ansage, dachte Kretsche.

Die Innenmauern des Gebäude-L waren in einem zarten Gelbton verputzt und von weißen französischen Holztüren durchbrochen, durch die man ins Innere der Finca sehen konnte. Paravents aus weißem Leinen schirmten den Terrassenbereich zu einem Gemüsegarten hin ab.

Beim Filmen rutschte der Riemen des Rucksacks in Kretsches Armbeuge. Er zerrte ihn wieder auf die Schulter. Dabei bemerkte er einen großen dunklen Fleck in der Außenwand des Hauses, es sah aus wie ein Loch. Da das Sonnenlicht ihn blendete, war nichts Genaues zu erkennen. Bevor er die Angelegenheit näher untersuchen konnte, hörte er von einem der Liegestühle einen trockenen Huster. Er zog sich blitzschnell hinter die Hausecke zurück, ging dort in die Knie und lugte vorsichtig auf die Terrasse.

Eine Frau im knappen Rüschenbikini hatte sich aufgesetzt und zündete sich eine Zigarette an. Sie saß mit dem Rücken zu ihm und wurde halb von einer Topfpalme verdeckt, deshalb hatte er sie nicht bemerkt. Vielleicht sollte er doch besser klingeln, bevor man ihn erwischte, für einen Spanner hielt und davonjagte.

Er schlich zurück zum Vordereingang. Auf halbem Weg schwang eine Tür vor und zurück. Sie war weiß gestrichen und musste bis eben verschlossen gewesen sein, wenn er sie im Vorbeischleichen übersehen hatte.

«Das geht nicht, vergiss es!», tönte eine Männerstimme, die sich nach Tenor im Männergesangsverein und Zwirbelschnauzer anhörte. «Lass uns jetzt einkaufen fahren!»

Hinter der Tür antwortete ein verächtliches Schnauben, ein weibliches Schnauben.

«Ich fahre nicht einkaufen. Und ich lade meine Mutter ein, wann immer ich will», sagte eine Frau mit patzigem rheinischem Singsang in der Stimme.

«Deine Mutter kann nicht kommen. Die war doch noch nie hier, warum muss sie ausgerechnet jetzt kommen?»

«Weil sie fünfundsiebzig wird.»

«Eben, die Reise ist viel zu anstrengend.»

«Mutti reist gerne. Außerdem ist es ein runder Geburtstag.»

«Deshalb feiern wir ja auch im Herbst mit deinen Geschwistern und Onkel Müti. Rodenkirchen ist doch viel besser für sie. Marliese, die kriegt 'nen Infarkt hier, in dem ... bei dem ... Ich mein, was wir hier treiben.»

«Dann machen wir mal zwei Tage Pause, und du ziehst was Ordentliches an.»

«Und wenn spontan Gäste kommen? Willst du die alle nach Hause schicken? Mit der Kohle, die wir dringend brauchen?»

«Dann fährst du mit Mutti mal 'nen Nachmittag nach Palmas, laberst sie voll, und ich zieh das hier durch, und gut ist.»

«Du nimmst unsere Sache nicht mehr ernst.»

«Ich nehm *dich* nicht mehr ernst.»

Die Männerstimme schlug einen flehentlichen Ton an. «Marliese, wir setzen uns jetzt in den Steinraum und ...»

«Ich mach keine Augentherapie. Vergiss es!»

«Aber du hast die Augentherapie immer ...»

«Nei-ein!»

Im Haus rumpelte es; Kretsche drückte sich an den rauen Wandputz.

«Rüdiger, fass mich nicht an!»

«Ich fass ja nicht. Ich will doch nur –»

Ein Geräusch, wie wenn ein Metzger einen Vorderschinken auf die Arbeitsplatte klatscht.

«Aua!»

Kein Vorderschinken.

«Körperlichkeit ist positiv, Marliese. Aber was du hier machst, ist pure Aggression. Und die lebst du nur aus, weil du weißt, du bist im Unrecht.»

«Nee, weil ich mir dauernd anhören muss, was ich zu tun und zu lassen habe.»

«Wir können ja alles diskutieren. Aber wir haben hier auch noch ein Geschäft und ...»

«Ha! Und ich darf's nie sagen.»

«Was?»

«Dass es ein Geschäft ist. Der erleuchtete Pharas und seine Göttin, die heilige Kaktusfeige.» Die Frauenstimme troff vor Sarkasmus. «Ich kann den Scheiß langsam echt nicht mehr hören.»

Der Mann schlug nun auch einen aggressiveren Ton an. «Aber ficken tuste gerne.»

«Und?»

«Und? So kannst auch nur du reden. Dir ist scheißegal, wer mit dir auf die Matte geht. Und warum die Leute hierherkommen. Ob die ein Anliegen haben oder ein Bedürfnis.»

«Ja, sicher haben die ein Bedürfnis. Die wollen poppen. Mensch, Rüdiger, mir musst du deine Indienkacke nicht verkaufen – ich hab sie schließlich mit erfunden. Ich war auch da, in dem versifften Ashram, schon vergessen? Und jetzt lenk nicht dauernd ab!»

Eine leichte Brise erfasste die Tür. Sie schwang zu, und die Stimmen wurden gedämpft.

«Deine verdammte Mutter kann mich mal!»

«Ich weiß. Aber sie kommt trotzdem.»

«Kommt sie nicht.»

«Kommt sie doch.»

Kretsche wollte gerade weiterschleichen, als die Tür unvermittelt aufgestoßen wurde, die Außenkante krachte direkt neben Kretsches Ohr in den Putz. Er presste sich wieder an die Hauswand und verfluchte seine Neugier. Zum Glück trat niemand heraus.

«Gut, wenn sie kommt, dann bringst du ihr bei, was die nackten Leute in unserem Tempel zu suchen haben. Ich schmeiß nämlich keinen wegen der raus.»

Die Frau lachte schrill auf.

«Tempel!» Sie spuckte das Wort aus wie einen Gallenstein. «Rüdiger, das ist ein Esszimmer, das du mit Buddhastatuen ausm Baumarkt in Palmas vollgestellt hast. Bloß weil du 'nen Sack voll Räucherstäbchen anzündest, wird aus 'nem Immobilienschnäppchen kein Heiligtum.»

«Nein, aber die Leute glauben, du bist eines. Die kommen her, weil sie am Ende was mitnehmen wollen. Eine ...» Er machte eine Pause, als traue er sich vor Ehrfurcht kaum, das Wort auszusprechen. «Eine Erleuchtung.»

«Nee, geilen Sex.»

Kretsche blickte betreten auf seine Schuhspitzen. Wie konnte er so bescheuert gewesen sein, hier herauszufahren?

Ein mattes Seufzen.

«Kann's eigentlich sein, dass wir hier gerade so was wie 'ne Ehekrise abfeiern?», fragte die Frau.

«Klingt so ...» Der Mann hörte sich zerknirscht an.

«Und wollten wir so was nicht doof finden ... Rüdi?» Die Frau mit den Haaren auf den Zähnen mutierte akustisch zum Mädchen mit Schmollmund.

«Hm», bestätigte der Mann mit Kinderstimmchen. «So was machen wir nämlich nicht.»

«Was machen wir denn?», schnurrte ein Kätzchen.

«Wauziwauzi», brummte ein Kater.

Kretsche klappte der Kiefer runter. Was um Herrgotts willen ging da drinnen vor sich? Er legte das Ohr an den Spalt zwischen Türzapfen und Wand. Er hörte ein Glucksen und Schmatzen. Ein Stuhl oder Tisch scharrte über den Boden. Die Frau kicherte wollüstig. Der Mann grunzte. Blaue verwaschene Shorts flogen aus der Tür und landeten auf den Gehwegplatten. Offenbar beendeten Rüdiger alias Pharas und Marliese, die Kaktusfeige, gerade einen ziemlich schnöden Ehekrach auf die ihnen vertrauteste Art und Weise.

«Kann ich weiterhelfen?»

Kretsche hätte fast einen Herzinfarkt erlitten. Direkt hinter ihm stemmte die Bikinifrau kokett eine Hand in die Hüfte und trat ihre Kippe mit dem Sandalenabsatz aus.

* * *

«Ich hab so einen Durst, ich könnte durchdrehen.»

Dietmar fächelte der stöhnenden Jola mit einem Prospekt der Autovermietung Luft zu. Sein Blick fiel auf die fettgedruckte Notfallnummer. Selbst wenn sie ein Handy dabeigehabt hätten, war kaum zu erwarten, dass man hier oben ein Netz hatte. Zum ersten Mal kam ihm der Gedanke, sie könnten beide auf dieser Straße sterben. Sie saßen nebeneinander an die Schattenseite des Autos gelehnt im Straßendreck. Seine Zunge klebte am Gaumen, er bekam allmählich Kopfschmerzen. Sie hatten beide aufgehört zu schwitzen. Als stünde den Körpern keine Flüssigkeit mehr zur Verfügung. Pilot eines Urlaubsfliegers stirbt neben Auto auf Gran Canaria – was für ein mieser Abgang.

Trotzdem fand er allmählich Gefallen daran, alleine mit Jola zu sein. Alleine in der Einöde, dem Sterben nahe, verdurstend, ohne jede Hoffnung. Er würde gleich den Arm um sie legen, sie sich an seine Brust kuscheln, ängstlich wie ein kleiner Vogel seinen Schutz und seine Nähe suchen. Sie würde endlich erkennen, wer immer da war, wenn sie Hilfe brauchte, wer bereit war, für sie zu sterben, wer –

«Ach, scheiß drauf! Lass uns gehen!», unterbrach Jola seine Träumereien. «Das war echt alles 'ne Schnapsidee. Komm, hat eh keinen Zweck, hier zu warten! Noch eine halbe Stunde, und wir sind verglüht. So weit war's doch gar nicht bis zu diesem Haus in der Kurve. Und nur bergab. Weiter unten waren auch genug Bäume, da ist die Straße schattig.»

Sie erhob sich. Ohne nachzudenken, griff Dietmar nach ihrer Hand, hielt sie fest.

«Warte!»

Sie sank wieder neben ihn in den Autoschatten.

«Ich muss dir was sagen.»

Carola steckte mit dem halben Oberkörper im Gebüsch. Bislang hatten die beiden nichts gemacht, außer im Schatten zu hocken und Däumchen zu drehen. Kamen die nicht auf die Idee, Hilfe zu holen? Hatten sie kein Handy dabei? Sie zog sich zurück und warf einen Blick auf ihr Telefon. Kein Netz. Kein Wunder.

Sie wischte sich mit einem Erfrischungstuch übers Gesicht, fasste den Saum ihres Rockes und fächelte sich Luft an die Beine. Außerhalb des Autos war es wirklich nicht auszuhalten. Sie stieg wieder ein und ließ den Motor an. Der Wind, der stetig durch die Spalten und Ritzen der Felsen auf dem Berghang pfiff, übertönte das Motorengeräusch, vereinigte es mit dem Grundrauschen der Landschaft, sodass beim anderen Auto nichts mehr davon zu hören war.

Ich zähle jetzt langsam bis fünfzig, und wenn dann nichts

passiert, wende ich, fahr zurück und lege mich an den Hotelpool!

Mit diesem Entschluss öffnete Carola die zweite Flasche Wasser und trank sie gierig bis zur Hälfte leer.

«Du willst ... Das ist jetzt nicht dein Ernst?» Jola starrte ihn völlig entgeistert an.

Dietmar bereute längst, den Gedanken ausgesprochen zu haben. Es war einfach über ihn gekommen.

«Ja, nein ... Ich wollte doch nur. Wir müssen ja nicht gleich heiraten. Aber Jola, ich ...»

«Stopp! Nicht weiterreden!» Jola war aufgestanden. «Okay, der Heiratsantrag war ein Scherz. Die Sonne, die Hitze, alles ein bisschen zu viel. Ich dreh ja auch langsam durch. Aber alles, was du jetzt noch sagst, kann viel kaputt machen.»

Sie lächelte. Dieses Lächeln, das Frauen aufsetzen, wenn sie dem Mann einen Korb geben, mit dem sie *so super reden können* oder *so toll lachen können*, aber bei denen *einfach was fehlt für mehr*. Dieses Lächeln hatte Dietmar zuletzt mit vierzehn gesehen, aber er hatte es nie vergessen.

«Du bist mein bester Freund, Dietmar, das weißt du. Und was du hier für mich tust ...»

Er erhob sich ebenfalls. «Schon okay. Mach ich gerne.» Er fand, das klang beiläufig genug, um Haltung und Würde gewahrt zu haben. Er klopfte sich den Staub von der Hose. «Lass uns gehen!»

«Fünfzig!», zählte Carola laut. Sie legte entschlossen den Rückwärtsgang ein. Durch die Zweige sah sie, wie Jola und Dietmar sich erhoben. Sie schob den Schalthebel wieder in den Leerlauf.

«Fahr, Mädchen! Das bringt nix hier», murmelte sie.

Plötzlich bemerkte sie im Rückspiegel eine Staubwolke. Nein, keine Staubwolke, ein Auto. Carola ließ sich zur Seite auf den Beifahrersitz fallen. Das Auto rauschte an ihrem Versteck vorbei, kurz darauf hörte sie es knirschend am Straßenrand zum Stehen kommen.

Jola und Dietmar beugten sich zum Beifahrerfenster des schwarzen Polos hinunter. Eine rosige junge Frau in ärmellosem Shirt mit dem Aufdruck *Hard Rock Café München* strahlte sie an. Sie war, wie Dietmars Mutter gesagt hätte, «gut dabei» oder hatte, wie sein Vater es ausgedrückt hätte, «mächtig was zum Anfassen». Der Mann am Steuer passte perfekt zu ihr. Auch er hatte frische rote Wangen. Die Hände auf dem Lenkrad waren breit und kraftvoll, sahen nach täglicher körperlicher Arbeit aus.

«Buenas dias», grüßte Dietmar, obwohl ihm klar war, dass es Deutsche und keine Spanier waren. Aber er hielt sich im Ausland immer an die Regel: Erst die Landessprache, dann Englisch, dann Deutsch! So zeigte man Respekt, war höflich und hatte nebenbei allen klargemacht, dass man kein Idiot war.

«Hallo», sagte Jola.

«Hallo», sagte die Frau. «Habd ihr oi Panne?»

«Ja, der Reifen ist geplatzt, weil wir über einen Stein –»

«Und als ich das Rad wechseln wollte, haben wir gemerkt, es ist kein Ersatzreifen an Bord», unterbrach Dietmar Jola.

«Koi Problem, mir helfet eich. I bin übrigens die Ina.»

Der Fahrer beugte sich über Ina. «Un i bin dr Padrigg.»

«Ich bin Jola, und das ist Dietmar.»

Ina und Patrick stiegen aus. Ina klappte die Rückenlehne um. «Mir hend joo eh desselb Zil.»

«Wie bitte?», fragte Jola.

«Wir haben joo eh dasselb Ziel», wiederholte Ina langsam auf «Hochdeutsch».

Patrick schmunzelte. «Mir sin Schwabe. Hörd mer, gell?»

«Kaum», sagte Dietmar. «Und wieso haben wir dasselbe Ziel?»

Patrick zog mit dem Finger sein Augenlid herunter. «Mir fahret doch au in d Finca.»

«Wohin au sonsch, gell? Die Schdraße ended ja da.»

Jola warf Dietmar einen vielsagenden Blick zu. Nun wussten sie, wohin Kretsche gefahren war.

«Und was ist das für eine Finca?», fragte Jola harmlos.

Patrick und Ina schauten sich an und prusteten los.

«Leide, koi Panik. Mir könnet offe schwätza», sagte Ina.

«Mir wollet desselb da wie ihr», ergänzte Patrick.

«Ja, dann ...», sagte Jola und zuckte verstohlen mit den Achseln, als Dietmar sie fragend anblickte. Sie hatte eine Idee.

«Wir würden nur gerne selber fahren. Meint ihr, wir könnten euren Ersatzreifen haben?» Jola wies auf den Aufkleber der Autovermietung an der Windschutzscheibe. Er war identisch mit dem ihres Polos. «Das kann man bestimmt easy mit denen klären.»

«Ich ruf die auch gleich an, sobald ich wieder Empfang habe», sagte Dietmar.

«Koi Problem.» Patrick grinste. «Solang i den Reife ned mondiere muss.»

Er öffnete den Kofferraum.

«Alls klar, da unde isch'r.» Patrick reichte Dietmar einen Wagenheber. «In zehn Minude seid ihr wiedr auf dr Schdraß.»

Ina nickte. «Es führd nur oi Weg ins Paradis, hajo, so isch des!»

13. Im Tempel der Kaktusfeige

«Wir dachten, wir wären alleine.»

«Und die Jasmin lag ja auf der Terrasse ...»

«Jasmin ist die Dame mit dem Bikini.»

«Die Frau von Timo. Die beiden kommen aus Karlsruhe. Stammgäste.»

«Aber der Timo ist gerade mit zwei holländischen Gästen nacktwandern.»

«Die sind auf Empfehlung gekommen. Passiert oft. Bei uns fühlen sich alle superwohl.»

«Nacktwandern kann man hier oben ganz toll.»

«Weil's so einsam ist.»

«Ja ... Deswegen dachten wir auch, wir wären alleine.»

«Das ist uns alles wirklich unangenehm.»

Rüdiger und Marliese beendeten unvermittelt ihr Rededuett und schauten Kretsche verlegen und zugleich erwartungsvoll an. Sie waren sich nicht ganz darüber im Klaren, wie viel er an der Küchentür gehört und was er überhaupt dort zu suchen gehabt hatte. Kretsche hatte nur unmissverständlich zu verstehen gegeben, dass er lange genug dort gestanden hatte. Ihm war sofort klar gewesen, er brauchte ein Faustpfand, wenn er Ärger und einen Haufen Fragen vermeiden wollte.

Als Jasmin, die Bikinifrau, vor ihm stand und nur Sekunden später Rüdiger, mit einem Küchenhandtuch um die Hüften, und Marliese, die hektisch einen Sarong unter der Brust verknotete, dazukamen, war ihm spontan der bedeutungsschwangere Satz eingefallen: «Hi. Ich habe interessante Dinge gehört. Auch über die Finca.»

Er fand das auch im Nachhinein einen filmreifen Spruch, wie überhaupt sein ganzer Auftritt im Großen und Ganzen filmreif gewesen war. Filmreif und erfolgreich. Die beiden Hausbesitzer hatten ihn unverzüglich in die Küche gebeten und Jasmin viel Spaß beim Entspannen im «Lustgarten» gewünscht (womit wohl gemeint war, sie solle sich auf die Terrasse verziehen).

Marliese hatte selbst im sackförmigen Sarong eine schlanke und doch sehr weibliche Figur mit langen Beinen und herzförmigen Kniescheiben. Auf ihrem Meerjungfrauengesicht blitzten Sommersprossen wie stilvoll arrangierte Vollmilchschokostreusel auf einem frisch bestrichenen Baguette.

Rüdiger war mittlerweile in seine Shorts geschlüpft, zupfte sich nervös an den Brusthaaren und knetete abwechselnd seine Furchennase. Sein Schädel war glattrasiert, was die Blumenkohlohren noch stärker ins Auge fallen ließ.

«Und wie bist du jetzt noch gleich auf uns aufmerksam geworden?», fragte Marliese vorsichtig.

«Angemeldet warst du ja nicht», ergänzte Rüdiger.

«Stimmt.» Kretsche wägte seine Worte ab. Er musste sich in die beste Ausgangsposition bringen, um den Dreh nicht zu gefährden. Vielleicht öffneten die beiden einem Reporter Herzen und Türen, wenn er deutlich genug signalisierte, er würde aus Fairnessgründen alles Peinliche vergessen, was er gehört hatte.

DU BIST AUCH NICHT BESSER ALS CAROLA – ERPRESSER!

«Ich war zu einem Interview mit Ihren holländischen Gästen verabredet», sagte Kretsche. «Ich bin Journalist.»

Pharas-Rüdiger und Kaktusfeigen-Marliese erbleichten. Rüdiger stützte sich an einem Kühlschrank ab, an dessen Seite ein knallroter Aufkleber prangte: *Haushaltsgeräte Ingolf Rüggeberg.*

«Keine Sorge. Ich drehe einen Beitrag über Urlauber auf Gran Canaria. Ganz fair, ganz sauber. Und hier», er machte eine ausladende Armbewegung, «hier geht es ja um spirituelle Offenbarungen, wenn ich das richtig verstanden habe.»

Rüdiger und Marliese nickten synchron und dankbar für die Brücke, die er ihnen baute. Sie waren immer noch bleich wie zwei Kleenextücher.

«Ihre Einrichtung hier oben würde meine Eindrücke und Bilder vom Rest der Insel hervorragend abrunden. Aber Sie reden bestimmt nicht gerne über die Finca und Ihre Mission, oder?»

Die beiden warfen sich einen schnellen Blick zu. Rüdiger räusperte sich.

«Also, normalerweise sind wir sehr auf Diskretion bedacht. Du ... Sie werden verstehen, dass unsere Gäste nicht unbedingt wollen, dass die Lieben daheim erfahren, was sie hier treiben.»

«Dabei ist das ja alles eher im Wellness- und Relaxbereich anzusiedeln, nicht?» Kretsche baute für die beiden noch einen Randstreifen an die Brücke. Dabei holte er wie selbstverständlich seine Kamera aus dem Rucksack und legte sie auf den Tisch. Die beiden starrten sie an wie eine entsicherte AK47-Maschinenpistole.

«Relax ... genau», stammelte Rüdiger.

«Wellness!», bekräftigte Marliese.

Beide nickten wieder synchron. Rüdiger deutete auf die Kamera.

«Läuft die?», fragte er vorsichtig.

«Noch nicht.»

Beide atmeten auf.

«Vorhin schon.»

Beide versteinerten. Rüdiger schluckte schwer, die buschigen Brauen über seinen Augen bebten. «Das ist aber nicht in Ordnung, so was.»

«Ich weiß.» Kretsche lächelte beruhigend. «Wenn Sie mir ein paar Fragen beantworten könnten und mich ein bisschen rumführen, hätte ich auch viel besseres Material als so einen verwackelten Heimlich-Kram. Und wenn die holländischen Gäste zurück sind, mache ich noch ein Interview mit denen und bin auch schon fertig.»

«Soso …» Marliese kniff die Augen zusammen.

Kretsche fühlte instinktiv, dass sie einen Gegenangriff vorbereitete. Marliese war ein ernstzunehmender Gegner, viel gerissener als ihr Mann. In ihren Augen loderte Kampfgeist. Er musste den Sack zumachen.

«Und am Ende entscheiden Sie, ob ich alles verfremde oder ob wir dafür sorgen, dass Sie nächste Saison neue Gästezimmer anbauen können!»

Marlieses Gesichtszüge entspannten sich; auch Rüdiger war sichtlich erleichtert.

«Ich habe auch eine Idee», sagte Marliese.

Kretsche war, als nehme sie innerhalb von Sekunden eine andere Persönlichkeit an. Ihre grünen Augen wirkten mit einem Mal verführerisch schläfrig, ihr Oberkörper straffte sich, sie schrägte die Füße in Modelposition, und ihre Stimme tropfte warm in Kretsches Ohren:

«Mein Mann führt Sie ein wenig herum. Und nach der kleinen Führung zeige ich Ihnen, warum die Leute so gerne hierherkommen.»

Sie strich ihm mit einem Finger über den Arm. Sämtliche Härchen stellten sich auf, und ein Schauer lief über Kretsches

Rücken. «Ein guter Reporter will doch immer alles aus erster Hand wissen, oder nicht?»

Kretsches Nicken fiel weitaus weniger souverän aus, als es gedacht war.

«Und hier ist dann noch unser Steinraum.» Rüdiger öffnete eine ungeschliffene Holztür.

Der Steinraum war ein Zehn-Quadratmeter-Kabuff mit grob verputzten weißen Wänden, einem Fußboden aus grauen Steinquadern und zwei Felsbrocken im Abstand von einem halben Meter in der Mitte des Raumes. Dieses Nichts wurde von einem winzigen Fenster knapp unterhalb der Decke erhellt.

Die Finca, so hatte es sich Kretsche mit aller Deutlichkeit gezeigt, war nichts anderes als ein gut ausgestatteter Swingerclub mit Übernachtungsmöglichkeit. Ob in der *Grotte* oder der *Hibiskusoase* mit einer Batterie *Federgerten* an der Wand – über allem schwang ein Hauch von Esoterik, gemischt mit römischer Orgienstimmung, indischer Tempelatmosphäre und samtigroter Puffromantik. Rüdiger wusste zu jedem Winkel, dem *Aktions-Raum* wie der *Sinnlichkeits-Oase* (ein Whirlpoolzimmer mit Palmen) eine besondere Geschichte zu erzählen. Schwer vorstellbar, dass sich jemand für diesen Kram interessierte. Kretsche ging jede Wette ein, dass die meisten Gäste nur herkamen, um ausgiebig und ohne Zeitdruck sämtliche Sauereien durchzuspielen, von denen sie immer schon geträumt hatten. Und da alles all inclusive war, auch die Übernachtung, mussten sie nachts nicht mehr zum eigentlichen Urlaubshotel zurückfahren. Die Finca war die Verwirklichung von Kikis Traum.

Kretsches Blick fiel wieder auf die beiden Felsbrocken. Auf ihrer Oberseite glänzten blank gewetzte Mulden.

«Sitzt man auf denen?» Kretsche schwenkte mit der Kamera durch den Raum und über die Felsen.

«Genau. Nackt und bloß und rein. Es ist nicht erlaubt zu sprechen, nur über die Augen. Mann und Frau blicken sich bloß in die Augen, mindestens eine Stunde lang. Eine visuell stimulierende Kommunikation. Sie glauben gar nicht, wie sinnlich das ist. Und was das für einen reinigenden Effekt hat.»

«Wenn man genug Sitzfleisch hat.» Kretsche senkte die Kamera und blickte Rüdiger an. «Und nackt ist man, weil's trotz allem Sex ist?»

Rüdiger blieb ernst. «Nein. Damit man sich nicht mehr ausziehen muss, wenn's nach nebenan geht.»

Er trat zur Tür an der gegenüberliegenden Wand und öffnete sie einen Spaltbreit. «Unser letzter Raum. Der Tempel.»

«Ah, mit den Buddhastatuten aus dem Baumarkt.» Den konnte Kretsche sich nicht verkneifen. Die alte Krankheit.

Rüdiger errötete ein wenig. «Ähm, genau. Ja, treten Sie doch ein! Meine Frau übernimmt dann die weitere ... Führung.»

Rüdiger hielt ihm die Tür auf und warf sich in die Brust, als warte dahinter Roms Imperator.

«Die Kaktusfeige!»

Kretsches Reporter-Selbstbewusstsein schmolz dahin wie ein Eis in der kanarischen Mittagssonne. Was um Himmels willen erwartete ihn jetzt?

«Wir sehen uns später.» Rüdiger faltete die Hände vor der Brust und senkte mit ernster Miene den Kopf. «Namaste!»

Kretsche trat über die Schwelle in den *Tempel*. Hinter ihm schloss sich die Tür. Gleißendes Sonnenlicht blendete Kretsche, er kniff die Augen zusammen. Sein flüchtiger Blick von der Terrasse hatte ihn nicht getäuscht: Die gegenüberliegende Wand war aufgebrochen worden. So konnte man den *Tempel* von draußen wie durch einen gezackten Höhleneingang betreten. Ein Vorhang raschelte, das Sonnenlicht verschwand.

«Willkommen, Fremder.» Das war eindeutig nicht Marlieses

Stimme, sondern die der Kaktusfeige. Flüsternd, samten, verführerisch. Kretsches Atem rasselte. Er hatte seit einer ganzen Weile nichts getrunken.

«Komm her zu mir!»

Kretsche blinzelte, um klarer zu sehen. Vor den verbliebenen Wänden standen hüfthohe Buddhastatuen, jeweils drei vor jeder Wand, dazwischen gewaltige Palmen in Terrakottatöpfen und Kerzen in dünnen Holzständern. Auf dem Steinboden lagen Perserteppiche, die Wände waren mit reduzierten erotischen Skizzen und auf alt getrimmten Kamasutra-Drucken in Holzrahmen geschmückt. Die Luft war geschwängert vom Duft der Räucherstäbchen, die überall verteilt in kleinen Tongefäßen glimmten. Mit jedem Atemzug benebelten sie Kretsche mehr.

In der Mitte des Raumes wuchs ein überdimensionales Futonbett wie ein Altar aus dem Boden. Und in der Mitte dieses Altars kniete sie – die Kaktusfeige. Sie war in mehrere durchsichtige Schleier gehüllt, die die Trägerin nackt und angezogen zugleich erscheinen ließen. Die Kaktusfeige hatte nichts mehr mit der Frau in der Küche zu tun, der streitsüchtigen Tochter, der nörgelnden Ehefrau, der gerissenen Pensionsbesitzerin. Diese Frau dort im Dämmerlicht war die Inkarnation von Sinnlichkeit und Wollust.

«Komm! Komm her zu mir!», flüsterte die Kaktusfeige.

Und er gehorchte. Wo war sein Rucksack, die Kamera? Was machte er da eigentlich? Er wollte doch gar keinen Sex.

HALLO?! NICHTS ANDERES WOLLTEST DU. NÄHER! GEH NÄHER RAN!

Die Kamera, der Rucksack … hing an seiner Hand.

FALLEN LASSEN!

Der Riemen rutschte durch seine Finger; der Rucksack fiel zu Boden.

«Hierher ... komm hierher!»

Was machte er da eigentlich? Er wollte keine andere Frau als Jola. Ja, das wusste er in dieser Sekunde klarer als je zuvor: Er wollte keine andere Frau als Jola.

JA JA, SPÄTER! JETZT NÄHER RAN!

Die Kaktusfeige griff nach seiner Hand. Die Schleier fielen von ihr ab wie Blätter von einem Feigenbaum. Kretsches Augen versanken im Anblick ihrer blühenden Lippen, der üppigen Ansätze ihrer Brüste. Was zum Teufel geschah mit ihm?

«Schsch ...» Sie legte einen Finger an seine Lippen, als hätte er seine Gedanken laut ausgesprochen.

Sie hielt ihn an beiden Händen fest, ihre Augen bohrten sich in die seinen. Kretsche stöhnte leise. Konnte es sein, dass die Frau eine Hypnotiseurin war?

«Ja, lass dich fallen ... Horch auf deinen Atem ... Fühle deinen Herzschlag ...»

Verdammt, sie war eine Hypnotiseurin! Er senkte den Blick. «Ich, äh ... bitte ...»

Sie hob sein Kinn an, bis sie wieder Augenkontakt hatten. «Nicht reden. Genießen! Damit du deine Sorgen vergisst – und unser kleines Gespräch vorhin.»

Sie begann eine orientalische Weise zu summen. Jedenfalls klang es, wie Kretsche sich eine orientalische Weise vorstellte. Normalerweise hätte er sich schlappgelacht. Stattdessen fühlte er in seiner Hose eine gewaltige Erektion wachsen.

«Atme ganz tief ein ... Und wieder aus ... Ein ... Und aus ... Du hörst das Pochen deines Herzens, nichts als das Pochen.» Ihre Stimme war nur noch ein Wispern. Sie nahm seine Hände, schob sie unter die letzten Tücher, die noch notdürftig ihren Oberkörper verhüllten, legte sie auf ihre Brüste. «Spürst du die Wärme, die Wärme meines Herzens?»

Ihre Brustwarzen kitzelten an den Innenflächen seiner

Hände. Okay, er spürte auch die Wärme. Verdammt nochmal, ja, er spürte sie!

«Lass dich fallen ... Genieße die Aufhebung von Raum und Zeit.»

Oh, ja, er genoss sie. Und wie er sie genoss.

«Deine Lust ist unendlich, und unendlich ist der Strom des Blutes in dir. Wallendes, heißes Blut.»

Ziii-riiip!

Sie hatte den Reißverschluss seiner Hose geöffnet. Kretsche schloss die Augen. Das, was sie dort drinnen vorfinden würde, führte alle seine Versagensängste ad absurdum. Er hatte noch nie im Leben eine solche Erektion gehabt. Nicht mal mit fünfzehn gleich nach dem Aufwachen. Eine Latte für die Ewigkeit. Wenn er damit einer Frau keinen Orgasmus verschaffen konnte, war sie aus Terrakotta oder scheintot.

«O ja ...» Das Wispern ging in ein Stöhnen über. «Jaaa ... Du bist mein. Du fühlst jetzt, was ich fühle ...»

Kretsche atmete tief die rauchgeschwängerte, würzige Luft ein; ihm war ganz leicht, er wurde nach Indien fortgetragen, in einen Tempel des Sexus, auf einen Altar der Lust ... mit Buddhas aus dem Baumarkt!

Er schlug die Augen auf. Wo kam jetzt bitte schön der Gedanke her? Kretsche blickte an sich herunter. Er kniete auf dem Futon, die halbnackte Kaktusfeige streifte gerade die Hose über seinen Po. Dabei zog sie leise, aber sehr ungöttlich die Nase hoch. Wollte er mit dieser Frau wirklich Sex haben?

NEIN, DU IDIOT! DAS WAR EINE ANDERE. IHR NAME FÄNGT MIT J AN! ABER EGAL JETZT – WEITER!

«Du bist widerlich!», rief eine wohlbekannte Stimme verächtlich.

Sonnenlicht durchflutete den Raum. Kretsche schirmte die Augen mit der Hand ab. Der Vorhang vor dem Loch in der

Wand war beiseitegeschoben worden, eine schlanke Silhouette zeichnete sich gegen das Sonnenlicht ab.

«Jola!», rief Kretsche entgeistert.

Im selben Augenblick zog die Kaktusfeige ruckartig die Hose über seine Knie. Kretsche ruderte hilflos mit den Armen, wankte und plumpste auf seinen nackten Hintern.

Umrahmt von der durchbrochenen Wand, deutete Jasmin unsicher auf Jola. «Ich dachte, die is Kundschaft.»

Sie zupfte die Rüschen ihres Bikinioberteils zurecht und verkörperte in diesem Moment zweifellos die Blödheit auf zwei Beinen. «Oder sind Sie nicht?»

Jasmins Frage richtete sich an Jola. Jola, die versteinert mit ansah, wie Kretsche sich in seine Hose kämpfte, dabei immer wieder aufs Futon fiel, schnaufte, fluchte und sich vom Bett wälzte. Er hüpfte auf sie zu, wobei ein Bein in der verdrehten Hose hakte. Dann stieß er mit dem Knie gegen einen Buddha und heulte auf.

Jasmins Frage richtete sich an Jola, die mit Abscheu die nackte Marliese dabei beobachtete, wie sie seelenruhig bunte Tücher vom Boden aufsammelte und wie Putzlappen über ihre Schultern warf (um ihre Hüfte hing noch eins, dessen Knoten sich gelockert hatte, sodass es die außergewöhnlich reichhaltig sprießenden Schamhaare nicht mehr verbergen konnte).

«Nein, ich bin keine Kundschaft», sagte Jola zu Jasmin. Ihre Worte verdunkelten den Himmel und senkten die Außentemperatur um sieben Grad. Mindestens.

«Also, verarschen kann ich mich selber.» Jasmin ließ den Gummizug ihres Bikinis schnalzen.

«Das glaube ich unbesehen», sagte Jola.

Jasmin zog beleidigt eine Schnute, drehte sich auf dem Absatz um und stakste mit erhobener Nase davon.

«Jola, ich ...» Kretsches Fuß fand unerwartet den Weg durchs Hosenbein; seine Zehen stießen heftig gegen den Steinboden.

«Autsch! F*u*ck!» Er hüpfte fluchend vor Schmerzen auf einem Bein.

Links und rechts von Jola steckten plötzlich Patrick und Ina ihre Köpfe in den *Tempel*.

«Ja, hallo! Da isch sie joo, die ganze Meude!»

Jola drehte sich brüsk um, schob die beiden beiseite und verschwand.

«Jola, warte!»

Eine Hand legte sich auf seine Schulter.

«Hör mal, Süßer, so langsam gefällt mir das hier gar nicht mehr.» Marliese drehte ihn zu sich um. «Wir hatten 'nen Deal. Aber so einen Terror kann ich hier nicht gebrauchen.»

Die Kaktusfeige war offensichtlich wieder zu Marliese geworden. «Ihr vergrault mir ja die Kunden.»

«Ja, ich ... Ach, Scheiße!» Kretsche schlüpfte hektisch im Kreis tanzend in seine Schuhe.

Patrick und Ina standen verwirrt auf der Terrasse. Marliese steckte den Kopf zu ihnen raus.

«Hallo, ihr zwei!», säuselte sie. «Geht doch schon mal zum Haupteingang vorne! Ich kümmer mich sofort um euch.»

«Jola?», rief Kretsche durchs Mauerloch. «Jooolaaa!»

«Hallo?» Marliese schob ihre Hand über seinen Mund, zog ihn zurück. «Geht's noch?»

Er stieß sie weg, schnappte seinen Rucksack und setzte durchs Mauerloch. «Ich muss weg.»

«Ja, danke. Mir hat's auch Spaß gemacht!», schrie Marliese ihm hinterher.

Während Kretsche fluchend an Patrick und Ina vorbei über die Terrasse hetzte, hatte er trotz allem noch Zeit, über die wundersame Wandlungsfähigkeit dieser Frau zu staunen.

Der Asphalt des Wendehammers war kurz vor der Verflüssigungsgrenze. Die Luft über dem Boden flirrte, von den Berghängen ringsum echote das Zirpen der Grillen. Kretsche nahm das alles nicht wahr. Er versperrte Jola den Weg zum Polo, in dem Dietmar am Steuer saß.

«Soll ich aussteigen?», rief Dietmar aus dem Auto.

«Nein!», antworteten Jola und Kretsche gleichzeitig.

«Was macht das Arschloch hier?», fragte Kretsche.

«Hier ist nur ein Arschloch, und mit dem habe ich NICHTS mehr zu besprechen«, brüllte Jola. «Lass mich sofort einsteigen!»

«Erst wenn du mir zugehört hast.» Kretsche fuchtelte nervös mit den Händen. Jetzt galt es, jeden Satz genau zu überlegen und keine Zeit zu verlieren. Zwei ziemlich dämliche Grundsätze, wenn man sie gleichzeitig berücksichtigen musste.

«Jola, ich hab –»

«Mit einer anderen Frau geschlafen!»

«Quatsch, das war doch nicht geschlafen. Nein, also, ich mein ... Ich ... ich hab das doch alles nur für dich getan.»

«Du vögelst mit anderen Weibern – für mich?» Hätte Jola in diesem Moment eine Knarre gehabt, wäre das mit Sicherheit Kretsches Ende gewesen.

«Jola, Mann, ich hab doch gar nicht ... Nee, anders!» Er setzte noch einmal an, ruhiger. «Als du Schluss gemacht hast –»

«Ich? *Ich* hab Schluss gemacht? *Du* bist abgehauen.»

«Weil du Schluss gemacht hast.»

«Ich hab überhaupt nix. Du bist wie ein wildgewordener Eber durchs Wohnzimmer –»

«Okay, okay!», unterbrach Kretsche sie. Das war definitiv der falsche Anfang gewesen. «Fangen wir bei gerade eben an. In der Finca, das sah vielleicht ein bisschen komisch aus.»

«Hast du mich lachen sehen?»

Selbst in dieser Situation kam Kretsche nicht umhin, Jola für diesen Satz Respekt zu zollen.

«Jola, du weißt, wie ich ... jedenfalls sah das womöglich eindeutiger aus, als es war.» Er zeigte seinen Rucksack. «Da ist meine Kamera drin. Ich habe gearbeitet, äh, also gedreht.»

«Oh, über Nacht Pornoproduzent geworden? Jetzt lass mich durch!» Sie wollte ihn beiseiteschieben.

«Soll ich?», fragte Dietmar.

«Nein!», raunzte Kretsche und trat gegen das Auto.

«Das ist nicht seins», sagte Jola.

«Ist mir scheißegal.»

«Klar. Sagte ich das nicht schon mal vor ein paar Tagen? Dir ist immer alles scheißegal!»

«So meinte ich das ... Mensch, Jola, jetzt lass uns doch mal in Ruhe hinsetzen und reden. Das wollte ich sowieso. Hat mich richtig geärgert, dass ich abgehauen bin.»

«Kretsche –»

«Aber dann wollte ich diese besondere Reportage machen. Und ich musste mich erst heilen, bevor ich zu dir kommen konnte. Wegen der Orgasmussache.»

«Du –»

«Und dann habe ich diese Holländer getroffen. Und die Kamera ist geklaut worden.»

«Kretsche, du redest Müll», unterbrach Jola ihn heftig.

«Du gibst mir ja keine Zeit!»

«Du hattest genug Zeit. Und wie du die nutzt, habe ich ja eben gesehen.»

Dietmar hupte. Diesmal trat Jola gegen das Auto. «Gleich, verdammt!»

«Und du?» Kretsche zog verächtlich die Oberlippe hoch. «Was machst du mit diesem Scheiß-verkackten-Arschloch da? Direkt in 'nen kleinen Liebesurlaub starten!»

«Liebesurlaub?»

«Ja, oder wollt ihr mir hier eure Verlobung bekannt geben?» Kretsche hielt inne. Ihm wurde bewusst, wie seltsam Jolas Anwesenheit war. «Wie habt ihr mich eigentlich hier gefunden? Ich kapier gerade überhaupt nichts mehr.»

«Na, da geht's uns ja ausnahmsweise mal beiden gleich. Beziehungsweise, ich weiß ja zumindest, dass du's dir hier mit deiner beschissenen Tussi-Chefin gemütlich machen wolltest.»

«Was? Mit Carola?»

«Mit wem sonst?! Und, wie lange läuft das schon? Ich mein, unabhängig von den Geschichten, die du sonst noch alle am Start hast.»

«Welche Geschichten? Und wieso Carola? Ey, ich hab alles getan, um der nicht zu begegnen. Wie kommst du denn jetzt da drauf?»

«Indem ich eins und eins zusammenzähle. Frauen können so was nämlich.»

Kretsche hob beschwichtigend die Hände. «Okay, Deal! Jeder erzählt ganz in Ruhe seine Geschichte und –»

«Ah, de rasende Reporter!», donnerte eine forsche Männerstimme aus dem Gebüsch. «Hattest dou Sehnsucht nach uns?»

Kretsche und Jola wirbelten herum.

«Und er hat uns eine schöne Frau mitgebracht», ergänzte eine fidele Frauenstimme.

Aus dem Buschwerk am Rande des Wendehammers brachen nacheinander Jasper, Roos und ein fröhlich winkender Backenbart mit Strohhut hervor. Alle drei trugen Wanderschuhe, kleine Rucksäcke und sonst nichts. Der Backenbart war ein dürres Klappergestell mit vorstehenden Rippen und Schamhaar, das irgendwie an Jimi Hendrix erinnerte.

Wenn Michael Jackson ohne Nase, mit einem Schimpansen an der einen, Britney Spears an der anderen Hand aus dem

Gebüsch gehüpft wäre – Jola hätte ihn mit demselben Gesichtsausdruck angeglotzt wie diese Wandergruppe.

«Jasper, Roos ...» Kretsche ahnte, das Gespräch mit Jola würde durch diese Begegnung nicht einfacher werden.

«Und ich bin der Timo aus Karlsruhe.» Der nackte Mann mit Backenbart schob seinen Strohhut in den Nacken und reichte Jola die Hand. Als sie nicht reagierte, streckte er sie Kretsche hin.

«Seid ihr auch schon mal nackt gewandert?», fragte Timo strahlend.

«Nee. Und, äh, wir waren hier gerade ...» Kretsche blickte verzweifelt zu Jola.

Jola schob ihn beiseite. «Und ich geb meinen Uni-Job wegen so einem Idioten dran.» Sie riss die Wagentür auf. «Dietmar, lass uns heimfliegen.»

«Jola!», rief Kretsche verzweifelt.

«Schönen Wanderurlaub noch mit deinen Freunden!»

Das Knallen der Wagentür scheuchte einen Schwarm Finken auf. Sie spritzten zwitschernd von den Sträuchern in den Himmel wie eilig aufbrechende Boten des Untergangs.

«Ouh, ist das etwa deine Freundin?», fragte Jasper.

«Die Jola?», ergänzte Roos.

Kretsche rüttelte am Griff der Autotür. Jola hatte das Knöpfchen runtergedrückt.

«Mach auf!»

Jola blickte stur geradeaus. Stattdessen stieg auf der anderen Seite Dietmar aus dem Wagen.

«Kretsche, lass die Finger von dem Auto!»

Jasper wies auf Dietmar. «Dann muss er die Idiot mit die weibische Gähne sein!»

«Und ob er das ist.» In Kretsche wallte eine unbändige Wut auf. «Und er kriegt jetzt richtig was auf die Fresse.»

Er ballte die Fäuste und rannte um das Auto herum. Dietmar blieb erstaunlich gelassen stehen.

«Weißt du, wie lange ich das schon machen will?», brüllte Kretsche.

«Ich weiß nur, dass du's besser bleibenlässt», antwortete Dietmar.

«Jasper, Timou, kommt mal ein paar Schrittsche zurück, wenn da die Jongen kämpfe. Das is nix mit nackte Hode!», rief Roos mahnend.

«Kretsche, kämpfe is sowieso nich gut», rief Jasper.

«Manchmal hilft aber nix anderes.» Kretsche war jetzt fast bei Dietmar angekommen.

Die Beifahrertür flog auf.

«Bleib drinnen, Jola!», rief Dietmar. «Der dreht durch.»

Sie schloss die Tür tatsächlich wieder, was Kretsche noch wütender machte.

«Und du?» Kretsche schossen unzählige Filmdialoge durch den Kopf. Er entschied sich für vertrautes und bewährtes Material. «Du willst den Helden spielen? Du kannst ja nicht mal 'n Glas warme Pisse beschützen.»

Dietmar sah ihn verständnislos an.

«The Last Boy Scout», rief Jola vom Beifahrersitz. «Aber du bist nicht Bruce Willis, Kretsche. Lass es sein! Werd nicht auch noch peinlich!»

«Peinlich? Wer ist denn hier die Witzfigur?» Kretsche baute sich breitbeinig vor Dietmar auf. «Wenn ich einen Regenschirm hätte, würde ich ihn dir in den Arsch schieben und aufspannen.»

«Wenn du bei diesen Temperaturen einen Regenschirm hättest, würde das sehr gut zu deiner geistigen Verfassung passen», sagte Dietmar.

«Uh, haben wir es hier etwa mit dem Erfinder von Scrabble zu tun?»

«Was hat er gesagt?», fragte Roos. Jasper zuckt ratlos mit den Schultern.

«Was ist eigentlich das Problem?», fragte Timo Jasper und Roos. Beide winkten ab.

«Hast du jetzt genug Mist gequatscht?», fragte Dietmar. «Können wir jetzt fahren?»

«Du siehst nicht aus wie jemand, der fahren kann, Mister No-Bruce.»

«Was?» Dietmar schüttelte verwirrt den Kopf. «Mister was?»

Kretsche holte aus, um ihm eins auf die Nase zu geben. Jola stieß die Autotür auf.

«Kretsche, nicht! Er kann ...»

Jolas Stimme aus dem Auto war das Letzte, was Kretsche hörte, bevor er seine Schuhspitzen an sich vorbeifliegen sah, der Himmel auf der falschen Seite erschien und sein Rücken auf den Asphalt des Wendehammers krachte.

«Ouh», sagte Jasper. «Das war Judo.»

* * *

«Sie können gehen, ich bin seine Chefin!»

Kretsche schüttelte benommen den Kopf. Er saß am Rand des Wendehammers, mit dem Rücken an einen Felsen gelehnt. Zwischen seinen Füßen faulte eine braunrote Kaktusfeige. Gleich daneben weitere von einem Autoreifen zerquetschte Früchte, eine braune breiige Masse, die auf dem aufgeheizten Teer rasch eintrocknete.

Die Kaktusfeigen hatten ihr fruchtfleischiges Leben unter dem Rad eines Polos ausgehaucht. Am Steuer hatte ein Mann gesessen, der ein weiteres Talent gezeigt hatte, von dem Kretsche nichts geahnt hatte. Kretsche zermatschte die verbliebene Kaktusfeige mit der Ferse. Dietmar blieb ein No-Bruce – trotz der kleinen Steinchen, die an Kretsches Lippen klebten, trotz des staubigen Geschmacks auf der Zunge, trotz eines Rückens, der sich anfühlte, als hätten japanische Taiko-Trommler soeben darauf ihre Spanien-Tournee beendet.

«Dann mach das mal gut, Jonge!» Jasper winkte zum Abschied und trottete mit Timo aus Karlsruhe den Weg zur Finca hinauf. Die Männer schienen nach dem Vorfall ein wenig verlegen. Roos wuschelte ihm durchs Haar.

«Kopp hoch, Kretsche!» Sie folgte den Männern. Das Letzte, was Kretsche von dem Trio sah, waren die drei hellen Flecke ihrer Hintern in einem Bilderrahmen aus Kakteen.

«Mit was für Gestalten hängst du denn hier ab?», fragte Carola angewidert. Sie breitete ein Taschentuch auf dem Boden aus und setzte sich neben ihn in den Schatten.

«Wo kommst du überhaupt her?», fragte er schlecht gelaunt zurück.

Sie wies unbestimmt Richtung Straße. «Hab da hinter den Bäumen geparkt, um mir die Show von weitem anzugucken.»

«Und, hattest du Spaß?»

«Werd jetzt nicht pampig. Sonst frag ich dich mal, was du hier hinter meinem Rücken abziehst. Du hattest einen Job zu erledigen und –»

«Hier!» Kretsche stellte den Rucksack vor Carola. «Mein Job.»

Sie ignorierte den Rucksack. «Warum hast du dich denn nicht mal gemeldet? Und warum warst du nicht im Hotel? Du wusstest doch, dass ich nachkommen wollte.»

«Vielleicht ist das die Antwort auf die Fragen.»

«Mensch, Kretsche, was ist denn los? Ich will doch gar keinen auf Chefin machen. Ich hab mir nur Sorgen gemacht.» Sie klang plötzlich gar nicht mehr nach Carola. «Lass mal gucken!»

Sie zauberte ein Feuchtigkeitstuch aus ihrer überdimensionalen Handtasche und wischte ein wenig Straßendreck aus einem Kratzer auf seiner Wange. Kretsche kam sich für eine Sekunde wie John Wayne vor. Aber seine Wunden waren erstens Verlierer-Wunden und wurden zweitens nicht von der Liebe seines Lebens versorgt, sondern vom leibhaftigen Teufel. Er schob ihre Hand von sich.

«Was hast du denn?»

«Was ich habe? Was ICH habe?»

«Reg dich ab! Ich hab dich nicht auf den Boden geknallt wie einen Sack Kartoffeln. Du hast keinen Grund, mich so anzupampen.»

«Was willst du überhaupt hier?»

«Hallo-ho? Arbeiten? Das, was du eigentlich auch tun solltest, statt hier Rosenkriege mit deiner hysterischen Alten auszutragen.»

«Sie ist nicht ... Außerdem hab ich ... Scheiße. Ich muss hier weg.» Er erhob sich schwerfällig.

«Du musst gar nix. Und wenn, dann nur, weil ich es dir sage.»

«Was?»

«Setz dich!», befahl Carola scharf.

«Du kannst mich mal.»

«Kretsche ...» Carola wechselte wieder zum süßen Mädchen. Mit diesen emotionalen Höchstleistungen gehörte sie eigentlich ins Guinness-Buch. Allerdings auf Platz 2 der rasantesten Persönlichkeitswechsel – die Pole-Position hatte eindeutig Marliese, die Kaktusfeige, erobert.

«Du bist ziemlich übel auf den Boden gekracht. Lass uns mal abwarten, bis du wieder richtig fit bist. Und in der Zwischenzeit erzählst du mir, was eigentlich los war.» Wie zufällig rutschte ihr Rocksaum etwas höher. «Arbeiten können wir immer noch. Ist ja keiner da, der uns kontrolliert.»

Ihre Hand streichelte über seine Wade.

«Nee, da ist wirklich keiner. Und wenn, wüsstest du ja, wie man ihn loswird.»

«Wie meinste denn das jetzt?»

«Rüdiger. Glaubst du etwa, das kriegt keiner mit?»

Carolas Lächeln erstarb, sie stand ebenfalls auf. «Was kriegt keiner mit? Wovon redest du?»

«Dass du Rüdiger erpresst. Dass du in dem Laden eine Scheißnummer nach der nächsten abziehst, dass du glaubst, du kannst alle manipulieren und fertigmachen, wie's dir passt. Dass du ...»

«Moment, Moment! Wer sagt, dass ich Rüdiger erpresse?» Carola stemmte die Hände in die Hüften. Sie sah aus, als wolle sie Kretsche gleich die Nase abbeißen. «Und womit überhaupt? Wer erzählt so 'nen Scheiß?»

«Tut nix zur Sache. Und womit du ihn erpresst, muss ich dir ja wohl nicht erzählen.»

«Doch, musst du.»

«Du hast mir nix zu sagen.»

«Und du klingst wie ein Dreijähriger. Außerdem kann ich's mir eh denken. Lothar, der Penner.»

«Lothar hat damit nix zu tun.»

«Oh, wie süß. Als Reporter solltest du mal den Ich-lerne-lügen-wie-ein-Erwachsener-Kurs belegen.»

«Dass du den mit Auszeichnung bestanden hast, kann ich mir denken.» Kretsche zog seinen Autoschlüssel aus der Hosentasche und ging zum Wagen.

«Stopp! Du kannst machen, was du willst. Aber es ist unfair, jemanden zu beschuldigen, ohne dass er weiß, weshalb.»

Kretsche drehte sich zu ihr um. Mein Gott, selbst wenn man sie hasste, selbst bei Höllenhitze und staubiger Luft, sah sie aus wie ein Covergirl aus dem *manager magazin* – attraktiv, kalt, berechnend und sexuell hochmotiviert. Der Bergwind blies ihr die Haare ins erhitzte Gesicht, fächerte einen wilden Rahmen um ihre blitzenden Augen, presste den Rock eng an ihre Schenkel. Fotografen stellen für diese Effekte riesige Ventilatoren auf. Frau Langenscheit drehte sich einfach nur in die richtige Windrichtung.

«Du weißt, dass er einen Tumor hat, du weißt, dass er Angst hat, deswegen seinen Job zu verlieren, und du erpresst ihn damit. Das ist das Allerletzte.» Er schloss die Autotür auf.

«Finde ich auch», sagte Carola ernst.

Kretsche drehte sich um.

«Ich habe ihn nie, nie mit einem einzigen Wort erpresst, Kretsche. Auch ich habe meine Grenzen. Ich habe nur durch Zufall eine Arztrechnung gesehen. Rüdiger hat das gemerkt und gleich losgejammert. Er hat gefragt, was ich will, wie meine Bedingungen sind, damit ich den Mund halte.»

«Aha ...»

«Und ich hab ihm gesagt, ich hätte keine Bedingungen, ich hätte das Gefühl, wir würden uns auch so verstehen.»

«Und?»

«Und dann bin ich gegangen.»

Kretsche schaute sie fragend an. Carola hob die Hände.

«Rüdiger hat offenbar angenommen, das sei eine Drohung. Er hat seitdem alles getan, um mich zufriedenzustellen, selbst wenn ich gar nicht drum gebeten habe. Was sollte ich machen? Ihn davon abhalten, ihm sagen, er soll mich auch mal wieder mies behandeln, mir Anträge und Jobs verweigern, mein Gehalt kürzen oder was weiß ich?»

«Vielleicht hätte es einfach gereicht, wenn du dich mal nach seinem Zustand erkundigt hättest. Wenn du ihm gezeigt hättest, dass du's ernst meinst.»

«Oh, come on! Der kommt schon wieder hoch. Jetzt werd nicht sentimental!»

«Doch. Genau das werde ich.» Kretsche stieg ins Auto. «Richtig sentimental. Und deshalb hole ich mir auch meine Freundin zurück!» Er startete den Motor. «Die Kamera kannst du eh besser bedienen als ich. Dein Waschzettel ist auch noch im Rucksack.»

«Ey! Du bleibst hier!»

Carola stellte sich breitbeinig vor sein Auto.

«Nein», sagte Kretsche und fuhr rückwärts davon.

14. Der Mann aus La Mancha

Die Sonne stand tief über dem Meer, verfärbte sich zusehends vom weißgelben Glutball zur Apfelsine, deren Konturen über den glitzernden Wellenkämmen zerfaserten. Es war immer noch heiß, und die Luft schmeckte nach Staub. Kretsche hielt sich am Überrollbügel des offenen Jeeps fest; der Fahrtwind zauste ihm die Haare. Der Jeep fuhr mit Höchstgeschwindigkeit, und Kretsche erhob sich immer wieder ungeduldig auf dem Rücksitz, um über die Köpfe der beiden anderen hinwegzuschauen. Die Hitze nahm er nur als lauwarme Brise wahr, die den Schweiß auf seiner Haut trocknete.

«Schneller!», rief er dem Fahrer zu. Für das romantische Naturschauspiel über dem Meer hatte er kein Auge. Er starrte stur durch seine Paris-Hilton-Brille auf die Flughafenautobahn, sah weder links die rotschillernden Felsformationen noch rechts die langsam sinkende Sonne. Ihn interessierte nur das, was die Straßenschilder sagten, der Kilometercountdown für den *Aeropuerto de Gran Canaria*.

«Hier ist eine Kontrollzone. Wenn wir jetzt angehalten werden, kommen wir in jedem Fall zu spät.» Raúl machte vorn auf dem Beifahrersitz eine beschwichtigende Geste.

Kretsche ließ sich wieder in den Sitz fallen. Zu spät kommen war keine Option. Nicht nach der halsbrecherischen Fahrt von der Finca zurück nach Playa del Inglés, dem Unfall in der Hoteleinfahrt und der Diskussion mit der Ziege von der Autovermietung. Es war nur ein Kotflügelkratzer vom Einparken neben einem verdammten Blumenkübel gewesen, aber sie war leider gerade aus dem Hotel gekommen, hatte alles mit angesehen und sich geweigert, ihm den Wagen weiter zu überlassen. Zum Glück hatte Kretsche immer noch seinen Schutzengel.

Raúl hatte plötzlich neben ihnen gestanden, die Frau beruhigt, Kretsche beruhigt, gleichzeitig dessen Gepäck aus der Angestelltenunterkunft holen lassen, einen Jeep herangewinkt und über sein Handy herausgefunden, wann Dietmars Flug nach Köln startbereit war. Wie sich herausstellte, sehr bald. «Wir brauchen einen guten Fahrer», hatte Raúl festgestellt und besagten Fahrer innerhalb von zwei Minuten besorgt.

Der Chef schnippte einen Zigarillostumpen in den Fahrtwind. Er zischte wie ein monströses Insekt an Kretsches Ohr vorbei. Kretsche blickte zum Meer. Auf dem Küstenstreifen zeichneten sich lange Reihen von Windrädern gegen den Himmel ab. Er dachte an Don Quichotte, den Mann aus La Mancha, und hoffte, das war kein schlechtes Omen. Nach den Windrädern kamen Tomatenplantagen, groß wie Fußballplätze und mit Sackleinen oder schmutziger Folie vor der Sonne geschützt. Die zeltartigen Reihen wirkten wie das Heerlager einer zwergwüchsigen Römerkohorte.

Auf der linken Straßenseite war außerhalb der Ortschaften nichts als Steinwüste auszumachen, abgeflachte Hügel, Schuttberge. Man konnte einen Western in dieser Landschaft drehen, ohne dass die Ausstatter auch nur das Geringste verändern mussten. Tatsächlich hatten die geschäftstüchtigen Canarios diesen Umstand auch gleich touristisch genutzt und einen Themenpark namens *Sioux City* in die Landschaft gezimmert.

Kretsche schaute auf die Uhr. Die Zeit drängte, und noch immer war der Flughafen nicht in Sicht. Stattdessen begann nun eine endlose Reihe Palmen am Straßenrand. Palmen, die wie zur Hälfte in den Boden gestopfte Ananas aussahen, mit

Wedeln, die Kretsche an den hochgebundenen Zopf der Buchhaltungspiepsmaus Marion erinnerten. Der Jeep wechselte in einer langgezogenen Kurve auf die linke Spur.

«Ab hier kontrollieren sie nicht mehr», knurrte der Chef. Sein Cowboystiefel senkte sich aufs Gaspedal. Der Jeep heulte auf, machte einen Satz wie ein junger Steinbock und schoss auf die Lichter des Flughafens zu, die unvermittelt am Horizont auftauchten.

«Jaaa!», rief Kretsche.

Kretsche hatte bislang keine klare Vorstellung gehabt, was er vom Leben wollte, außer erfolgreich zu sein. Aber wenigstens hatte er nun herausgefunden, was er *nicht* wollte: Jola an Dietmar verlieren!

Carola hatte die Kamera mit seinem Material. Seinetwegen konnte sie alles löschen, es verwenden, es verhunzen oder einen Preis dafür bekommen. Ihm waren die Reportage, Carola, *Primus TV* und seine verdammte Karriere egal. Mehr als egal.

Der Jeep raste auf einen kolossalen, blauglänzenden Gebäudeblock mit dem fröhlichen Schriftzug *Aeropuerto de Gran Canaria* zu.

«In den Kreisel!», rief Raúl. «Von da müssen sie kommen. *Car Rental!*»

Der Chef riss das Steuer herum und scherte in den Kreisverkehr ein. Dabei überholte er von rechts einen Reisebus, der gerade abbiegen wollte, und zwang ihn zur Vollbremsung. Seine Miene verriet dabei mit keiner Regung, ob das für ihn etwas Ungewöhnliches war oder ob er regelmäßig Mehrtonner ausbremste.

«Auf das Mietwagengelände kommen wir doch gar nicht drauf», rief Kretsche plötzlich. «Wir haben keinen Mietwagen.»

Der Chef stieg in die Eisen. Hinter ihnen hupte der verängstigte Reisebusfahrer.

«Stimmt.» Raúl dirigierte seinen Schwager in den nächsten Kreisverkehr. «Da rein – zum Abflugterminal!»

Sie parkten den Jeep vor der Abflughalle. Raúl hoffte, Jola und Dietmar zwischen Abgabe ihres Mietwagens und Einchecken zu erwischen. Die einzige und letzte Hoffnung, die sie noch hatten. Dietmar war Pilot und würde sicher nicht in einer der Touristenschlangen anstehen.

«Und wenn Piloten woanders reinmüssen?», fragte Kretsche hektisch. Sein Instinkt riet ihm, loszurennen und alles abzusuchen. Sein Verstand hielt ihn davon ab. Raúl hatte bisher immer recht gehabt.

«Müssen sie», sagte Raúl.

«Was?»

«Piloten im Dienst gehen eine Ebene tiefer, am Ankunftsterminal, gleich auf die Rampe.»

«Und was machen wir dann hier?» Kretsche war einer Ohnmacht nahe.

«Jola ist kein Crewmitglied», antwortete Raúl. «Er wird sie irgendwo hier oben reinbringen. So wie du ihn beschrieben hast, lässt er sie sicher nicht alleine einchecken. Der Gentleman.»

«Sicher nicht», sagte Kretsche säuerlich.

«Also. Wenn sie nicht längst drinnen sind, müssen sie hier vorbei.»

«Hombre, du willst Frau erobern, sí?», fragte der Chef Kretsche unvermittelt.

«Sieht so aus, ja.»

Der Chef deutete auf Kretsches *Fucci*-Sonnenbrille. «Dann nimm das ab!»

Kretsche nahm die Sonnenbrille und warf sie in hohem

Bogen, mit all ihren in der Abendsonne funkelnden Strasssteinchen, in einen Papierkorb. Der Chef deutete ein Nicken an und sog am Zigarillo.

«Wir teilen uns am besten auf», sagte Kretsche.

Raúl schüttelte den Kopf. «Wir kennen weder deine Freundin noch den Idioten.»

«Sie hat rote Haare, ist sauhübsch, ungefähr einen Meter dreiund-»

«Kretsche», unterbrach Raúl ihn. «Es hat keinen Sinn. Sind sie drinnen, sind sie weg. Entweder erwischen wir sie hier oder –»

«Da!», rief Kretsche. «Da sind sie!»

Kretsche rannte auf Jola und Dietmar zu, die sich mit ihrem Gepäck näherten. Raúl gab seinem Schwager einen Wink, und sie schlenderten hinterher.

«Jola!»

Kretsche fing die beiden vor einer Glastür ab, die etwas abseits des Haupteingangs lag. Dietmar stellte sich sogleich schützend vor Jola. Er trug seine dunkelblaue Pilotenuniform mit gelben Abzeichen und rotem *Air Alemannia*-Emblem auf der Brust; die Mütze hatte er unter den Arm geklemmt. Kretsche musste nicht an sich herunterblicken, um zu wissen, wer von ihnen wie der gottverdammte Held in diesem Film aussah.

«Was willst du?» Dietmar setzte blitzschnell seinen Kopilotenkoffer ab, legte die Mütze darauf. Nun hatte er beide Hände frei. Er nahm eine lockere Abwehrhaltung ein.

Jola räusperte sich. «Lass mal! Der tut nix.»

«Der tut nix?» Kretsche glaubte, sich verhört zu haben. Er tat so, als sei Dietmar unsichtbar. «Was redest du denn da?»

Jola schob Dietmar beiseite. «Ich rede so, wie man redet, wenn man nicht reden will.»

Dietmar legte eine Hand auf ihre Schulter. «Dann lass gut sein, gehen wir rein!»

«Nimm die Hand von meiner Freundin!», herrschte Kretsche ihn an, um in der nächsten Sekunde Jola mit flehendem Blick anzuschauen. «Jola, ich liebe dich.»

«Und die beiden da, was sind das? Nacktwanderer, Swinger, Sexfilmer?»

Er drehte sich um. Raúl und der Chef hatten sich lässig an die Wand des Flughafengebäudes gelehnt und beobachteten sie. Der Chef zündete sich gerade am alten einen neuen Zigarillo an. Raúl, der eine verspiegelte Sonnenbrille mit altmodischem Rahmen trug, hatte tatsächlich was von einem Pornoproduzenten.

«Das sind Freunde. Eine lange Geschichte. Aber ich würde sie dir gerne erzählen.»

«Ich weiß aber nicht, ob ich sie gern hören will.»

Dietmar trat unbeherrscht auf ihn zu. «Du hast schon genug Scheiße gebaut. Lass Jola einfach in Ruhe!»

Der Chef schnalzte missbilligend mit der Zunge und stieß sich von der Wand ab. Dietmar taxierte ihn und entschied sich fürs Aufpassen im Hintergrund.

«Es sind einfach unheimlich viele Dinge passiert in den letzten Tagen. Und dabei ist mir einiges klargeworden.» Kretsche fühlte förmlich Jolas Anspannung. Vielleicht wollte sie ihm diese Chance geben, diese eine letzte Chance. «Jola, ich –»

«Hey! Was für'n Zufall!», johlte es aus dem Fenster eines Minibusses, der neben ihnen in eine Haltebucht rauschte. «Cómo está, Señor Director?»

Phili schwang ihre langen braunen Beine, deren Ansätze nur notdürftig von einem Jeansröckchen verdeckt wurden, aus dem Bus. Sie riss die Seitentür des Busses auf, dahinter erschienen der Kopf des Mannes der Blauen Krücke und schließlich Paloma, die Blaue Krücke, selbst. Nur hatte sie jetzt neben der blauen auch noch eine rote Krücke dabei. Ihr Mann half ihr beim Aussteigen. Raúl und der Chef sprangen hinzu und halfen ihm beim Helfen. Phili strahlte Kretsche an.

«Hat sich die zweite Haxe auch noch verknackst, die Ärmste. Da macht die liebe Phili doch glatt mal 'nen Krankentransport. Und du? Du haust doch nicht etwa ab, ohne dich von mir zu verabschieden!» Sie zwinkerte Jola und Dietmar zu. «Der Süße ist mir nämlich noch 'ne heiße Nacht schuldig.»

Kretsche wurde blass. Jola auch.

«Hey!» Raúl pfiff scharf. «Bring die Gäste rein!»

Phili wirbelte herum und runzelte die Stirn. Sie war es nicht gewohnt, dass man in diesem Ton mit ihr sprach. «Ist ja gut. Ich wollte nur ...»

«Danke. Das ist sehr nett von dir, dass du die Gäste gefahren hast.» Raúl lächelte zwar, aber es war eindeutig, dass er jetzt keine Entschuldigungen und erst recht keine Widerworte hören wollte. Er hatte die Brisanz ihrer Anwesenheit sofort erkannt. «Bring unsere Gäste bitte noch zum Check-in!»

«Wieso Schecks, Paloma?», fragte der Gatte der Blauen Krücke. «Du hast doch alles ans Reisebüro überwiesen.»

«Check-in!», rief die Blaue Krücke ihrem Mann ins Ohr, bevor Phili sie schmollend unterhakte und, ohne ein weiteres Wort zu verlieren, mit dem Ehepaar davonstapfte.

Die Blaue Krücke blickte entschuldigend über die Schulter. «Mein Mann hört schlecht.»

«Ich leider nicht», sagte Jola mit gepresster Stimme. «Ich höre mehr, als mir lieb ist.»

Ihre Augen funkelten, und Kretsche konnte nicht sagen, ob vor Wut oder vor Tränen. Wahrscheinlich beides.

«Das war ganz anders gemeint, Jola. Phili ist 'ne Animateurin aus dem Hotel. Wir haben nur mal gequatscht.»

Raúl nahm seine Sonnenbrille ab und schenkte Jola ein liebenswürdiges Lächeln. «Das kann ich bezeugen!»

«Sagt wer?», schnaubte Jola verächtlich. «Prinz Porno?»

Sie nahm ihre Tasche und wandte sich zu Dietmar. «Gehen wir! Ich will nach Hause, meinen Job retten.»

Dietmar drückte einen Summer neben der Glastür. Ein Wachmann öffnete. Dietmar klappte einen Ausweis auf.

«Jola, jetzt warte doch!»

«Lass mich in Ruhe!» Jola packte Kretsche plötzlich beim Kragen, zog ihn zu sich heran wie einen kleinen Bengel aus der Unterstufe. «Lass-mich-in-Ruhe!»

Sie ließ ihn genauso überraschend wieder los und verschwand mit Dietmar im Flughafenterminal. Der Wachmann schloss die Tür vor Kretsches Nase.

«Wirklich hübsch. La mar de bonito!» Der Chef nickte sachverständig und trat seinen Zigarillo aus.

* * *

«Habt ihr keine Kontakte, die mich da reinbringen können?», fragte Kretsche verzweifelt. Der Chef und Raúl schüttelten bedauernd den Kopf.

«Ich habe zwar eine Cousine, die in der Verwaltung arbeitet, aber um die Zeit ... Und ohne Ticket kann sie dich auch nicht reinbringen», sagte Raúl. «Außerdem sitzen die bestimmt schon in der Maschine.»

Die beiden lehnten mit Kretsche in der Abflughalle an einem *Newco*-Schalter mit heruntergelassenem Rollo und tranken lauwarmen Kaffee aus Plastikbechern. Kretsche war zu verzweifelt zum Trinken.

«Versuch's wenigstens, ja? Ich kauf auch ein Ticket.»

Raúl nickte dem Chef zu. «Mirella!»

Der Chef trat an einen angrenzenden Serviceschalter, wo er kurz auf den schmalbrüstigen Mann hinter der Theke einredete. Der nickte eifrig und wählte eine Nummer auf seinem Diensttelefon. Der Chef winkte Raúl zu sich und reichte ihm den Hörer. Cousine Mirella saß tatsächlich noch am Schreibtisch.

Kretsche blickte hoch zur Anzeigetafel. Beim *Air Alemannia*-Flug nach Köln blinkte bereits die Anzeige «Ultima Llamada», der letzte Aufruf zum Boarding. Selbst wenn ein Wunder geschähe, würde er Jola nicht mehr vor dem Abflug erwischen.

Eine spanische Lautsprecherdurchsage schepperte durch die Halle, sie wurde auf Deutsch wiederholt. Die Lautsprecherstimme wies mit kräftigem Akzent und rollendem R darauf hin, dass das Boarding für *Air Alemannia* nach Köln sich noch um wenige Minuten verzögere. Man habe leider einen medizinischen Notfall an Bord, der aber bereits versorgt werde.

«Yes!» Kretsche ballte die Faust. Endlich spielte die Zeit mal für ihn. Er hoffte, der Notfall war der Kopilot. Plötzlich durchzuckte ihn ein höllischer Schmerz. Er schrie auf und tanzte wild auf der Stelle.

«Aaah! Scheiße!»

Jemand hatte einen schweren Koffer auf seinen Fuß fallen lassen.

«Hoppala. Hab ich dir wehgetan?»

Der Riesenbrustkasten schob sich wie Godzilla in sein schmerzvernebeltes Gesichtsfeld und verschränkte die Arme. «Fällt mir doch glatt mein Koffer runter.»

«Verdammt!» Kretsche ging in die Knie und massierte fluchend Fuß und Knöchel. «Bist du naturblöd, oder hat dir die alte Kuh in den Dünen das Hirn rausgelutscht?»

Vielleicht hielt die Aufmerksamkeit anderer Touristen den Irren von weiteren Gewalttätigkeiten ab. Leider hatte ihn niemand außer dem Riesenbrustkasten gehört. Der war nun nicht mehr zu Späßen aufgelegt.

«Ich mach dich alle», murmelte er. «Einfach platt. Hier mittendrinne bei den Leuten. Is mir scheißegal.»

«Hier mitten unter den Leuten, müsste der Satz korrekt heißen», sagte Kretsche. «*Mittendrinne bei* ist Asi-Deutsch. Sag mal, ist deine Mutter zufällig auch deine Schwester?»

Er konnte einfach nicht dagegen ankämpfen.

Der Riesenbrustkasten machte einen Satz auf ihn zu. «Auf die Fresse!»

Kretsche spannte sämtliche für eine Flucht notwendigen Muskeln an und wollte unter der heransausenden Faust hindurchlaufen, als ebendiese Faust in einer anderen, viel größeren Faust verschwand. Der Riesenbrustkasten sah ebenso verwundert wie Kretsche dabei zu, wie die andere Faust sich zusammenballte, bis die Knöchel weiß wurden. Es knackte laut, und der Riesenbrustkasten ging jaulend in die Knie.

«Scheiße, was …»

So etwas hatte Kretsche bislang nur in Filmen gesehen und für unmöglich gehalten. Die Knöchel der Faust über der Faust wurden noch weißer, und die Stimme des Riesenbrustkastens versagte. Aus seinem Mund kam ein Laut, der wie das Fiepen einer Maus klang.

«Das reicht», sagte Raúl und klopfte dem Chef auf die Schulter.

«Gib ihm ruhig noch 'ne Sekunde», sagte Kretsche. «Er macht das mindestens so geil wie Bud Spencer. Und der Typ verfolgt mich schon seit meiner Ankunft.»

«Wie ich dich kenne, hat er allen Grund, sauer zu sein.»

Der Chef ließ den stöhnenden Riesenbrustkasten los, packte ihn bei den Oberarmen und setzte ihn beinahe zärtlich auf seinen Koffer.

«Ey, hombre», raunte er und deutete auf den Koffer. «Mit eine bunte Gurtel findest du Koffer schneller wieder.»

Der Riesenbrustkasten glotzte den Chef an, als habe der völlig den Verstand verloren.

Raúl mahnte zum Aufbruch. «Wir treffen meine Cousine vor den Büros, eine Ebene über uns. Sie besorgt ein Ticket. Leider nicht für diesen Flug. Aber für den ersten gleich morgen früh.»

Sie ließen den Riesenbrustkasten jammernd und seine blaurote Hand massierend zurück.

«Wie viel Uhr ist morgen früh?», fragte Kretsche.

«Sehr früh. Gegen vier Uhr. Joaquín fährt dich her.»

«Nicht nötig. Ich bleib direkt hier.»

«Was? Wo willst du schlafen, auf einer Bank, oder was?»

Kretsche nickte tapfer. «Mach ich immer so.»

***

«Wohin?»

«Gute Frage ...»

War Jola in seiner – in *ihrer* – Wohnung? Kretsche ballte wütend die Faust. Oder bei Dietmar?

«Erst mal nach Köln rein.»

Der Fahrer scherte aus der langen Schlange Taxis aus, die am Seiteneingang des Köln-Bonner Flughafens auf Kundschaft warteten.

«Richtung Innenstadt», fügte Kretsche hinzu.

Der Fahrer machte sich nicht einmal die Mühe zu nicken. Hauptsache, er hatte eine Fuhre. Vom Flughafen in die Stadt, das war sicheres, gutes Geld. Und sein Fahrgast sah aus, als habe er andere Sorgen, als darauf zu achten, ob er eine Schleife mehr oder weniger durchs Kölner Straßengewirr drehte.

Kretsche knetete nervös seine Finger. Wie konnte er Jola überzeugen, was sollte er anderes sagen als am Flughafen auf

Gran Canaria? Er seufzte schwer. Eigentlich hatte er sich doch gar nichts zuschulden kommen lassen.

DENK AN ALL DIE JAHRE, IN DENEN DU'S VERSAUT HAST!

Ja, gut, und? Er sah ein, wie egoistisch er oft gewesen war, viel zu sehr mit sich und seinen Bequemlichkeiten beschäftigt. Ihm war bewusst, dass keine Frau auf Dauer mit einem großen Kind zusammenleben wollte. Das stand schließlich in jeder verschissenen Frauenzeitschrift: Frauen wollten Männer, mit denen man Kinder zeugen konnte. Männer, die diese Kinder und sie selbst versorgen konnten. Und bei alldem mussten sie auch noch gut im Bett sein und gelegentlich mal Blumen mitbringen.

AHA.

Ja, so einfach war das – so einfach war es immer schon gewesen. Und wenn einem Popliteraten, Popsongs, Popfilme und unpoppige Doku-Soaps heutzutage etwas anderes suggerieren wollten, war das nichts als ein dicker, fetter Haufen Bockmist. Männer konnten nicht ewig große Jungen bleiben. Sollten sie darauf beharren, blieben sie am Ende allein: allein auf einem Trendbarhocker, mit einer Trendfrisur und einem Trendbier namens *Lemon Gold* vor der Nase.

Kretsche wusste das. Er hatte es immer gewusst, wenn Jola etwas «Kluges» getan hatte, wie in einen Fonds zu sparen, immer wenn sie besonnen gehandelt hatte, wenn sie an eine gemeinsame Zukunft gedacht oder ein Möbelstück gekauft hatte, das man auch «super in eine größere Wohnung mitnehmen» konnte. Er hatte es gewusst, als Dani und Jola in der Küche zum ersten Mal über eine heiratswütige Freundin geredet hatten – geredet und *nicht* gelästert. Er hatte es gewusst, als sie morgens im Bad die Pille genommen und eine Sekunde zu lang auf die Verpackung gestarrt hatte.

Wie oft hatte er, wenn er mit Motte und Tanti unterwegs war, bei sich gedacht: Mann, sind die beiden Kindsköpfe! Er machte zwar jeden Blödsinn mit, aber immerhin hatte er eine Frau, eine Liebe, eine Jola. Er konnte jederzeit den Weg allen Seins weitergehen. Allein, er machte es nicht. Und darum war er eigentlich der viel größere Kindskopf. Er dachte immer nur an das große, große *Könnte*: *Könnte* nicht plötzlich eine andere Frau in sein Leben schneien, eine *wahre Liebe*, eine wie im Film? Eine, die nicht wütend die Kühlschranktür zuknallte, nur weil er vergessen hatte einzukaufen? Eine, die ihre Uni-Post selbst zum Briefkasten brachte, um nicht am Ende auf seine Vergesslichkeit zu schimpfen? Und *könnte* nicht ein Leben ganz ohne Frauen viel erstrebenswerter sein? Nur noch Kumpels, Fußball, Bierchen, Musik, Filme gucken, Karriere machen, durch die Welt reisen, Spaß haben und Frauen vernaschen. Viele verschiedene Frauen!

«Ist es nicht ganz simpel: Machen Frauen einen vielleicht einfach nur unglücklich?», hatte er Raúl zum Abschied am Flughafen gefragt.

Raúl, der alte Familienmensch Raúl, mit dem riesigen Zinken und dem schütteren Haar, hatte dem nachdenklichen Kretsche auf die Brust getippt und seine Bruce-Willis-Stimme benutzt: «Was? Du glaubst nicht an die Liebe?»

«Doch, ich glaube an die Liebe. Ich glaube auch an Krebs.» Den Konter beherrschte Kretsche im Schlaf. Eine der besten Dialogzeilen des ganzen *The Last Boy Scout*-Films.

Raúl hatte auf seinen Schwager Joaquín, den Chef, gezeigt. Der studierte abseits von ihnen das Plakat eines Uhrenherstellers und lockerte dabei seine Nackenmuskulatur.

«Wie sieht er aus?», hatte Raúl gefragt.

«Groß?»

«Nein. Cool.»

«Stimmt.»

«Er hat vier Kinder.»

Kretsche musste im Taxi lächeln, als er daran dachte. Kinder wollte er trotzdem keine, jedenfalls jetzt noch nicht. Vor allem keine vier.

UND JOLA?

Kretsche setzte sich auf. Jola auch nicht. Noch nicht. Aber wann? Was wollte sie eigentlich? Was wollte Jola Oerwink vom Leben? Er hatte sie lange nicht mehr danach gefragt. Und als er sie noch solche Dinge gefragt hatte, kannten sie beide die Antwort: Sie wollten das Leben zusammen leben. Nicht mehr und nicht weniger.

UND JETZT?

Er wollte das immer noch.

AH, GEHT'S WIEDER UM DICH.

Nein. Um Jola, die seinetwegen ihren Job, ihre ganze berufliche Zukunft aufs Spiel gesetzt hatte. Aber das durfte er nicht zulassen. Er würde ihr helfen! Mit ihr weiter kämpfen! Mit ihr weiter leben!

«Fleischmengergasse!», sagte er zum Taxifahrer.

Sollte dort Dietmar auf seinem Sofa sitzen, würde er ihn rauswerfen, selbst wenn Mister No-Bruce ihm auf dem Weg vom Wohnzimmer in den Hausflur sämtliche Knochen bräche.

Zehn Minuten später saß Kretsche am Neumarkt in einem zweiten Taxi.

«Deutzer Freiheit!»

Die Wohnung war leer gewesen, nur der Anrufbeantworter hatte geblinkt. Er hatte Danis Anruf abgehört: «Hi, Jola. Du hast es eben bei mir versucht? War noch in der Kiste, bin jetzt aber erreichbar.» Der Anruf war gerade mal eine Viertelstunde alt – vielleicht wusste Dani, wo Jola steckte.

Kretsche nahm in dem Deutzer Altbau, in dem sie wohnte, jeweils zwei Treppenstufen auf einmal. Als er im vierten Stock keuchend auf die Klingel drückte, kam ihm zum ersten Mal der Gedanke, dass Dani zwar wissen mochte, wo Jola war, es ihm aber nicht unbedingt verraten würde. Sie war wahrscheinlich froh, ihre Freundin nicht länger mit einem verhassten Idioten teilen zu müssen.

Also versteckte er sich neben dem Türspion. Jetzt durfte er sich keine Fehler mehr erlauben. Die Tür wurde aufgeschlossen, Dani steckte ihre Teignase unter dem Kettchen hindurch.

«Hallo?»

Kretsche trat vor. «Hi, ich bin's.»

«O nee.» Dani stöhnte, als habe sie gerade ein Pestkranker durch die Ritze angehustet.

«Okay, du weißt, dass Jola und ich uns gestritten haben. Aber das war alles nur ein Missverständnis. Erklären wir dir bald in Ruhe bei 'nem Gläschen Wein, okay? Weißt du, wo sie gerade steckt?»

«Ja.»

«Aber du weigerst dich, es mir zu sagen.»

«Ja.»

«Weil du findest, ich habe Fehler gemacht.»

«Ja.»

«Ich mache immer Fehler.»

«Ja.»

«Weil ich ein Idiot bin.»

«Ja!»

«Du bist auch ein Idiot.»

«Ja ... Nein, du Arschloch!» Sie wollte die Tür zuschlagen, aber er drückte dagegen.

«Tut mir leid, Dani, aber das war ein Elfmeter.»

Der Druck auf die Tür ließ nach. Kretsche konnte Danis

nackte Füße sehen. Sie trug einen braunen Pyjama, dem aufgestickten Muster nach zu urteilen, aus den sechziger Jahren. Dani lief auch auf der Straße in Klamotten aus vergangenen Jahrzehnten rum. Dani fand ihren Look lässig. Kretsche und die Jungs sahen das anders. Was sollte ein Mann auch von einer Frau halten, die ihre schwarzgefärbten Haare aus Kostengründen eigenhändig mit der Papierschere schnitt und mit *Brisk*-Herrenfrisiercreme in Form brachte? Und mit Lippenstift, Eyeliner und Make-up konnte Dani erst umgehen, seit Jola ihr Schminkunterricht gegeben hatte.

Sollte Dani ihm aber nun verraten, wo er Jola fand, würde Kretsche nie wieder, nie, nie wieder zulassen, dass Motte oder Tanti etwas Abfälliges über sie oder ihre Frisur sagten. Gut, das konnte er Dani jetzt schlecht als Gegenleistung anbieten, sie hatte schließlich keine Ahnung, wie die Jungs über sie redeten.

«Was willst du?», fragte Dani abweisend.

Hatte er das nicht gerade gesagt? Und hatte sie es nicht eh schon gewusst? Die Frau war so dermaßen bescheuert ...

HÖFLICH BLEIBEN!

«Ich muss mich bei Jola entschuldigen. Ich war da in einer komischen Situation, die ich ihr erklären muss und ...»

«Die ist mit Dietmar weg.» Dani machte sich nicht die Mühe, den triumphalen Unterton zu verbergen.

«Wie weg?»

«Was machen. Die Scheiße auslöffeln, die du ihr eingebrockt hast.»

«Ich hab ihr ... Was denn für 'ne Scheiße?»

«Ey, Typ, du schnallst echt gar nichts, oder?» Dani wurde jetzt richtig sauer; sie vergaß sogar, die Tür zuzuhalten. «Wegen dir kann sie sich jetzt eine neue Wohnung suchen, wegen dir muss sie bei ihrem Prof zu Kreuze kriechen, wegen dir ...»

«Wie? Sie guckt sich ’ne Wohnung an?», fragte Kretsche entgeistert.

«Hallo? Wo soll sie denn die jetzt plötzlich herhaben?» Dani blickte zur Decke, als bitte sie um herabregnendes Hirn.

«Wo ist sie dann?»

«Ich hab genug gesagt.» Dani verschränkte die Arme.

In diesem Augenblick kapierte Kretsche. «Sie ist an der Uni! Bei ihrem Prof! Wegen des Jobs!»

«Das hab ich nicht gesagt.» Dani knallte die Tür zu.

«Kannst du vergessen, Mann! Limit heißt Grenze, und Grenze heißt Limit, verstehst du?»

Der Taxifahrer weigerte sich, schneller als sechzig Stundenkilometer zu fahren. Er hatte seine Lizenz seit genau zwei Wochen und wollte sie mindestens noch zwei Jahre, bis zum Ende seines Studiums, behalten. Aber immerhin wusste er den Weg zum Institut für Genetik. Dort war das Ziel des Helden, dort würde sich Kretsche kopfüber in den Showdown stürzen. Es war nämlich alles ganz einfach: Er musste nur einmal nicht an sich denken. Er musste Jolas Job retten.

«Zülpicher Straße 47», sagte der Fahrer.

«Super, danke.»

«Limit heißt Grenze. Merken!»

* * *

Jola starrte Professor Kern an, als habe der Genetiker gerade vor ihren Augen eine Handvoll Fruchtfliegen verspeist.

«*Das* ist die Begründung?»

«Jobst Haarig arbeitet schon genauso lange für mich wie Sie.»

Jolas Kehle schnürte sich zu. Wie immer, wenn sie sich

ungerecht behandelt fühlte und wütend wurde. Dann half laut Yogakurs nur tiefe Bauchatmung. Dietmar hatte sie in den vergangenen Tagen mehrmals gefragt, ob sie irgendwelche Atemprobleme habe. In diesem Fall kam die abgestandene Linoleumluft in Professor Kerns Büro hinzu. Er verbreitete gerne die Theorie, zu Hauptverkehrszeiten sei es in der Innenstadt gesünder, die Fenster geschlossen zu halten. Selbst verbrauchte Raumluft sei besser als das Zeug, das von draußen hereinkäme. Bislang hatte aber auch noch kein Student gesehen, wie der Prof wenigstens außerhalb der Stoßzeiten ein Fenster geöffnet hatte. Immerhin duschte er und benutzte ein Deo. Ab und an.

Der Professor leitete den noch jungen Fachbereich Genetikphilosophie seit der Gründung fünf Jahre zuvor. Er hatte in dieser Zeit mehr bewirkt als sämtliche Kollegen der anderen Biologie-Abteilungen. Das Institut hatte Partnerschaften mit einem guten Dutzend europäischer Universitäten geknüpft, sein Fachbereich sich rasch den Ruf eines Vorreiters erworben, und all das stand finanziell auch noch auf grundsoliden Beinen.

Kern war ein höflicher, stets sachlicher Vorgesetzter, der bei seinen Beurteilungen oder Arbeitsvergaben keinen Unterschied zwischen Männlein und Weiblein machte. Er war insofern der ideale Wissenschaftler, dass er neutral war, in den Einstellungen wie im Umgang, ja, sogar in der Erscheinung. Der Professor war stets in ein hellblaues Hemd und graue Stoffhosen gekleidet, auf seiner Nase saß eine randlose Brille, die Haare waren nach rechts gescheitelt, die Haut glänzte für einen Mittfünfziger makellos. Selbst die leichten Lachfältchen um die Augen schadeten seiner natürlichen Attraktivität nicht, sie machten den Professor eher noch sympathischer. Er war der Traum aller Institutssekretärinnen, strahlte aber offensiv sein überglückliches Eheleben aus. Keine Frau der Welt hätte es gewagt, diesen Mann anzubaggern.

Nur, was nützte Jola all das, wenn nicht sie diejenige war, die eine Stelle im Universum dieses perfekten Arbeitgebers bekam, sondern Jobst Haarig, der schnöseligste aller Wissenschaftlichen Hilfskräfte.

Angriff, dachte Jola. «Jobst Haarig arbeitet exakt ein Semester weniger hier als ich. Und er hat eine schlechtere Abschlussnote. Und Sie wollten ihn gar nicht – haben Sie jedenfalls vor drei Wochen noch zu mir gesagt.»

Der Professor nahm verlegen seine Brille ab und wischte hüstelnd die Gläser mit einem Zipfel seines Hemds sauber. «Da müssen Sie was missverstanden haben, Frau Oerwink.»

«Der Herr Haarig ist ein einziges *Nomen est omen*, Frau Oerwink», zitierte Jola ihn, «da freue ich mich besonders auf die Zusammenarbeit mit Ihnen, Frau Oerwink. Die Bioinformatiker in Manchester weigern sich, mit Haarig zu telefonieren, Frau Oerwink. Aus Lettland kam gestern eine Beschwerde wegen –»

Kern hob die Hand. «Schon gut, schon gut.» Er drehte nervös seine Kaffeetasse auf der grünen Schreibtischablage. Der Arbeitsplatz war übersät mit Semesterarbeiten und Aktenmappen. Sie lagen überall, kreuz und quer, in kleinen und großen Stapeln. Lediglich ein Familienfoto im Goldrahmen und ein Terrakottatopf mit einer ganz besonderen Philodendron-Züchtung erinnerten den Professor gelegentlich an die Welt außerhalb von Lehre und Forschung. Wobei die Pflanze ein Geschenk der Kollegen von der Universität in Riga, also streng genommen mehr der Arbeits- als der Privatwelt zuzurechnen war.

«Herr Kern?» Jola sah ihn fragend an.

«Hören Sie, da gibt es ganz offiziellen Druck. Von oben. Und wie schon gesagt: Ich hatte außer Acht gelassen, dass der Herr Haarig behindert ist ...»

«Ihm fehlt ein Finger. Der ist doch nicht behindert. Im Gegenteil, der ist auch noch stolz drauf.»

«Er hat einen Ausweis.»

«Ja, wunderbar. Soll ich mir den Mittelfinger abhacken? Ach nee, den brauch ich noch.» Jola war kurz davor, Kern zu zeigen, wofür.

«Frau ... Jola. Sie wissen, ich habe Ihre Arbeit hier am Institut während Ihres Studiums sehr geschätzt. Ich hätte Sie doch liebend gerne übernommen. Aber Sie haben den vereinbarten Termin nicht eingehalten, da haben die Dinge eben ihren Lauf genommen. Davon abgesehen ist es leider eine Tatsache –»

In diesem Augenblick flog die Tür auf. Dietmar steckte seinen hochroten Kopf rein. «Entschuldigung, aber ... Jola, er kommt gerade ins Gebäude.»

Jola sah ihn verständnislos an. «Was? Wer?»

«Kretsche.»

«Wie kommt der denn hierher?»

«Wer?», fragte der Professor verwirrt.

«Mein Freund.»

«Exfreund», verbesserte Dietmar.

Eine Hand mit fehlendem Zeigefinger packte Dietmars Schulter und zog ihn nach hinten. «Einfach vordrängeln is nicht, Freundchen. Es gibt eine Sprechstundenliste.»

Jobst Haarig schob sich in den Türrahmen und versperrte Dietmar den Weg ins Büro. Wie immer schien ein unsichtbares Surfbrett unter seinem Arm zu klemmen. Seine Jeans waren verwaschen, das T-Shirt ebenso fransig wie die weißblonden Haare. Jobst hatte sich zu Beginn seines Biologiestudiums für den Surferlook entschieden und diesen über die Semester bis hin zu Muschelkette, Fusselbärtchen und einer ungesunden Permanentbräune aus dem Solarium perfektioniert. Allerdings hatte er noch nie auf einem Board gestanden, und seine Figur sah nicht direkt nach Surfer aus; eher nach Madenforscher. Wäre er ein lustiger Kerl gewesen, hätte er trotz alldem Freunde gefunden. Aber Jobst Haarig war ein Arschloch.

«Sind Sie frei, Herr Kern?», fragte er.

«Bin ich durchsichtig, oder was?» Jola sprang auf.

«Herrschaften, bitte!» Der Prof erhob sich ebenfalls. «Herr Haarig, wir brauchen hier noch ...»

Auf dem Flur schepperte es. Man hörte Dietmar fluchen.

«Was ist denn da los?» Der Professor reckte ungehalten den Hals. Diese Sprechstunde war kompliziert und emotional genug. Jola Oerwink hatte ihn einfach überrumpelt, sonst hätte er auf die lange Anmeldungsliste verweisen und das unangenehme Gespräch verschieben können.

«Entschuldigen Sie, ich kümmer mich drum.» Jola wandte sich beim Hinausgehen noch einmal um. «Ich bin aber noch nicht fertig.»

Bevor sie den Satz beendet hatte, flog ein Knäuel aus ineinander verschlungenen Körpern an Jola vorbei ins Büro. Kretsche und Dietmar rollten wie zwei Löwen kämpfend über den Boden.

«Jola, pack den Arsch hier weg!», tönte es dumpf aus Dietmars Achselhöhle.

«Pack du dich weg!», kaute Dietmar undeutlich in Kretsches Handgelenk.

«Hört sofort auf!», rief Jola.

Jobst Haarig hatte eine erste Schrecksekunde überwunden und entschieden, beim Professor Punkte zu sammeln. Er zerrte wild an den beiden Kämpfenden. «Ey, ihr Penner, aufhören! Raus hier!»

Kern griff panisch zum Telefon. «Frau Oerwink, ich muss doch sehr bitten!» Wenn der darwinistische Kampf der Individuen im eigenen Büro Einzug hält, wünscht auch ein Biologieprofessor, er hätte lieber Musik studiert.

Dietmar knickte im Getümmel Jobsts Daumen ab. Den von der vollständigen Hand.

«Du Sau!», kreischte Jobst.

«Herr Haarig, bitte!», rief der Professor ungehalten. Er mochte es nicht, wenn Studenten ordinär waren. Und bei denen, die sich einer wissenschaftlichen Laufbahn verschreiben wollten, schon mal gar nicht.

«Kretsche, Dietmar! Aufhören, sofort!» Jola trat Dietmar in den Hintern. Das zeigte Wirkung; er ließ von Kretsche ab. Der rappelte sich sofort auf und trat Dietmar nochmal in den Hintern.

«Abflug, Kopilot!»

«Kretsche!» Jola holte aus und hatte für einen Sekundenbruchteil das Gefühl eines missliebigen Déjà-vus. Die Ohrfeige war sehr laut.

Das Klatschen wirkte wie ein Pistolenschuss. Plötzlich herrschte Stille im Büro. Der Professor fand als Erster die Sprache wieder. Er hatte im Tumult ein paar Sätze ins Telefon geflüstert, legte nun schnell den Hörer wieder auf den Apparat. «Frau Oerwink, Sie erklären mir jetzt, was los ist!» Er bemerkte, wie Kretsche Luft holte. «Und nur Sie!»

«Es tut mir schrecklich leid.» Jola machte ein zerknirschtes Gesicht.

«Nein, mir tut es schrecklich leid», unterbrach Kretsche. Er trat vor den Professor. «Hat Jola die Stelle oder nicht?»

«Wie bitte?» Der Professor wich zurück.

«Die Stelle. Bei Ihnen am Institut.»

«Ah, die Stelle. Nein, ähm, hat sie nicht.»

Kretsche nickte düster. «Dachte ich mir. Deswegen bin ich hier.»

«Soll ich den Sicherheitsdienst rufen?», fragte Jobst, der sich den Daumen massierte und fluchtbereit an der Tür stand.

«Der Typ ist gefährlich», sagte Dietmar. «Ich kann das auch übernehmen.»

«Hallo?» Jobst funkelte ihn an. «Du hast mir gerade den Daumen –»

«Ruhe!», brüllte der Professor. «Hier redet jetzt nur einer.»

«Und zwar ich», sagte Kretsche ruhig.

«Der wievielte Versuch ist das?» Jola schubste ihn plötzlich.

Kretsche wich einen Schritt zurück. Er ahnte, dass sie jetzt ihre letzten Kräfte mobilisierte, um von ihm loszukommen. Auf Gran Canaria waren nur Vorstufen eines Raketenprogramms gestartet, nun kam der Nachbrenner. Dabei liebte sie ihn genauso, wie er sie liebte. Alles andere war Quatsch. Es war völlig bedeutungslos, ob Dietmar mit im Raum war oder nicht. Bedeutungslos, ob er Flugzeuge flog und perfekt war oder sich beim Pinkeln hinsetzte. Es kam nur auf sie beide an, Jola und Kretsche. Und darauf, dass er jetzt keinen Fehler machte. Deswegen war es das Beste, gar nicht erst auf Jola einzugehen. Kretsche wandte sich wieder dem Professor zu.

«Sie müssen Jola die Stelle geben!»

«Kretsche ...», fauchte Jola eine Oktave tiefer als gewöhnlich. Diese Variation war ihm neu, und er wollte lieber nicht herausfinden, was sie bedeutete.

«Muss ich nicht.» Professor Kern wies auf Jobst Haarig. «Weil die Stelle an einen Behinderten vergeben wurde.»

Jobst Haarig blies triumphierend seine Fransen aus der Stirn.

Kretsche blickte Jola an. «Der? Wegen seines blöden Fingers?»

Jola nickte. Kretsche wandte sich wieder zum Professor:

«Aber Jola hat es viel schlimmer erwischt. Sie ist nicht nur leicht behindert ...»

«Hör sofort auf damit!», zischte Jola.

«Sie ist schwer behindert.»

«Hast du nicht gehört?», rief Dietmar. «Sie hat gesagt –»

«Denn ihr fehlt nicht nur ein kleiner Finger.» Kretsche blickte unverwandt den Professor an, der ein Kaninchengesicht machte und beklommen der Dinge harrte, die da noch kommen mochten.

«Zeigefinger», rief Jobst Haarig.

«Jola ist absolut lebensunfähig.»

Jola sank stöhnend auf einen Besucherstuhl und vergrub ihr Gesicht in den Händen.

«Sie hat das schwerste Kreuz zu tragen, das man sich denken kann», fuhr Kretsche unbeirrt fort. «Mich.»

Jola blickte auf. Kretsche nahm das als Bestätigung, dass er richtig fuhr, und schaltete einen Gang hoch, diesmal mit jeder Menge Gefühl und Pathos.

«Ich bin nämlich ohne sie nicht lebensfähig, und deshalb halte ich sie vom Leben ab. Ich sauge alle Energien aus ihr raus; ich kümmere mich nicht genug um sie; ich verhindere sogar, dass sie sich um sich selbst kümmern kann. Ich interessiere mich nicht genug für die Dinge, die sie liebt, ich verbringe zu wenig Zeit mit ihr, ich gebe ihr zu wenig von meiner Zeit. Ich nehme sie für selbstverständlich.» Kretsche hielt inne.

Jola blickte ihn stocksteif an. Dieser Haltung war nicht zu entnehmen, ob sie ihn für den kranken Enkel von Julio Iglesias hielt oder innerlich verzückt dahinschmolz. Er kam besser zum Punkt. Vorsichtshalber.

«Das Schlimmste dabei ist: Ich liebe sie. Und ich sage ihr das viel zu selten. Ehrlich gesagt, fast nie. Und dabei fühle ich es jeden Tag, jede Minute, einfach immer.» Kretsche wandte sich zu Jola und holte Luft für das Grande Finale. Er war selbst ganz gerührt. Vor allem, weil er alles ernst meinte. Er hätte nie gedacht, dass er zu so etwas fähig sein könnte. Und es auch noch in Worte fasste.

«Jola, ich liebe dich so sehr, dass mein Bauch wehtut, seit du weg bist, dass ich nur noch betrunken schlafen kann, dass ich mich bei jedem Straßenköter auf Gran Canaria gefragt habe, ob du ihn wohl süß findest und ob er dich wohl süß findet.»

«Bei Hunden?», platzte Jola raus.

«Ja, ich weiß. Ich mach mir nichts aus Hunden. Aber gerade deshalb.» Kretsche versuchte, den Faden wiederzufinden. «Jola ... Bei jedem Nuss-Eis, das ich gegessen habe, wollte ich, dass du die Hörnchenspitze mit dem Cremerest kriegst. Und bei der Papageienshow im Hotel hab ich mir gewünscht, dass du da bist und mir vor Lachen in den Arm beißt. Und am Strand habe ich mich nicht eingecremt, weil meine Hände nicht deine sind. Und –»

«Junger Mann», unterbrach ihn Professor Kern. «Das ist alles wirklich sehr rührend. Aber vielleicht sollten Sie das alle zusammen außerhalb meiner Sprechstunde und vor allem außerhalb meines Büros besprechen. Ich wünsche Ihnen viel Glück.»

«Ich bin noch nicht fertig», sagte Kretsche.

«Oh, kommt jetzt 'n beschissener Heiratsantrag?», fragte Dietmar. Es war offensichtlich, dass er Kretsche am liebsten mit einem sauberen Schulterwurf in den Flur befördert hätte, um ihn dort fachgerecht zu zerlegen.

Jobst Haarig kicherte.

«Jola, ich werde mich ändern. Und das meine ich ernst. Ich werde dich so lieben, wie du es verdient hast.» Kretsche blickte ihr in die Augen. «Vergiss nicht, ich bin doch nur ein Junge, der vor einem Mädchen steht und es bittet, ihn zu lieben.»

Stille. Absolute Stille. Alle Augen ruhten auf Jola.

Sie räusperte sich. «*Notting Hill.* Den hab ich öfter gesehen als du.»

«Schön, vielen Dank. Frau Oerwink, wenn Sie dann alle ...» Der Professor fasste Kretsche sanft beim Arm und schob ihn zur Tür.

Der Job war verloren.

Aber nur der Job. Er war das Rennen im höchsten Gang gefahren, er hatte den Motor zum Glühen gebracht. Jetzt war es an der Zeit, das Auto zu wechseln.

Kretsche entwand sich dem Griff des Professors. «Wer ist ärmer dran, der Behinderte oder der Betreuer des Behinderten?»

«Was?» Der Professor glotzte ihn verwirrt an.

«Hätte der Behindertenbetreuer nicht auch einen Ausweis verdient?»

«Wenn Sie meinen.»

«Dann geben Sie Jola die Stelle!»

«Wie ich schon mehrfach sagte. Herr Haarig bekommt die Stelle. Basta!»

Den Endgültigkeiten des Professors konnte Kretsche natürlich keine Argumente entgegensetzen. Aber das war auch längst nicht mehr das Ziel. Sein Ziel war, ein Herz zu erweichen. Kretsche suchte Augenkontakt zu Jola. Musste er für dieses Ziel tatsächlich alles geben, bis zum Letzten gehen? Jola blickte ihn mit einem rätselhaft undurchdringlichen Ausdruck an. Kretsche seufzte. Er musste bis zum Letzten gehen.

«Was machen Sie denn ...» Der Professor wich zurück, als Kretsche sich langsam die Hose aufknöpfte.

Kretsche nahm den Philodendron aus Riga vom Schreibtisch, rupfte die Pflanze aus dem Topf und ließ sie zu Boden fallen. Den Topf setzte er sich auf den Kopf. Blumenerde rieselte auf seine Schultern. Gleichzeitig rutschte ihm die Hose in die Kniekehlen. Ein frischgebackener Ritter von der traurigen Gestalt.

Jeder Anwesende im Raum, auch die fassungslosen Nicht-Studenten, sah dem Professor an, was in ihm vorging. Es war eine Mischung aus Fremdschämen, unbändigem Ärger, an diesem Tag überhaupt das Institut betreten zu haben, und blanker Angst, gleich einem Columbine-Massaker in kleinem Kreise beizuwohnen. Er saß in seiner eigenen Achterbahn der Gefühle auf dem hintersten Platz und überlegte, ob er schreien, die Arme hochreißen oder sich übergeben sollte. Erst als Kretsche ein Foto vom Schreibtisch nahm, auf dessen Rahmen *Für Peter* stand, entschied er sich fürs Schreien.

«Finger weg! Sofort!», brüllte er Kretsche an.

Kretsche machte Anstalten, das Bild mit Küssen zu bedecken. Der Professor riss es ihm aus der Hand. «Sind Sie wahnsinnig?»

«Endlich kapieren Sie's.»

«Ey, Mann, was'n hier los!», donnerte plötzlich eine Stimme durch das Büro.

Alle schraken zusammen, selbst Kretsche, der gerade nach einer Marathon-Medaille an der Pinnwand des Professors greifen wollte, hielt inne.

Der Mann vom Sicherheitsdienst stand in der Tür. In der Hand hielt er einen Schlagstock und schien bereit, ihn auf den Irren in Unterhosen mit dem Blumentopf auf dem Kopf niedersausen zu lassen.

«Tolga!», rief Kretsche.

Tolga trat mit zusammengekniffenen Augen näher, seine Finger packten den Schlagstock fester. Anders als bei seinen Nachtschichten für *SecuWatch* auf dem Hürther Studiogelände trug er hier eine grüne Uniform mit dem Brustemblem *Wemser Sicherheit Cologne*.

«Nicht schlagen!», rief Jola. «Der tut nur so!»

Kretsches Herz tat einen Hüpfer. Aus ihrer Stimme war Sorge herauszuhören. Ganz deutlich. Er nahm den Blumentopf vom Kopf.

«Ich fass es nicht!» Tolgas Gesicht erhellte sich. «Ey, du Opfer, was ziehst du denn hier für 'ne Show ab?!» Er schüttelte grinsend den Kopf. «Guck dich mal an, Alter! Bist du weich in der Birne, oder was?»

«Genau! Genau darum geht's!» Kretsche nickte dem Professor zu, der noch verarbeiten musste, dass sich offenbar all diese Irren in seinem Büro kannten. «Weich in der Birne! Und mit so einem muss Jola den ganzen Tag leben, Herr Professor. Sie hat die Stelle tausendmal mehr verdient als Vierfinger da.» Er deutete auf Jobst Haarig, der ihn entgeistert anglotzte.

«Haben Sie angerufen?», fragte Tolga den Professor.

Professor Kern nickte stumm.

«Keine Panik. Den kenn ich. Der ist harmlos.» Tolga beugte sich zu Kretsches Ohr und flüsterte. «Haste was genommen, Alter?»

In diesem Moment begann Jola zu kichern. Es begann mit einem leisen Glucksen, dann explodierte sie vor Lachen.

Der Professor stöhnte entnervt. Jetzt wurde die einzige Frau im Raum auch noch hysterisch.

«Ich gehe jetzt!», sagte Dietmar laut und vernehmlich. Er sah Jola auffordernd an.

«Ich ruf dich an», japste Jola. Sie ging vor Kretsche in die Knie und zog glucksend seine Hose hoch. «Ich muss den Pflegefall hier nach Hause bringen.»

Kretsche schluckte. «Heißt das ...?»

Jola zog den Hosenbund mit einem Ruck über seine Hüften. Dabei rieselten ein paar Klumpen Blumenerde aus seinen Haaren. Ihre Nase berührte sein Kinn, sie bemühte sich, ihr Lachen zu unterdrücken. «Das heißt: Ich muss den Pflegefall hier nach

Hause bringen.» Sie kämmte mit den Fingern ein Blatt und weitere Erdkrümel aus seinen Haaren. «Widerlich. In der Hose ist auch alles voll.» Sie gluckste wieder.

Kretsche lächelte den Professor an. «Bitte sehr! Und, was sagen Sie? Hat Jola –»

Professor Kern streckte ihm einen Finger entgegen. Seinen langen dünnen Zeigefinger. Einen Zeigefinger, wie ihn Jobst Haarig sich sein Leben lang gewünscht hatte.

«Raus!»

Epilog

Ihr Schrei donnerte über den Innenhof, prallte von den Wänden der Häuser zurück und rollte als mächtiges Echo der Lust hinauf in den Nachthimmel.

«Der war vorgetäuscht!» Kretsche schnaufte.

Jola glitt von ihm herunter und kuschelte sich neben ihn auf die Isomatte. Sie hatten den schmalen Streifen Schaumstoff auf ihrem Balkon ausgerollt.

«Der ja.» Sie biss ihm ins Ohrläppchen. «Der davor nicht.»

Kretsche schnupperte. Vom Balkon unter ihnen stieg der Rauch einer Zigarre auf. Kretsche drückte sein Gesicht in den schmalen Spalt zwischen Boden und Geländer.

«Haben Sie gehört? Der davor war echt!»

Unter ihnen raschelte es, dann wurde eine Balkontür zugezogen.

«Hast du etwa gewusst, dass der Eschbach uns belauscht?»

«Klar, ich brauchte Zeugen!»

«Nee, ne?»

Kretsche feixte. «Glaubst du, ich wollte den Sternenhimmel sehen?»

Jola lachte und trank gänzlich unbeeindruckt einen Schluck Bier aus der Dose. Sie rülpste leise. Kretsche nickte beifällig.

«Sauber.»

«Danke.» Jola reichte ihm die Dose.

Kretsche trank, schluckte Luft und pumpte sie in den Magen.

Jola schnappte sich die Dose. «Schon mal über 'nen Swingerclub nachgedacht?»

Kretsches aufsteigender Rülpser legte sich augenblicklich quer.

«Wie bitte?», hustete er.

Jola klopfte ihm auf den Rücken. «Du, bei meinen Orgasmusproblemen ...»

Kretsche zog eine Grimasse. «Bitte nicht!»

Jola schüttelte den Kopf. «Mann, Mann, Mann. Muss man wegen so 'nem blöden Scherz denn gleich das Land verlassen?»

«Manchmal ja.» Kretsche imitierte Jaspers Dialekt. «Dann brauchscht du eine kurze Leben, von de Geburt bis zum Tod, um das andere, das echte Leben besser zu vaschtehn.»

«Du spinnst echt.»

«Leider. Deswegen sind wir auch jetzt beide arbeitslos.»

«Du kannst ja nochmal mit Carola reden.»

«Nee.» Er machte eine wegwerfende Handbewegung. «Kein Bock mehr auf Fernsehen.»

Jola angelte nach ihrer Jeans, zog ein Papier aus der Gesäßtasche. «Da wäre ja auch immer noch die Connection von Dietmar ...»

Kretsche stöhnte auf. «O nee, komm! Wir haben uns alle wieder vertragen, schön. Du kannst ja auch gerne mit dem Typen Kaffee trinken gehen. Alleine. Aber ich muss mich nicht demütigen und 'nen Job annehmen, den der mir verschafft hat.»

«Sieh's als Friedensangebot. Dietmar meint's echt nett.»

«Dietmar is 'n Schleimer!» Kretsche schnappte sich das Papier und überflog es. «Pressestelle *Air Alemannia* ... Abteilungsleiter Dr. Rainer Klöhmke.» Er ließ das Schriftstück sinken. «Dr. Klöhmke ... irgendwoher kenne ich den Namen. Klöhmke ... Klöhmke ...»

«Ist doch erst mal nur ein Bewerbungsgespräch. Ich würd hingehen, Kretsche.»

«Hm ... Oder vielleicht doch wieder Fernsehen?»

«Du bist nie von ganzem Herzen Fernsehreporter gewesen. Du denkst nicht wie einer, du benimmst dich nicht wie einer. Du hast viel zu viel Anstand für so was.»

«Was bin ich dann?»

«Keine Ahnung. Ein Träumer?»

«André Heller, oder was?»

Jola grinste.

«Ja, ja. Wahrscheinlich hast du recht.» Kretsche seufzte. «Schade, ein paar Aufnahmen von Gran Canaria sind echt lustig geworden. Und die Texte auch.»

«Wie viel hast du denn geschrieben?»

«Einiges.»

«Mach einen Roman draus!»

«Ich?»

«Nee, André Heller.» Jola setzte sich auf. «Ja klar, du! Mach einen Roman draus!»

Kretsche blickte durch die Balkontür ins Wohnzimmer. Einen Roman schreiben ... Hatte er davon nicht immer geträumt? Schreiben ohne Rücksicht, ohne Chefs, ohne Netz und doppelten Boden. War das nicht der perfekte Job für einen Typen wie ihn?

Das goldgelbe Licht der Stehlampe erhellte das Gesicht auf dem *The Last Boy Scout*-Poster. Bruce nickte.

«Aber wenn, dann einen Roman mit Actiontitel!» Kretsche senkte die Stimme, bis er wie ein Kinotrailer klang: «Lesen Sie Bruce Willis in ... *HÖLLE, ALL INCLUSIVE!*»

Jola lachte.

Das Federhaltermännchen streift meist als Einzelgänger durch sein Revier. Dabei bewegt es sich im Geäst der Bäume, schwebt gewissermaßen über den Dingen. Nur der Hunger oder die Lockrufe des Weibchens treiben den scheuen Gesellen von Zeit zu Zeit auf den Boden. Frisch gestärkt, nimmt er aber bald wieder Reißaus und verschwindet hoch oben im Dickicht der Blätter.

Hölle, ALL INCLUSIVE

Der Autor dankt …

… Kerstin Huber, Kristine Meierling, Marcus Gärtner und Michael Gantenberg für ihre große Unterstützung! Ohne sie gäbe es keinen Roman.

Ein großes Dankeschön geht auch an meine Familie, besonders meine Eltern Brigitte und Ulrich. Ohne sie gäbe es keinen Roman *und* keinen Autor.

Hilfreich, anregend und aufregend war die Lektüre von Alfred Edmund Brehms «Tierleben», Irene Börjes' Reiseführer «Gran Canaria» sowie des *Stern*-Artikels «Ärger inklusive» von Carsten Scheibe.

Alles in diesem Roman ist frei erfunden (okay, fast alles) und Gran Canaria in jedem Fall eine Reise wert. Mindestens!

David Safier

Mieses Karma

rororo 978-3-499-24455-1

Bestseller

Wiedergeburt gefällig?

Nichts hat sich Moderatorin Kim Lange mehr gewünscht als den Deutschen Fernsehpreis. Nun hält sie ihn triumphierend in den Händen. Schade eigentlich, dass sie noch am selben Abend von den Trümmern einer russischen Raumstation erschlagen wird.

Im Jenseits erfährt Kim, dass sie in ihrem Leben sehr viel mieses Karma gesammelt hat. Die Rechnung folgt prompt. Kim findet sich in einem Erdloch wieder, mit sechs Beinen und einem wirklich dicken Po: Sie ist eine Ameise! Aber Kim hat wenig Lust, fortan Kuchenkrümel durch die Gegend zu schleppen. Außerdem kann sie nicht zulassen, dass ihr Mann sich mit einer Neuen tröstet. Was tun? Es gibt nur einen Ausweg: Gutes Karma muss her!

BE 178/1